Rote lange Schatten
Tim Sebastian

Aus dem Englischen von Ursula Wolf

TIM SEBASTIAN

Rote lange Schatten

ROMAN

EUROPAVERLAG WIEN-MÜNCHEN
1994

Die Deutsche Bibliothek – CIP-Einheitsaufnahme

Sebastian, Tim:
Rote lange Schatten : Roman / Tim Sebastian.
Aus dem Engl. von Ursula Wolf. –
Wien ; München : Europaverl., 1994
ISBN 3-203-51219-X

Originalausgabe
Last Rights
Bantam Press, London 1993

Lektorat: Mathilde Fischer

Umschlaggestaltung: Aniger Design
Umschlagfoto: Robin Matthews

Herstellung: Friedrich Pustet, Regensburg
Printed in Germany
ISBN 3-203-51219-X

Die von Ihnen gewünschte Information …
sie ist zu belastend.
Aus jeder Akte tropft Blut.

Moskauer Archivar, Januar 1992

Für Clare

Prolog

Die meisten von uns überschreiten die Grenze nie. Wir gehen den gefahrlosen Weg, auf hell beleuchteten Straßen, nie zu spät, nie in der Dunkelheit. Wenn Wind aufkommt, rennen wir schnell zurück in die warme Stube.

Andere gehen weiter – weil etwas sie vorwärts treibt. Sie wollen Bescheid wissen, oder sie suchen das Risiko, oder sie machen einen Schritt in die Gefahrenzone hinein und können dann nicht mehr zurück. Und es gibt niemanden, der sie retten, niemanden, der ihre Rufe hören kann.

So hat er sich wohl gefühlt, als er am frühen Abend in diesem riesigen Raum saß, ganz allein, tief unter den Straßen von Moskau. Angst, die nach und nach in jede Körperfaser kriecht. Selbst ich kann sie spüren, während ich die Teile seiner Geschichte zusammenfüge.

Die Regenschauer dieses feuchten Augusttags hatten die Menschen davon abgehalten, auf die Straße zu gehen; doch es gab auch andere Gründe. In einem anderen Teil der Stadt scheiterte gerade ein stümperhafter, aussichtsloser, mangelhaft durchdachter Putsch. Und für wenige Stunden war das große Sowjetgebäude ohne Führung und wankte.

Er wußte das. Er hatte gesehen, wie die untergeordneten Funktionäre aus ihren geheiligten Büros in Richtung Straße gestürmt waren, wie sie bündelweise Papiere in Taschen gestopft hatten, so viele wie irgend möglich in den Reißwolf geworfen und vernichtet hatten, und lauthals das Ende einer Welt beklagt hatten, die sie kannten und liebten.

Doch sie konnten nicht siebzig Jahre Geschichte vernichten, konnten nicht das Blut abwaschen, das während dieser siebzig Jahren vergossen worden war. Und er kannte die Quelle, wußte, wo alles gelagert war. Die schmutzige Wäsche – das kompromittierende Material. Das Dynamit, das die Welt aus ihrer Umlaufbahn schleudern konnte.

Es war so einfach und zugleich so schrecklich. Wie die Geburt eines mißgebildeten Kindes.

Er war die Treppen in das klimatisierte Archiv hinuntergegangen, durch die Doppeltüren, die einst von KGB-eigenen Soldaten bewacht und jetzt unbeaufsichtigt waren. Und dann sah er sich um. Es war kühl und still wie in einer Kathedrale. Sogar hier – in diesem Tempel der Betrüger.

Kein Offizier saß mehr am zentralen Kontrollpult mit den elektronischen Öffnungshebeln für die grauen Metallschränke, die in langen Reihen Seite an Seite standen wie Grabsteine.

In einer, vielleicht zwei Stunden würden die neuen Herren alles übernehmen, würden den Schmutz durchsuchen, auf den Knien in ihm graben und wühlen wie nie jemand zuvor. In den darauffolgenden Monaten würde es Schauprozesse und Geheimprozesse geben – im schlimmsten Fall würde es zu Erpressung und Selbstmord kommen, würden dutzendweise Leichname in den Gassen und Höfen der russischen Städte auftauchen. Und dann – würde sich die Tür wieder schließen.

Denn man konnte diese Akten der Welt nicht zugänglich machen – die Welt würde das nie gestatten. Alle waren darin verwickelt – hier wie dort. In jedem System, in jeder Hauptstadt hatte Moskau seine Leute und Hilfsmittel gehabt. Allen lag daran, daß die Wahrheit begraben wurde, bevor jemand aufstehen und sie aussprechen konnte.

Er hatte also nicht viel Zeit. Er gab am Kontrollpult die Codes ein. Sofort öffneten sich in der ganzen Halle die grauen Kabinettschränke mit elektronischem Schnarren und gaben den Blick auf die Aktenordner in ihrem Inneren frei, Fach um Fach, schwach beleuchtet von fahlem Licht, alle in mustergültiger Ordnung.

Er hatte zwei Reisetaschen einer Fluggesellschaft mitgebracht, voluminöse Behälter aus schwarzem Leder; und er begann, sie zu füllen. Manchmal nahm er die vollständigen Aktenmappen, manchmal trennte er nur eine Seite heraus. Namen wollte er. Namen von lebenden Personen. Die Spieler, die Teilnehmer. Jene, die der Sowjetunion im verborgenen gedient hatten – überall auf der Welt.

Und dann sprang ihm eine Akte ins Auge, die sich deutlich von den anderen unterschied. Eine Personalakte, eine Fallgeschichte, ärztliche Aufzeichnungen, eine Adresse – in Großbritannien. Welchen Zusammenhang gab es da? Er steckte alles ein, entschlossen, es später zu lesen. Er mochte Puzzles. Rußland war voll davon gewesen.

Von weit her konnte er die Sirenen des Militärs und der Polizei hören – die Rufe einer Menschenmenge.

Dieser Tag in Moskau war wie kein anderer in der Geschichte.

Er lief jetzt in Richtung Treppe, ging schnell durch die mit Teppichböden ausgelegten Flure mit hohen Decken. Vielleicht hatte er noch auf die Dunkelheit gewartet, vielleicht war es aber auch schon dunkel. Er kam in das moderne Glasgebäude und nahm den Lift zum Erdgeschoß. Ein schneller Blick zeigte ihm, daß der Kontrollpunkt unbeaufsichtigt war, der Eingang zur Hauptabteilung – die dem Präsidenten persönlich gedient und ihn dann vernichtet hatte. Der Nimbus von Macht war auf jeder Treppe, an jeder Ecke spürbar.

Und dann ging er schnell in ein Vorzimmer, schob seine persönliche Karte ins Schloß und wartete darauf, daß sich eine weitere Lifttür vor ihm öffnete.

Es war der geheimste aller Ausgänge. Nur ein Dutzend Leute hatte Zugang, ein Dutzend Karten, mehr wurden nie hergestellt oder ausgegeben. Der Lift bewegte sich ohne Stockung, leise, nicht wie die üblichen Klapperkisten, die das Volk benutzte. Dieser hier war computergesteuert. Er brachte ihn sieben Stockwerke in den Untergrund. Von dort ging es in einen von zwei Lampen erhellten Flur, zu einer Tür, und dann stand er auf einem Bahnsteig mit nur einer Bank – das geheimste Transportsystem der Welt: die der sowjetischen Führung vorbehaltene Bahnverbindung, das private Netzwerk, das sie von Büro zu Büro beförderte, unbemerkt, tief unter den Straßen ihrer eigenen Hauptstadt.

Er hatte sicher mit keinem Zug gerechnet, und so wartete er auch nicht. Nicht an jenem Tag, als das System mit all seinen glorreichen Feinheiten zusammenbrach. Statt dessen ließ er sich auf die Schienen hinunter, immer noch im Anzug, ging vielleicht einen Kilometer, vielleicht zwei, bis er auf die Betontreppe stieß.

Mit den Reisetaschen war es sicher kein leichter Aufstieg, besonders nicht bei der Sommerhitze und in der stickigen Luft dort unten. Doch er schaffte es, kam in ein Labyrinth von Tunneln und Treppen und schließlich zu einem Ausgang der Metrostation am Revolutionsplatz.

Von da an, so muß man annehmen, ging er in der Menge unter. Ein solcher Mann war wohl nicht von Bedeutung, nicht einmal von vorübergehender Bedeutung inmitten der Umwälzung, die rings um ihn im Gange war.

Also sehen Sie sich ihn jetzt an, bevor wir ihn wieder aus den Augen verlieren. Die Falten von fünfzig Jahren auf der Stirn, die Gesichtszüge flach und breit wie die endlose Landschaft Rußlands. Groß, dichte lockige Haare, Dreitagebart, fleckige, gerötete Gesichtshaut, mit Kratzern und Narben wie ein Straßenkater, der zu viele Kämpfe ausgefochten hat.

Als er an jenem Sommerabend weiterlief, muß er gewußt haben, daß es vorbei war. Er konnte nicht lange überleben mit dem, was er bei sich trug. Wie bröckelnder Plastiksprengstoff war es zu instabil, zu empfindlich. Es berührte zu viele Menschenleben in zu vielen Ländern.

Die Angst in seinem Herzen wird ihm das gesagt haben auf seinem Weg aus der Stadt hinaus.

Erster Teil

1

Und jetzt können wir uns wieder ein Bild machen. Wir wissen, er kaufte ein Flugticket, wir wissen, man wünschte ihm einen guten Flug. Wir wissen, er nahm eine Identität an, die grundverschieden von seiner eigenen war. Er landete wohlbehalten in London, knappe vier Stunden nachdem er Rußland verlassen hatte.

In den Augen der Flughafenbediensteten war er der Prototyp des neuen Moskauers. Geld in der Tasche, maßgeschneiderter Anzug. Nichts von dem auffälligen Gepäck der Repression, das man all die Jahre mit sich herumgeschleppt hatte.

Er sagte ihnen, er sei Geschäftsmann. Joint Ventures. Gebt uns das Geld, sagt uns, was wir tun sollen – und wir werden beide reich. Er hatte das richtige Vokabular, die passenden Sprüche.

Doch sie nahmen es ihm nicht so recht ab. Nicht alles. Ein Hauch von Zweifel blieb, was diesen Mann betraf.

Für jene, die er in der nächsten Zeit traf, war er George. Nie Georgi. Nicht mit dem langen Rattenschwanz eines Namens, den niemand aussprechen konnte. »Einfach George aus Moskau«, pflegte er zu sagen. »Meine Mutter hatte zwei Kinder – eines war gescheit, das andere war ich.«

Es war Teil seiner Masche.

Bedenken Sie, daß dies die Tage waren, als Rußland *in* war. Die Mauern waren niedergerissen, die Grenzen offen, Liebe und ein Willkommensgruß standen in jedem Gesicht von Murmansk bis Wladiwostok. Sie drehten uns alles mögliche Zeug an, und wir brachten es nicht übers Herz, sie abzuweisen.

George lächelte viel. Immer lächelte er. Er gab sich den Anstrich des charmanten Hallodris, nachlässig gekleidet, ohne moralische Vorbehalte. George würde bei Frauen aufs Ganze gehen. Das war das Bild, das sie sich von ihm machten.

Und doch zeigte er, glaube ich, Zurückhaltung. Er lud die Frau vom Hotelempfang, die kleine Blonde, ein, mit ihm auszugehen, und er versuchte nichts bei ihr – bis sie ihn ließ. Nur im Taxi auf dem Heimweg. Ein Kuß und so. Nichts weiter.

Sie redeten nämlich danach mit ihr, stellten sicher, daß sie alle Fakten hatten.

George war also der neue Exot – ein Russe, der wie ein Mensch aussah, nicht einer jener Bürokraten mit zusammengekniffenen Pobacken, an die wir alle gewöhnt waren. Sein Händedruck war fest und trocken, er wußte, wie man Messer und Gabel hält. Die kleinen Details eben, die zuvor gefehlt hatten.

Man hätte denken mögen, er würde sich verkriechen, sobald er in London war, in seinem Hotel bleiben, seine Anrufe tätigen, seine Geschäfte erledigen, was immer es war. Doch offenbar hatte er beschlossen, anders vorzugehen. Er ging aus, sah sich die Sehenswürdigkeiten an, bis hin zur Schlüsselzeremonie beim Tower.

Sehen Sie sich das Bild an. Sehen Sie sich die Tarnung an: George, der Ehrenmann. George, der Aufrichtige. Made in Moskau.

Erst nach drei Tagen in London machte er einen falschen Schritt.

Vielleicht war alles zu viel für ihn geworden – der Rausch des Westens –, oder vielleicht kam er mit seinen Plänen keinen Schritt weiter. Jedenfalls betrank er sich in einer Bar, in einer Seitenstraße des Piccadilly, wo er versuchte, mit einem Mädchen zu tanzen, das nicht darauf eingehen wollte.

Sie hatte einen Freund, und der hatte einen Freund, und als der Kampf begann, war niemand auf Georges Seite.

Sie beobachteten ihn die ganze Zeit – doch sie griffen nicht ein, halfen nicht. Selbst als er am Boden lag und der Stiefel ihn am Hals traf, ihm die oberen Hautschichten abschabte, blieben sie, wo sie waren.

Er landete in einem Polizeiauto und auf der Unfallstation des St. Thomas Krankenhauses. Danach – seit der Schlägerei waren etwa vier Stunden vergangen – setzte ihn ein Sozialarbeiter in ein Taxi.

Und immer noch beobachteten sie ihn. Stichprobenhafte Überwachung, sagten sie. Haben nicht mehr das Personal, um es richtig durchzuführen. Teilzeit-Sicherheitsdienst – mehr hatte Großbritannien dieser Tage nicht zu bieten. Man bekam, wofür man bezahlte.

Die letzte Szene: Anscheinend warteten sie vor seinem Hotel ein oder zwei Stunden und kamen zu dem Schluß, daß er, wenn er sich nicht einmal richtig in einem Pub benehmen konnte, wahrscheinlich echt war.

Also erklärten sie George zum »braven Jungen« und machten sich auf die Suche nach einer glaubwürdigeren Bedrohung der britischen Lebensart.

Oberflächlich betrachtet glaube ich nicht, daß mir George zugesagt hätte. Er war nicht meine Art von Russe. Zu glatt, zu einfach. Ein bißchen zu sehr zu Hause an diesem für ihn fremden Ort. Ich war daran gewöhnt, daß sie dunkel und kompliziert sind.

Vermutlich war auch George unter der Oberfläche ziemlich dunkel und kompliziert. Er kam nur in einer anderen Verpackung daher.

Ich versuche, ihn nicht als schlechten Menschen zu sehen. Irgendwie gibt es in Rußland keine scharfe Trennung zwischen Gut und Böse. Menschen können an einem Tag Engel sein, am nächsten Teufel. Sie überschreiten diese Grenze immer wieder, in beide Richtungen. Wer kann schon sagen, ob ich nicht vielleicht genau wie er gewesen wäre, wäre ich dort aufgewachsen?

George war während der turbulenten Zeiten des Stalinismus groß geworden. Er wußte sicher, was Angst ist. Er wird gewußt haben, wie man seine Freunde und Familie verrät, um die eigene Haut zu retten. Das waren vermutlich seine Werte, seine Ideale.

Intelligent wie er war, ließ er sich wohl von einer dieser speziellen Schulen für spezielle Kinder vereinnahmen. Beschleunigte Beförderung durch die Parteiränge, Verbindungen zum KGB, einflußreiche Freunde. Ich stelle allerdings nur Vermutungen an … Ich weiß das nicht mit Sicherheit.

Und als dann das ganze System zum Teufel ging, versuchte er zu entkommen, nicht wahr? Er nahm eine Scheibe der teuersten Versicherung der Welt mit und suchte einen Käufer dafür. Wie gesagt, ich stelle nur Vermutungen an ... füge Details zusammen.

Aber was dann geschah, will ich mir immer noch nicht genauer ausmalen: Wie man George auf dem Sitz eines roten Peugeot fand, auf einer Straße im Hafenviertel, in der Nähe eines Pubs, so beliebt bei den Karrieremachern, so weit entfernt von allem Russischen.

George, der Mann aus Moskau, der immer lächelte. George, der meinen Weg kreuzte.

Hast du dich mit einem Drink getröstet? Bist du die Uferstraße entlanggetaumelt und hast deine Wunden geleckt? Deine Ängste kann ich mir vorstellen, aber welche Hoffnungen hattest du? Sprich zu mir George, wenn du sprechen kannst, wo immer du jetzt sein magst.

Er war in aller Stille getötet worden, sagten sie, falls das das richtige Wort ist. Kein Blut. Keine abscheulichen Instrumente. Eine Hilfestellung auf seinem Weg in den Abgrund, wenn man das Ganze wohlwollend betrachten will. Wahrscheinlich ein harter Schlag auf die Halsschlagader oder einen anderen jener entscheidenden Druckpunkte. Soviel ich weiß, ist das einfach, wenn man Experte ist. Und George war sehr angeschlagen. Jedenfalls saß er ganz friedlich dort, die Augen auf den Fluß gerichtet; kein Anzeichen von Besorgnis lag in seinem letzten Gesichtsausdruck.

Und dennoch möchte ich nicht darüber nachdenken, wer ihn dorthin gebracht hat, mit wem er gesprochen hat in diesen letzten Minuten.

Ich will nur herausfinden, warum man ihn im Auto meiner Mutter zurückließ und warum sie selbst seitdem verschwunden ist.

2

Sie hätte Rußland vergessen sollen. Vor langer, langer Zeit hätte sie aufstehen, einen Schrei ausstoßen und davor weglaufen sollen: vor den Menschen, der Musik, der doppelten Bürde von Kultur und Geschichte. Meine Mutter.

Von mir aus hätte sie Tag für Tag in ihrem regenverhangenen englischen Garten sitzen, riesige Äpfel und Tomaten züchten und frei nach Lust und Laune überall hinblicken können, außer in die Vergangenheit. Das hätte genügen sollen.

An manchen Nachmittagen schlenderten wir zusammen durch den Park, wenn ich früh freihatte. Und statt sich mit Bekannten zu unterhalten, begrüßte sie die Tiere.

»Schau dir das Eichhörnchen an. Es hat nur einen halben Schwanz. Schau diesen Vogel an. Er sitzt seit drei Wochen im selben Nest. Geht nie weg. Wie ernährt er bloß seine Babys?«

Ich sagte einmal zu ihr, daß sie von der Stadt nur die wildlebenden Tiere kannte.

»Die sind viel netter als die Menschen«, antwortete sie.

Natürlich hatte sie sich im Lauf der Jahre in die Vergangenheit zurückbewegt. Wenn man das kleine Haus betrat, konnte man spüren, wie Rußland einen erdrückte – mit Gemälden, übergroßen Büchern und Photographien von Gesichtern, die deutlich erkennbar anderswo aufgenommen worden waren.

Ich weiß noch, wie sie während meiner Kindheit versucht hat, eine Engländerin zu sein. Ich erinnere mich an Tage, an denen sie ihren fürchterlichen Akzent in Schach hielt, an denen sie sogar eine Art zwangloser Ausgeglichenheit erreichte, an denen sie sich mit Müttern anderer Schulkinder traf oder meine Freunde zu Besuch kamen und wir zusammen nach London zum Abendessen fuhren.

Doch diese Versuche waren rein kosmetisch. Sie bestand darauf, daß englische Farben zu blaß waren, englische Schriftzeichen zu ausdruckslos, und das Klima ließ immer zu wünschen übrig. Im Sommer war es nicht heiß genug, im Winter nicht kalt genug. Jahr für Jahr die gleiche Enttäuschung.

Es war jedoch unmöglich, dieser Frau gegenüber gleichgültig zu bleiben. Die Art, wie sie von einer Stimmung in die andere stürzte, ihre emotionalen Abgründe und ihre schroffe, empfindliche, oft unbequeme Persönlichkeit zogen einen unweigerlich in ihren Bann.

Und ihr Äußeres? Der hochgewachsene Körper mit den vollen Brüsten muß beredt von Nachmittagen im Bett, von Liebe und Vergnügen gesprochen haben. Rote Haare, die sich um das Gesicht schmiegten; keine atemberaubenden, aber doch schöne Beine; Falten, die sich in ihrem Lächeln verloren.

Von einer solchen Frau konnten sich die Leute nur schwer abwenden. Sie sahen wieder und wieder hin, um festzustellen, ob sie ihnen etwas zu bieten hätte. Eine reichhaltige Mischung aus genossenem Leben, erlittenem Leben – einem Leben, das Erfahrungen weit jenseits sicherer Grenzen ausgesetzt gewesen war.

Mutter war immer noch wunderschön und gefährlich, und ihr Lächeln drückte das aus. Mittlerweile sind es dreißig Jahre, seit sie, eine politische Gefahr, eine Unruhestifterin, ein Vorbild für weitaus zu viele, die Sowjetunion verlassen hat – vor einem Gipfeltreffen als vielgepriesenes Zeichen guten Willens freigelassen. Sie war ein Name auf einem Verhandlungstisch gewesen, ein Teil der Statistik im Austausch zwischen Ost und West. Sie kam nach England, und vielleicht zur Feier des Tages oder im Bedürfnis nach Trost oder aus einem augenblicklichen Glücksgefühl heraus hatte sie beschlossen, ein Kind zu bekommen.

So kam Dad ins Spiel.

Ich habe in ihm nie einen wirklichen Vater gesehen, bis er fort war. Der Mann, der in unser Haus kam, mit kalten Händen im Winter und warmen Händen im Sommer, und wie ein Schmetterling nur für einen einzigen Abend zu leben schien.

Und doch hinterließ er unauslöschliche Spuren.

Ohne Dad wäre ich nie Edward Bell genannt worden. Er hatte den Namen kurz vor meiner Geburt in einem Buch gefunden und entschieden, daß dieser Name so völlig englisch war, daß er ihn mir geben wollte.

»Er wollte immer, daß du ein richtiger Engländer bist«, sagte mir meine Mutter später. »Englische Schule, englische Traditionen, englisches Frühstück – alles. ›Was nützt es ihm, wenn er Russe ist?‹ sagte er immer. ›Damit tun wir dem Jungen keinen Gefallen. Ganz im Gegenteil.‹ «

Im Rückblick sehe ich all die kleinen Dinge, die für ihn typisch waren, wieder ganz deutlich. Die riesigen gestreiften Taschentücher, mit denen er seine Nase malträtierte. Die Art, wie er seinen Wintermantel und seine Jacke wie ein einziges Kleidungsstück auszog und in Hemdsärmeln dasaß, das Gesicht ganz rot und die Haare kurzgeschnitten. Ich sehe seine glänzenden, frisch geputzten Schuhe aus altem, rissigem Leder. Ich kann die grenzenlose Kraft seiner Arme spüren.

Doch vor allem erinnere ich mich an die langen Zeiten seiner Abwesenheit, die unser Leben prägten. Dad war eine Lücke – keine Gegenwart.

Mutter sagte immer, daß ihn seine Arbeit wegführte. Auch er stammte aus Rußland – ein bedeutender Wissenschaftler, nach allem was man hörte, der anläßlich einer Konferenz nach London gekommen war und beschlossen hatte, nicht zurückzukehren. Offensichtlich war das damals ein Riesenskandal gewesen, doch zum Zeitpunkt meiner Geburt sprach niemand mehr darüber.

Dad konnte sich jedoch im Westen nicht durchsetzen. Er arbeitete als Regierungsberater, allerdings nur periodisch. Ebenfalls periodisch lehrte er in verschiedenen Teilen des Landes. Es gab keine feste Anstellung, es gab Aufträge. »Ein bißchen hier, ein bißchen da«, pflegte er zu sagen.

Ich glaube, er war irgendwie im Treibsand steckengeblieben, auf halbem Weg zwischen dem, was er wollte, und dem, was er zurückgelassen hatte. Nichts von beidem war noch erreichbar. Es gab für ihn keinen Weg nach vorn und keinen zurück. Und wenn einem das klar wird, wie es ihm sicher klar wurde, dann hat man bereits zu versinken begonnen.

Trotzdem denke ich nicht gern darüber nach, was an jenem rußigen Freitag im Herbst geschah, kurz nach meinem zwölften Geburtstag, als er nicht zum Essen bleiben, Mutter keinen Kuß geben, uns nicht ansehen wollte.

Wir sollten uns hinsetzen, doch er brachte kaum ein Wort heraus; und erst jetzt kann ich seine schweigenden Abschiedsworte verstehen.

Tränen standen in Dads Augen. Ich weiß noch, daß ich sie ziemlich distanziert betrachtete und mich fragte, wie sie wohl dorthin gekommen waren. Ich glaube, er hielt für eine Weile meinen Arm, und ich spürte, wie sein Herz doppelt so schnell schlug, wie sein Bein unter dem Küchentisch nervös zitterte.

»Tut mir leid, daß ich nicht bleiben kann.«

Mamas sorgenvoller Gesichtsausdruck, die nervösen Gesten. »Willst du nicht etwas essen?« Als könnte dies Wunder wirken. »Willst du uns gar nichts sagen?«

Als einzige Antwort drückte er uns fest an sich, zuerst meine Mutter, dann mich, für eine kostbare Minute des Schweigens. Mit seinen rauhen Händen preßte er uns an seinen Körper. Und Dad hatte solche Angst. Wie ein Fuchs, den man in offenes Gelände gejagt hat, hatte er zu rennen aufgehört und war hier hereingekommen für einen Augenblick des Trostes oder der Beruhigung oder irgend etwas anderes. Ich konnte es nicht ertragen, ihn voller Angst zu sehen, denn das war gegen die natürliche Ordnung der Dinge. Väter bekamen keine Angst, rannten nicht davon, weinten nicht.

Ich weiß noch, wie er dann ging. Er sagte nicht: »Ich sehe euch nächste Woche« oder »Ich rufe später an« oder irgend etwas, das auf Pläne oder Verpflichtungen hingewiesen hätte. Also wußte er wohl, was geschehen würde.

Wie gesagt, ich fühlte seine Gegenwart erst, als er nicht mehr da war.

In den Jahren danach befragte ich ihn immer wieder in meinem Inneren: Lag dir was an mir? Irgend etwas? Warum bist du fortgegangen?

Er war, natürlich, nach Rußland zurückgegangen – irgendein Handel, meinte Mutter, bei dem vereinbart worden war, er bekäme seinen alten Job zurück und es gäbe keine Strafmaßnahmen für seine Flucht. Warum? Weil er als Fachmann wertvoll war und weil sie ihn brauchten.

Doch ich brauchte ihn auch.

Dads Weggang führte dazu, daß meine Mutter sich vom Leben in Großbritannien noch weiter entfernte. Sie lebte jetzt wieder bewußt als Ausländerin, ging in ausländische Läden, traf sich mit Ausländern, ging in die innere Emigration. Für sie beschränkte sich England mehr und mehr auf die Aussicht vom Vorderfenster ihres Hauses.

Dennoch gab es eine Menge Arbeit für sie. Sie war eine Dolmetscherin von ungewöhnlicher Aufnahmefähigkeit, hochgeschätzt, wie ich erfuhr, von allen möglichen Delegationen, Gewerkschaften und Geschäftsleuten – und nie abgeneigt, ihre eigenen Kommentare und Gedanken in heikle Diskussionen einzuwerfen.

»Mein Lieber, sie sind alle so langweilig«, sagte sie. »Die halbe Zeit reden sie darüber, wann sie essen werden oder wer wo sitzen soll. Wie die Schweine – du würdest es nicht glauben. Es ist, als hätte keiner von ihnen je an einem Eßtisch gesessen. Die Suppe, sie bekleckern sich damit das Hemd, überall Krümel. Sie tragen ihre Mahlzeit immer mit sich herum, statt sie zu essen. Die reinsten Tiere. Von Kopf bis Fuß.«

Das war ihre Außenwelt. Sie kam und ging zu allen möglichen Tageszeiten; und schon in jungen Jahren machte ich es genauso.

Sie bemutterte mich nie, sagte mir nie, ich solle im Winter einen Schal anziehen oder nach rechts und links schauen, bevor ich über die Straße gehe. Ich erzog mich selbst, und sie war meine Kameradin. Vermutlich hatte ich nie eine Mutter im herkömmlichen Sinn.

Es waren immer Besucher im Haus – Männer und Frauen mit vom Wind geröteten Gesichtern und groben Mänteln und Koffern, die von Schnüren zusammengehalten wurden. Sie holten Bücher und zerknitterte alte Kleidungsstücke hervor und verteilten sie überall im Haus, als wären sie beim Zelten. Sie schienen alles zu sammeln, was es auf der Welt gratis gab: Zuckerpäckchen und Zahnstocher, Hotelhandtücher und -geschirr, Kugelschreiber und jede Menge Tüten und Umschläge. Aber sie waren ja auch Russen.

Sie tranken immer viel – und statt zu lachen, wie wir das in geselliger Runde tun, weinten sie ihre Tränen, jede und jeder für sich und alle gemeinsam; russische Tränen und russischer Wodka – verschmolzen durch Zeit und Leiden.

An eine bestimmte Besucherin erinnere ich mich genauer als an die anderen: Eine alte Frau, die im Haus mit nichts ankam – keinen Taschen, keinen Kartons –, nur mit einem einzigen schwarzen Kleid, das sie jeden Tag trug und sonntags wusch. Ich weiß noch, daß es wie eine Quarantäneflagge auf der Wäscheleine im Garten hing.

Sie sagte mir, ich solle sie Maria nennen, und manchmal gingen wir Hand in Hand die Straße entlang zum Park oder zu den Zeitungshändlern an der Straßenecke. Ich erinnere mich an ihre Haarspange, ihre weiße Haut, die Goldfüllungen in ihren Zähnen – doch nicht an ihr Gesicht: den Gesichtsausdruck, die Augen.

Wie dem auch sei, sie ging fort, ohne sich von mir zu verabschieden. Ich wachte einfach eines Morgens auf und erfuhr, daß sie hinter die Mauer zurückgegangen war.

Von dort her kamen sporadisch verblichene Karten, bedeckt mit Stempeln und Bleistiftspuren, und Briefe in billigen, groben Kuverts – der Geruch, das Material des Rußlands der sechziger Jahre. Und dann kam gar nichts mehr.

Ich hatte die Vorstellung eines schwarzen Lochs, in dem Menschen verschwanden und aus dem sie selten, falls überhaupt, wieder auftauchten.

Die Lebensumstände meiner Mutter waren also alles andere als normal. Alles war fremdartig – und für die Leute, mit denen ich aufwuchs, eine Spur verdächtig.

Sie dürfen nicht vergessen, daß das Nachkriegs-Großbritannien Fremde nicht mochte. Man konnte nie sicher sein, ob ein fremder Akzent nicht in Wirklichkeit ein deutscher war. Und als Briten waren sie zu verkrampft, um nachzufragen.

Mutters Grundsatz war, mit allen, die sie traf, offen über sich und ihre Herkunft zu sprechen – was deren Verdacht nur noch bestärkte. Warum war sie so mitteilsam? Was hatte sie zu verbergen? Wer wollte das denn überhaupt wissen?

Schließlich lernte sie wie wir alle, sich keine Mühe mehr zu geben. Es gab nichts Schlimmeres, als zu großes Interesse zu zeigen – an Arbeit, Bekannten oder dem Leben allgemein. Kämpf dich einfach durch und sei grob, unverbindlich und unfreundlich. Die Briten, so pflegte sie zu sagen, schätzen das.

Sie hatte begriffen, worauf es ankam. Wie gesagt, sie lebte einfach als Russin in London – und das allein war für jedermanns Geschmack schon exzentrisch genug.

Schließlich zog ich weg. »Schließlich« heißt: an meinem fünfundzwanzigsten Geburtstag, dem Tag nach der Party. Sie veranstaltete immer eine Geburtstagsparty für mich; sie sagte, das wäre das einzige, was sie noch ohne schlechtes Gewissen feiern konnte.

Mein ganzes Leben hindurch hat sie mich immer ausfindig gemacht und zum rituellen Festessen ausgeführt – sie holte mich aus der Schule, aus der Universität, aus den Fängen von Freundinnen, über die sie sich oft spöttisch und abfällig äußerte.

»Schau dir dieses Geschöpf an«, sagte sie dann. »Überhaupt keine Brüste. Wie ein Brett. Und dieses Lachen. Hast du das gehört? Treibt dich das nicht zum Wahnsinn?«

An meinen Geburtstagen herrschte jedoch Waffenstillstand – diese Tage waren das beiderseits anerkannte Bindeglied zwischen uns. Die flüchtige Konstante, derer wir uns beide immer bewußt waren.

An diesem Novembertag also – ich wußte noch nichts von

George, dem Russen – fuhr ich mit dem Bus an den Rand von North-London, in sicherer Erwartung eines zweisprachigen Abends mit Gästen, Getränken und jeder Menge russischer Tränen, um meinen Geburtstag zu begießen.

Doch ich mußte feststellen, daß die Straße abgesperrt war – weiße Ford Sierras parkten an beiden Seiten, Gruppen von Nachbarn standen an der Ecke und redeten miteinander, deuteten auf etwas und tuschelten. Männer in Regenmänteln und mit Sprechfunkgeräten in der Hand standen frustriert herum, als wäre das Hauptereignis zu früh zu Ende gegangen.

Und als ich weiterging, konnte ich sehen, daß das Epizentrum das Haus meiner Mutter war. Ich war wie vom Donner gerührt. Dann fing ich zu rennen an – und sie rannten sofort hinterher. Ich kam bis zur Gartentür, die jetzt eindeutig das Zentrum der Aufmerksamkeit war; und hier empfingen mich vier oder fünf Regenmäntel, die mir den Weg versperrten, sowie das Gesicht einer Frau, so kalt und so ausdruckslos, als wäre ein lebenswichtiger Teil von ihr gestorben oder nie geboren worden.

»Sind Sie der Sohn?« fragte sie.

Ich nickte. Es war, als würde ich einem Priester eine Sünde beichten.

3

Wir erkannten uns wohl beide im selben Augenblick. »Jane Card?«

»Edward Bell, o Gott!« Und das sagte fast alles über unser Treffen nach so langer Zeit.

Reichlich Schmerz, reichlich Verlegenheit und, für mich, das Gefühl, als würde eine alte Wunde jäh aufgerissen. Doch ihr »O Gott« schien es ziemlich gut auf den Punkt zu bringen. Jane Card, wie sie da im Regenmantel stand, unter dem Blick all der Lakaien. Ein Name, dem ich so viele Jahre lang innerlich ausgewichen war, den ich jedoch nie vergessen hatte.

»Was zum Teufel ist hier los, Jane?«

Wir waren mittlerweile im vorderen Zimmer angelangt. Sie hatte nicht gewollt, daß ich ins Haus kam – doch das scherte mich nicht.

Ich konnte allerdings nachvollziehen, warum sie davon nicht erbaut war. Zwei Männer in Overalls rissen Bodenbretter hoch, die Stühle hatte man in den Garten gebracht. Gemälde waren von der Wand genommen worden, Bücher und Zeitungen lagen auf einem Haufen neben dem Kamin.

»Was zum Teufel denkt ihr euch eigentlich dabei?«

»Setz dich.« Sie deutete auf einen Hocker.

»Verdammte Scheiße ...« Diese Frau war eine Freundin, mehr als eine Freundin gewesen, wir hatten einmal eine gemeinsame Zeit gehabt – doch das tat meiner Wut keinen Abbruch.

»Tut mir leid, Jane.« Doch ich fühlte kein Bedauern. Ich trat auf sie zu. Ihr Parfüm stieg mir in die Nase, und ich war ihr so nahe, daß ich die gesprayten braunen Haare hätte berühren können.

Sie setzte sich auf den Hocker und schickte die Abbruchkolonne mit einer Handbewegung fort. Sie war jetzt vierzig und alles andere als aufregend – helle und farblose Kleidung, ein nettes Gesicht. Man begegnet Leuten wie ihr im Zug, doch man sieht über sie hinweg. Nichts, woran das Auge hängenbleibt. Nichts, was Interesse weckt. Niemand würde auf Jane Card abfahren. Nicht mehr.

»Wir wissen nicht, wo deine Mutter ist.« Sie sagte es leicht frotzelnd, so als ob sie es in Wirklichkeit doch wußte.

»Wir?«

»Meine Abteilung ...«

»Und die wäre?« Ich verstand immer weniger. »Komm schon, spuck es aus – rede in ganzen Sätzen, Jane. Als wir uns zum letzten Mal sahen, warst du Diplomatin in Prag ...«

»Du brauchst mich nicht daran zu erinnern ...«

»Zweite Botschaftssekretärin, Jane, verheiratet mit einem Ersten Botschaftssekretär ...«

»Ich bin keine Botschaftssekretärin mehr, Edward. Ich arbeite im Innenministerium, Einwanderungsbehörde.«

»Du meinst Sicherheitsdienst ...«

»Es nennt sich Einwanderungsbehörde.« Sie zuckte die Schultern. »Ich werde keine Spielchen mit dir spielen ...«

»Das hast du mal.«

Sie seufzte tief, nicht aus Ungeduld oder aus Ärger, sondern eher wie jemand, dem ein langer Aufstieg auf einen steilen Berg bevorsteht. Sie erzählte mir von George, dem Russen, wie er überwacht worden war, wie man ihn aus den Augen verloren und dann wiedergefunden hatte, tot, an der Uferstraße, in Mutters Auto.

Sie sagte, sie wüßten nicht wirklich, wer er war, »ein bißchen schmierig« sei er gewesen, aber was hieß das schon? War er, was er zu sein vorgab? War er ein Spitzel? Gehörte er zum neuen russischen Sicherheitsdienst, oder war er ein Problem aus der Vergangenheit?

Sie warf mir die Fragen zu, vielleicht in der Hoffnung, daß ich eine davon auffangen würde, doch sie flogen alle an mir vorbei.

»Ich will nur eins wissen: Was wirst du in dieser Sache unternehmen?« fragte ich.

Sie gab keine Antwort.

Wir saßen eine Weile schweigend da, während sich die Dunkelheit um uns ausbreitete. Orangefarbene Straßenlampen gingen an, die Bäume traten skelettartig hervor, und die gepflegten Vorgärten versanken in Schatten. Ich dachte an Jane Card, wie ich sie einst gekannt hatte – makellose, faltenlose Haut, wohin das Auge blickte, und ein Ausdruck in ihren Augen, den verheiratete Personen nicht haben sollten. Erinnerst du dich, Jane?

»Ich fahre dich nach Hause«, sagte sie, »und wir unterhalten uns dann weiter.« Sie lächelte, ganz wie eine Schulsprecherin, die von der Schulleitung festgelegte Aufgaben verteilt. Und das war neu.

Ich widersprach nicht.

Wir gingen nach draußen zu ihrem Auto, vorbei an den »Freunden und Helfern«, die mürrisch und verschlossen herumstanden und sich standhaft weigerten, die Fragen der Nachbarn zu beantworten. Als wir abfuhren, gingen sie ins Haus und machten sich daran, die Lichter auszuschalten und die Fensterläden zu schließen.

»Wir werden uns eine Weile um alles hier kümmern«, sagte Jane.

Es war eindeutig ihr eigenes Auto. Ein rotes viertüriges Ding, mit einem Kinderschal auf dem Rücksitz und einer Handvoll zerknülltem Bonbonpapier in den Seitenablagen.

»Kein Dienstwagen heutzutage?« fragte ich.

»Die haben wir nach dem Kalten Krieg verloren«, antwortete sie und hielt mir ein Pfefferminzbonbon hin. »Außerdem sind wir heutzutage alle ein bißchen normaler. Ich habe ein Haus in Barnes und zwei kleine Töchter. Eine normale Frau. Und wenn wir heute abend mit dir fertig sind, werde ich heimgehen und den Mädchen was zu essen kochen und ihnen erzählen, was für einen netten Tag ich hatte.«

»Hast du das?«

»Natürlich nicht.«

»Also, wie wird irgendwas von all dem meiner Mutter helfen?«

Sie fluchte laut, als ein Auto dicht vor uns auf unsere Spur wechselte. Wir hielten an der Ampel.

»Irgendwas hat deiner Mutter Angst eingejagt.« Sie wandte mir das Gesicht zu. »Irgendwas, was sie gesehen oder gehört hat. Vielleicht ein Gespenst aus der Vergangenheit. Jedenfalls etwas, das sie so in Angst und Schrecken versetzt hat, daß sie die Flucht ergreifen mußte. Das glaube ich zumindest.«

Und ich erinnere mich nur allzugut an die Frage, die sie mir dann stellte. Ich erinnere mich an die Farbe des Autos neben uns, an das Lied im Autoradio und an ein Paar, das sich in einem Bus küßte.

Sie fragte: »Wie gut kennst du eigentlich deine Mutter?«

4

Als ich in jenem Augenblick an meine Mutter dachte, sah ich vor mir eine Frau, die ihre Geschichte in der Dunkelheit ihrer Augen birgt.

Ich sehe sie Tee aus einem verbogenen Löffel schlürfen, und ihre Hand zittert so sehr, daß der Tee immer wieder auf den Steinboden tropft. Ich sehe sie in Rußland.

Sie war nicht alt. Zwanzig vielleicht. Nicht alt genug, um im Gefängnis zu sitzen und die Entscheidungen zu treffen, die sie traf.

Ich sehe sie in der Nacht, in der sie verhaftet wurde – wie man ihr ihre Kleidung nimmt und ihre Menschlichkeit, sie in eine Zelle einschließt wegen Verbrechen gegen den Staat, wie sie dort haltlos schluchzend sitzt.

Ich sehe, wie die Wärterin gegen die Tür schlägt und schreit, sie solle ruhig sein ... denn Weinen war verboten. Ich sehe, wie meine Mutter eine Decke um ihre Schultern zieht, zu Boden sinkt, sterben will.

Doch irgendwann vor der Morgendämmerung reifte in ihr ein neuer Entschluß – der Entschluß zu kämpfen, zu leben, zu überleben. Was immer dafür nötig wäre, wie lange es auch dauern mochte, wie grausam sie auch behandelt würde.

Und ich sehe, wie sie sich langsam die Tränen abwischt, sich zwingt, gefaßt zu sein, während sie darauf wartet, daß das Tageslicht in die Zelle kommt. Sie hatte ihr Schicksal wieder in die eigene Hand genommen.

Ich sehe, wie sie in ein Lager voller gebrochener Menschen überführt wird, 1600 Kilometer nördlich von Moskau. Ich sehe Tage der Angst und des Hungers, ohne Ende wie die Steppe selbst – doch sie wankte nie, gab nie die Hoffnung auf, zwang sich weiterzuleben.

Und dann, sechs Monate später, an einem düsteren Oktobermorgen, als aus dem Schneeregen Schnee wurde und Winter sich auf das Land senkte, wurde sie per Zug nach Moskau zurückbefördert.

Sie brachten sie in Handschellen zu einem leeren Haus. Sie wußte noch, daß sie an einem Mann vorbeikamen, der vornübergebeugt an einer Wand lehnte. Seine Augen folgten ihr, er murmelte vor sich hin und stampfte voller Wut und Frustration auf den Boden. Für ihn war sie weder Opfer noch Freund. Sie hatte nichts zu geben und nichts zu nehmen. Und deshalb war sie, im Rußland jener Tage, ohne Wert.

Mehrere Minuten lang stand sie allein in einem schmuddeligen Raum, ohne zu begreifen, und plötzlich stand da eine Gestalt in der Tür – bärtig, blaß und doch, wie sie einmal gesagt hatte, mit Augen wie Leuchtfeuer auf einem Hügel. Mit ihren eigenen Worten: »Der Mann, dem ich mein Leben geschenkt hatte.«

Ich weiß nicht, worüber sie miteinander sprachen. Sie hat es mir nie erzählt. Ich weiß nur, daß er ein Arzt aus Leningrad war. Ein Forscher, ein hochqualifizierter Mann, zehn Jahre älter als sie. Und doch muß er Verbindungen gehabt haben, die er benutzte, um ein abschließendes Treffen mit ihr zu erkaufen. Denn das war es, ohne jeden Zweifel. In jenen Tagen war Rußland voll von Abschiedsszenen. Sie kannten beide die Regeln, wußten, daß es unvermeidlich und erforderlich war, Opfer zu bringen.

Dann führte man sie hinaus zu einem Auto – und etwas im Fenster des Obergeschosses sprang ihr ins Auge, und als sie ganz hochblickte, stand dort der Mond, heller und größer als sie ihn je zuvor gesehen hatte.

Es war das letzte Mal, daß sie einen russischen Mond sah. Denn sie brachten sie zum Flughafen, führten sie an den Uniformen und den Absperrungen vorbei, Treppen hinunter und unter die Landebahnen, wo der Lärm der Flugzeuge ihr in den Ohren zu explodieren schien.

Sie kam unter den Flügeln eines Düsenflugzeugs ins Freie, und niemand blieb stehen, um ihr Lebewohl zu sagen. Eine Stewardeß schnallte sie an – der Gurt hatte einen abgesperrten Verschluß, also war es vielleicht gar keine Stewardeß – und eine Süßigkeit wurde ihr in die Hand gedrückt: ein letztes Geschenk, ein letzter Geschmack …

Sie streckte die Hand zu dem Sitz vor ihr aus, und etwas fuhr ihr ruckartig durch den Körper, tief in die Eingeweide, ein krampfartiger Schmerz, ihre Fingernägel bohrten sich in die Haut ihrer Hände, Blut spritzte auf ihren Mantel und den Sitz …

Mein Start, pflegte sie später zu sagen. Mein neues Leben. Ein Neubeginn.

Und doch konnte sie an nichts anderes denken als an den Mann, den sie zurückgelassen hatte. Wie sie in einem einzigen Augenblick befreit und zugleich beraubt worden war. Ein letzter Schlag ins Gesicht, noch ein Messer in die Brust. Denn in Rußland tat alles weh. Du konntest den Schmerz nicht umgehen. Er war überall um dich herum, in den Bäumen, im Wind. Er folgte dir, verschwand gelegentlich, doch gerade wenn du anfingst zu glauben, er wäre endgültig fort, tauchte er wieder auf.

Bereits auf diesem Flug wurde ihr wohl klar, daß Rußland sie nie freigeben würde. Rußland war nicht nur ein Land oder eine Kultur – es war eine Saat, die im Innern seiner Menschen eingepflanzt worden war, an ihnen zerrte und sie zurückzog.

Meine Mutter hatte dreißig Jahre außerhalb ihres Landes verbracht – mein ganzes Leben und den größten Teil ihres Lebens. Und doch schien diese Abwesenheit, dieses neue Leben plötzlich ohne Bedeutung. Als Rußland sie gewollt hatte, hatte es sie einfach zurückgeholt.

»Nimm noch ein Pfefferminzbonbon«, sagte Jane Card und zog die Handbremse an.

Wir hatten vor dem Gebäude gehalten, in dem ich wohnte.

»Wir sind da«, sagte sie überflüssigerweise, stieg aus und blieb auf dem Pflaster stehen.

Es kam mir nicht so vor, als wären wir überhaupt irgendwo.

5

Sie hat wirklich Nerven, hierherzukommen, ohne eingeladen zu sein. Es ist nicht mehr so wie früher. Sie ist sehr viel resoluter geworden.

Wir sind jetzt im Lift. Meinem Lift. Zum dritten Stock meines umgewandelten Kaufhauses tief im Londoner Hafenviertel, mit all den großen Räumen und Fenstern mit Blick auf den Fluß. Ich überlege mir genau, wen ich hierherbringe.

»Gibt es etwas, worüber wir reden sollten?« frage ich.

»Das hängt von dir ab, genaugenommen.« Sie geht in meine Küche und fängt an, Kaffee zu kochen. »Den kannst du jetzt sicher brauchen.«

Zum ersten Mal kann ich in ihr die kleine Hausfrau sehen, die Mutter. »Zieh den Mantel aus, Tina; Gilly, wasch dir die Hände, zeig mal her ...« Und doch ist sie so kalt wie das Wetter draußen. Die Kinder haben wohl nicht oft das Vergnügen, auf Mamas Schoß zu sitzen oder mit ihr im Bett zu schmusen. Und der Ehemann? »Ach laß das doch, Jim, nicht jetzt, um Himmels willen.« Schon lustig, die kleinen Szenen ihres Lebens, die ich zu hören glaube.

Der Riemen ihrer Handtasche ist gerissen, und sie hat ihn mit schwarzem Klebeband repariert.

»Zucker?« fragt sie.

»Nein danke. Sieh mal, Jane, ich würde liebend gern reden. Das weißt du ...« Nur, wenn ich darüber nachdenke, will ich eigentlich überhaupt nicht reden. Es liegt nicht an den Jahren, die vergangen sind, oder an Mutters Verschwinden; es ist einfach so, daß diese Dame und ich uns vor langer Zeit voneinander verabschiedet haben und uns nicht mehr treffen sollten. Wir sind ein schlechtes Gespann. Bei manchen Leuten ist das eben so. Ich schüttle den Kopf. »Gibt es niemand anderen, der mir Näheres sagen könnte?«

»Tut mir leid.« Jane Card fährt sich durch die zwei braunen

Locken hinter ihren Ohren. »Es ist mein Fall.« Es liegt ein näselnder Tonfall in ihrer Stimme, der früher nicht dagewesen war. Wahrscheinlich ist er aufgesetzt – ein Pseudo-Lokalkolorit, eine Sprechweise, die demonstrieren soll, daß sie dazugehört und nicht hochnäsig oder übermäßig gebildet oder sonst irgend etwas Besonderes ist. Einfach die Jane von der Einwanderungsbehörde.

»Edward, ich will mit dir in die Vergangenheit zurückgehen, was immer es bringt ...«

»Ich würde lieber nach vorn gehen ...«

»Warte doch erst mal«, sagt sie ungeduldig. Und sie hat die Fakten über meine Mutter in Moskau: ihren Weggang, den zurückgelassenen Geliebten. Ich hatte ihr niemals etwas davon erzählt. Über so viele Dinge hatte ich jahrelang nicht nachgedacht. Wie mein Leben und das meiner Mutter in verschiedene Richtungen gingen – wie sich unsere Wege wieder überschnitten. Ihr Job, mein Internat, ein Urlaub oder zwei. Warum? Warum haben sie das Haus in der Stanley Road so viele Jahre lang beobachtet – und uns zwei, wie wir dort lebten und älter wurden?

»Ihr wart ganz schön beschäftigt«, stelle ich fest.

Doch sie geht nicht darauf ein; sie steht auf und streicht über die Rückseite ihres blauen Rocks.

»Weißt du, warum deine Mutter Moskau verlassen durfte?«

»Das ist alles sehr lange her. Spielt es eine Rolle?«

»Weißt du es?«

Ich presse die Hände zusammen. »Also gut – ich glaube nicht, daß wir beide je darüber geredet haben, also werd' ich's dir erzählen, aber nur einmal, und damit hat sich's dann. Sie war eine Dissidentin, okay? Eine gute, denke ich mir, verärgerte alle Leute, auf die es ankam; sie hatten die Schnauze gestrichen voll von ihr. Jedenfalls ließen sie sie aus Rußland heraus, unter der Bedingung, daß sie alle politischen Aktivitäten aufgibt – das Land vergißt, den Kommunismus vergißt. Einfach den Mund hält und so tut, als wäre nichts gewesen. Sie hatte keine große Wahl. Warum sollen wir das alles noch mal durchkauen?«

»Ich versuche herauszufinden, ob irgendwas aus ihrer Vergangenheit plötzlich aufstand und auf sie losging. Das kann passieren, weißt du?«

»Ich *weiß* es *nicht*.«

»Gibt es etwas in *deiner* Vergangenheit, Edward?«

»Dich gibt's in meiner Vergangenheit, Jane. Lassen wir's dabei, einverstanden?«

Sie schlendert lässig von der Küche ins Wohnzimmer. Es ist mein Lieblingsraum, mit Aussicht auf den Fluß und einem Balkon. Es stört mich, wie sie darin herumwandert, als gehörte der Raum zur Hälfte ihr.

»Vor fünfundzwanzig Jahren, Edward, wurde deine Mutter sehr sorgfältig überprüft. Wir beide waren damals in der Grundschule. Du in North-London, ich in South-London. Du hast dich einer Bande angeschlossen, und ich schnitt meinem Teddybär mit einem Küchenmesser den Kopf ab, um zu sehen, ob er dann blutet.« Sie sieht mich scharf an. »Falls du's genau wissen willst.«

Eine feine Schweißspur zeichnet sich auf ihrer Stirn ab. Ihre Stimme klingt jetzt eindringlich. Etwas macht Jane Card zu schaffen.

»Wie dem auch sei«, fährt sie fort, »wir überprüften sie noch einmal, als dein Vater nach Rußland zurückging. Ein ziemlicher Verlust für uns – das.«

»Für mich war es ein größerer Verlust, Jane.«

Sie wird rot. »Ich weiß, tut mir leid. Hätte ich nicht sagen sollen.«

Einen Augenblick lang zögert sie. »Hat sie je über irgend jemanden aus Rußland gesprochen?«

»Nur über eine einzige Person – den Arzt, den sie zurückließ. Sergej.«

»Keine laufenden Kontakte?«

»Nicht mehr. Sie sind alle im Lauf der Jahre weggestorben.«

»Wir glauben, daß ihr jemand eine Botschaft zukommen lassen wollte, und George der Bote war. Was hätte das sein können? Oder vielleicht ging es um Erpressung.« Sie fährt sich mit der

Zunge über die untere Zahnreihe. »Jedenfalls ist er nicht hier, so daß wir ihn fragen könnten – der liebe George –, nicht wahr?«

»Ebensowenig wie meine Mutter.«

»Ebensowenig wie deine Mutter«, wiederholt sie.

»Jane … ich muß wissen, was hier vor sich geht.«

»Ich glaube nicht, daß das irgend jemand weiß. Nicht, was diesen Fall betrifft.« Sie steht auf und öffnet die Balkontür. Ein scharfer Wind bläst vom Fluß herauf. Ich fühle mich verpflichtet, ihr Gesellschaft zu leisten.

»Wie gehen die Geschäfte?« fragt sie und starrt über den Fluß.

»Ich bin Berater«, höre ich meine Stimme. Ich weiß nicht, warum ich mit ihr darüber rede.

»Osteuropa«, sagt sie, »ja, ich weiß. Das warst du schon, als ich dich kennengelernt habe.«

»Rezession und all das …«

»Eine letzte Frage, Edward. Das wird dir vielleicht nicht gefallen, aber hältst du's für möglich, daß deine Mutter George getötet hat?«

Ich schaue sie ungläubig an. »Ich werde versuchen zu vergessen, daß du das gesagt hast.«

»Edward, sie ist in einer gewalttätigen Welt aufgewachsen …«

»Ich denke, du gehst jetzt besser. Wir haben uns nichts zu sagen.«

»Wie du meinst …« Sie hat den Tonfall wieder gewechselt und blickt immer noch auf den Fluß.

Wer bist du in diesen Tagen, Jane Card? Ich sehe langsam eine Menge verschiedener Gesichter.

Sie sieht sich noch einmal um und geht auf die Tür zu. »Ich melde mich morgen«, sagt sie, und im gleichen Moment, ohne die geringste Vorwarnung, dreht sie sich zu mir und fährt mit ihrem Zeigefinger über meine Lippen – ganz zart, nur der Hauch einer Berührung, die ein Versprechen ausdrückt. Ich bin wie vor den Kopf gestoßen, denn die Geste ist so unmöglich für sie, für mich, so unangebracht unter diesen Umständen.

Niemand hat das je zuvor getan – nicht einmal sie. Ich bin völlig verwirrt von der Sinnlichkeit ihres Fingers, der Zärtlichkeit, verwirrt über die Absicht, die die Berührung auszudrücken scheint. Jane Card in ihrem blauen Rock und beigen Regenmantel und mit den zwei braunen Locken, sicher hinter ihren Ohren verstaut. Sicher?

Als sie die Tür schließt, höre ich im Geist wieder ihre Worte: »Ich bin eine normale Frau. Ich habe ein Haus in Barnes und zwei Töchter, und ich werde ihnen heute abend was zu essen kochen.«

Sie muß verrückt sein.

6

Warum sollte es eine Rolle spielen, was sie tat?

Aber das tut es.

Ich sitze stundenlang wach da, gebe mich der Erinnerung an die Geste ihres Fingers hin und schäme mich darüber.

Mit dieser Geste hat sie ihre Macht über mich gezeigt.

Denn ich kann mich nur allzugut an die Zeit erinnern, als sie die leeren Räume in meinem Leben füllte. Ich kannte jeden Teil ihres Gesichts – den winzigen Krähenfuß unter dem linken Auge, den Leberfleck oberhalb des Mundes, das Grübchen in der Mitte des Kinns, die Augen, die stundenlang unverwandt blicken konnten, bis ich aufgab und wegsah. Sie war selbstsicher und engagiert, und einst, eine wundervolle Zeit lang, war ich es, für den sie sich engagierte.

Im Rückblick wird mir klar, daß es lange dauerte, sie aus meiner Welt zu lösen, die Bilder zu löschen und den Ton auszublenden.

Und jetzt hat mich Jane Card berührt, um zu zeigen, daß sie das immer noch konnte. Ob ich will oder nicht. Berührte mich aus Gründen, die mir schleierhaft sind, berührte meinen Körper, berührte ein entferntes Verlangen.

Meine Mutter hätte gelacht. »Dieses kleine Miststück«, hätte sie gesagt. »Sie spielt mir dir. Die Welt ist voll von kleinen Miststücken. Was ist so Besonderes daran?«

Aber irgend etwas ist besonders. Meine Mutter verschwindet schließlich nicht jeden Tag, hat nicht mit kleinen Miststücken wie diesem zu tun, das sie überprüft und des Mordes verdächtigt. In meiner Welt kommt so was nicht vor.

Laß dir Zeit, sage ich mir. Ein Gedanke nach dem anderen. Wie Schritte.

Dieser Tag hätte eigentlich ganz anders verlaufen sollen.

Es war geplant, daß ich eine Reise durch Osteuropa antrete,

um Geschäftsleuten zu Abkommen mit den neuen Demokratien zu verhelfen. Nur daß das mit der neuen Demokratie nicht so weit her war. Alles wurde so wie immer gehandhabt. Die Namen hatten sich geändert, und die Parolen waren beseitigt worden, doch Macht war das gleiche stumpfe Instrument wie eh und je. Zum Beispiel Jugoslawien und der Beginn eines neuen Hundertjährigen Krieges. Zum Beispiel Polen, die Tschechoslowakei, Rumänien – ein Keil von grimmiger Mittelmäßigkeit quer durch den europäischen Kontinent.

Ich hatte osteuropäische Sprachen studiert, einige Zeit in den dunklen, grauen Städten zugebracht, erlebt, was für ein wetterwendischer Glücksfall die Wahrheit früher und auch jetzt noch war.

Den Kunden gegenüber nannte ich sie »die Länder des Tortenboden-Versprechens«. Wenn du ihn hochhebst, zerfällt er zu Krümeln. Und das tat er dann auch.

Mein Unternehmen begann vor knapp sieben Jahren, doch es ist nicht gerade gewachsen. Ich sorge für die Geschäftsabschlüsse, den Kaffee und die Ausreden. Um die beiden letztgenannten Aufgaben hatte sich anfangs eine Assistentin gekümmert – eine junge Dame, frisch von der Universität, die mit Erfolg einfachen Diebstahl studiert hatte. Ich war ihr erstes Opfer und zahlte nichtsahnend für ihren Flug nach Australien, wo sie meines Wissens immer noch ist.

Ähnliches Glück war mir mit der Reinemachefrau beschieden – eine ehemalige Wärterin des Holloway Gefängnisses, wo sie jetzt einsitzt. Sie war so dumm, die wenigen Schecks, die ich bekam, zu stehlen und auf ihr eigenes Konto einzuzahlen.

Jetzt mache ich also alles auf meine Art, ich subventioniere keine Flugreisen mehr. Ich werde es mir reiflich überlegen, bevor ich wieder jemanden anstelle.

Aber ich bin für meine Kunden immer noch Krankenschwester und Führer, Vertrauter, kleiner Bruder – oder was immer sie sonst wollen. Ich opfere meine Abende für diese Händler in Geschäftsanzügen, die vor ihren Biergläsern über Ehefrauen oder

Geliebte schwafeln und die durch die Reise bedingte Trennung beklagen oder schätzen, geplagt von Zweifeln und von Schulden.

Man bezahlt dich, natürlich, um zu leiden. *Sie* wollen nicht leiden. Sie bezahlen dich dafür, daß du es ihnen abnimmst. Und aus diesem Grund darfst du nie schlafen, außer mit einer Person, die dir Informationen gibt, darfst nie Urlaub machen, außer mit einer namhaften Regierungsquelle, nie harte Drinks zu dir nehmen, außer um andere betrunken zu machen und ihre Zunge zu lösen.

Und du schüttelst ihnen die Hand, mit kräftigem und trockenem Händedruck, und schaust ihnen direkt in die Augen, mit einem Ausdruck, der besagt: »Ich bin immer da, wenn Sie mich brauchen, Phil oder Dave oder Harry. Zählen Sie auf mich.« Und das tun sie dann auch.

Manchmal rufen sie dich an, nur um sicherzugehen, daß du das ernstgemeint hast. Samstag abend bekommst du dann einen Anruf wie etwa:

»Hallo Edward, Harry hier.«

»Hallo Harry.«

Ein Augenblick des Schweigens, währenddessen er sich vergewissert, daß ich nicht der Anrufbeantworter bin.

»Ich wollte nur mal hören, wie's läuft«, sagt Harry.

»Ich bin ganz nah dran«, antworte ich. »Ist dir noch was eingefallen?«

»Eigentlich nicht …«

»Dann setze ich mich heute abend noch ein paar Stunden an den Laptop. Ich rufe dich an, sobald ich etwas habe.«

Ich lege den Hörer auf die Gabel. Es erstaunt mich immer wieder, daß Harry ohne fremde Hilfe mit dem Pissen zurechtkommt. Doch sie sind alle gleich. Bestenfalls bin ich ein Tröster. Schlimmstenfalls einfach eine Telefonnummer, die sie anwählen können, wenn ihre Hände sonst nichts zu tun finden. Ich habe manchmal das Gefühl, für ganz London der Packesel zu sein.

Vor dem Fenster zieht eine frühmorgendliche Flußfähre in Richtung Westminster vorbei.

Auf dem Wasser glänzen orangefarbene Lichter, tanzende Diamanten, von Strömungen in Bewegung gehalten. Doch an diesem Morgen hat nur die Fähre, die sich mit aller Kraft durch die Dunkelheit der Hauptstadt ihren Weg bahnt, ein festes Ziel.

Wo bist du, Mutter?

Harry fährt mit diesem Schiff zur Arbeit. Harry, der die Delegation nach Osteuropa leitet, der jetzt ein weißes Oberhemd und eine »Rotfront«-Krawatte anlegt und mich jeden Augenblick anrufen wird, um sich zu vergewissern, ob »alles läuft, wie geplant.«

Nun, tut es nicht, oder, Harry? Ich werde mir noch einen Moment Ruhe gönnen, dann werde ich den Hörer abnehmen und es ihm sagen.

Doch ich wollte diese Fahrt. Ich brauchte diese Fahrt. Aus so vielen Gründen. Ich wähle Harrys Nummer.

»Wollte Dich grad anrufen, alter Junge«, sagt er. Harry ist kein Amerikaner, aber er wäre es gern.

»Ihr werdet ohne mich fahren müssen«, erkläre ich ihm. »Es ist etwas passiert.«

»Das klingt aber gar nicht gut …«

»Meine Mutter ist verschwunden.«

»Scheiße, Edward, das tut mir aber leid.«

»Ist schon gut, Harry.«

»Großer Gott, das ist ja schrecklich.« Er hält taktvoll ein paar Sekunden inne. »Was ist mit der Fahrt?«

»Ich stoße später zu euch. Versprochen.«

»Es sind drei Wochen, Edward.«

»Ich weiß. Ich habe das Ganze vorbereitet.«

»Geht in Ordnung, nehm ich an. Es wird allerdings nicht das Gleiche sein.« Er seufzt hörbar. »Hoffe, du findest deine Mom bald.«

»Danke, Harry.«

Es ist jetzt heller. Ein Schleppkahn zieht gelbe, mit Containern beladene Kähne, die tief im Wasser liegen. Möwen kreischen hinter ihnen her. Ein Jogger, der die Uferstraße entlangläuft, holt das Letzte aus sich heraus. Auf der anderen Seite des Flusses streckt ein Stadtstreicher seine Arme aus, die in einem löchrigen Mantel stecken. Städte werden nicht auf einen Schlag wach. Sie erheben sich anfallartig, husten sich und ihre Maschinen stoßweise ins Leben zurück.

Mutter, wo auch immer sie sein mochte, schlief sicher noch, das wußte ich. Frühaufstehen war nicht ihre Sache. »Nichts für mich, Schatz«, nicht seit ihrer Zeit in den Lagern, wo die Sirene um drei Uhr morgens geheult hatte und die Gefangenen in die sibirische Dunkelheit getrieben wurden, um ihrer sozialistischen Verpflichtung Genüge zu tun.

»Zehn Jahre gab's für nichts«, sagte sie. »Wenn du wirklich etwas gemacht hattest, hast du fünfzehn oder zwanzig bekommen. Ich hatte Glück – ich hab nur sechs Monate bekommen. Bei den meisten Leuten waren zehn Jahre das absolute Minimum.« Hin und wieder erzählte sie mir von den Kämpfen, die die Gefängniswärter einfädelten, indem sie die Gefangenen gegeneinander ausspielten. Zum Beispiel stahlen die Wärter Essensrationen und ließen durchblicken, daß eine Gefangene sie genommen hatte. Es bedurfte nur eines Gerüchts, nur eines Wortes in ein paar halb erfrorene Ohren. Wie jedes Gerücht fraß es sich durchs Lager, bis die genannte Gefangene erstochen oder, falls sie Glück hatte, bewußtlos geschlagen wurde. Das war Unterhaltung für den Kommandanten.

Einmal, so erzählte sie, waren sie auf sie losgegangen, und sie hatte drei Frauen abgewehrt, dann eine vierte. Sie rollten sich wie Bären im Schlamm, unter dem Blick der Wachen. Dann fand ihre Hand eine Glasscherbe, sie nahm die Frau in den Würgegriff, drohte, ihr die Kehle durchzuschneiden.

»Soll ich sie umbringen«, schrie sie, und ihre Stimmte hallte in der frühmorgendlichen Wildnis wider. »Sagt mir, ich soll sie umbringen, ihr Schweine.«

Sie hatten nichts gesagt, waren zu verblüfft, zu erbärmlich, um zu antworten. Was für eine makabre kleine Szene – ein Haufen, der nur noch zur Hälfte Mensch war und Spiele von Leben und Tod am Rand der Welt spielte.

Schließlich, sagte Mutter, hatte sie die Frau zu Boden geworfen, und die Menge trat zur Seite, öffnete einen Weg für sie, während sie die Glasscherbe wegschleuderte. Niemand hat sie je wieder angerührt. Eine Kämpferin, meine Mutter. Bösartig, wenn sie provoziert wird – rücksichtslos. Aber keine Mörderin. Das nicht.

Doch das konnte Jane Card ja nicht wissen. Jane, die mit ihrem Finger meine Lippe entlangfuhr und damit in meine Welt einbrach.

Sie wußte ja nichts von der mütterlichen Hand, die sich in der Nacht zu mir ausstreckte. Sie hatte ja nicht den Schmerz in den Augen meiner Mutter gesehen, wenn ich krank war, die Sorge, wenn ich in Schwierigkeiten steckte.

Oh ja, Mutter konnte töten, doch nur mit ihrer Zunge. Und an dieser Front war sie ein unübertroffener Henker. Täglich blieben Opfer auf der Strecke, erdrosselt, erwürgt, blutüberströmt auf dem Boden. Denn Mutter duldete niemals Gleichgültigkeit oder Grobheit, hatte keine Zeit für Langeweile. Geduld war ein Begriff, mit dem sie nie etwas anfangen konnte. Schlangestehen, in einem Restaurant aufs Essen warten müssen, schlecht bedient werden – all das konnte urplötzlich einen gewaltigen Sturm auslösen.

Und doch konnte man sie immer mit einem Lächeln und einem freundlichen Wort entwaffnen. Zwei Dinge, die in ihrer Kindheit so unüblich gewesen waren und dann in ihrem späteren Leben so unwiderstehlich wurden.

Aber würde Jane Card irgend etwas davon wissen? Mit ihren zwei kleinen Mädchen und ihrer sicheren Kindheit in einer sicheren Welt.

Ich werde beweisen, daß du dich irrst, Jane. Verlaß dich drauf. Und ich werde herausfinden, warum du wieder in meinem Leben aufgetaucht bist.

7

Wenn ich an diesen Morgen zurückdenke, spüre ich wieder meine Verzweiflung. Ich hatte eine schlaflose Nacht hinter mir – meine Kleidung und die ganze Wohnung fühlten sich klamm an, mein Blick war getrübt.

Vermutlich ging ich nach draußen, um einen klaren Kopf zu bekommen. Der Gehsteig war leer, und vom Fluß her wehte ein feiner Nebel herüber.

Die kleinen Wellen am Ufer kräuselten sich im Wind. Die Luft war kalt und feucht.

Ich weiß, warum mich all das an meinen Vater erinnerte – ein anderes Gewässer, ein anderes Land, doch der Nebel war der gleiche und ebenso das Gefühl des Getriebenwerdens und der Hoffnungslosigkeit.

Sie müssen wissen, Vater hörte nicht auf zu existieren, als er nach Rußland zurückkehrte.

Noch lange Zeit danach kamen Briefe von ihm, auf fleckigem Papier, wie aus dem Heft eines Kindes. Mutter sagte, sie wären monatelang unterwegs gewesen. Oft waren sie geöffnet worden, und gelegentlich hatte man mit dickem blauen Stift Zeilen durchgestrichen.

»Was schreibt er?« fragte ich immer. Und sie antwortete dann: »Er sagt, es geht ihm gut.«

Bis heute weiß ich nicht, wie die Reise arrangiert wurde. Es war kurz vor Weihnachten, nach meinem neunten Geburtstag, als sie verkündete, wir würden wegfahren.

»Wohin?« wollte ich wissen.

»Ans Meer«, sagte sie.

Doch es war nicht die Art von Fahrt ans Meer, die ich bisher erlebt hatte. Wir reisten drei endlose Tage und Nächte im Zug. Die Waggons waren schmutzig und kalt, und wir saßen stundenlang schweigend im Abteil, warteten an Grenzen, warteten darauf, durchsucht zu werden, warteten, daß ein Land uns hinausließ und ein anderes uns hereinließ.

Gott, man vergißt leicht, was für ein Theater es damals war, in den Osten zu fahren. So wie sie in meinem winzigen Koffer und unter meiner Decke suchten, über unseren Pässen grübelten und endlos untereinander tuschelten, hätte man meinen können, ich hätte höchstpersönlich den Kommunisten den Krieg erklärt.

Und dann waren wir am Ziel. Polen. Die Hafenstadt Gdańsk, voller Kräne – wo die Trambahnen über das Kopfsteinpflaster ratterten und schepperten, durch rauchgeschwängerte Straßen, an denen Kohlenhaufen lagen.

An das Hotel erinnere ich mich nur ungern. Kahle Wände und ein Bett mit einer Decke und einem einzigen Kissen, kalte Bodendielen und Menschen, die uns argwöhnisch anstarrten und sich weigerten zu antworten, wenn Mutter sie auf russisch ansprach.

Am ersten Abend machten wir einen Spaziergang im Dunkeln. Es waren nur wenig Leute unterwegs. Ich erinnere mich, daß mir die Gegend richtiggehend leer vorkam. Was immer es gegeben haben mochte, schien jetzt nicht mehr da zu sein. Vereinzelte Straßenlampen verbreiteten ein schwaches Licht. Keine freundlichen Stimmen oder Gelächter oder Musik. Vielleicht, so dachte ich, wurde man hierhergeschickt, wenn man etwas verbrochen hatte: Polen als Strafe.

Wir hielten an einem Platz an, und Mutter sagte unvermittelt zu mir: »Du wirst morgen deinen Vater sehen. Deshalb sind wir hierhergekommen. Sie erlauben ihm, drei Tage mit uns zu verbringen. Es ist sein Urlaub.«

Ich weiß noch, daß wir beide im selben Moment zu weinen begannen, in enger Umarmung dastanden, und ich glaube, ich hatte noch nie ein solch jähes Glücksgefühl erlebt.

Wir saßen die ganze Nacht wach, sprachen über ihn und fragten uns, wie er wohl aussehen und sich verhalten und was er wohl anhaben würde. Wir hatten beide so viele kleine Schnappschüsse im Gedächtnis aufbewahrt: Wie er manchmal mit uns die Bayswater Road entlangging, vorbei an den sonntäglichen Photoverkäufern, wie wir anhielten, um Kaffee und Eis und Schokoriegel zu kaufen – die kleinen Dinge des Lebens, die einzigen Dinge, die er sich leisten konnte. Die Busfahrten aufs Land, die Spaziergänge, das Bild von drei nassen und frierenden Urlaubern, allein an einem englischen Strand im August.

Wenn ich an jene Zeiten denke, fühle ich mehr als bei jeder anderen Erinnerung tiefe Zuneigung. Denn Dad war für mich wie ein alter Mantel geworden: warm und vertraut und ein bißchen schmuddelig im Lauf der Jahre.

Einmal war er am frühen Morgen nach Hause gekommen, als ich gerade aufstand. Er war so müde, daß seine großen Hände wie leblos an ihm herunterhingen. Er stand in der Diele, schüttelte den Kopf und stieß einen kleinen Seufzer in die englische Luft aus – und tief aus seinem Inneren kamen slawische Sätze, wie ein Gedicht, die die Leiden und Anfechtungen des Alltagsleben zu umfassen und irgendwie den Schmerz zu lindern schienen.

Ja, *du*, Dad.

Als die Sonne über der Lenin-Werft aufging, fragte ich mich, ob all dies noch eine Rolle für ihn spielte und ob er immer noch mein Dad war.

Wir sollten ihn erst am Nachmittag treffen, und bis dahin hatten sich die Wolken vom Meer her zugezogen, und der kalte baltische Wind blies durch die Straßen. An jenem Morgen hatten wir beide nichts gegessen, die Brötchen wirkten fast wie Antiquitäten, die jemand abgestaubt hatte.

Um die Zeit totzuschlagen, schlenderten wir am Hafen entlang. Ich habe nie einen so geschäftigen Ort gesehen, nie einen so ohrenbetäubenden Lärm gehört. Es schien, als würden sie Schiffe zertrümmern, statt sie zu bauen.

Schließlich machten wir uns auf den Weg in die Altstadt, zu den hohen deutschen Häusern, den Kirchtürmen und dem Geruch einer einst wohlhabenden Stadt. Wir gingen an einem Kanal entlang, und Mutter schnauzte mich an, ich würde trödeln, hätte meine Hände nicht gewaschen, sei ungezogen …

Und ohne die geringste Vorwarnung war plötzlich ein Gesicht vor mir, wie eine alte Fotografie, halb vergessen, verblichen und zerknittert – ein Teil eines Lebens, das weitergegangen, fortgegangen war. Und ich betrachtete die Gestalt selbst, mit der lose herabhängenden Kleidung und einem Gesicht voller Tränen.

Dann wurden Fotografie und Gestalt zu einem Ganzen, zu meinem Dad.

Die Erinnerung wurde zu einem lebendigen Menschen.

Für ein Kind – nichts weniger als eine Auferstehung.

Irgendwie war an ihm die verlorene Zeit spürbar, die anderswo verbrachte Zeit. Er roch anders, er sprach abgerissen und atemlos, war nervös und ängstlich. Es war eine andere Angst als die, die er an jenem Tag gezeigt hatte, als er Großbritannien verließ. Angst war jetzt zu seinem ständigen Begleiter geworden. Damals wußte ich das allerdings noch nicht. Ich erinnere mich nur, daß ich ein paar Schritte zurücktrat, ihn ansah und versuchte, all das in mir aufzunehmen, was er geworden war.

Er war schließlich immer noch mein Dad.

Wir umarmten uns, und er nahm mir meine Zweifel.

Während unseres Besuchs folgten ihm ständig zwei Männer. Ich nenne sie jetzt gern Stalins schmutzige kleine Kinder – hirnlose, ungehobelte Kreaturen, mit Hüten und Regenmänteln und einem immer gleichen Gesichtsausdruck des Widerwillens.

Sie hatten eindeutig nie das besessen, was eine Persönlichkeit ausmacht – und falls doch, hatte es ihnen die medizinische Wissenschaft wieder genommen.

Dad erwähnte sie nur ein einziges Mal, als wir den Kanal hinter uns ließen. »Sie sind meine Garantie«, sagte er einfach, doch er erklärte nie, was das hieß. Vielleicht hatte er auch das falsche Wort gebraucht.

Merkwürdigerweise habe ich nur bruchstückhafte Erinnerungen an jene Tage mit Dad. Daran, wie wir drei uns in einem kalten Bett umschlungen hielten, wie ich an Nachmittagen lange allein spazierenging; Erinnerungen an Gespräche über nichts, weil wir die Vergangenheit ausklammern mußten und die Zukunft tabu war. Die Gegenwart bot uns so wenig, auf dem wir hätten aufbauen können.

Sie fragen sich vielleicht, wie ein Kind es fertigbringt, nicht die Fragen zu stellen, auf die es so dringend eine Antwort braucht. Ich selbst habe mich das auch gefragt.

Vielleicht lag es an den scharfen Blicken meiner Mutter oder an der Angst in Vaters Augen – jedenfalls behielt ich meine Gedanken für mich.

Im Rückblick sind mir Dads Ängste deutlich bewußt. Bloß daß ich in ihnen jetzt das Erbe des kommunistischen Systems sehe, des Eindringens staatlichen Terrors in das Leben ganz normaler Menschen. Wie alle anderen wurden wir daran gehindert, ein normales Leben mit normalen Beziehungen zu führen.

Sie gaben sich nicht mit politischen Grenzen zufrieden. Sie errichteten in den Menschen geistige Mauern und Grenzen, mit denen ich allzulange leben mußte.

Und dann kam der letzte Tag. Nichts, was darauf hinwies. Kein Zug um zwei Uhr nachmittags. Oder um sechs. Oder um Mitternacht. Kein Ereignis, dem man mit Freude oder Schrecken entgegensehen konnte. Nichts Konkretes.

Ich werde nie den Abschied im Hotelzimmer vergessen, wo meine Eltern ihre Leben wieder voneinander trennten, sich umarmten, bis sie beide vor Schmerz wimmerten, und ihre Gefühle wegdrängten, während Angst und Vorahnung sich um sie schlossen.

Es ist ein Bild, das mein Leben verfolgt. Jedesmal, wenn ich es aus der Erinnerung hervorhole, höre ich Töne und sehe Bilder, die ich so viele Jahre lang zu löschen versucht habe.

»Jekaterina, komm mit mir … ihr beide.«

»Ich kann nicht.«

»Du mußt … ich flehe dich an … wir müssen einen neuen Anfang machen …«

Und Dad schüttelte immer wieder den Kopf und redete hastig

weiter, in Anhäufungen von Worten, die sich ständig zu wiederholen und schließlich keinen Sinn mehr zu ergeben schienen.

Wenn ich mich sehr anstrenge, kann ich ihn auf dem Bett sitzen sehen, wie er meine und meiner Mutter Hand hält und uns seinen Segen gibt und Lebewohl sagt.

Zu guter Letzt zwang sich Mutter zu lächeln.

»Es ist wie im Krieg«, flüsterte sie, »nur daß ich weiß, daß du in Sicherheit bist und vielleicht eines Tages ...« – und sie hatte jenen Tag nicht genannt, nicht vorhergesagt, ließ ihn offen. Er mußte, falls er je kommen würde, von selbst eintreten.

8

Als ich an diesem Morgen an der Themse stand, konnte ich die Worte meiner Eltern so deutlich hören, als hätte die morgendliche Flut sie an Land gespült.

Ich ging eine Weile die Straße entlang, langsam, doch trotzdem war ich keine leichte Zielscheibe. Sie müssen es wohl sehr sorgfältig geplant, den richtigen Standort gefunden, Profis beauftragt haben …

Im Rückblick versucht man herauszufinden, ob es Warnsignale gegeben hat, in welchem Augenblick man die Richtung hätte wechseln und all den Schmerz hätte vermeiden können. Aber ich weiß immer noch nicht, woher es kam, und ich werde es wahrscheinlich nie erfahren; mein ganzer Körper stand sofort unter Schock.

Alles, woran ich mich erinnere, ist das Gefühl eines Stoßes, wie von einem Rammbock, an meiner linken Schulter. Der Laut eines fernen Einschlags. Auf meiner Jacke war frisches Blut, und während ich das Bewußtsein verlor, mußte ich seltsamerweise an die Piraten denken, die man vor weniger als zweihundert Jahren an eben diesem Ort zur Exekution geführt hatte – wie wenig hatte sich doch verändert.

Zeit ist wie der Nebel über einem Flußlauf, außer Reichweite, lückenhaft. Ich kann das Wasser sehr deutlich hören und die Stimmen. Ich kann die Fahrt über holprige Straßen spüren. Und doch vermischt mein Gehirn die Gegenwart mit der Vergangenheit und begreift beide nicht.

Jemand sitzt an meinem Bett. Warum? Er sagt keinen Ton, bewegt sich nicht. Ich stelle ihm dauernd Fragen, doch er schweigt beharrlich.

Als ich die Augen öffne, frage ich, warum er nicht geantwortet hat, und er sagt, ich hätte keinen Ton von mir gegeben.

Verdammt, komm zu dir.

Ich versuche, mich zu bewegen, doch einige Teile von mir reagieren nicht. Mein linker Arm scheint festgebunden zu sein. Eine Plastikkanüle steht aus ihm heraus. Ich kann keinen spezifischen Schmerz ausmachen, nur ein allgemeines Gefühl, großen Schaden erlitten zu haben. Irgendwo an der weißgrauen Zimmerdecke kann ich die Sonne sehen.

Als ich das nächste Mal wach werde, ist die Gestalt neben meinem Bett sehr viel deutlicher, und der Schmerz ist weg.

Ich sollte überrascht sein, ihn zu sehen, aber das bin ich nicht. Denn Edgar Coffin ist wie ein Gartenstuhl, der im Schuppen lagert. Man sieht ihn vielleicht monatelang nicht, er verliert vielleicht Farbe und Glanz, aber man weiß, daß er da ist, man kann ihn abstauben und ihn jederzeit wieder präsentieren. Er wird immer noch der gleiche sein.

Warum ist er hier?

Coffin ist Mutters bester Freund – oder war es. Er erinnerte mich immer an einen afghanischen Windhund, mit seinen langen dünnen Armen und Beinen, dem schmalen Körper und wie er um Mutter herumschwänzelte. Und jetzt sitzt er schweigend da und starrt vor sich hin. Sehr beruhigend für einen Kranken.

Dabei war Coffin immer ein Elefant im Porzellanladen. Jeder Mantel, den er in die Hand nahm, bekam unweigerlich einen Riß, beim Naseputzen gerieten Spritzer auf seine Krawatte, ständig ließ er Schlüssel und Fahrscheine in Gullis fallen und sperrte sich ein oder aus wie ein Geistesgestörter. Einmal habe ich erlebt, wie Coffin das Eldorado eines Hotel-Swimmingpools in einen Ort der Trostlosigkeit verwandelte, indem er das Buffet umwarf und ihm hinterhertauchte.

Es war eine nützliche Verkleidung, denn hinter der Fassade des liebenswerten Idioten war ein wachsamer Geist auf der Pirsch.

Ich fühle, wie meine Gedanken abschweifen. Warum ist er hier?

Er sagte immer, er hätte eine lange Reihe von Coffins in seiner Heimat zurückgelassen – Farmer, die sich überall in den bitterkalten Ebenen Iowas im Mittelwesten der USA niedergelassen hatten. Dieser Coffin jedoch hatte sich für seine letzten Dienstjahre als US-Diplomat nach England versetzen lassen, weil ihm jemand gesagt hatte, das sei ein verschrobenes exzentrisches Land, und er sich dachte, das sei für ihn dann wohl der passende Ort.

Ich sehe dich an. Ich bin mit dir aufgewachsen, Coffin, habe mit dir zusammengesessen, deine Geschichten angehört und dir meine erzählt. Ich kenne dich seit einem Vierteljahrhundert. Warum bist du hier?

Er ist nähergekommen, um sich aufs Bett zu setzen, was mich gewaltig ärgert. Beim Fenster steht ein Stuhl, an dem es nicht das geringste auszusetzen gibt. Wir sehen uns an, und ich warte darauf, daß er sagt, es sei schön, mich zu sehen, wie er das immer tat.

Von einem Ort nahe bei meinen Füßen sagt die tiefe bellende Stimme ihre Gesprächseröffnungszeile auf.

»Warum ist es schön, mich zu sehen?« antworte ich.

Er nimmt seine Brille ab. »Du bist immer noch ganz. Wie fühlst du dich?«

»Miserabel.« Ich lasse mich zurückfallen und merke plötzlich, daß ich überhaupt nichts fühle.

»Du stehst in der Zeitung«, sagt er im Plauderton. »Geschäftsberater Edward Bell im Hafenviertel angeschossen, Motiv unbekannt. Ins Guy Krankenhaus eingeliefert, kritischer Zustand.« Er schluckt schwer, und ich denke: Coffin, du siehst alt aus, alt wie die Ebenen, die du hinter dir zurückgelassen hast. Menschen sind wie Gezeiten – manche Flut, andere Ebbe. Coffin ist Ebbe.

Genaugenommen ist bei ihm natürlich schon seit Jahren Ebbe. Bei diesem gealterten und so liebenswürdigen Amerikaner.

»Coffin, macht's dir was aus, dich auf den Stuhl zu setzen?«

Er steht auf, und sein massiger Körper setzt sich in Bewegung.

Eine Krankenschwester kommt herein, gefolgt von einem Arzt. Coffin wird hinauskomplimentiert. Zwei oder drei Minuten lang fummeln sie an meiner Schulter herum, nehmen die Verbände ab, legen neue an, sind ganz Sorge, als wäre es ihre Wunde und nicht meine.

Dann setzt sich der Arzt aufs Bett – noch jemand, der nicht weiß, wofür Stühle da sind.

»Mein Job«, sagt er zu mir, »ist es, das Unvermeidliche hinauszuzögern. In Ihrem Fall, Mr. Bell, ist uns das wohl gelungen, würde ich meinen.«

Ich schaue auf die Verbände hinunter. Am liebsten würde ich ihn anfauchen, doch es gelingt mir, diesen Impuls zu unterdrücken. »Sie sind sehr freundlich«, sage ich. »Tut mir sehr leid wegen der Scherereien.«

Er hört nicht zu. »Fleischwunde«, sagt er. »Die Kugel ist nicht einmal eingedrungen. Es wird eine Weile weh tun, doch wir müssen nichts weiter unternehmen. Sollte gut heilen. Sie können morgen gehen und wieder auf sich schießen lassen, wenn Ihnen danach ist. Ihr Cousin sagt, er wird sich um Sie kümmern.«

Ich kann nicht umhin zu lächeln. Der Gedanke, daß Coffin sich als mein Cousin ausgab, ist offenkundig absurd. Bei seinem Alter könnte er gut und gern mein Vater sein.

»Was genau ist passiert?«

»Sie wissen doch, was passiert ist, Mr. Bell«, sagt der Arzt. »Man hat auf Sie geschossen. Entweder sehr gut oder sehr schlecht. Ein Fehlschuß oder eine Warnung. Wie soll man das wissen? Darüber steht nichts in den Lehrbüchern. Nun gut« – er klopft das Bett glatt und sagt, er würde wieder reinschauen, was bedeutet, daß ich nicht länger von Interesse bin.

Coffin schlurft wieder herein. Mittlerweile habe ich allerdings beschlossen, ihn loszuwerden und zuzusehen, daß ich hier rauskomme. Doch der Coffin, der jetzt vor mir steht, ist ein anderer: außer Atem, beunruhigt.

»Kannst du gehen?« fragt er.

»Seit ich zwei bin.«

Er verzieht das Gesicht, schlägt die Bettdecke zurück, und hebt mich hoch, großer Gott, ich hänge fast in der Luft …

»Was zum Teufel …«

Dann wird mir schwindlig, und ich begreife, daß ich von einer Kugel getroffen worden bin.

»Keine Zeit, den Invaliden zu spielen«, stellt er fest. »Wir müssen miteinander reden.«

Er öffnet vorsichtig die Tür und späht hinaus. Dann werde ich wie ein Paket in den Korridor manövriert, zum Notausgang. Das Mittagessen wird ausgeteilt. Tabletts und Rollwagen klappern an uns vorbei. Ein Teil von mir möchte unbedingt etwas essen. Doch Coffin öffnet mit dem Fuß die Feuertür, und wir stehen auf einer kalten Betontreppe – dem einzigen Platz, wo sie einem mit Sicherheit *kein* Mittagessen servieren.

»Ich habe gerade etwas gesehen, das mir gar nicht gefällt.« Er stellt seinen Fuß gegen die Tür. »Du wirst überwacht – was völlig normal ist, außer daß es keine Polizisten sind. Sieht nach Sicherheitsdienst aus. Eine Menge von ihnen. An den Eingängen, den Aufzügen. Das Schlimmste ist, daß auch ein paar von unseren Leuten hier sind. Ich kenne sie. Sie sind nicht von der Sorte, die Krankenbesuche machen. Warum bist du plötzlich so wichtig?«

»Oh Gott, du weißt es nicht, oder?«

»Was?«

Ich lasse die Wand los und berichte ihm, wie das Leben mir zugesetzt hat: Mutters Verschwinden, der Mord an George, dem Russen, Jane Cards Versuch, mir auf den Pelz – und noch näher – zu rücken.

Ich sehe, wie ein Nerv an seinem Auge zu zucken beginnt. Er sollte mit diesen Dingen nichts mehr zu tun haben, er hätte zurück nach Iowa gehen sollen, zurück zu all den andern Coffins. Statt dessen steht er hier und schiebt das Mobiliar in seinem Hirn hierhin und dorthin. »Es paßt«, sagt er. »Natürlich. Du solltest der Köder sein, um deine Mutter dazu zu bringen, sich zu stellen. Deshalb haben sie die Einzelheiten über den Angriff auf dich veröffentlicht. Wahrscheinlich ist überhaupt nur deswegen auf dich geschossen worden.«

»Worum geht es hier, Coffin?«

»Das weiß ich nicht.«

»Du mußt es wissen.«

Er setzt sich auf die Stufen und schüttelt den Kopf.

»Wir haben eigentlich keine Zeit dafür. Aber ich erzähl's dir trotzdem. Deine Mutter und ich waren nicht nur Freunde, wir haben auch gelegentlich zusammengearbeitet. Vertraulich. Okay, geheim. Nichts Weltbewegendes.« Er wischt sich mit einem lächerlich großen Taschentuch über die Stirn …

»Coffin, ich muß dich was fragen. Ist meine Mutter fähig, jemanden zu töten?«

»Wie soll ich das wissen?« Er mag es nicht, wenn man ihn unterbricht.

»Das ist keine Antwort auf meine Frage. Es ist wirklich wichtig.«

»Nein, ist es nicht. Falls sie jemanden getötet hat, hatte sie einen guten Grund dafür.«

»Großer Gott, du redest hier über meine Mutter!«

»Ach, werd doch endlich erwachsen!«

Wir schauen uns verärgert an. Weit unten im Treppenhaus werden Türen zugeworfen.

»Eine ehrliche Antwort, Coffin. Du hast sie besser als jeder andere gekannt.«

»Niemand hat sie gekannt, Edward. Man konnte sie nicht kennen. Das war das Faszinierende an ihr. Ein bewegliches Ziel. Nie dort, wo man sie vermutet hat. Ständig auf der Durchreise. Sie reiste, reiste, und schien nie anzukommen …«

»In was war sie verwickelt?«

Er lachte kurz und sarkastisch. »In was war sie nicht verwickelt? In alles. In nichts. Sie ist Russin, Edward. Das macht sie zum Mitglied einer Geheimgesellschaft. Es ist, als wären sie alle auf derselben Seite derselben Straße geboren, in derselben kleinen Stadt am Arsch der Welt. Sie kennen sich alle, sind zusammen in die Schule gegangen, haben miteinander gevögelt, was weiß ich …« Er holte tief Luft und atmete langsam aus. »Sie haben sich anscheinend nie gegenseitig die Schuld für all das Töten und die Grausamkeit gegeben – nur dem System. Deine Mutter war genauso, trotz allem, was sie durchgemacht hat. In dem einen Augenblick sprach sie mit den Dissidenten, im nächsten mit dem KGB. Ich habe den Überblick verloren – vielleicht hat auch sie das. Hm? Hast du das mal in Betracht gezogen? Überleg doch: Wenn man nach den Typen gehen kann, die hier herumlungern, wollen eine Menge Leute sie treffen. Das ist ein zu heftiges Begehren nach einer Dame, die nur als Dolmetscherin gearbeitet hat …«

Danke, Coffin. Du bist mir wirklich eine große Hilfe. Danke, daß du mir in die Suppe gespuckt hast. Danke, daß du alles so scheißkompliziert gemacht hast.

Sein Gesicht kommt ganz nah an mich heran, seine Stimme ist kaum hörbar. »Ich werde das nur einmal sagen, und vielleicht werde ich keine weitere Gelegenheit dazu haben. Doch ich bin fast sicher, daß deine Mutter in Moskau ist. Das ist keine wilde Vermutung. Sie hat immer gesagt, es wäre der sicherste Platz, wenn man in Schwierigkeiten ist, und ich wußte nicht, wie das gemeint war, bis jetzt. Mein Rat – steig so bald wie möglich in ein Flugzeug nach Moskau. Sie wird Hilfe brauchen. Ich werde tun, was ich kann.«

Ich sehe ihn verständnislos an. »Coffin, worüber zum Teufel redest du da? Sie hat dreißig Jahre lang keinen Fuß auf russischen Boden gesetzt …« Doch er hüpft bereits mit beängstigender Schnelligkeit die Treppen hinunter.

Ehrlich gesagt, Coffin hat es immer geschafft, mir Angst zu machen. Als ich ein Kind war, kam er gelegentlich im Dunkeln in mein Zimmer und spielte das Monster, mit einem Lappen über dem Kopf und mit Lauten wie ein gurgelndes Abflußrohr. Er warf mich dann über seine Schulter und schleppte mich zu »seinem Bau«, wie er das nannte, während ich das ganze Haus zusammenschrie.

Manchmal kam er auch lautlos von hinten an mich heran, hielt mir den Mund zu und flüsterte mir ins Ohr, er sei ein Massenmörder und heute sei nicht mein Glückstag. Oft versteckte ich mich auf dem Dachboden, wenn ich wußte, daß er auf dem Weg zu mir war.

Doch keiner seiner Streiche hat mich auch nur halb so erschreckt wie unser Wortwechsel auf der Treppe, bei dem mir klar wurde, daß die Phantasiespiele endgültig vorbei waren und daß Coffin genausoviel Angst hatte wie ich.

9

Ich bin verdammt wütend auf ihn. Auf sie alle. Und ich kann es mir nicht leisten, im Krankenhaus zu liegen, mit einbandagierter Schulter und außer mir vor Angst.

Vor achtundvierzig Stunden lebten sie ihr Leben und ich meines, und so hätte es bleiben sollen. Jetzt sind wir alle auf dem falschen Platz gelandet. Und ich erfahre Dinge über meine Mutter, bei denen ich mir nicht sicher bin, ob sie mir gefallen.

Ich meine nicht ihre Affäre mit Coffin. Das war allseits bekannt. Anfang der achtziger Jahre knutschten und schmusten sie sich quer durch den englischen Süden: große Essen, Partys, Hotels. Coffin knüpfte Verbindungen für die Botschaft der USA und tastete sich an den Rändern der britischen Gesellschaft entlang.

Daß man ihm Beachtung schenkte, verdankte er jedoch meiner Mutter. Sie allein konnte die Leute sowohl in deren Sprache als auch in ihrer eigenen ansprechen. Sie konnte charmant obszön sein, sie konnte grob und unterwürfig sein, sie war die kokette und die spröde, ihn bewundernde Gefährtin. Halb Russin, halb was immer sie wollten. Sie war Coffins Lächeln und seine Augen. Sie wurde eingeladen. Er begleitete sie.

Ich bin sicher, daß ihr ihre Stärke und seine Schwäche bewußt waren, und eine Weile konnten sie voneinander zehren. Sie wurde gebraucht. Er wurde mitgeschleppt. Warum nicht? Zwei Wesen, die das gleiche witterten, »nicht zuviel Gerede, Liebling«; ihr Leben in der Gegenwart verankert, ohne Versprechen und Erwartungen.

Für Mutter war es eine Verwandlung. Als Coffin in ihr Leben trat, trug sie das Gütezeichen der Unerreichbarkeit: eine standhafte Witwe, Vorhänge zugezogen, Tür fest geschlossen, bissig in ihrer Abweisung männlicher Annäherungsversuche. Nur daß Coffin, wie sie es einmal ausdrückte, »sich nicht annäherte, sondern irgendwie vor meiner Nase ins Stolpern kam«.

Das ist wörtlich zu nehmen: Er stolperte in einem Restaurant über ihren Fuß, schlug mit dem Kopf auf dem Boden auf und erlitt eine leichte Gehirnerschütterung. Mutter, die sofort aufschrie und lauthals verkündete, es sei alles ihre Schuld, brachte ihn ins Krankenhaus und holte ihn am nächsten Tag dort wieder ab.

Darauf bauten sie dann auf. Kein Fundament natürlich. Darauf verschwendeten sie keine Zeit. Doch etwas haben sie schon errichtet.

Für ein paar Jahre wurde er der Mann in Mutters Leben, doch er wurde nie der Mann in meinem. Coffin war zu sehr in sich gekehrt, um die Vaterrolle zu spielen, zu leichtsinnig, zu oberflächlich.

In vieler Hinsicht gab er ihr die westliche Kindheit, die sie nie erlebt hatte. Als sie ihr schließlich entwuchs, entwuchs sie damit gleichzeitig ihm.

Sie erzählte mir, wann ihr das plötzlich aufgefallen war. Sie waren mit ein paar amerikanischen Diplomaten auf einer Party gewesen und hatten einige Gläser geleert. Schließlich ging man auch zusammen essen. Und als die ganze Gruppe unsicheren Schritts das Restaurant im Londoner Westend verließ, schlug jemand vor, noch in einen Nachtclub zu gehen.

»Ich nicht«, sagte Coffin. »Ich bin hundemüde.« Er hatte Mutter ostentativ angesehen und darauf gewartet, daß sie sich ihm anschloß. Doch was andere von ihr erwarteten, war für sie selten ausschlaggebend.

»Ein Nachtclub wäre wunderbar«, rief sie aus, sprang prompt in ein Taxi und ließ Coffin wutbebend auf dem Gehsteig zurück.

»Er war so aufgebracht«, erzählte sie mir später. »Ich machte mich über ihn lustig und sagte, er sei zu besitzergreifend. Ich jedenfalls – ich würde auf eine Party gehen, mit ihm, ohne ihn, mit jemand völlig anderem – wie es mir eben paßte. Wenn er etwas besitzen wollte, sollte er sich ein Fahrrad kaufen. Kannst du dir Coffin auf einem Fahrrad vorstellen?«

»Habt ihr euch je geliebt?« fragte ich sie.

»Er wollte die äußere Erscheinung der Liebe. Er wollte mich

tragen wie eine hübsche Krawatte, damit alle seinen Geschmack und seine Wahl bewundern konnten. Doch er wollte nicht wirklich meine Liebe, denn dann hätte er sie erwidern müssen. Der liebe Coffin verstand sich immer besser aufs Nehmen als aufs Geben. Aber was soll's, man nimmt die Leute, wie sie sind ... und weißt du was – es war immer schön, mit ihm zusammen zu sein. Es hat immer Spaß gemacht. Du kannst Menschen alles verzeihen, wenn sie dich zum Lachen bringen.«

»Hast du ihn geliebt?«

»Ich hab' mein Leben lang nur zwei Männer geliebt«, antwortete sie. »Den Mann, den ich in Rußland zurückgelassen habe, und deinen Vater. Ich würde jeden von den zweien heiraten, wenn sie jetzt hier wären.«

»Und Coffin?«

»Wir kamen an den Punkt, mein Schatz, wo uns ein Mittagessen wichtiger war, als miteinander zu schlafen. Und wenn das passiert, weißt du, daß es vorbei ist.«

Nur daß es nicht vorbei war. Nicht völlig. Auf jener kalten Treppe hatte Coffin einen Verdacht bestätigt, den ich seit langem hegte: Die beiden hatten ein berufliches Band geknüpft – und das beunruhigte mich noch viel mehr.

Ich denke, mir wurde damals klar, daß meine Mutter ebenso eine Spielerin wie ein Opfer war. Das änderte nichts an meinen Gefühlen, doch es komplizierte sie. Coffin wußte nicht, ob sie eine Mörderin war oder nicht. Und vielleicht wußte ich das auch nicht.

Wenn ich jetzt auf die Vergangenheit zurückblicke, fällt mir wieder auf, wie merkwürdig manche Gespräche waren, die Mutter und ich gelegentlich führten. Natürlich wußte ich nicht, worüber andere Kinder mit ihrer Mutter sprachen – aber es war sicher nicht so etwas:

»Ich will wissen, ob dir irgendwann einmal jemand folgt. Verstanden?«

»Mir folgt nie jemand.«

»Aber wenn sie das täten …«

»Würde ich davonlaufen …«

»Und es mir sagen …«

»Nehm' ich an.«

»Edward, du *würdest* es mir sagen.«

»Wenn du das willst.«

Das Ergebnis solcher Wortwechsel war, daß ich einen Sack von Fragen über meine Mutter mit mir herumschleppte, die nie beantwortet wurden. Im Lauf der Jahre wurde einfach der Sack schwerer. Und bis ich erwachsen wurde, hatte ich mich mit der Tatsache abgefunden, daß Mutter äußerst … na ja, sonderbar war.

Nur sehr selten bekam ich eine vage Ahnung davon, wie verletzlich auch sie war.

Ich weiß noch, wie ich einmal in unserem Haus an der Stanley Road mitten in der Nacht aufwachte und feststellte, daß es einen Stromausfall gegeben haben mußte. Sonst brannte nämlich immer Licht im Treppenhaus und in der Diele. Mutter behauptete, daß sie sich vor Einbrechern fürchtete und nicht in einem dunklen Haus schlafen wollte.

Aus irgendeinem Grund ging ich in ihr Zimmer. Im Mondlicht sah ich sie auf der Seite liegen, und als ich eine Hand nach ihr ausstreckte, merkte ich, daß sie am ganzen Körper zitterte.

»Wo bist du, Mama?« fragte ich.

»Irgendwo zwischen hier und dort.«

Einen Augenblick lang erkannte ich ihre Stimme kaum. Dann setzte sie sich im Bett auf und erzählte mir den wahren Grund dafür, daß sie immer die Lichter brennen ließ.

In den Lagern waren die Gefangenen nachts immer in pechschwarzer Dunkelheit eingeschlossen. »Es war die reinste Hölle«, sagte sie. »Während der ganzen Nacht hörte man Leute stöhnen und weinen und beten. Hände streckten sich aus dem Nichts zu dir aus und versuchten, dich zu trösten, zu beruhigen. Die Leute waren verzweifelt und voller Qual. Sie wußten alle nicht, ob sie den Tagesanbruch noch erleben würden oder was dann am Morgen mit ihnen passieren würde.«

Im Freien, sagte sie, waren entlang der Umzäunung starke Suchscheinwerfer plaziert, doch die Schuppen hatten keine Fenster, so daß kein Licht nach innen drang. In ihrer Verzweiflung hatte sie deshalb mit einem Stein ein Loch durch die Holzwand gebohrt. Und während der Stunden der Dunkelheit wurde diese schmale Öffnung ihr Fenster zur Welt. »Es bewahrte mich davor, völlig verrückt zu werden. Ein winziges Loch, ein winziges Pünktchen Licht. Das war alles, was ich von der Außenwelt sehen konnte. Doch dieses Stück Licht drang irgendwie in meine Seele ein.«

Sogar jetzt, so viele Jahre danach, konnte sie nicht im Dunkeln schlafen. Als der Strom ausfiel, war sie sofort aufgewacht, im Glauben, sie sei wieder im Lager.

Also hielt ich sie in jener Nacht in meinen Armen. Ich war erst ein Teenager. Und doch war es mein Haus. Ich war für sie verantwortlich. Irgendwie wußte ich, daß das immer so sein würde.

Gegen Abend brachten sie mir ein Tablett mit Essen. »Sie« – ich hätte genauer hinsehen sollen, denn als ich ihr Hühnerfleisch und ihren Käse und den matschigen kleinen Kuchen gegessen und den trüben Kaffee getrunken hatte, schlief ich ein, und mein Schlaf war unruhiger und gleichzeitig tiefer als sonst.

Später … fragen Sie mich nicht nach der Zeit. Minuten, Stunden. Ich weiß es nicht. Es gibt viele Bewußtseinszustände und -stadien zwischen Wachsein und Bewußtlosigkeit. Es gibt Wolken die verdunkeln, und Stimmen, die ablenken, und zwischen all dem sind die Erinnerungen, die du nicht abschütteln kannst. Deine Gedanken liegen plötzlich offen, und du bist ein Gefangener; und wenn sie ihr Geschäft verstehen, können sie Herr deiner Gedanken werden und sie nach Wunsch lenken.

Da war ein Gesicht, das mich anblickte. Keine Einzelheiten. Kein bestimmter Ausdruck. Kann sein, daß wir sogar miteinander gesprochen haben.

Ich weiß, daß ich darum kämpfte, wach zu werden. Wie lange war ich in diesem Zustand? Glauben Sie mir, wenn ich sage, daß ich nicht die geringste Ahnung habe. Die Zeit ging ihre eigenen Wege. Doch ich erinnere mich an den Augenblick, an dem ich schließlich aus diesem Dämmerzustand aufwachte. Die weiße Leere des Zimmers, das Desinfektionsmittel und auf meiner Haut frischer kalter Schweiß. Ich war allein.

Ich wußte, ich mußte schnell sein, als ich mich an der Wand abstützte und Kleidungsstücke aus dem Schrank zog.

Vom Flur kam das Geräusch von Schritten auf Linoleum, flüsternde Stimmen, das Summen der Elektronik.

Patienten mochten sterben, doch das Krankenhaus lebte weiter. Die leise und reibungslos ablaufende Routine. Und doch kämpften in der Stille der Nacht die Lebenden ums Überleben.

Ich verließ das Zimmer, stolperte ein-, zweimal und spürte einen stechenden Schmerz in der Schulter. Die Aufzüge waren linker Hand, der Notausgang ein Stück weiter. In der gleichen Richtung, doch sehr viel näher, hörte ich Stimmen aus einer offenen Tür, vielleicht Krankenschwestern, ein Arzt – und dann die Stimme eines Mannes, der Fragen stellte. Es schien nicht klug zu sein, dort vorbeizugehen, nicht in diesem Labyrinth der Notfälle. Man konnte ganz leicht der nächste sein.

Doch ich hatte keine Zeit, alles genau zu durchdenken. Jeden Augenblick konnte eine Krankenschwester auftauchen oder jemand aus diesem Zimmer. Also denk nicht lange nach – sei froh, daß du dich überhaupt bewegen kannst, nicht an eine Maschine angeschlossen bist wie irgendein armes Arschloch da drinnen. Tu es, vorsichtig, leise, als hättest du jedes Recht der Welt dazu, geh an diesem Zimmer vorbei, schau nicht hinein, bleib nicht stehen …

Schon während ich an der Tür vorbeiging und eine klägliche Art von Rennen begann, hörte ich von drinnen einen Schrei.

Doch ich war mittlerweile am Aufzug und drückte jeden verfügbaren Knopf. Fünfzehn, zwanzig Meter hinter mir näherte sich die erste greifbare Gefahr seit …

»Halt, Mr. Bell! Mr. Bell, bleiben Sie stehen …« – eine Gestalt im grauen Anzug am Rand meines Blickfelds.

Gott sei Dank öffnete sich die Fahrstuhltür.

Die Gestalt rannte los und sprach gleichzeitig in ein Funkgerät, doch er schaffte es nicht mehr. Die Tür schloß sich. Drück Erdgeschoß. Nicht Erdgeschoß, Dummkopf. Fahr zum ersten Stock. Im Erdgeschoß werden sie alle auf dich warten, wie eine beschissene Konferenz.

Erster Stock. Tür auf und raus. Keine Seele. Himmel. Es ist die Röntgenabteilung, dort wird nachts nicht gearbeitet. Ein Schild wies auf einen anderen Flügel hin, ein Übergang, und ich sah vor mir nichts als glänzende Böden und dunkle Flure und draußen vereinzelte Lichter in den Gebäuden.

Noch besser: eine Treppe. Nach unten. Warte. Investiere nur ein paar Sekunden, vielleicht hast du dann doch noch eine Zukunft. Ich konnte nichts hören, nichts fühlen außer dem bohrenden Schmerz in meiner Schulter.

Die Treppe führte zu einer Art Tagesstätte, so sah das jedenfalls aus, jetzt dunkel und verlassen, aber mit Glastüren unter einer Brüstung – und dahinter die Welt jenseits des Krankenhauses.

Drück einfach gegen die Stange, sagte die Tür, geh einfach hinaus.

Die Kälte traf mich wie eine Wand, und ich muß wohl für einen Augenblick die Augen geschlossen haben. Wie sonst hätte ich die zwei Gestalten auf beiden Straßenseiten übersehen können, die schnell auf mich zukamen, Schatten, die sich in der Dunkelheit bewegten.

Natürlich waren sie gesund, und ich war verletzt, aber ich mußte mich ihnen ja nicht gerade auf einem Tablett präsentieren. Also rannte ich in die Straßenmitte, ohne wirklich zu wissen warum …

Ich blickte über die Schulter, aus dem Krankenhaus rief jemand, zwei oder drei Leute setzten sich in Bewegung und kamen schnell näher. Und in diesem Augenblick konnte ich nicht mehr weiter, konnte die Füße nicht mehr dazu bringen zu reagieren, konnte den fürchterlichen Schmerz nicht stoppen, der von überall her auf mich einzustechen schien.

Sie umkreisten mich, rannten von allen Seiten auf mich zu, mit Funkgeräten und Rufen, und ich kam mir vor wie ein verwundeter Eber, den die Hundemeute in eine dunkle Ecke getrieben hat. Ich kann mir immer noch nicht erklären, wie das Auto an ihnen vorbeikam; doch plötzlich war es neben mir und versetzte mir einen Stoß. Ich drehte mich um, sah die offene Tür, und eine Stimme übertönte die anderen und rief mir zu, ich solle einsteigen, in Gottes Namen und im Namen all dessen, das ihm und mir je lieb und teuer gewesen war.

Ich stieß mir den Kopf an, als ich mich ins Wageninnere warf, und ich war mir sicher, daß meine Schulter jeden Augenblick vor Schmerz Feuer fangen und explodieren würde.

Doch statt dessen wurde ich kurz ohnmächtig, wachte dann wieder auf, tastete mich zurück in eine sich bewegende Welt, ohne zu wissen, ob ich dort sein wollte, hob den Kopf und übergab mich quer über den Sitz.

Der Mann neben mir fluchte und rutschte weg. Ich merkte, daß wir mit hoher Geschwindigkeit fuhren, durch Seitenstraßen. Kein Verkehr. Ich sah eine Brücke, Gesichter, einen Bus – doch ich hatte keine Ahnung, wo wir waren.

Ein Handtuch wurde mir in die Hand gedrückt, und ich wischte mir das Gesicht und – soweit das ging – meine Kleidung ab.

Der Fahrer drehte sich um und sah mich kurz an. »Sie sehen gar nicht so schlimm aus«, meinte er. »Versuchen Sie, sich ein bißchen auszuruhen.«

Erst viel später fiel mir auf, daß er russisch gesprochen hatte.

10

Die Sprache war Mutters erstes Geschenk – Bausteine, mit denen sie meine Gedanken zu formen trachtete.

Es war der einzige Schlüssel, der mir Zugang zu ihrer Welt verschaffte. Denn Russisch schickt das Denken auf andere Pfade, umfaßt andere Sichtweisen, gibt denen, die es sprechen, eine ganz eigene Art, die Menschheit zu sehen. Die Art meiner Mutter. Leidenschaftlich und allumfassend, die ganze Skala von Gefühlen offen ausgebreitet.

Selbst im Dunkeln des Autos konnte ich spüren, daß ich unter Russen war – ihre Kleidung und ihr Haarschnitt, ihr Auftreten: ohne Umschweife und ohne Rücksicht auf Verluste. Sie würden nicht in Panik geraten, sie würden nicht den Gehorsam verweigern, und sie würden – vielleicht – wie unzählige andere bereit sein zu sterben, wenn es sein mußte.

»Russen sind gut darin, sich zu opfern«, pflegte meine Mutter zu sagen. »Sie haben damit sehr viel mehr Erfahrung als alle anderen.«

Wir fuhren jetzt durch kleine Nebenstraßen, immer noch schnell. Der Fahrer saß entspannt am Steuer, nur ich war angespannt.

Von welcher Sorte seid ihr, fragte ich mich. Die neuen Jungs oder die alten Jungs – oder eine künstliche Spezies, die wir noch nicht kennen?

Ohne Zweifel hätte Mutter sie erkannt. War sie nicht in einem Land aufgewachsen, wo man Menschen in Autos packte und mit ihnen dunkle Straßen entlangraste? Hatte sie nicht während ihrer ganzen Jugend versucht, dieses System zu bekämpfen und Gerechtigkeit zu erreichen? War es nicht letztendlich an der Zeit aufzugeben? Vielleicht überleben die Gangster jedes beliebige System. Vielleicht sind mächtige Männer und Frauen immer auf sie angewiesen.

Ein reizender Gedanke – wo ich doch gerade zu glauben begonnen hatte, der Kommunismus sei am Ende und es gäbe Fahrkarten ins Gelobte Land.

Gerade da landete ich also in einem Wagen mit bewaffneten Männern, die ich nie zuvor gesehen hatte. Und Gefahr schlich sich auf Zehenspitzen an mich heran und blieb dicht hinter mir.

Wir waren jetzt wieder auf der Hauptstraße und fuhren dicht am Fluß entlang in Richtung Westen. Der Fahrer hatte das Tempo gedrosselt, um sich an den späten Abendverkehr anzupassen. Lauter unbekümmerte Leute, die nach Hause fuhren.

Durch Fulham hindurch, dann wieder nach Süden über die Putney Brücke. Die Scheinwerfer spiegelten sich in Ladenfenstern. Eine lange Steigung, ein weiterer Richtungswechsel.

Mir wurde klar, was sie taten: Sie sondierten den Verkehr, mit dem Blick in den Rückspiegel.

Wir hielten bei einer Tankstelle an. Zwei Minuten später hielt ein anderer schwarzer Wagen hinter uns. Ein Mann im Regenmantel stieg aus und kam auf unseren Wagen zu. Ein junges, blasses Gesicht, das nicht aus England stammen konnte. Zu stumpf, zu breit. Sie werden hier einfach nicht in dieser Bauart hergestellt. Er beugte sich durch das Seitenfenster, und ich fing die Worte auf: »*Wsjo w porjadke*« – »alles in Ordnung«.

Sie hatten also aufgepaßt, ob uns jemand folgte.

Wir tankten und fuhren wieder los. Der zweite Wagen hatte jetzt die Führung übernommen. Was auch immer unser Ziel war, sie hatten beschlossen, mich dort abzuliefern.

Ich versuchte, eine bequeme Position zu finden, doch mein ganzer Körper tat weh, die verletzte Schulter ebenso wie all die Körperteile, die im Rettungswagen und im Krankenhaus malträtiert worden waren. Es fühlte sich an, als wäre eine Rinderherde über mich hinweggetrampelt.

Ich habe seitdem gründlich über all das nachgedacht, und mir fällt keine Zeit meines Lebens ein, in der ich solche Angst gehabt hätte.

Sie hielten ohne Vorwarnung an. Reihenhäuser, Autos, die am Gehsteig parkten. Licht in den Fenstern.

Der Fahrer öffnet meine Tür, verbeugt sich spöttisch wie ein Diener. Mit ihm in Führung gehen wir einen Gartenweg entlang. Das ist eine nette Straße, sage ich mir, eine Wir-tun-dir-nichts-Straße, wo niemand Kinder schlägt oder Abfälle auf den Boden wirft. Ein wohlerzogener kleiner Ort …

Er klingelt – wie ein verdammter Postbote –, und eine Sekunde später steht sie in Jeans und einem roten Pullover in der Tür. Sie sieht ziemlich anders aus. Oder hat vielleicht die enge Bekanntschaft mit einer Kugel meinen Blickwinkel verändert? Doch das Lächeln ist neu, da bin ich sicher, und die Haare sind offenbar frisch gewaschen; das ganze Paket ist ordentlich eingewickelt und nicht schlampig vollgestopft wie ein Müllsack. Sehe ich da sogar ein bißchen Lidschatten über deinen Augen? Versuchst du, einen guten Eindruck zu machen?

»*Wy posdno prijechali*«, sagt sie ohne ein Spur von Akzent. Ihr seid spät dran.

Jane Card, stelle ich fest, spricht russisch wie wir anderen.

»Du hast eine Menge zu erklären«, sage ich zu ihr.

Sie lehnt sich an den Kaminsims, auf dem mehrere Fotografien stehen, und mir dämmert langsam, daß das nicht irgendein x-beliebiges Haus ist, sondern das ihre. Sie ist nämlich auf den Fotos zu sehen, in Gesellschaft von ein paar Mädchen in Schuluniform und einem fröhlichen Burschen mit dickgepolsterter Jacke. Das normale Leben. Die Dame, die mir mit dem Finger über die Lippe fuhr, hat ein normales Leben, und dies hier ist der Ort, wo es gelebt wird.

»Wie fühlst du dich?« fragt sie.

»So viele wollen das wissen.« Ich werfe einen Blick aus dem Fenster. Die Russen sind wieder in ihr Auto gestiegen. »Es ändert sich so oft. Ich hätte gern was zu trinken.«

»Wie wär's mit Gin? Irgendwo haben wir auch Tonic.«

»Wir?«

Sie sieht eine Spur verlegen aus. »Das ist mein Haus. Entschuldige, ich hätte das sagen sollen.«

»Mach dir nichts draus.«

Sie geht in die Küche, und ich stehe auf und folge ihr.

O Gott! Als ich bei der Tür bin, stürzt sich ein Hund auf meine Hosenbeine – einer dieser Labradorhunde, die nicht guten Tag sagen können, ohne einen zu vergewaltigen. Dann ist er plötzlich hinter mir und beginnt, an meinem Hinterteil zu lecken.

»Kannst du ihm nicht eine normalere Art der Begrüßung beibringen?«

Jane Card lacht.

Wir gehen ins Wohnzimmer zurück, und plötzlich ist mir der Humor restlos vergangen. Ich bin völlig erledigt, vor Erschöpfung, Angst und dem ständigen Schmerz in meiner Schulter.

Jane ist klug genug, den Stimmungswechsel zu erkennen. Sie setzt sich an den Eßtisch und eröffnet die Lagebesprechung.

»Ich bedaure die eigenartige Reise. Doch wir hatten den Eindruck, du könntest eine Mitfahrgelegenheit gebrauchen. Die Männer, die dich hierher brachten, sind russische Sicherheitsleute. Sie sind Teil des neuen Sicherheitsdienstes. Sie unterstehen dem neuen Präsidenten.«

Das geht mir zu schnell. Meine Stirn ist mittlerweile schweißbedeckt, und die Kleidung klebt mir am Körper. Ich bin im falschen Klima, am falschen Ort. Ich huste ein paar Sekunden lang, um Zeit zu gewinnen. Als ich wieder sprechen kann, muß ich für jedes Wort einen Anlauf nehmen.

»Willst du mir allen Ernstes sagen, daß du mit dem russischen Sicherheitsdienst zusammenarbeitest? Hier in Großbritannien?«

Sie schaut mich ungnädig an, als hätte ich ins Bett gemacht. »Vielleicht könntest du ein bißchen leiser sprechen«, sagt sie und fügt dann hinzu: »Oben sind zwei kleine Kinder, die schlafen möchten.«

Ich weiß nicht, warum mir das den Rest gibt, doch so ist es.

»Und der liebe Ehemann ist wohl auch dort oben, im gestreiften Schlafanzug?«

»Er ist geschäftlich unterwegs.«

Ich halte den Gin Tonic umklammert.

Sie blickt zur Seite. »Die Russen haben etwas mehr über George herausgefunden – den Mann, der ermordet wurde. Offensichtlich hat er einige streng geheime Dokumente aus den Parteiarchiven in Moskau entwendet. Sie glauben, daß er sie nach London gebracht hat. Sie glauben, daß er sie deiner Mutter gezeigt hat.«

»Warum sollte er das getan haben?«

»Das weiß anscheinend niemand.«

»Welche Akte war es denn?«

»Da genau liegt das Problem. Es könnte alles sein.« Jane zieht die Nase hoch und wischt sich mit dem Handrücken darüber. »Aber es war jedenfalls nicht nur irgendein langweiliges altes Klagelied. Das wissen wir. Diese Archive enthalten genügend Sprengstoff, um Löcher in die meisten Regierungen des Westens zu pusten ...«

»Und was heißt das?«

»Schau mal ...« Sie wickelt sich ihre Haarlocken um die Ohren – ihre Lieblingsgeste. »Spulen wir einfach ein paar Jahre zurück, und rufen wir uns in Erinnerung, wie es damals war. Moskau war der große Feind, der Unterdrücker, der Angreifer – ›Besuchen Sie die Sowjetunion, bevor die Sowjetunion Sie besucht‹. Jedenfalls gab es Zeiten während des Kalten Kriegs, wo der Ost-West-Dialog völlig zum Erliegen kam. Zumindest sah es so aus. Aber in Wirklichkeit war es ganz anders. Zugegeben, der Haupteingang war verschlossen und verriegelt, aber alle wickelten ihre Geschäfte ab, durch die Hintertür, die Seiteneingänge, sie kletterten sogar durchs Klofenster. Mit der Sowjetunion ließ sich eine Menge verdienen, im kalten wie im heißen Krieg. Sie garantierte die Arbeitsplätze in unserer Rüstungsindustrie, sie sorgte dafür, daß Armeen und Militärstrategen nicht arbeitslos wurden, sie diente als Begründung für tausend Maßnahmen, die gar nichts mit ihr zu tun hatten.«

Sie blickt mich fragend an. »Verstehst du, was ich sage?«

»Ja, danke, solange du keine schwierigen Wörter verwendest.«

Sie wird rot. »Ich sag' das nicht zum Spaß ...«

Ich betrachte sie über den Rand meines Glases hinweg. Komm zur Sache, Jane. Schieß auf die Zielscheibe.

Sie steht auf und geht wieder zum Kaminsims. »Der springende Punkt ist, daß Regierungen überall auf der Welt die Sowjetunion gestützt haben. Sie wollten nicht, daß sie sich ändert, sie wollten keine Reformen. Sie brauchten alle den großen Bären dort hinten als Sündenbock, um ihre eigenen Handlungen zu rechtfertigen. Also machten sie Deals mit Moskau – schäbige Deals, korrupte Deals, und Moskau führte im Zentralkomitee Akten über jeden von ihnen. Nur daß es da jetzt ein Problem gibt: In Rußland sind mittlerweile Geheimnisse keine Geheimnisse mehr. Sie sind alle käuflich. Sie sind alle auf dem Markt, und man braucht nur den richtigen Händler zu finden.« Sie atmet tief durch. »Was auch immer deine Mutter gesehen hat, muß etwas ziemlich Sensationelles gewesen sein – weil eine Reihe von Leuten ungewöhnlich ins Schwitzen gekommen ist. Deshalb hat man auf dich geschossen. Deshalb sind diese merkwürdigen Gestalten bei dir im Krankenhaus herumgelungert ...«

»Es waren Amerikaner, Herrgott noch mal, Coffin und andere ...«

»Ich weiß von Coffin. Ich weiß, daß er dich besuchen kam.« Sie zuckt die Schultern. »Heutzutage läßt sich nichts mit Gewißheit sagen, Edward. Seit die Sowjetunion zusammengebrochen ist, gibt es neue Ausrichtungen, neue Verbündete. Sie ist wie ein sinkendes Schiff, das eine Menge mit sich in die Tiefe zieht. Über eins mußt du dir im klaren sein: Die Leute, die diese Akten vernichten wollen, kommen aus allen Ländern. Amerika, Großbritannien, Rußland. Die Wahrheit steht heutzutage nicht gerade hoch im Kurs.«

»Woher nimmst du den Glauben, daß du dem neuen Haufen in Moskau trauen kannst? Vielleicht stecken sie alle mit drin – wie willst du das wissen?«

Sie schüttelt den Kopf. »Sie sind darauf angewiesen, daß alles ans Tageslicht kommt, mehr als alle anderen. Das ist die einzige Möglichkeit, das alte System vollständig und in aller Öffentlichkeit in Mißkredit zu bringen – und zu verhindern, daß es je wieder an die Macht kommt. Offenbar triefen die Akten vor Blut.«

»Und meine Mutter?«

»Deine Mutter ist in Rußland. Das glaube ich – ich weiß nur nicht warum.«

An diesem Punkt will Jane Card offenbar aufhören. Ich kann sehen, daß sie genauso müde ist wie ich. Eines ihrer Augenlider zuckt in regelmäßigen Abständen. Und dann kommt sie und setzt sich neben mich, und einen Augenblick lang versuche ich, sie wie eine Fremde zu betrachten. Sie ist keine Schönheit, in ihren Jeans und dem roten Pullover. In vieler Hinsicht war sie das nie. Ihre Schönheit war die Summe ihrer Person: die Art, wie sie ihren Geist schenken konnte, nicht nur ihren Körper; das tief in ihren grauen Augen liegende Verlangen; die sinnliche Figur, die sich immer noch ihren Weg durch meine Lieblingsphantasien bahnt ...

Sie berührt meinen Arm. »Du brauchst das eigentlich nicht zu wissen, doch ich bin vielleicht die einzige, die eine Chance hat, deine Mutter von den Dingen, in die sie verwickelt ist, loszueisen. Das ist ein Dschungel dort, rivalisierende Fraktionen, Haß auf allen Seiten. Das alte System ist noch nicht ganz tot, und das neue System läßt noch auf sich warten. Es ist unglaublich gefährlich ...«

Und plötzlich will ich nicht darüber reden. Ich weiß, was passieren wird. Ich kann sehen, was sie vorhat – die Feuchtigkeit auf ihren Lippen, ihre veränderte Atmung. Ich weiß, sie will Nähe.

Und noch während meine Gedanken Gestalt annehmen, küßt sie mich. Jane aus den alten Tagen, die meinen Kopf in ihre Hände nimmt, ihren Mund an meinem bewegt, den Druck ändert ...

»Warum tust du das?« frage ich sie.

»Ich weiß nicht ...«

»Mit deinen Kindern da oben ... hast du das schon mal gemacht?«

»Nein.«

»Wie bitte?«

»Ich hab' daran gedacht, hab's aber nie gemacht.«

»Warum jetzt?«

»Sag du's mir.«

Doch ich weiß es nicht. Was mit uns geschehen ist, begann und endete vor vielen Jahren. Ich hatte sie seitdem nie mehr gesehen, nie mit ihr gesprochen, und doch hält sie mich in den Armen, als hätte sie das die ganze Zeit über getan.

11

Im Hintergrund höre ich ein Kind weinen. Sie reißt sich los und rennt die Treppe hoch.

Sonderbar, daß inmitten des ganzen Wahnsinns die alltäglichen Dinge weiter ihren gewohnten Lauf nehmen. Ein Kind weint, die Mutter kommt herein, versichert ihm, daß alles in Ordnung ist, und weiß doch, daß das nicht stimmt.

Es heißt, man soll Kinder nicht mit Lügen abspeisen, aber sie sind weiß Gott zu jung für die Wahrheit.

Wie Jane Card wohl diese Rolle spielt? Was sagt sie ihrer normalen Familie?

Sie läßt sich Zeit. Vielleicht hatte das Kind einen bösen Traum. Ich weiß, wie das ist.

Ich lasse den Blick durchs Zimmer wandern. Merkwürdig, daß dies ihr Zuhause sein soll. Eine Menge heller, ruhiger Farben, Beige- und Magnolientöne – wie bei alten Leuten. Angenehm und langweilig. Kein kräftiges, sexy Rot oder tiefes Blau, kein blendendes Weiß. Alles ausgewogen – unaufdringlich und zurückhaltend.

Was ist aus dir in all diesen Jahren geworden, Jane? Das war früher nicht deine Art. Du wußtest, was du wolltest, und hast es ohne Umwege angesteuert. Und du hast Wert auf leuchtende Farben und scharfe Geschmacksrichtungen gelegt.

Doch du hast es dir anscheinend anders überlegt.

Mein Blick fällt auf die Ansichtskarte, die halb versteckt hinter der Uhr am Kaminsims klemmt. Eine Nachtaufnahme der Karlsbrücke in Prag, mit den schwarzen Statuen, die quer über den Fluß Wache halten.

Es muß in den alten Tagen gewesen sein. Armes Prag – die schönste und traurigste der Ostblock-Städte, damals. Sie besaß nichts außer ihrer Geschichte. Eine miserable Gegenwart. Keine Zukunft. Zumindest nicht für uns.

Wir hatten zusammen ein paar Stunden auf jener Brücke zugebracht. Jane war mit Verspätung von der Botschaft gekommen, wie immer mit der Befürchtung, daß ihr jemand folgte, hatte sich bei ihrem Ehemann herausgeredet, der – so behauptete sie – sie auch immer mit Ausreden abspeiste.

Ich habe mich oft gefragt, worin ich mich damals verfangen hatte. Oberflächlich betrachtet ging es natürlich um Arbeit. Man verhandelte gerade über ein neues Bauprojekt, eine Chemiefabrik nahe der tschechisch-österreichischen Grenze – ein großes westliches Konsortium war beteiligt, und ich war der Berater. Teil des Teams. Ständig im Flugzeug nach Prag, ständig in Eile, angetrieben von der Begeisterung über etwas, das nicht ganz in Ordnung war.

Ich hatte Jane Card bei der üblichen britischen Cocktailparty kennengelernt – in einem eleganten Raum der eleganten Botschaft, die für diese Geschäftsleute, die sich in der Fremde herumschlagen mußten, tief in den Botschaftsvorräten an Gin und Großzügigkeit gegraben hatte. Eine Gelegenheit, die Ehefrauen kennenzulernen: »Wie kommen Sie hier zurecht?« – »Und wie gefällt Ihnen Prag?« – »Werden Sie angemessen betreut?« Und falls nicht, wen kümmert's?

Oder bin ich unfair? Jane schien es jedenfalls nicht egal zu sein, denn sie traf mich am Tag darauf zum Mittagessen. Aus dem Essen wurde ein Spaziergang, dann der Besuch eines Teehauses, mit Geigenspieler und all den gemütlichen Plaudereien, mit mir und ihr. Mitteleuropäische Verführung, so nenne ich das. Verbotene Zusammenkünfte in feindlicher Umgebung. Alle Sinne geschärft. Selbst ein Gutenachtkuß schien eine Bedeutung zu bekommen, die er nicht hätte haben dürfen.

Es war vielleicht bei unserem dritten Treffen, daß wir gemeinsam zu meinem Hotel zurückgingen. Ich weiß noch, wie ich dachte: Wie herrlich, am Nachmittag ins Bett zu gehen, wenn alle anderen bei der Arbeit sind.

Prag verwöhnte uns. Das Bett war frisch mit weißen Laken bezogen, das Zimmer *»à la West«* eingerichtet, und Jane, in der Sprache der Werbung, »maßgeschneidert für den anspruchsvollen Herrn«. Sie ließ die Stunden im Flug vergehen, bis ich an nichts anderes und niemand anderen mehr dachte – nicht darüber nachdachte, ob ich das Richtige tat, ein Gedanke, der nur dann auftaucht, wenn man es nicht tut.

Als wir am frühen Abend aufstanden und hinaus auf den Wenzelsplatz blickten, wußten wir genau, wo der Tag geblieben war.

Später, als ich sie nach Hause brachte, faßte ich den Entschluß, daß es kein zweites Mal geben durfte.

Die Worte, die sie gebrauchte, als ich ihr diesen Entschluß mitteilte, kann ich noch heute deutlich hören: »Ich werde Eric verlassen. Wir können nicht mehr länger zusammenleben. Das Ganze dauert schon zu lange. Wir haben einfach nichts gemeinsam. Man kriegt nur eine einzige Chance – und man muß sie nutzen ...«

Wir trafen uns also weiter – bis sie sich's anders überlegte.

Jener Winter in Prag, als der Fluß zufror.

Sie ist jetzt wieder im Wohnzimmer, sieht mich an, und sie hat die Ansichtskarte bemerkt.

Ich mag dieses Gefühl von Hilflosigkeit und ständigem Schmerz nicht, das Gefühl, in einem Spiel mitzuspielen, über dessen Regeln andere entscheiden.

»Wir werden dich jetzt aus der Stadt bringen«, sagt sie. »Ich habe oben telefoniert. Du wirst langsam sehr begehrt hier. Wir erhielten gerade ein offizielles Ersuchen, dich zur Befragung zu übergeben ...«

»Ich versteh' kein Wort ...«

»Ein Ersuchen der Amerikaner ... was bedeutet, daß sie dir einige sehr gezielte Fragen stellen wollen ...«

»Was wirst du ihnen sagen?«

»Wir wissen nicht, wo du bist, dachten, du wärst im Krankenhaus. Würden liebend gern helfen, aber wir haben an dir kein Interesse. Mit diesem Spruch sollten wir ein oder zwei Stunden lang durchkommen.«

Sie blickt aus dem Fenster. Das Auto steht immer noch da, die Russen sitzen drinnen.

»Hör zu, Edward. Du wirst jetzt nach Moskau fahren. Es ist nirgendwo mehr sicher. Ich weiß nicht, wer darin verwickelt ist. Ich weiß nicht, wer dein Freund oder dein Feind ist. Beziehungsweise mein Freund oder Feind. Die Reise ist genau ausgearbeitet worden. Der Fahrer kommt mit dir. Bis zum Schluß. Tu, was er sagt. Er hat so was schon öfter gemacht.«

»Was ist dieses ›so was‹, Jane?«

Sie antwortet nicht. Statt dessen gibt sie mir eine Brieftasche, aus der ein Paß und Geld hervorschauen. Und dann steht sie vor mir, läßt die Arme hängen, und ich denke an die Zeit, in der ich ihr immer vertraute, wenn ich sie ansah. Eine Weile war sie sogar der Motor gewesen, der mich antrieb – der Beweggrund. Hält sie mich für so dumm, es wieder so weit kommen zu lassen? Hat sie auch nur die geringste Vorstellung davon, wie ich mich fühle?

Schließlich nimmt sie meine Hand, doch ich entziehe sie ihr. Sie zuckt die Schultern. »Gute Reise«, sagt sie leise.

Vom Obergeschoß höre ich wieder das Kind weinen, als hätte es sich auf uns eingestimmt.

12

Sie zieht uns nach Osten.

Ich kann meine Mutter ganz deutlich sehen, wie sie wieder bei ihren Leuten ist, im geschundenen Moskau. Ich sehe sie durch halbdunkle Höfe stolpern, an bellenden Hunden vorbei, vorbei an den alten Männern, die dort mit zugekniffenen Augen stehen und unhörbar vor sich hin murmeln, ihr Geist vom Wodka zerrüttet und geschrumpft. Um meine Mutter herum – das tragische Epos namens Rußland. Nur daß sie jetzt wieder mitspielt.

Sie spielt das bedeutendste aller Spiele, doch sie spielt auf eigenem Boden und nach eigenen Regeln, zieht die Untreuen ans Tageslicht, damit man sie ohne Masken oder Manierismen oder aufgeblasene Titel sehen kann – nur die Männer und Frauen, die sie töten wollen.

Sie wissen, daß sie die Akten gelesen hat. Sie hat in das Massengrab der sowjetischen Geschichte geblickt und die Opfer und die Folterer gesehen.

Sie können es sich nicht leisten, sie am Leben zu lassen.

Weißt du, was du tust, Mutter? Siehst du die Gefahr? Sie sind jung und verstehen ihr Handwerk, während du seit dreißig Jahren im Westen lebst, wo du um nichts weiter als die Hypothek und die Schulgebühren kämpfen mußtest.

Werde ich nach Rußland kommen, um dich sterben zu sehen?

Ich erinnere mich an diese Fragen und auch an die Antworten, die ich mir darauf gab: Ich werde dafür sorgen, daß das nicht geschieht, ich werde nicht zulassen, daß man sie wie ein gejagtes Wild zur Strecke bringt, meine Mutter wird eines Tages in das Haus an der Stanley Road zurückkehren und den Rest ihrer Tage mit Gesprächen im Garten zubringen, der von Jahr zu Jahr mehr zu einem Feld von Früchten und Blumen werden wird. Ich werde sie zurückbringen.

Der Fahrer sagt zu mir, er heiße Jewgeni, und ich solle mich ins Auto setzen, damit wir endlich losfahren können. Keine Zeit zum Träumen.

Er hat einen zu noblen Namen für einen Gangster, doch er kennt sich aus. Wenn man mit ihm spricht, geht ein Lämpchen an. Er ist mit allen Antworten programmiert, die er je brauchen wird, und innerhalb dieses Rahmens wird er auf mich aufpassen, mir gut zureden und mich zurück zur Herde bringen, wenn ich mich verirre.

Mir fällt auf, daß er doch nicht so entspannt ist, wie mir das auf der Hinfahrt vorgekommen ist. Seine hastigen Gesten, abgehackten Sätze, schnellen Blicke zeigen mir, daß ihn einiges beunruhigt.

»Wo ist der andere Wagen?« frage ich.

»Abgehauen«, antwortet er. »Wir sind auf uns gestellt. Ich kann nichts dran ändern.«

Auf dem Beifahrersitz studiert sein Kollege Straßenkarten. Ich tippe ihm auf die Schulter. »Wie heißen Sie?«

»Ich habe keinen Namen«, sagt er. »Es ist besser so.«

Nach und nach lassen wir die Stadt hinter uns, der Verkehr nimmt ab, überall werden Lichter ausgeschaltet, und wir fahren in die Dunkelheit. Ich schließe die Augen, und als ich sie wieder aufmache, gibt es nur noch uns und die Landschaft. Die voll aufgeblendeten Scheinwerfer verlieren sich in der Leere. Ein Auto voller Sorgen, denke ich, auf dem Weg nach Rußland.

Wir fahren schweigend. Das haben Briten und Russen gemeinsam: Beim Reisen, in Taxis wie in Zügen, sind sie nicht gesprächig. Die Briten sind immer zu verlegen, die Russen von alters her zu ängstlich, um viel zu reden.

Und genau diese Angst spüre ich im Wagen: Jewgeni und sein Kollege machen sich Sorgen, die über das übliche Maß hinausgehen. Sie reden mit mir nicht darüber, doch es haftet wie ein Geruch an ihnen.

Nach einer Hügelkuppe geht Jewgeni vom Gas, als eine beleuchtete Telefonzelle am Straßenrand aus der Dunkelheit auftaucht. Wir fahren zwanzig Meter daran vorbei und setzen dann zurück.

»Was ist los, Jewgeni?«

»Anweisungen«, sagt er. »Mrs. Card will, daß wir sie anrufen, unsere Position melden … falls irgendwas Ungewöhnliches …«

Die zwei Russen sehen sich kurz an.

»*Lutsche ne djelat*« – der Kollege schüttelt den Kopf. Lieber nicht.

»Warum?«

»Warum?« wiederholt er. »Warum bist du so ein Idiot? Warum sollten wir von hier aus oder von woher auch immer anrufen? Wir haben Geld, wir haben Befehle, und das reicht. Wir sollten die Fahrt nicht unterbrechen …«

»Sie hat mir befohlen anzurufen. Was weiß ich, es könnte ja wichtig sein.«

»Rufen Sie an«, sage ich zu ihm. Ich weiß nicht warum, aber wir können nicht mitten in der Nacht hier sitzen und uns streiten.

Er steigt aus, und ich schaue ihm zu, wie er den Telefonhörer abnimmt und in seinen Taschen nach Kleingeld sucht. Er legt wieder auf, versucht es noch einmal, dann ein drittes Mal. Ich spüre seine Nervosität – in seinen Handbewegungen, der angespannten Körperhaltung, den hochgezogenen Schultern.

Es ist, als sähe ich, wie auf einem zugefrorenen Fluß das Eis zu brechen beginnt. Du stehst ohnmächtig im Zentrum der Eisfläche und weißt, daß sich die Gefahr in Windeseile auf dich zubewegt.

Jewgeni kommt zurück und läßt den Motor an.

»Was ist?«

»Die Leitung ist tot. Tot, tot, tot. Ein beschissener Spezialanschluß für diesen Anruf, den wir machen müssen, weil er dringend und lebenswichtig ist. Und was passiert – kein Anschluß unter dieser Nummer.«

Er hat mittlerweile den dritten Gang eingelegt, gibt Vollgas, der Motor rumpelt und heult, und ich fühle, wie mein Herz dem

Ruf der Angst folgt und wild pochend aus dem Takt meines Körpers ausschert.

»Du hättest nicht anrufen sollen«, sagt der Kollege.

»Natürlich hätte ich das sollen.« Jewgeni nimmt seine linke Hand vom Lenkrad und fuchtelt damit vor dem Gesicht seines Partners herum. »Jetzt wissen wir immerhin, daß die ganze Sache beim Teufel ist und wir niemanden mehr haben, dem wir trauen können. Mrs. Card ist weg, der Anschluß ist tot, und wir sitzen tiefer in der Scheiße, als wir dachten.«

»Gibt es irgendeine Möglichkeit, diese Reise abzubrechen?« frage ich.

»Kein Abbruch«, sagt Jewgeni, dessen Hände das Lenkrad so fest umklammern, daß man fürchten könnte, er würde es verbiegen. »Kein Abbruch.«

»Wir sollten eine andere Route nehmen, Schenja.« Der andere beschwört ihn. »Sei doch einmal im Leben schlau. Sieh die Zeichen. Dieser Weg ist zu gefährlich. Dreh um. Wir fahren woanders hin.«

Doch Jewgeni hört nicht auf ihn, und ich weiß nicht mehr, ob er recht hat oder nicht. Ich bewege mich nicht in diesen Kreisen, ich stehe nicht vor solchen Entscheidungen. Was hat es zu bedeuten, daß Jane nicht mehr zu erreichen ist?

»Wir nehmen die Fähre, wie geplant«, sagt Jewgeni, und keiner von uns widerspricht, denn genaugenommen fällt auch uns keine andere Lösung ein, und solange wir uns noch auf ein bestimmtes Ziel zubewegen, scheint das Ganze in Ordnung zu sein.

Wir schlängeln uns jetzt durch die Vororte von Dover. Ich lehne mich zurück. Die Schulter tut mir weh, doch abgesehen davon stelle ich fest, daß ich überraschend gelassen bin. Denn mir kommt es plötzlich so vor, als sei dies der Tag, an dem ich gehen lernte, der Tag, an dem ich von zu Hause wegging, der Tag meines Studienabschlusses – all die wichtigen Augenblicke, in denen ich mich von der alten Welt losriß und eine neue betrat, auf irgendeine Weise zu einem einzigen Augenblick zusammengedrängt. Und jetzt treffe ich Entscheidungen, die aller Wahrscheinlichkeit nach dafür bestimmend sein werden, ob ich die glorreichen Tage, die vor mir liegen, noch erlebe. Es ist kein schlechtes Gefühl. Ich möchte, daß Sie das wissen. Im allgemeinen hat man ja nicht die Gelegenheit, es herauszufinden.

Selbst im Dunkeln kann ich den Hafen von Dover erkennen, der sich unter dem feuchten Nebel zusammenzukauern scheint. Ein englischer Wind, sanft wie der Atem eines Kindes, weht einen leichter Nieselregen vom Meer herüber.

Am Pier sind winzige Gestalten und Lichter, und weit entfernt höre ich die Möwen entlang der Küste.

Mein letzter Aufenthalt hier war während einer Klassenfahrt nach Paris, und damals war meine größte Sorge, ob ich Rosemary von der Mädchenschule küssen sollte.

Schon merkwürdig, woran man sich plötzlich wieder erinnert. Rosemary hatte lockige braune Haare und eine so frische und makellose Haut, als wäre sie gerade erst erschaffen worden. Wir küßten uns tatsächlich, etwas ängstlich, und Speichel tropfte uns vom Kinn, als hätte die Leidenschaft alle Dämme gesprengt. Wir lachten sehr viel, und auf halbem Weg zwischen Dover und Ostende schob ich ihr meine Hand unter den Rock, und sie lachte wieder und sagte zu mir, ich hätte mich verirrt. Ich antwortete, daß ich genau wüßte, wohin ich ging.

Jetzt allerdings denke ich mir, daß Rosemary vielleicht doch recht hatte, wenn auch ihre Bemerkung zum falschen Zeitpunkt gekommen war. Was würde ich dafür geben, mit ihr nach Frankreich zu fahren! Nach all den Jahren bin ich doch nur wieder in Dover gelandet, ohne jemanden, der ihre Stelle einnehmen könnte. Zwanzig Jahre und ein Loch in meiner Schulter. Der Rest der Klasse hat wahrscheinlich mehr zustande gebracht.

Jewgeni befiehlt mir auszusteigen, und sie fahren ein Stück weiter zu den Wohnmobilen, Kleinwagen und heimkehrenden deutschen Sportwagen, die langsam eine Reihe bilden.

Ich soll mich den unmotorisierten Passagieren anschließen, während sie das Auto an Bord bringen. Sie werden ein Auge auf mich haben, und ich werde ein Auge auf sie haben, und wenn da irgend etwas ist, was mir auch nur eine Spur verdächtig vorkommt …

»Was dann?« habe ich ihn gefragt. »Was machen wir dann?«

»Dann kümmern wir uns drum. Treten Sie nicht an uns heran. Beobachten Sie nur.« Die Leute im Aufenthaltsraum sehen schrecklich aus. Sie hängen herum, essen ein bißchen, lesen ein bißchen, die Augen offen, der Geist zu.

Die Luft riecht, als hätte eine Herde Elefanten eine gräßliche Mahlzeit gehabt, deshalb gehe ich nach draußen – was ich schnell bereue. Zehn Minuten lang stehe ich in der Kälte. Ein paar Autos überspringen die Warteschlange und fahren vor, Pässe werden hochgehalten und nur eines flüchtigen Blicks gewürdigt. Ein, zwei Beamte salutieren. In mir wächst das Gefühl, daß die Bürokratie viel früher aktiv wird als sie das tun sollte.

Doch vielleicht ist Dover so. Vielleicht ist es ein Schichtwechsel.

Ich bemühe mich, nicht in Laufschritt zu fallen, tief durchzuatmen und normal zu wirken. Ich durchquere den Aufenthaltsraum, steige über am Boden liegende Schläfer und gehe auf der anderen Seite zur Tür hinaus. Es gibt drei Reihen von Autos, und ich lasse meine Augen über sie wandern, auf der Suche nach den Erkennungsmerkmalen.

Unseres ist beige. Mein erster Blick zeigt mir, daß alle Welt beige Autos fährt. Doch dieses eine, fällt mir ein, hat zwei Antennen, und das kürzt die Suche ab.

So stehe ich dort neben den Toiletten, versuche, eine gleichgültige Miene aufzusetzen, und hoffe, daß niemand mich für den üblichen Päderasten hält, der harmlose Teenager belästigt.

Ich entdecke unser Auto in einer Entfernung von etwa fünfzig Metern – das dritte von hinten in der zweiten Reihe. Im Wageninnern zwei Köpfe, im Gespräch, also gibt es vielleicht doch keinen Grund, sich Sorgen zu machen. »Treten Sie nicht an uns heran«, hat Jewgeni gesagt. Ich sollte ihnen zubilligen, daß sie ihr Geschäft verstehen.

Im nächsten Augenblick erstarre ich. Der Hintergrund verschwimmt, und alle Geräusche verstummen, und ich sehe nur noch die zwei Männer, die die Autoreihen entlanggehen, Hände in den Taschen, graue Anoraks, Jeans und weiße Turnschuhe. Ich nehme die Einzelheiten in mich auf, doch nichts in mir reagiert. Und ich weiß, was geschehen wird, doch ich kann nicht das geringste tun, um es aufzuhalten. Bitte, lieber Gott. Ich scheine an den Boden angekettet zu sein, mit einem Knebel im Mund, und mein hämmerndes Herz befiehlt mir, mich in Bewegung zu setzen.

Noch während ich zusehe, drehen sich die zwei Gestalten wie auf Kommando zu dem beigen Wagen, beugen die Oberkörper, ziehen die Hände aus den Taschen, und ich weiß, daß sie Waffen haben. Ich weiß, daß sie feuern, und da sind zwei russische Köpfe, die sich umdrehen und nach hinten geschleudert werden, und ich wende die Augen ab, weil ich meinen Verstand nicht dazu bringen kann, es zu begreifen.

Als ich wieder hinsehe, sprinten die beiden Männer auf ein Auto zu, und niemand beachtet sie, niemand versucht, sie aufzuhalten. Es ist dunkel, Kinder spielen, aus einem Autoradio tönt Musik, und die Möwen, die über den Pier fliegen, kreischen so laut, als litten sie fürchterliche Schmerzen. Um Himmels willen, bin ich der einzige Mensch auf der Welt, der sieht, was hier vor sich geht?

Der Wagen hat es nicht eilig. Er fährt weg, langsam, als hätte der Fahrer sich verirrt oder seine Meinung geändert, oder als wäre es noch zu früh für die Fähre. Und im Wageninnern sitzen Mörder, in grauen Anoraks, die gerade zwei Menschen umgebracht haben, die ich kannte, nicht mehr als fünfzig Meter von mir entfernt.

Warum kann ich nicht irgend etwas unternehmen? Ich habe sie aus den Augen verloren. Der Wagen ist hinter ein Lagerhaus gefahren, als wäre nichts geschehen. Was nun? Ich muß einfach beten. Ich habe seit meiner Kindheit nicht mehr gebetet. Ich weiß nicht, wer dort ist, um mich zu hören. Doch ich muß beten, daß ich mich bewegen kann, daß meine Beine mich wieder tragen, daß mein Herz nur einen Augenblick lang langsamer schlägt, mein Atem ruhiger geht. Bitte lieber Gott. Herr allen Lebens. Höre dieses Gebet. Ich flehe dich an, ich flehe dich an, ich flehe dich an …

Und ich weiß nicht, ob ich Gehör finde, ich weiß nicht, was ich sehe, doch ohne Vorwarnung kommt ein lauter und markerschütternder Schrei, ein Schrei, den ich nirgendwo auf diesem Planeten für möglich gehalten hätte. Er kommt von dem beigen Auto, von einer Frau, die daneben auf dem Boden kniet – ein Schreckensschrei, der die Dunkelheit durchbohrt und über dem Wasser widerhallt.

Er ist so furchtbar, daß er mich aus meiner schrecklichen Erstarrung reißt – meine Beine sind bereits in Bewegung, meine Augen durchforschen jedes Gesicht und jedes Auto nach Gefahr. Ich weiß jetzt genau, was ich gesehen habe. Ich weiß mit absoluter Gewißheit, daß die Verkündung meines Todesurteils unmittelbar bevorsteht.

13

Die Angst baut sich ihre eigene Welt. Man kann darin nicht leben – ich kann darin nicht leben. Es ist eine Welt, die man schnell wieder verlassen muß, eine Welt, in der das Vertraute fremd und grotesk wird, in der Freunde sich in Fremde verwandeln, in der gestorben wird.

Ich kann nicht über Jewgeni nachdenken. Nicht jetzt. Doch er hat mich mit dem Vermächtnis seiner letzten Sekunden zurückgelassen.

Ich renne zum Empfangsbereich zurück, weil alle Leute immer noch dort sind und ich nicht der einzige sein will, der weggeht.

Sie sehen allerdings anders als vorher aus. Sie sind aufgewacht, sie beobachten ihre Umgebung. In einer Ecke bekreuzigt sich eine alte Dame. Als ich eintrete, macht gerade ein schockiertes Flüstern die Runde, und jetzt stehen ein paar der Reisenden von den Plastikbänken auf, gehen zum Ausgang …

Bloß raus hier.

Ich gehe durch die andere Tür, und wieder schlägt mir die Kälte entgegen. Eine Ecke des Himmels ist heller, und der Regen hat aufgehört. Es ist überraschend still. Ein Zug kreuzt in der Ferne eine andere Bahnlinie. Daß ich all dies wahrnehme, ist ein gutes Zeichen. Ich forme wieder zusammenhängende Gedanken, habe zu rennen aufgehört, gehe einfach zielstrebig aus dem Hafen und auf die Stadt zu.

So eine Gestalt fällt doch sicher nicht auf. Ein Mann Anfang Dreißig, durchschnittlich groß, schwarzer Trenchcoat, sein Kopf gebeugt, sein Inneres in Flammen, der sich von einem Mord am Kai entfernt.

Ich bin ein Hauptkandidat, Verdächtiger Nummer eins – ich muß das sein – der erste, den ich als Polizist anhalten und aufs Revier bringen, aus dem ich die Antwort auf eine klare Frage herausprügeln würde. Wer sonst schleicht sich von einem Mord davon?

Trotzdem kann ich den Hafen unbehelligt verlassen. Keine Sirenen, keine Polizeikonvois oder eins dieser »Mobilen Einsatzkommandos«, die sich angeblich um Fälle wie diesen kümmern.

Wo sind die Beamten, die ich in den Hafen kommen sah? Warum durchkämmen sie nicht die Gegend?

Ein Gemetzel hat stattgefunden, direkt neben der Autofähre, die uns alle vergnügt nach Frankreich hätte befördern sollen. Herrgott noch mal! Zwei Bürger des neuen Staates Rußland sind zusammengeschossen worden, als sie in ihrem beigen Wagen die Lage erörterten, darauf warteten, an Bord zu kommen, in Angst ... Angst vor allem, erinnere ich mich. Angst weiterzufahren, Angst umzukehren.

Plötzlich sehe ich vor meinem inneren Auge ein Bild von Jewgeni und seinem Freund, der mir seinen Namen nicht verraten wollte. Beide in ihren Zwanzigern, zunächst voller Zuversicht, dann weniger überzeugt, dann voller Angst, daß sie vielleicht doch nicht mehr nach Rußland zurückkommen – und jetzt würden sie in Kisten dorthin reisen, mit Namensschildern und Stempeln und der Sorte vertraulicher Papiere, die immer in einem Aktenordner landen und dann unauffindbar sind.

Draußen in den Moskauer Vororten vielleicht, in einem heruntergekommenen Wohnblock, würden ein paar Familien einen kurzen Anruf und eine lange Warnung erhalten, und sie würden die Kisten abholen und die Ersparnisse ihres Lebens dafür opfern, den zwei Burschen einen würdigeren Abschied zu geben. Tränen, ein Priester und ein Leichenschmaus für Freunde und Verwandte, den sie sich eigentlich nicht leisten können.

Sie würden jedoch nie etwas von Dover hören, nichts über die Reise in dem beigen Auto, über einen Telefonanruf während der Fahrt oder eine Fähre, die ihre jungen Männer schließlich doch nicht nach Frankreich gebracht hat.

Ich bin jetzt in der Stadt, und ich finde keinen Gefallen an diesen Gedanken. Ich finde keinen Gefallen daran, daß die Mörder meiner Wächter, wer immer sie sind, höchstwahrscheinlich irgendwo warten und unfreundliche Gedanken über mich hegen.

Es wird bald hell sein, und einige der Frühaufsteher sind bereits unterwegs. Ich frage nach einem Busbahnhof und erfahre, daß er ganz in der Nähe liegt. »Dort drüben«, sagt ein Postbote und deutet auf eine Backsteinmauer. »Sie können ihn nicht verfehlen.«

Eine halbe Stunde später sitze ich, zusammen mit einer Schar von Passagieren, die keine Lust zum Reden haben, im ersten Bus nach London, in dem es anfangs kalt und feucht ist, dann freundlicher, als sich die Sonne sehen läßt.

Eine Weile lasse ich mich von der Müdigkeit und dem Schrecken überwältigen: Was soll's, wenn sie mich töten, während ich schlafe, sage ich mir, schließlich werde ich das dann nie erfahren.

Angst ist eine Kettenreaktion. Sobald du sie einmal nach außen kommen läßt, wird sie das nahezu sicher immer wieder versuchen und dich dabei an dem vorbeiführen, was weh tut. Am besten schlägst du diesen Weg gar nicht erst ein, wenn es sich vermeiden läßt.

Für mich hat diese Reise allerdings schon vor langer Zeit begonnen. Und jetzt gehe ich um die Ecke, wieder der kleine Junge, und da ist ein Märztag, von dem ich mir wünsche, ich hätte ihn nie erlebt.

Monate waren vergangen, seit Dad geschrieben hatte. Normalerweise schickte er alle drei oder vier Wochen einen Brief. Ohne Adresse. Ohne Datum. Soweit wir wußten, hätte er in jeder der elf Zeitzonen sein können. Und doch wartete ich auf diese Briefe. Ich zählte auf sie. Sie waren der emotionale Zement, der so viele Teile meines Lebens zusammenhielt. Sie sagten mir, daß ich für Dad immer noch wichtig war. Sie hielten die Hoffnung am Leben, daß ich ihn wiedersehen würde.

Vor nicht allzulanger Zeit ließ mich Mutter die Briefe selbst lesen. Denn ich konnte jetzt nicht nur sein Russisch verstehen, sondern auch zwischen den Zeilen lesen und tief hinter den Worten den Mann finden, der sich in einer anderen, weit entfernten Welt verfangen hatte.

Einmal schrieb er, er sei glücklich. Nur eine knappe Feststellung, keine weitere Erläuterung, keine Anhaltspunkte. Und da wußte ich, wie verzweifelt er war. Glück war nämlich nie ein Begriff in Dads Leben. Er hätte es nicht ausdrücken, hätte nicht in ihm schwelgen können. Das Slawische in ihm erlaubte nur Leidenschaften, nicht Zufriedenheit – eine dunkle, freudlose Sicht des Menschen gegenüber einer feindlichen Welt. Es konnte Haß, Feuer und heftige Gefühle geben. Aber Glück – das Stadium, in dem man sich mühelos und souverän durchs Leben bewegt, in Frieden mit sich und der Welt –, das war nicht mein Dad.

Es muß um neun Uhr abends gewesen sein, als es an der Tür klingelte. Ich erinnere mich, daß ich zum oberen Ende der Treppe rannte und Mutter rief: »Wer ist da?« Eine Stimme antwortete auf russisch.

Sie öffnete die Tür, und ich sah eine kleine Gestalt in einem grauen Regenmantel. Seine Glatze war vom Regen naß, und er stand da, als wollte er sich dafür entschuldigen, am Leben zu sein.

Mutter ließ ihn herein und rief nach mir.

»Das ist ein Vertreter der sowjetischen Botschaft«, sagte sie. »Herr Modin. Er möchte mit uns sprechen ...«

»Vielleicht wäre es besser für den Jungen ...«

»Sie sind in meinem Haus, Herr Modin«, unterbrach sie ihn. »Ich werde entscheiden, was besser ist.«

Wir standen im schwach beleuchteten Vorzimmer, und ich weiß noch, wie ich dachte, daß es gut wäre, eine stärkere Glühbirne zu besorgen. Mutter hatte offenbar nicht vor, ihn ins Wohnzimmer zu bitten, also richtete sich Herr Modin zu voller Größe auf – nicht mehr als ein Meter fünfzig – und zog ein Blatt Papier aus seiner Brusttasche.

»Mit großem Bedauern«, las er vor, »auf Weisung des Botschafters der Union der Sozialistischen Sowjetrepubliken, muß ich Ihnen mitteilen, daß gestern morgen ihr Ehemann gestorben ist, in dem Dorf Chimki im Gebiet von Moskau …«, und dann kamen Zahlen und Namen und Titel, die nicht die geringste Bedeutung hatten und die, wie es schien, angefügt worden waren, um die Mitteilung weniger abrupt, weniger hart zu machen.

Dad war an einem Herzanfall gestorben, hieß es in der Mitteilung weiter, bestätigt von Professor Soundso, in einem Krankenhaus, von dem niemand je gehört hatte, noch hätte hören müssen. Die offiziellen Papiere seien unterwegs. Eine Benachrichtigung von der Beerdigung – unglücklicherweise in einer für Fremde gesperrten Zone – würde folgen. Wenn es irgend etwas gäbe, was er, Modin, oder die Botschaft tun könnte …?

Ich blickte unverwandt auf die Regentropfen auf seiner Schädeldecke. Ich vernahm seine Stimme, doch die Worte kamen nicht mehr bei mir an. Vielleicht war er im falschen Haus, vielleicht handelte es sich um den Vater von jemand anderem.

Ich spürte die Art von Taubheit im Gesicht und um meinen Mund, die seitdem nur noch durch schnelle Alkoholaufnahme hervorgerufen wurde. Wir standen da und blickten uns an, ausdruckslos und ohne zu sprechen, bis Modin die Brille abnahm und sich die Augen rieb.

»Es tut mir so leid …«, begann er, und ich wollte ihn plötzlich bei den Schultern packen und sagen: Es braucht Ihnen nicht leid zu tun. Es ist ein Mißverständnis. Dad geht es gut. Wir haben schließlich doch noch einen Grund zum Feiern …

Er sah Mutter an. »Haben Sie keine Fragen, Frau …?«

»Ich habe viele Fragen …« – die Stimme schien ihr in der Kehle steckenzubleiben. »Aber ich glaube nicht, daß Sie in der Lage sind, sie zu beantworten.«

Ich habe keine Erinnerung daran, wie Modin ging; er hat wohl selbst zur Tür hinausgefunden. Und ich weiß auch nicht mehr, vielleicht zum Glück, was Mutter und ich dann zueinander gesagt haben.

Doch ich erinnere mich an den Regen, der unaufhörlich auf das Dach trommelte, und an den Wind, der durch den Garten fegte, und eine Nacht ohne einen einzigen Traum.

Ich weiß, ohne die Augen zu öffnen, daß wir in London sind. Der Verkehr ist jetzt so dicht, daß der Bus nur noch langsam vorankommt. Und ich sitze hier mit der Erinnerung an einen Mord, zu dessen Verhinderung ich nichts unternommen hatte. Zwei Stimmen sind in meinem Kopf. Eine gehört mir – doch die andere erkenne ich nicht.

»Du bist einfach vor Angst erstarrt …«

»Ich hab' versucht, was zu tun, hab' zu rufen versucht, doch es hat nichts genützt …«

»Blödsinn. Du bist einfach dagestanden und hast es geschehen lassen. Die Männer, die versucht haben, dich zu retten – und du hast einfach nur zugesehen, als man ihnen die Köpfe weggeblasen hat …«

»Das Ganze ist Teil einer Operation … Ich weiß nicht das Geringste darüber. Ich weiß nicht, wer auf welcher Seite steht …«

»Denk nach!«

»Da waren zwei Mörder. Die Männer in Turnschuhen und Anorak. Ganz lässig …«

»Warum?«

»Weil alles bis ins kleinste geplant war. Jemand wußte genau, wo wir sein würden und zu welchem Zeitpunkt. Sie sind uns gefolgt, haben auf uns gewartet. Die Szene auf dem Pier. Jetzt erinnere ich mich wieder. Weit und breit war kein Polizist zu sehen. Keine Zollbeamten. Keine Mannschaft. Jetzt, wo ich darüber nachdenke, fällt mir auf, daß sie zunächst da waren und dann verschwanden. Der Schauplatz wurde absichtlich geräumt. Sie wußten alle, daß ein Mord stattfinden würde. Großer Gott, sie stecken alle mit drin. Jeder …«

»Schon besser. Endlich denkst du nach. Bring es jetzt in die richtige Reihenfolge. Heb deinen Arsch und fang an, die Teile zusammenzusetzen. Sonst wirst du der nächste sein.«

Ich habe keine Ahnung, woher diese zweite Stimme kommt.

Ich weiß nur, daß ich aus England verschwinden und irgendwie nach Rußland kommen muß. Alle anderen Türen beginnen sich zu schließen.

14

Der Weg nach Rußland war Harry. Das war völlig klar. Harry Willets und seine kleine Truppe jammernder, intrigierender Geschäftsleute, die irgendwo in Osteuropa beim Essen saßen.

Das war die Tour, die ich organisiert hatte, bevor mir das Leben als feindliche Macht gegenübertrat. Die Tour, auf der ich jetzt eigentlich sein sollte.

Ironischerweise war Harrys Geschäft Sicherheit – ich meine, in kleinem Maßstab. Private Alarmanlagen, Infrarotdetektoren, Überwachungskameras – all dieser Schnickschnack, mit dem man der Unterwelt signalisiert, daß es hier was zu holen gibt.

Nach dem, was man so hörte, lief die Firma ziemlich gut. Doch Harry konnte es nicht dabei bewenden lassen.

Eines Sonntags, vor etwa drei Monaten, hatte er einen Artikel über wachsende Kriminalität in Osteuropa gelesen – und entschieden, daß die Menschen dieser geplagten Region ihn brauchten.

Er entschied auch, daß er mich brauchte.

Am darauffolgenden Montag rief er mich an und unterbreitete mir seine einfache Theorie. »Die ganzen Jahre sind sie von den Kommunisten beschissen worden, jetzt bescheißen sie sich gegenseitig. Erpressung, Raub, Mord – es ist, als hätten sie eben erst entdeckt, was sich damit alles anfangen läßt. Aber was ist mit den einfachen Leuten? Das möchte ich gern mal wissen.« Er senkte die Stimme, als wollte er ein soziales Gewissen zum Ausdruck bringen. »Sie haben alle Schiß, daß sie einen Schlag auf den Schädel kriegen, sobald sie sich ein neues Paar Handschuhe kaufen. Sie brauchen Hilfe. Selbstverteidigung, Sicherheitssysteme. Einbruchsichere Schlösser an den Türen. Edward, sie brauchen uns. Und du wirst das Ganze organisieren.«

O Harry, Harry, Harry. Es war genau das, was ich brauchte. Er war es, den ich brauchte. Harry mit seinem weißen Hemd und der »Rotfront«-Krawatte, farblich passend zu seinen roten Backen. Harry, dem sich von seinen Wohnungsfenstern aus eine

Aussicht auf den Fluß bot, die um einiges prächtiger war als meine. Harry mit Komplex über Komplex in seinem langsam kahl werdenden Schädel.

Ich kenne Harry nämlich schon sehr lange.

Bald nach meinem Universitätsabschluß hatte ich eine Stelle bei einer Firma bekommen, die Stahl von gerissenen Investoren in Londons Haymarket kaufte und verkaufte. Ihre Kunden waren vor allem Osteuropäer, deshalb reiste ich ziemlich oft nach Polen, Ostdeutschland, in die Tschechoslowakei; stellte Kontakte her und versuchte herauszufinden, wem ich trauen konnte und wem nicht. Das erwies sich als einfacher, als ich gedacht hatte. Ich konnte niemandem trauen.

Der erste, der mich bei dieser Firma begrüßte, war Harry – nicht als Direktor, sondern als Wachposten, der Mann in der dunkelblauen Uniform hinter dem Empfangsschalter. Die Anständigkeit in Person. Höflich, freundlich und sympathisch. Gelegentlich spielte er auch den Chauffeur, wenn Geld oder Wertgegenstände befördert werden mußten. Er ließ Schlüssel herstellen und holte Pakete ab. Er ließ einen nie im Stich.

Ich war schon fast ein Jahr bei der Firma, als Harry *meine* Hilfe brauchte. Er hatte einen Anruf erhalten, daß seine Tante, bei der er wohnte, einen Unfall gehabt hatte.

»Ist die verdammte Treppe runtergefallen«, erklärte er mir über die Bürosprechanlage. »Ich muß zu ihr … jetzt gleich.«

»Ich fahre Sie hin …«, sagte ich, ohne lange nachzudenken.

Damit begann die Bekanntschaft zwischen Harry und mir. Ich fuhr ihn nach Bow im Eastend, zu einem winzigen Reihenhaus, wo Tante Doris ihre Rolle als Unfallopfer genoß – bewegungslos und benommen, im Mittelpunkt der Aufmerksamkeit. Ein Arzt war da, und mindestens fünf Nachbarinnen waren voll im Einsatz, kochten Tee, brachten Verbände, verscheuchten die Katze, und all dies mit einer Begeisterung, als wäre das Ganze das aufregendste Ereignis, das in dem kleinen Viertel seit Jahren stattgefunden hatte.

Und Harry? Nun, Harry überraschte mich wirklich, denn er wieselte um sie herum, als wäre sie eine empfindliche Treibhauspflanze. Er wollte einen Rettungswagen rufen und sie ins Krankenhaus bringen lassen, doch der Arzt sagte, es sei nur eine böse Verstauchung, er habe ihr ein Beruhigungsmittel gegeben, kein Grund zur Sorge, sie hätte halt einen Schreck bekommen, mehr nicht.

Ich saß eine Weile im Wohnzimmer und blickte auf die bewegungslose Gestalt von Tante Doris, die zusammengesunken auf einem Sofa lag, in mehrere karierte Decken eingewickelt, die Füße auf einem Hocker abgestützt. Ihr Gesicht war fast nicht zu sehen, doch ich weiß noch, daß sie einmal die Augen aufmachte und mich anblinzelte, bevor sie wieder einschlief.

Als es ihr besser ging, wurde ich zu einem richtigen Besuch eingeladen. Es gab Marmeladetörtchen, Krapfen und einen selbstgebackenen Zitronenkuchen. Harry und ich saßen am Eßzimmertisch wie zwei Schuljungen, während sie uns von den deutschen Luftangriffen im Zweiten Weltkrieg erzählte und dem Schaden, den sie in der Eastend Gemeinde angerichtet hatten.

Es stellte sich heraus, daß sie sich ihres Neffen angenommen hatte, weil seine Eltern ums Leben gekommen waren, als eine Bombe den Tanzsaal in Stratford traf. Nein, sie hatte keine eigene Familie. Nein, es war zu spät, jetzt noch eine zu gründen. Harry war alles, was sie hatte, abgesehen von der Katze und den Nachbarn.

Ich erinnere mich an ein fast quadratisches Frauengesicht, weiße Haare mit Jungenhaarschnitt und an eine alte blaue Strickjacke, die einmal, wie sie sagte, Harry gehört hatte – sie habe es nicht übers Herz gebracht, sie wegzuwerfen. Mit den Jahren war sie dünner geworden, und ihre Kleider hingen lose an ihr statt anzuliegen. Sie war ruhig und sie war fröhlich, und sie zwinkerte mir im Lauf des Nachmittags mehrmals zu, nur so zum Spaß.

Durch Tante Doris wurde meine Bekanntschaft mit Harry zu einer festen Freundschaft. Und ich glaube, sie und ich waren gleichermaßen geschockt, als er an einem Junitag verhaftet und später verurteilt wurde, weil er Schecks der Firma, für die wir arbeiteten, gestohlen hatte.

Wir standen an einem Freitag im Juni vor dem Gerichtsgebäude; sie weinte, und auch ich hätte am liebsten geweint. Sie tupfte sich immer noch die Augen, als wir wieder in Bow waren. Ich fummelte an dem Wasserkocher und dem Elektrostecker herum, die nie beim ersten Mal funktionierten. Tante Doris stellte der Katze in einer Ecke das Futter hin. Später gingen wir nach oben, schauten in Harrys Zimmer und versuchten uns vorzustellen, wie seine neue Behausung aussehen mochte. Irgendwie schafften wir es, den Abend durchzustehen.

Ein Jahr verging, bevor ich Harry wiedersah.

Natürlich war ihm das Gefängnis kaum förderlich gewesen. Drei Wochen nach seiner Entlassung auf Bewährung trafen wir uns in einer Bar in Mile End, und er erzählte mir von den »Kumpeln«, die er dort kennengelernt hatte.

Durch diese Kontakte hatte er bereits einen Job als Autoverkäufer. Er war entschlossen, ehrlich zu bleiben. Er wohnte wieder bei Tante Doris – die diesmal vor Freude weinte. »Ich hab' ein gutes Leben, Edward«, sagte er zu mir, trank genußvoll sein Bier und ließ die Augen über die Mädchen wandern. »Ein gutes Leben, und es wird sogar noch besser werden.«

Doch danach – war es nicht mehr so wie früher. Im Stahlgeschäft gab es überall Probleme, deshalb war ich häufiger unterwegs, und wir hatten seltener Zeit, uns zu treffen. Ich besuchte immer noch Tante Doris, doch ich hatte den Eindruck, daß ihr Gemütszustand sich verändert hatte. Harry war oft fort. Sie wußte nicht, wo er war oder was er tat. Ihr gefielen seine neuen Freunde nicht. Ich konnte die Botschaft in ihren Augen lesen. Er entglitt ihr, und sie konnte nichts dagegen tun.

Ich hatte Harry etwa sechs Monate lang nicht gesehen, als mein Blick auf den Artikel im *Telegraph* fiel. Er war wieder gestrandet. Offensichtlich hatten die »Kumpel«, die er im Gefängnis getroffen hatte, verlangt, daß er den ihm erwiesenen Gefallen erwiderte. Im Bericht hieß es, man habe ihn in das Schutzgeldgeschäft aufgenommen, das damals im Eastend florierte. Er hatte sich einer Gang angeschlossen oder war in sie hineingeraten. Er war herumgezogen und hatte zahlungsunwillige Laden- und Clubbesitzer zusammengeschlagen. Sich einen Namen gemacht. Den falschen.

Es war eigenartig, über das geheime Leben eines Menschen, den man kannte, in der Zeitung zu lesen. Eine Weile, so stand da, war es mit Harrys Eastend-Karriere bergauf gegangen. Und dann, an einem schönen Montagnachmittag, war er der Fahrer bei einem bewaffneten Raubüberfall auf ein Postamt in North London gewesen – und seine Laufbahn nahm wieder eine neue Wendung.

Er wurde an einer Polizeisperre geschnappt, direkt neben dem Alexandra Palace, und man belohnte ihn mit drei Jahren Freizeit, um darüber nachzudenken.

Ich rief Tante Doris an, doch das Telefon war abgestellt. An einem Sonntag fuhr ich zu ihrem Haus. Die Nachbarn sagten, sie sei weggezogen – »die Katze hat sie allerdings dagelassen« –, und sie wüßten nicht wohin. Also gab ich schließlich auf. Ehrlich gesagt, ich hatte nicht erwartet, Harry wiederzusehen, hatte nichts von seinem neuen Geschäft gehört.

Aber als er anrief und eine kleine Reise nach Osteuropa machen wollte, war mir das sehr recht gewesen.

Auf der Straße vor dem Busbahnhof, wo ich völlig durchnäßt stand, während der Verkehr an mir vorbeibrauste, kam mir die Sache ziemlich einfach vor. Harry würde meine Tarnung sein. Mittlerweile war er sicher in Berlin angekommen, danach würde er nach Warschau und schließlich nach Moskau fahren. Das war die Route, die ich vor nur einer Woche ausgearbeitet hatte. Ich hatte ihre Termine und ihre Hotels festgelegt, ihre Restaurants, ihre Massagen, ihre Abendkonzerte. Genau wie bei einer Klassenfahrt. Sie brauchten nichts zu tun, als sich einzufinden.

Ich ging über die Straße zum Büro der British Airways und

buchte einen Flug nach Berlin, kaufte Kleidung zum Wechseln, ein paar Binden und Salben – was ein Mann mit einer Schulterwunde eben so braucht, wenn er ins Ausland fährt. Es war eine Reise mit wenig Gepäck, wie sie in Reiseführern gern empfohlen wird. »Gute Reise!« wünschte die Dame am Schalter. Auf Wiedersehen, kommen Sie gesund wieder.

Passen Sie auf, daß Sie nicht umgebracht werden.

Es ist allerdings schon von Vorteil, nicht viel Gepäck mit sich herumzuschleppen. Es liegt eine gewisse Freiheit darin, keine Freunde oder Bindungen zu haben, niemanden, dem man vertraut, und so auch niemanden, dessen Vertrauen man enttäuschen kann, keine Gefühle, auf die man Rücksicht nehmen muß, keine Befürchtungen, jemanden zu verletzen, außer sich selbst.

Ich saß auf einer Bank neben einer kleinen dreieckigen Grünfläche und dachte über Jane Card nach. Für jemanden, der, wie sie das nannte, ein normales Leben führt, liefen die Dinge gründlich schief. Sie beauftragt zwei Russen, sie von einer Telefonzelle anzurufen, doch der Anschluß ist tot. Drei Stunden später sind auch die Männer tot. Und ich bin auf mich gestellt.

Ein paar Tauben starrten mich erwartungsvoll an. Und ich konnte nicht umhin, mich zu fragen, wer mich wohl sonst noch beobachtete.

Ich wurde benutzt, um meine Mutter zu finden – und wenn ich das geschafft hatte – würde irgend jemand versuchen, uns zu töten.

Während der Reise nach Berlin hatte ich also nichts zu befürchten. Als das Flugzeug landete, war es schon fast dunkel, die Sonne stand weit hinten im Westen, und eine tiefhängende Wolke verbarg die Sterne.

Ich beschloß, mit Harry erst später Kontakt aufzunehmen. Deshalb nahm ich mir einen Mietwagen und fuhr in der Stadt herum, schaute bei altbekannten Plätzen vorbei. Am früheren Grenzübergang. Schwer, sich vorzustellen, daß nun alles anders ist. Die Wiedervereinigung. Keine hungrigen Schäferhunde, die dich durch die Absperrungen beäugen, keine Schweinchen-Dick-Grenzsoldaten, die den Regen über deinen Paß laufen lassen, keine langen argwöhnischen Blicke, wenn du an jene schäbige Ost-Tür klopfst. Berlin ohne Mauer war auf seine Weise genauso fremdartig wie mit Mauer.

Nach ein, zwei Stunden freute ich mich auf das Treffen mit Harry. Es lag etwas unendlich Beruhigendes in seinem Doppelspiel. Das Lächeln, das gelbe Zähne enthüllte, das laute Lachen, das Schulterklopfen – doch irgendwo im Inneren war da immer der Harry, der seinen Profit suchte. Augen, die dich nicht ganz direkt ansahen, eine Hand, die die deine nicht wirklich fest drückte, Versprechen, die du nicht ganz glauben konntest.

Doch nach den Ereignissen der letzten achtundvierzig Stunden war Harry der Inbegriff von Anständigkeit.

Ich fand ihn und seine zwei Kollegen an dem Ort, den ich ihnen zum Essen genannt hatte: die Paris Bar an der Kantstraße, eine der ersten, die nach dem Krieg wieder aufgemacht hatte. Er schien nicht überrascht, mich zu sehen.

»Hast deine Mutter gefunden, gell? Wie geht's so? Freut mich, daß du's geschafft hast.«

Ich begrüßte alle und setzte mich an den Tisch; das allgemeine Durcheinander ersparte es mir, Harrys Fragen zu beantworten.

In seiner Begleitung waren seine zwei Handlanger. Costa, ursprünglich aus Zypern, jetzt »dunkel und schrecklich«, wie Harry ihn zu beschreiben pflegte, und der lächelnde kleine Arthur – einst Taschendieb und somit der perfekte Ratgeber in Sicherheitsfragen. Er schenkte mir mit großer Geste ein Glas Champagner ein – »Nicht, daß es irgendwas zum Feiern gäbe«, meinte Costa.

Und doch war dieses seltsame Treffen ein Labsal an Normalität. Niemand im Restaurant wurde angegriffen, niemand drückte sich hinter dem Hutständer herum. Ich war auf Geschäftsreise in Berlin. Jeder glaubte das.

»Hör mal, alter Junge«, sagte Harry, und sein gerötetes Gesicht verriet mir, daß dies nicht seine erste Flasche Champagner an diesem Abend war. »Gehen wir doch einfach ein paar Punkte durch, solange wir noch einen klaren Kopf haben, oder?«

Ich nickte. Ellenbogen auf dem Tisch. Ganz Konzentration und Aufmerksamkeit. Die Dem-Kunden-zu-Diensten-Pose.

»Wir waren heute morgen im Ostteil. Ist ganz gut gelaufen, obwohl ich sagen muß, daß einige der Leute, zu denen du uns geschickt hast, ein bißchen seltsam sind. Kaum mal ein Lacher. Kaum ein lockeres Gespräch, über gar nichts, genaugenommen. Ich hab' mir alle Mühe gegeben, hab' ihnen gesagt, wie schön und frei jetzt alles ist. Ein Bursche schaute mich nur an wie ein Gürteltier, aber ohne dessen Charme. Wer sind diese Leute?«

»Ex-Staatssicherheit.« Was erwartete Harry denn?

»Ich verstehe. Ist das eine gute Idee?«

»Ja, Harry, ist es. Und weißt du warum? Weil die gleichen Leute, die vorher Macht hatten, auch jetzt wieder Macht haben werden. Okay? Sie tragen nur andere Anzüge.«

Er wirkte verwirrt. Es war an der Zeit, ihn an die Regeln zu erinnern. »Schau, Harry. Berlin ist freier, als es vorher war, okay? Aber die Leute haben eine Menge Erinnerungen, und über ein, zwei davon sind sie nicht sehr glücklich. Du verstehst, was ich meine? Sie tun sich mit den neuen Gegebenheiten noch ein bißchen schwer.«

»Ich glaub', ich verstehe, Edward.«

»Das hoffe ich wirklich, Harry. Wie ich schon vor dieser Reise gesagt habe, platzt man hier nicht einfach rein und fragt Leute nach ihrer Lebensgeschichte, als wäre das eine Art höflicher Konversation und ein Teil des Verkaufsgesprächs. Sie haben das nicht so gern. Die meisten von ihnen wollen nicht über die Vergangenheit nachdenken, und die von ihnen, die nicht vergessen können, sind nicht in Geberlaune und könnten leicht unangenehm werden. Ich dachte, ich hätte das in London deutlich gemacht.«

Ich blickte von einem zum anderen. Wenn ich so weitermachte, war ich auf dem besten Weg, ihnen den Abend zu verderben. Doch ich kannte mich aus mit diesen Geschäftsleuten.

Nach meiner Erfahrung schätzen sie es fast alle, hart angefaßt zu werden, nach dem Motto, wenn es nicht weh tut, taugt es nichts. Außerdem schließen sie daraus, daß ich dann gegenüber ihren Kontrahenten noch größere Härte zeigen werde. Ein bißchen mit dem Stock drohen, das ist alles. Es beweist ihnen, daß du es ernst meinst.

Harry begann zu lächeln. Noch ein Tritt in den Arsch, und dann wär's geschafft. »Also, beim nächsten Mal, wenn du dein Produkt anpreist, stell keine Fragen, erinnere sie nicht daran, wer sie waren. Erzähl ihnen nur, wie verdammt gut du bist, nenn deine Bedingungen und verzieh dich. Kapiert?«

»Alles klar, Edward, und danke für den Tip.« Harry klopfte mir auf den Rücken. »Schenk ihm nach, Costa.«

Costa verzog das Gesicht.

»Ich denke, du solltest wissen«, fuhr Harry fort, »daß wir, so wie's aussieht, ziemlich nah vor einem ganz vernünftigen Geschäftsabschluß stehen. Diese neue Firma, die du für uns aufgetan hast, entwickelt gerade ein System zum Schutz größerer Wohnanlagen – sie wollen eine ganze Reihe von Haushalten mit einer zentralen Kontrollstelle vernetzen. Alarmknöpfe, Einbruchmeldeanlagen, so was in der Art. Sie wissen alle, wie's gemacht wird.« Harry griff nach der Flasche und füllte sein Glas. »Die Sache ist nur, daß wir nicht sehr weit gekommen sind, bis heute nachmittag.«

Ich lehnte mich zurück und hatte das deutliche Gefühl, daß mir diese Unterhaltung im Gedächtnis bleiben würde.

Eine Kellnerin kam mit Steaks für Harry und die Jungs, und ich bestellte das gleiche. Und dann fragte ich ihn, warum es danach besser lief.

»Sie waren ein bißchen verärgert, daß du nicht dabei warst. Schließlich hattest du ihnen gesagt, du würdest hier sein. Du warst derjenige, der es arrangiert hat …«

»Das weiß ich, Harry …«

»Nun gut, als deine Mom bei uns anrief und sagte, du seist auf dem Weg hierher, teilten wir ihnen die gute Nachricht mit, und sofort waren sie bester Laune und sagten, wir kämen sicher ins Geschäft.«

Jetzt wußte ich, warum mir das Gespräch im Gedächtnis bleiben würde. Ich konnte bereits spüren, wie die Übelkeit in meiner Kehle hochstieg.

»Meine Mutter hat dich angerufen?«

»Freilich hat sie das, Edward. Sagte, es hätte ein Durcheinander gegeben, aber jetzt sei alles wieder in Ordnung. Und du würdest im Hotel zu uns stoßen.«

Ich sah alle drei scharf an, um zu sehen, ob das ein Witz war. Doch ich wußte, es war keiner. Danach bestellte Harry noch eine Flasche. Sagte, es sei alles ein gutes Zeichen, was auch immer »alles« bedeuten mochte. Sagte, wir bekämen einen tollen Deal. Sagte, wir würden danach ausgehen und uns amüsieren. »Ein bißchen Schweinkram«, und Costa und Arthur grinsten anzüglich und stupsten einander ein paarmal an.

Und ich fühlte mich, als würde der ganze Himmel auf mich stürzen und mich in mein Grab drücken, bevor ich noch zum Sterben bereit war.

Ich weiß nicht, wie ich diesen Abend überstanden habe. Wir zogen durch drei Clubs. Mit Shows, die etwas herzeigten, und solchen, die nichts zeigten. Mädchen, die Champagner wollten, um sich in verrauchten schummrigen Ecken zu dir zu setzen.

Doch was ich wirklich brauchte, war ein Ort, wo ich ruhig dasitzen und aus dem Ganzen schlau werden konnte.

Ich brauchte keine dunkelhäutige Hand zwischen meinen Beinen oder einen aufreizenden Busen in meinem Gesicht, obwohl es weiß Gott Zeiten gegeben hat …

Gegen zwei Uhr morgens – wir waren zum Schluß in einem Etablissement gelandet, das sich Thai-Sauna-Erotik nannte und nichts von alledem bot – schlug ich vor, nach Hause zu gehen. Sie hatten alle irgend etwas verloren, neben ihrer Würde: einen Socken, eine Krawatte, Harry hatte seinen Hemdenzipfel im Reißverschluß eingeklemmt – es war kaum eine Sternstunde der britischen Geschäftswelt, als wir ein Taxi herbeiwinkten und zum Hotel zurückfuhren.

Ich lag angekleidet auf dem Bett, als würde ich einen privaten Protest gegen die Aktivitäten der Nacht einlegen. Was hatte Harry da gehört? Eine Botschaft von meiner Mutter? Ein Zeichen, daß sie immer noch das Heft in der Hand hatte? Das schien wenig glaubhaft.

Und wenn es jemand anders war, hieß das, daß man jedem meiner Schritte gefolgt war und auch Berlin sehr bald ein Käfig für mich sein würde.

15

Ich kenne dieses Gefühl, in der Falle zu sitzen.

Als ich fünfzehn war, schickte mich Mutter nach Paris, um mein Russisch zu üben. Das war nicht so merkwürdig, wie es klingt: In dieser Stadt lebten viele tausend Menschen der weißrussischen Diaspora, Revolutionsflüchtlinge – ganze Familien, die ihren Leib gerettet, aber ihr Leben und ihren Besitz zurückgelassen hatten.

Sie wurden oft Taxifahrer, genauso wie sie das heute in New York sind. Männer und Frauen aus Odessa und Omsk fuhren einen nach Montparnasse und Saint Michel, setzten einen beim Maxim oder dem Louvre ab – und nach einer gewissen Zeit war das für sie ganz selbstverständlich.

Die Reise hing mit einer unerwarteten Postkarte von einem alten russischen Freund meiner Mutter zusammen – Sascha Lewitsch, einst Schauspieler am Leningrader Theater. Offenbar lebte er schon seit fast zwanzig Jahren in Frankreich und brachte erst jetzt die Energie auf zu schreiben.

»Ich hatte so viel zu tun«, sagte er. »Aber jetzt geht es ruhiger zu.« Es ging tatsächlich ruhiger zu, er hatte nämlich seit sechs Jahren keine Arbeit mehr. Doch wie dem auch sei, er und Mutter schienen sich ziemlich gut zu verstehen.

Sie führten stundenlange Telefongespräche, und schließlich beschlossen sie, daß ich in den Sommerferien zu ihm fahren sollte, um Russisch zu sprechen – und zwar ausschließlich Russisch.

»Warum gehe ich dann nicht gleich nach Moskau?« schlug ich vor.

»Da gehst du nicht hin«, antwortete Mutter. »Also bleibt nur Paris übrig. Es wird dir guttun. Sie haben ihre eigene Gemeinde, es wird viel geheiratet, viel gestorben – es ist immer was los. Sascha hat Familie – du wirst dich prächtig amüsieren.«

Ich war britisch genug, um ernsthafte Zweifel daran zu hegen. Seit der Nachricht von Dads Tod war erst ein Jahr vergangen, und die Erinnerung daran war immer noch ein dumpfer Schmerz, der mich in regelmäßigen Abständen überfiel.

Trotzdem interessierte ich mich zunehmend für Dads Vorgeschichte, für Moskau, wo er gelebt hatte, für die Ereignisse, deren Zeuge er war, die Persönlichkeiten, die vielleicht sein Leben geformt hatten.

Einiges konnte ich aus Büchern erfahren, doch das war nicht genug. Ich mußte mit Leuten sprechen, die dort aufgewachsen waren. Vielleicht gab es jemanden, der in der gleichen Gegend gewohnt hatte, an Dads Schule gewesen war, sogar Fußball mit ihm gespielt hatte. Vielleicht könnte ich eine solche Person ausfindig machen.

Ich sagte Mutter nichts davon. Womöglich hätte sie dann der Reise nicht zugestimmt. Sie sagte oft, daß sie nicht an die Vergangenheit glaubte. Du kannst nicht gegen die Vergangenheit kämpfen, betonte sie, die Vergangenheit ist keine Schlacht, die man gewinnen kann.

Dennoch wußte sie um ihre Gefährlichkeit.

Sie brachte mich an einem schönen Augusttag zum Flughafen, wünschte mir eine sichere Reise und eine wohlbehaltene Rückkehr. Doch ich weiß noch, daß sie mich länger als sonst umarmte.

»Sei vorsichtig, Edward.«

»Was sollte mir denn passieren?«

»Sei einfach vorsichtig. Wenn ich wüßte warum, würde ich mich anders ausdrücken.« Sie blickte sich um. »Du wirst eine Menge Russen treffen …«

»Das ist ja wohl der Zweck des Ganzen, oder?«

»Sei nicht ungezogen und hör mir zu, sonst lasse ich dich vielleicht nicht weg.«

Wir saßen im Flughafencafé, sie bestellte Kaffee, und ich überlegte, wie ernst es ihr mit dieser Drohung war.

»Hör zu, Edward. Ich weiß nicht, mit welcher Art Leuten Sascha befreundet ist. Vielleicht gibt es da welche, die behaupten werden, dich zu kennen, oder mich oder deinen Vater. Du solltest ihnen nichts sagen.«

»Warum?«

»Weil man ihnen nicht trauen kann. Niemandem. Schau dich an ...«, sie deutete auf mich, »ich kann mich nicht einmal darauf verlassen, daß du tust, was ich sage.«

Sie legte eine Hand auf meinen Arm. »Manche Leute spielen Spiele, politische Spiele. Vielleicht haben wir immer noch Feinde in Rußland – wie soll ich das wissen? Wir leben in verrückten Zeiten, in Rußland waren die Zeiten immer verrückt. Jemand benutzt dich vielleicht, um mir Ärger zu machen. Man kann nie vorsichtig genug sein. Okay? Okay!« Sie stand auf. »Mach dich jetzt auf den Weg, hier ist dein Flugticket. Ruf mich heute abend an, und laß mich wissen, ob du gut angekommen bist.« Sie lachte. »Danach will ich nichts von dir hören.«

Ich erinnere mich, daß ich die Augenbrauen hochzog, aber nicht weiter über Mutters nicht näher erklärten »Ärger« nachdachte. Es war nicht das erste Mal, daß sie ihrer blühenden Phantasie freien Lauf gelassen hatte. Daß sich ihre Phantasie in nicht unbeträchtlichem Ausmaß auch aus Tatsachen speiste, wußte ich damals nicht.

Paris brachte nichts für mein Russisch.

Saschas »Familie« konnte kein Wort Russisch. Seine Frau war in Wirklichkeit seine Geliebte – und Französin. Der Sohn, Anfang Zwanzig, blieb fast den ganzen Tag im Bett und weigerte sich, mit mir zu sprechen. Sie lebten in einer großen staubigen Wohnung neben der Metrostation Emile Zola. Und für mich war es mehr oder weniger Abneigung auf den ersten Blick.

Sascha und seine blonde Dame Eloise begannen zu streiten, sobald sie sich aus dem Bett erhoben – was spät war –, und stritten weiter, bis sie sich wieder ins Bett legten – auch spät. Was mir zeigte, daß Haß eine ebenso gute Basis für dauerhafte Beziehungen ist wie irgend etwas anderes. Sie stritten über Politik, über Wein, darüber, ob sie ausgehen sollten und wohin. Zu jeder Tages- und Nachtzeit war die feuchtkühle Atmosphäre der Wohnung geprägt von Vorwürfen und Beschuldigungen, von Türenknallen, von Leuten, die miteinander redeten oder sich weigerten zu reden, von peinlichem und kleinlichem Schweigen.

Es hätte mir gar nicht so viel ausgemacht, doch sie fluchten auf französisch, und wenn sie sich versöhnten, dann auch auf französisch, immer auf der Suche, sagte Sascha, nach *»le mot juste«*, das es in dieser »primitiven Bauernsprache« nicht gab, die ich Russisch zu nennen beliebte.

Gelegentlich konnte er durch die Hintertür in die Sprache gelockt werden – Bemerkungen über Puschkin oder Gogol halfen, ebenso die Straßennamen von St. Petersburg. Mit viel Glück bekamen wir eine halbe Stunde blumiges Russisch zusammen, gespickt mit französischen Adjektiven – aber meistens war es vergebliche Liebesmüh.

Er war sehr von sich eingenommen – aus unerfindlichen Gründen stolz auf seine tiefe, dröhnende Stimme, mit der es ihm doch ganz offensichtlich nicht gelungen war, Arbeit am Pariser Theater zu bekommen. Statt dessen sang er russische Lieder in einer Bar in der Nähe von Saint Germain – und damit, nehme ich an, bezahlte er seine Rechnungen. Ich besuchte ihn dort eines Abends und entdeckte ihn in einem Hinterzimmer, nicht ansprechbar, sein bärtiges Gesicht rot angelaufen. Eine leere Flasche Wein stand neben ihm wie die letzte Botschaft eines Selbstmörders – was sie, wie ich vermute, letztendlich auch wurde.

Also machte ich mich ohne die Hilfe Saschas oder seiner »Familie« auf, einen Zeitvertreib für mich zu finden. Ich durchstreifte die Straßen der Umgebung, und dabei freundete sich jemand mit mir an, von dem man das sicher nicht vermutet hätte. Jeden Tag ging ich die Uferstraße in Richtung Notre Dame und Quartier Latin entlang – und fast immer sah ich dasselbe Gesicht in einem Café.

Es gehörte einem jungen Mann, dunkel, klein, mit einem riesigen Bauch, der auf dem Stuhl neben ihm zu ruhen schien. Er lächelte immer ganz spontan, die Augen weit aufgerissen, und auf seinem Tisch lag ein Stapel Bücher und Papiere. Er war außerdem, wie ich bemerkte, ein Priester.

Als er mir am fünften Morgen wieder zuwinkte und mir bedeutete, zu ihm hereinzukommen, folgte ich der Aufforderung ohne Zögern. Er bot mir eine Cola an, und wir begannen ein Gespräch über das Wetter und Paris und das übliche Wo-kommst-du-her – und entdeckten, daß wir beide besser mit Englisch zurechtkamen.

»Ich bin aus Italien«, sagte er. »Angelino. Meine Kirche ist drei Straßen von hier. Nett, dich kennenzulernen.«

Danach aßen wir zu Mittag. Er bestellte eine Schüssel Spaghetti, ich ein Käsesandwich. Aus irgendeinem Grund war ich erleichtert, daß er sich nicht anbot, für mich zu bezahlen. Vielleicht war es seine Art zu sagen, daß ich ihm ebenbürtig war.

Danach trafen wir uns öfter, immer beim Mittagessen. Manchmal gingen wir einfach spazieren oder setzten uns auf eine Parkbank. Er erzählte mir von seiner Kindheit und den Gründen für seine Entscheidung, Priester zu werden. »Nicht leicht«, sagte er immer wieder. »Nicht leicht.« Und ich fragte mich, ob er damals oder jetzt meinte.

Natürlich erzählte ich ihm von Dads Tod und Mutters Vorgeschichte, doch er ging kaum darauf ein.

Vor allem redeten wir über die Zukunft. Angelino meinte, die Kirche müsse eine größere Rolle in der Politik spielen. Ihr Einfluß sei am Schwinden. Heutzutage werde er nur noch für Beerdigungen in Anspruch genommen. »Wir sind wie Arzt, der Patient zu sehen kriegt, nachdem er gestorben ist. Wir müssen Dinge über sein Leben sagen – solange noch Zeit ist.«

Da war wohl was dran, doch mir kam das alles ziemlich nebensächlich vor, und nach einer Woche metaphysischer Erörterungen spielte ich ehrlich gesagt mit dem Gedanken, Angelino aus dem Weg zu gehen – eine andere Route für meinen Mittagsspaziergang zu wählen, mir einen anderen Begleiter zu suchen.

Vielleicht spürte er das – denn als wir an diesem Tag durchs Quartier Latin gingen, nahm die Unterhaltung einen anderen Verlauf.

»Hör mal, Edward, in meiner Gemeinde gibt es etwas Neues. Wir haben eine Menge Fremde, die dort ankommen – sie kennen niemanden, waren noch nie in Paris – all so was. Ein Paar aus Rußland gerade zu Besuch – vielleicht möchtest du sie kennenlernen. Wir haben kleine Party bei der Kirche morgen nachmittag – willst du kommen?«

Doch es war nicht in den Kirchenräumen.

»Entschuldige, Edward, die Maler gerade hier. Besser gehen wir in meine Wohnung.«

Ich weiß noch, wie ich auf den Kirchenstufen stand und mich fragte, ob das klug sei. Doch Angelino war ein Priester und ein Freund (mehr oder weniger) – und es war ein heller Pariser Sommertag – also, was konnte da schon groß passieren?

Im Rückblick kommt es mir sonderbar vor, daß das Paar bereits in der Wohnung war – nur zwei Räume mit Blick auf einen Hinterhof, eng und mit hohen Decken wie viele französische Wohnungen. Der Mann war in den Vierzigern, die Frau eine Spur älter, beide trugen Winterschuhe und triste graue Pullover. Ihre Gesichter schienen merkwürdig glatt. Keine Lachfalten – wie Mutter zu sagen pflegte. Es fiel nicht schwer zu glauben, daß sie aus Rußland kamen.

Ich nippte an einem Orangensaft, sie tranken Wein, und alle warteten wir darauf, daß Angelino das Gespräch eröffnete.

»Edward, diese Leute sind von einem Dorf außerhalb Moskaus gekommen. Anscheinend ist es ein geheimer Ort mit ein paar wissenschaftlichen Anlagen. Ich verstehe solche Dinge nicht, aber sie werden es dir selbst sagen …«

»Warum wollen sie es mir sagen?«

Doch Angelino legte einen Finger auf die Lippen, und der Mann begann zu sprechen.

Er hatte das Aussehen und Auftreten, an dem ich mittlerweile den Parteifunktionär erkenne: nervöse, sparsame Gesten, unruhige Augen, die Tränensäcke unaufrichtiger Begeisterung; und – sobald er seinen Mund aufmacht – die abgenutzten leeren

Phrasen der Gesprächseröffnung, der gewundene, sich im Kreis drehende Diskurs, die Unfähigkeit, zum Wesentlichem zu kommen, und die Fähigkeit, es zu verschleiern, wenn er schließlich doch dort angelangt ist. So ein Mann saß also vor mir.

»Viktor«, sagte er, und ich beugte mich zu ihm und schüttelte ihm die Hand.

Er erzählte mir eine Menge über sein Leben. Ja, er sei in der Partei gewesen, ja, er habe daran geglaubt. Ja, das täte er immer noch.

Doch die Partei sei mehr als ein Gefangenenlager, und er sei kein Gefängniswärter, und eines Tages würden sich sicher die Tore öffnen, und die Russen würden dann den Westen mit Küssen auf allen Wangen begrüßen. Ganz sicher.

Ich hörte zu, doch ich hatte wohl bereits entschieden, daß Viktor mir nichts Wesentliches zu sagen hatte. Vielleicht war er ein guter Mann, vielleicht ein schlechter Mann – vielleicht einfach ein Langweiler. Ich beschloß, dem Ganzen noch fünf Minuten zu geben und dann zu gehen.

Viktor war mitten in einer Abhandlung über die örtliche landwirtschaftliche Produktionsgenossenschaft, als Angelino ihn unterbrach.

»Viktor«, sagte er und hob beide Hände wie ein Haltesignal. »Viktor, sag es dem Jungen einfach – es ist nicht nötig, Geschichte vom ganzen Land zu bringen.«

Ich erinnere mich, daß der Russe seine Hände auf die Knie legte und im Geist eine Seite umblätterte. Es gab einen Augenblick des Schweigens, als stünden wir am Beginn einer langen Reise und sprächen unsere Gebete. Und vielleicht hätten wir das tun sollen. Draußen hörte ich eine Frau einen Namen rufen – wieder und wieder, doch es kam keine Antwort.

Schließlich war es Viktors Frau, die das Wort ergriff.

»Es wird ihm schwerfallen, das zu tun«, sagte sie und deutete auf ihren Mann, »also werde ich sagen, was gesagt werden muß. Vergib uns bitte die Umstände, doch es wird nicht lange dauern.« Ihr Gesicht war rot vor Verlegenheit. Sie war an so etwas nicht gewöhnt. »Vor sechs Jahren arbeiteten wir am Chimki Institut in der Nähe von Moskau. Es war eine geheime Arbeit – Satellitenaufnahmen, Aufklärung ...« Ihr Blick ging zu Viktor, als wolle sie bei ihm Unterstützung finden. »Wie dem auch sei, wir lernten dort einen Mann kennen – brillanter Mathematiker, alle mochten ihn. Ein großer Mann, aber schwermütig, einsam – immer von Ängsten gequält. Er und ich sprachen oft stundenlang miteinander. ›Lena‹, sagte er, ›Lena, abends schließe ich meine Augen mit Sorge und ohne jede Zuversicht. Tief in meinem Innern hoffe ich, daß ich durch Schmerz Stärke finden werde – aber manchmal ist der Schmerz zu groß.‹« Sie hielt inne. »So hat er immer mit mir gesprochen. Manchmal saßen wir im Wald, und die Tränen liefen ihm übers Gesicht, und ich nahm dann seinen großen Kopf in meine Hände, bis es vorüber war.«

Sie schwieg und schaute der Reihe nach jeden von uns an.

»Dieser Mann, Edward, war dein Vater. Er ist noch am Leben.«

Ich schnappte nach Luft, doch ich konnte nicht richtig atmen. Ich weiß nur noch, daß ich aufsprang, stolperte, mich gegen die Tür warf, die Treppe hinunterstürzte, mehr fallend als gehend – raus auf die Straße, mit Passanten zusammenstieß und schneller rannte als je zuvor in meinem Leben. Vielleicht drei Kilometer, vielleicht vier oder fünf, durch einen Markt, Seitenstraßen entlang, Hauptstraßen entlang, mein Herz hämmerte wie ein Motor, der außer Kontrolle geraten ist. Und als ich anhielt, erfüllte mich eine schreckliche Angst, daß irgend etwas Unbekanntes und Gefährliches die Hand nach mir ausstreckte. Nicht mein Vater, sondern etwas, dem ich noch nie begegnet war – eine Macht, eine Kraft, der man unbedingt Widerstand leisten mußte.

Ich entdeckte eine Telefonzelle und warf alle Münzen ein, die ich in meiner Tasche fand, und als ich mit meiner Mutter sprach, waren die Anweisungen klar und präzise.

»Kennst du den Arc de Triomphe?«

»Ja.«

»Geh jetzt dorthin. Misch dich unter die Touristen, bleib dort und rühr dich nicht, was immer passiert. Warte auf mich. Ich werde heute abend dort sein. Verstehst du? Geh nicht dort weg, was immer auch passiert.«

Ja, ja, ja.

Sie muß das letzte Flugzeug nach Paris erwischt haben. Vier Stunden später – die Straßenbeleuchtung war jetzt eingeschaltet – sah ich, wie sie sich einen Weg durch den Verkehrsdschungel bahnte, in einer weißen Sommerbluse, gelassen und entschlossen.

Irgendwie glaube ich nicht, daß sie irgend etwas davon überrascht hat. Wir gingen in ein Hotel ganz in der Nähe und setzten uns in ihrem Zimmer zusammen, und dort erzählte ich ihr die ganze Geschichte.

Als ich fertig war, streckte sie eine Hand nach mir aus, doch ich nahm sie nicht.

»Ist es wahr, irgendwas davon?« fragte ich.

»Natürlich nicht. Das darfst du nicht einmal eine Sekunde lang glauben. Jemand ist grausam und heimtückisch gewesen …«

»Warum würde denn irgend jemand so was sagen, wenn es nicht wahr ist?«

»Ich weiß nicht. Vielleicht, um an mich heranzukommen. Manchmal überprüft der KGB Leute noch Jahre später. Man steht immer noch auf ihrer Liste – sie lassen dich nicht in Ruhe. Ich weiß nicht, Edward. Rußland ist voll von Weiß-nichts – kleine Fingerzeige, die etwas bedeuten, und solche, die nichts bedeuten. Doch du rührst sie nicht an, verstehst du, du gehst ihnen aus dem Weg. Wenn sie in deinen Kopf eindringen und dich manipulieren, schaltest du ab …«

»Das kann ich nicht.«

»Du mußt.«

Sie stand auf und ging zum Waschbecken, drehte das Wasser auf, spritzte es sich übers Gesicht. »Verdammt heiß«, flüsterte sie, »verdammt heiß.«

Ich sah auf ihren Rücken. »Und wenn Dad am Leben ist?«

»Ist er nicht. Wir hatten die Sterbeurkunde, die Ausweispapiere ...«

»Vielleicht haben sie gelogen. In bezug auf alles andere haben sie auch gelogen ...«

»In bezug darauf nicht. Ich habe meine eigenen Nachforschungen angestellt. Es ist hundertprozentig. Glaub mir, Edward. Wenn auch nur die geringste Chance bestünde, daß diese Geschichte wahr ist, würde ich ihr doch sofort nachgehen!«

»Ich weiß nicht. Ich kriege das alles nicht zusammen. Ich verstehe gar nichts ...«

Erst nach vielen Monaten gestattete ich mir, das Thema ad acta zu legen. Oft kehrten meine Gedanken ohne mein Zutun zu der Sache zurück und wollten sie nicht ruhen lassen. Doch in jener Nacht wichen meine Mutter und ich den Fragen aus; sie bewaffnet mit ihren Gewißheiten, ich von Zweifeln bedrängt. Wir waren an einem toten Punkt angelangt.

Am nächsten Morgen flogen wir nach London zurück. Mutter schwieg sich aus, mehr oder weniger. Doch zwei Tage danach teilte sie mir mit, daß sie unsere Telefonnummer geändert habe, und einen Monat später wurde das Haus zum Verkauf angeboten.

Ende Oktober zogen wir in die Stanley Road. Mutter verschickte keine Karten mit unserer neuen Adresse und gab auch keine diesbezüglichen Anzeigen auf. Sie sprach nie wieder mit Sascha. Für ihn und für viele unserer Bekannten waren wir einfach verschwunden.

16

Ich wachte um fünf Uhr morgens auf. Berlin war bereits in Bewegung. Auf der gegenüberliegenden Straßenseite kamen vereinzelt Menschen aus den alten Häusern, während die Nacht langsam der Morgendämmerung wich.

Ich wußte jetzt, was ich zu tun hatte. Ich nahm den Telefonhörer ab, rief Harrys Kunden im Ostteil der Stadt an und sagte ihm, daß wir vorbeikommen würden.

In Großbritannien würden sie dich zur Hölle wünschen, wenn du so früh anrufst. Doch hier in Deutschland war das ein Zeichen von Ernsthaftigkeit. Nicht nur, daß du früher als deine Konkurrenten aufgestanden bist – anscheinend bist du gar nicht erst ins Bett gegangen. Du giltst demzufolge als Jünger des Großen Gottes Arbeit, der unterwürfigen Respekt verdient.

»Ja, natürlich, Herr Bell«, kam die Antwort. Der Mann hustete sich wach. »Ein Vergnügen, Sie zu sehen. Ich werde Kaffee kochen.«

Ich scheuchte das Trio auf und ließ sie wissen, daß sich die Pläne geändert hätten. Packen und Abreisen. Ostberlin, dann Warschau. Wir müßten los.

Ich merkte, daß es mir gar nichts ausmachte zu lügen.

Harry stand in Hemd und Unterhose in der Tür. Mit den Haaren überall im Gesicht und dem herabhängenden Kinn war er der schlagende Beweis für die nahe Verwandtschaft von Mensch und Affe.

»Nett siehst du aus«, sagte ich zu ihm.

»Verpiß dich, Edward. Fahr doch du dorthin. Dafür bezahle ich dich schließlich.« Harry konnte ausgesprochen unangenehm sein, wenn er das wollte – zweifellos ein Rückfall in seine schlechten alten Zeiten. »Was soll das mit Warschau? Wir brauchen erst am Donnerstag dort zu sein.«

»Neue Pläne, Harry. Das ist das Tolle bei Geschäften. Kunden treffen plötzlich Entscheidungen …«

»Um fünf Uhr morgens?«

»Sogar dann. Euer Herr Barsch rief mich vor einer halben Stunde an. Er muß heute weg. Er will das Geschäft abschließen, bevor er abreist. Und wenn wir schon mal in Richtung Osten unterwegs sind, können wir ebensogut gleich nach Warschau weiterfahren. Wir sind nur sechzig Kilometer von der polnischen Grenze entfernt.«

Er fluchte.

Ich schob sie in den Mietwagen. Das Hotel hatte Kaffee und Brötchen für uns zusammengepackt. Im Augenwinkel sah ich, wie Harry neben mir auf dem Beifahrersitz versuchte, mit einem Plastikmesser Marmelade auf ein Croissant zu streichen.

»Mist«, fluchte er, als er, wie ich erwartet hatte, statt dessen seine Krawatte bestrich. Wir durchqerten Ostberlin, bis wir zu den Vororten gelangten.

Beim Anblick dieser Gegend fragte man sich unwillkürlich, warum Westdeutschland sich mit all dem wiedervereinigen wollte: Straßen mit tiefen Fahrrillen, Häuser mit abblätterndem Verputz, Straßenlampen wie winzige Kerzen in der Düsternis.

In meinen Augen war Ostberlin immer die schlimmste der Ostblock-Städte gewesen, in seiner aggressiven Absonderung von seinem westlichen Gegenüber – wie eine kümmerliche, stachelige Vogelscheuche, bewaffnet mit einem großen Maul und einem großen Gewehr. Eine harte Stadt. Man konnte leicht darin sterben, wenn man nicht wußte, was man tat.

Irgend jemand wußte allerdings, was ich tat, und im Augenblick konnte ich diese Personen nicht abschütteln. In Polen würde das anders sein. Ich würde mich verkriechen, Harry und die anderen sollten sich allein um ihre Geschäfte kümmern. Vorerst waren sie nützlich als Schutz. Später würden sie mich nur aufhalten.

Ich hatte damals keinen Zweifel daran, daß ich im Osten untertauchen konnte. Sie hatten die Verbindungsnetze, die Fluchtwege. Sie gehörten zu dem unbekannten Kontinent, wo man auf Nimmerwiedersehen verschwinden konnte. Das war das wirkliche Erbe der Unterdrückung. Die Leute schlossen Augen und

Mund und nahmen ihre Geheimnisse in den Himmel oder in die Hölle mit. Denn viele Menschenleben hingen davon ab, und zu viele waren bereits verlorengegangen.

Mutters Worte.

Ich konnte sie hören, während wir an jenem Morgen schweigend und schlecht gelaunt dahinfuhren. Mutter in der Küche im Haus an der Stanley Road, beim Kürzen der Stiele ihrer Rosen. Ihr hohles Lachen. »Sie reden über Offenheit. Man macht Leute nicht einfach auf wie Läden. Diese Leute sind Särge. Verschlossen, und das für immer. Und wenn ein Sarg mal zu ist, sollte man nicht versuchen, ihn wieder aufzumachen. Oder?«

Ich hatte sie verständnislos angesehen.

»Der Untergrundkampf geht weiter, mein Sohn. Er hat Tradition. Er ist die einzige Möglichkeit, sich gegen die Staatsmacht zu wehren. Russen werden nie ihren Führern glauben – nicht nach all dem, was sie ihnen angetan haben. Nie.«

Sie war aufgestanden und hatte die Blumen ins Wasser gestellt. »Es gibt kein freundlicheres, sanfteres Rußland. Ihre Zärtlichkeit ist die von Tigern, die sich im Schlaf zusammenrollen und von einer anderen Welt träumen. Darum bin ich hier. Darum bin ich hier.«

Seltsam, welche Gesprächsfetzen man im Laufe der Jahre begräbt oder zudeckt. Und doch blieb etwas gespeichert – etwas, das ich mir zunutze machen konnte.

Herr Barsch wartete an der Straße, neben ihm, an einer Kette, ein Dobermann, der die Morgenluft schnupperte. Beide hatten kurzgeschorene Haare und sahen drahtig und fit aus. Sicher waren sie Freunde.

»Verflucht, der ist scharf«, sagte Harry.

Wir stiegen aus. Barsch begrüßte uns mit Handschlag und führte uns in die Wohnung. Er hatte tatsächlich Kaffee gekocht. Der Kaffee war stark und süß und half, das Denken auf Touren zu bringen. Während die Jungs ihre Phrasen abspulten, ließ ich den Blick durchs Wohnzimmer wandern. Barsch war in seiner

Ostblock-Inkarnation ein Polizist gewesen – bei der örtlichen Dienststelle, nichts besonders Finsteres –, hatte wahrscheinlich ein paar Dissidenten bei Demonstrationen verprügelt, die üblichen Sachen. Auf der Anrichte standen eine Reihe von Verdienstorden, eine Schießtrophäe, eine Schwimmedaille. Offensichtlich hatte er an einigem teilgenommen. Ich hatte den plötzlichen Drang, ihn zu fragen, wie es war, in jenem selbstgefälligen frömmlerischen kleinen Regime zu leben, ein angeheuerter Gangster für die Parteigläubigen zu sein. Aber das hätte mich bei Harry nicht gerade beliebt gemacht.

Ich hatte Barsch drei Monate zuvor kennengelernt. Damals hatte ich in eine Berliner Zeitung eine Annonce gesetzt, mit der ich Interessenten für Joint Ventures suchte, und Barsch war einer derjenigen gewesen, die sich bei mir gemeldet hatten. Fast alle Antworten waren von Ex-Stasi-Mitarbeitern gekommen. Nicht, daß sie jetzt vom Glück verlassen gewesen wären. Sie wurden einfach von den neuen Machern angestellt und taten so ziemlich das gleiche wie zuvor … oder sie machten sich selbständig. Für wen sie dann arbeiteten, wissen die Götter. Es gehörte sich nicht, zu tief in den Teich zu schauen. Das Wasser war schlammig, und unter der Wasseroberfläche lebten eine Menge unangenehmer Kreaturen. Wie Barsch.

Mittlerweile unterhielten sich Harry und die anderen glänzend. Er erklärte gerade die Vorzüge der Installation von Wanzen im eigenen Büro – was bedeutete, daß er und Barsch eine gemeinsame Sprache gefunden hatten.

Ich stand auf. »Stört es Sie, wenn ich mich ein bißchen umsehe?«

»Bitte sehr, Herr Bell.« Er lächelte kurz.

Ich ging nach draußen. Er hatte es wirklich zu etwas gebracht, stellte ich fest. Sein Domizil war ein kleines Bauernhaus am Rand eines Dorfes. Zwei Geschosse mit Blumenkästen und Fensterläden. Dahinter, in der Ebene, reihte sich Feld an Feld bis zum Horizont, wo sich vor dem vom Sonnenaufgang gefärbten Himmel Baumgruppen abzeichneten.

Hinter dem Haus war ein Gewächshaus und ein Obstgarten, gepflegt und ordentlich. Gut gemacht, Genosse, dachte ich. Aber wie steht's mit deinen Sünden? Gibt es bei dir keine Abfälle? Ist da kein einziger Schmutzfleck auf jenem neuen Volkswagen, der im Zufahrtsweg parkt? Wem hattest du Liebesdienste erwiesen, mein Freund – und wer hatte dir Liebesdienste erwiesen?

Natürlich hätte es sein können, daß er einfach auf seine platten Polizistenfüße gefallen ist; daß er ein Naturtalent fürs Geschäftliche besaß, das all diese Jahre unter den marxistischen Sprüchen geschlummert hatte; daß er eine Glückssträhne gehabt, beim Wetten gewonnen, auf ein paar gute Pferde gesetzt hatte.

Ich war wirklich bereit, all das zu glauben: Barsch, der unschuldige, neue deutsche Mann. Geläuterter, in einen Westler verwandelter Ostler. Hip, hip, hurra für noch einen Befehlsempfänger, der aus der Kälte kam.

Doch irgendwie paßte er nicht in dieses Bild. Als ich wieder aufs Haus zuging, kam er heraus und sah in jeder Hinsicht zu professionell aus: wie er sich auf den Fußballen dahinbewegte, die Jungs vor sich her dirigierte, in der Hand eine dieser äußerst leistungsstarken Ostblock-Pistolen.

Ich muß sagen, meine erste Reaktion war Enttäuschung, erst dann bekam ich Angst. Vor ein paar Tagen hatte ich noch nicht in einer Welt gelebt, in der man mit Waffen herumwedelte wie mit Wunderkerzen. Jetzt verkehrte ich anscheinend mit Leuten, deren Hauptbeschäftigung genau das war. Seltsam, wie schnell man sich anpassen kann.

»Was zum Teufel geht hier vor?« Harry richtete diese Frage ebenso an mich wie an Barsch.

»Ein kleiner Aufschub, meine Herren.« Barsch ließ uns dichter zusammenrücken. »Ein paar Freunde, die eine kleine Unterhaltung wünschen – sonst nichts. Kommen Sie bitte wieder ins Haus. Vielleicht darf ich Ihnen noch etwas Kaffee anbieten?«

Ich hielt es nicht für eine gute Idee, zurück ins Haus zu gehen, und ich konnte Harry ansehen, daß er meine Zweifel teilte. Er schien Costa und Arthur mit den Augen Zeichen zu geben, dann näherte er sich Barsch bis auf ein paar Zentimeter und stupste ihn mit dem Finger an.

»Hören Sie mal. Ich will mit solchen Geschichten nichts zu tun haben. Und offen gesagt, wir brechen jetzt wohl besser schnellstens auf. Wenn Sie an Geschäften interessiert sind, ist das schön und gut, aber ...«

Während er sprach, stellte er sich vor Costa, und Barsch hatte ihn nicht mehr genau im Blickfeld. Barsch veränderte daraufhin seine Position, und dann geschahen verschiedene Dinge gleichzeitig: Costa begann plötzlich zu rennen und lenkte damit die Aufmerksamkeit des Deutschen auf sich, und während dieser abgelenkt war, schnellte Harrys Faust, gestärkt von einer Menge Wut und Erfahrung, in einem Bogen vor.

Barsch muß die Waffe fallengelassen haben, als die Faust ihn traf, denn in einer einzigen Bewegung fischte Harry die Pistole vom Boden und schlug damit dem Deutschen hart über das Gesicht.

»Der Hund, Harry, der Hund, paß auf«, schrie Arthur, während Harry sich zu dem Doberman umdrehte, der in vollem Lauf auf ihn zukam.

Man mag über Harry sagen, was man will, und ich selbst habe jede Menge gesagt – jedenfalls schoß er ungerührt dem Tier aus einer Entfernung von etwa sechzig Zentimetern in den Kopf. Es fiel zu Boden, zuckte ein paar Sekunden lang und starb. Ich denke, der Anblick hypnotisierte uns alle. Der Hund öffnete die Kiefern, als wolle er sein Leben herauslassen. Es war kein glatter Abgang, sondern eine deutlich wahrnehmbare Reise von den Lebenden zu den Toten. Ich bin nicht sentimental, was Tiere angeht, nicht mehr als andere Engländer, aber irgendwie schien der Hund um einiges wichtiger zu sein als Barsch. Ich glaube, es hat uns alle gleichermaßen schockiert.

»Verfluchter Mist«, sagte Harry und entfernte das Magazin aus dem Pistolengriff. »Verfluchter, verfluchter Mist.«

Ich ging hinüber zu Barsch, der auf allen vieren kroch, und trat ihm kräftig gegen den Kopf. Er stöhnte auf und wurde ohnmächtig. Ich wollte ihn bewußtlos haben – zumindest für eine Weile. Aus vielen Gründen, nicht zuletzt auch aus purem Haß. Außerdem schien es wenig sinnvoll zu versuchen, ihn zum Reden zu bringen – es würde zu lange dauern, und höchstwahrscheinlich würde er nichts von Interesse sagen.

»Ich glaube, wir verschwinden hier, Leute«, sagte ich.

»Was ist mit ihm?« fragte Harry und deutete auf den regungslos daliegenden Deutschen. »Wir sollten die Sache abschließen.«

»Was ... ihn töten?« Meine Stimme war unwillkürlich um eine Oktave höher gestiegen.

»So was in der Art. Ich glaube nicht, daß es ihm soviel Bauchweh bereitet hätte, dich zu erschießen.«

»Harry hat recht«, sagte Costa.

Harry mochte recht gehabt haben. Doch ich war nicht in der Stimmung für eine weitere Leiche.

»Das ist dein Bier«, sagte Harry und schüttelte den Kopf. Die drei holten ihre Sachen aus dem Haus und verstauten sie im Wagen.

»Zu hübschen Orten bringst du uns«, sagte Arthur, als wir noch einen letzten Blick zurückwarfen. Barsch lag mit dem Gesicht nach unten im Matsch.

»Wieder ein zufriedener Kunde«, murmelte Costa.

Ich ließ den Motor an und lenkte das Auto den Zufahrtsweg entlang. Nach meiner Schätzung waren es vierzig Kilometer zur Grenze bei Frankfurt an der Oder. Wir würden uns auf die alte Transitstrecke begeben, Fürstenwalde umfahren und uns an den Verkehr Richtung Osten anschließen. Je eher wir auf der Hauptstraße wären, desto sicherer würde ich mich fühlen.

»Das war gute Arbeit von dir, vorhin«, sagte ich zu Harry.

»Ja.« Er lehnte sich im Sitz zurück. »Irgendwann mal mußt du mir noch sagen, worum es eigentlich gegangen ist. Jedenfalls hatten wir nicht mehr so viel Spaß«, er blickte über die Schulter und grinste die Jungs an, »seit gestern nacht.«

Ich hielt den Blick auf die Straße gerichtet, und mir war nicht sehr nach Lachen zumute. So wie ich das sah, war Barsch erst der Anfang.

17

Es hat eigentlich immer Gewalt gegeben auf dem Weg nach Rußland. Zu allen Zeiten töteten Menschen, um dorthin zu gelangen – und mußten dann wieder töten, um am Leben zu bleiben. Tatsächlich ist die Beseitigung großer Massen menschlichen Lebens fast die einzige Dynamik, die das Land je kannte.

Barsch konnte also von Glück reden, daß wir ihn nicht beseitigt hatten.

Doch für wen arbeitete er? An interessierten Parteien bestand kein Mangel. Russen, Amerikaner, Briten – alle wollten sie eine Unterredung mit Mutter und somit auch mit mir. Es wäre nicht klug gewesen, dort zu bleiben und auf sie zu warten.

Es war wohl die plötzliche Erinnerung an Jewgeni, die mich dazu bewegte, seitlich heranzufahren und zu wenden. Denn als wir, erst vor zwei Tagen, nach Dover unterwegs gewesen waren, hatten wir die Fahrt nicht unterbrechen wollen, und so war Jewgeni gestorben. Wir hätten nicht unbedingt zur Fähre fahren müssen. Wir hätten ein Dutzend andere Strecken nehmen können, und dann wären er und sein Partner heute noch am Leben. Zweifel sollten als Warnungen verstanden werden, und ich hörte sie jetzt aus allen Richtungen.

Auch Barsch selbst war eine Warnung, auf die ich hören mußte. Wer weiß, vielleicht war es die letzte, die wir bekamen.

»Neuer Plan?« fragte Harry schläfrig, als vor uns ein Wegweiser nach Berlin auftauchte. »Nicht, daß ich mich beschwere«, fügte er hinzu, »ich frag' ja nur.«

»Bißchen wie in den alten Zeiten, diese wüsten Geschichten«, sagte Costa begeistert vom Rücksitz her, und Harry drehte sich um und warf ihm einen vernichtenden Blick zu.

»Wir nehmen einen Zug«, sagte ich. »Höchste Zeit, aus dem Blickfeld zu verschwinden.«

Als Mutter und ich damals untertauchten, bewegten wir uns nur ein paar winzige Schritte fort in der Stadt. Die Umgebung änderte sich, die Aussprache der Leute änderte sich und ebenso die Vorurteile und Marotten. Doch die Viertel hatten alle eines gemeinsam: Sie waren getrennte, kleine Londons, voneinander isoliert, nicht mitteilsam, fest entschlossen, sich von niemandem dreinreden zu lassen. Maßgeschneidert zum Untertauchen.

Und das Tolle an Großbritannien ist, daß der Wunsch, sich zurückzuziehen und keine Spuren zu hinterlassen, auf volles Verständnis stößt und selten, wenn überhaupt, in Frage gestellt wird. Ob man nun, mit einem kleinen Geschenk in der Hand, zum Filialleiter der Bank, zum Arzt oder zum Wohnungsvermieter geht – überall hört man nur: »Ich verstehe vollkommen. Selbstverständlich brauchen wir alle von Zeit zu Zeit eine Pause. Wünschte, ich könnte das auch. Natürlich werde ich niemandem etwas sagen. Gar keine Frage. Ich sehe Sie dann in zehn Jahren oder so wieder. Prima.«

Unser neues Haus hatte vorher einer Dame gehört, die so gekonnt getürmt war, daß niemand es mitbekommen hatte. Als man es schließlich doch bemerkte, war sie bereits ein Jahr fort. »Eine dünne, griesgrämige alte Dame in einer abgetragenen Strickjacke«, sagte der Grundstücksmakler, »der Typ, der den Kolonien nachtrauert. Hat ihre Fünfzigtausend unter dem Bett versteckt und ist dann damit nach Afrika zurückgegangen, um ihre Kindheit neu zu erfinden.«

Ich erinnere mich noch an sein Fazit: »Für mich wär das nichts.« Und ich fragte mich damals noch lange, warum eigentlich nicht. Was war es denn, das ihm soviel mehr zusagte – ins Pub gehen, ein paar Gläser leeren, dann sternhagelvoll nach Hause torkeln? Ach nein, wer zum Teufel würde nach Afrika gehen wollen, solange noch ein gutes Pub lockte?

Bald nach dem Umzug ging ich in eine neue Schule. Zum ersten Mal in meinem Leben benutzte Mutter ihren Mädchennamen, was alle ganz in Ordnung zu finden schienen. Wir waren in den Norden der Stadt gezogen, wo sie an Fremde gewöhnt waren – Griechen, Israelis und die ständig streitlustigen Osteuropäer, die, das muß gesagt werden, sich einbilden, London sei allein für ihr Wohlbefinden gebaut worden und würde dieser Bestimmung beklagenswert wenig gerecht. Jedenfalls wurde es langsam modern, mit einem Akzent zu sprechen.

Natürlich schafften wir es nicht, Coffin zu entkommen. Er schien immer zu wissen, wo Mutter war, selbst dann noch, als ihre Affäre schon lange vorbei war und er in anderen Gewässern fischte.

Im Rückblick fällt mir auf, wie viele Vorfälle ich ausgeblendet habe, in denen er vorkam. Als Kind akzeptiert man so leicht, und als Erwachsener vergißt man mit der gleichen Leichtigkeit. Doch ich stelle fest, daß die Erinnerungen zu mir zurückkommen, und sie gefallen mir nicht.

Ich sehe das Haus in der Stanley Road, an einem Sommerabend, die Tür war früh zugesperrt worden, ringsum wurde es langsam dunkel. Ich sollte schon im Bett sein, Mutter hatte nämlich Gäste eingeladen.

»Kann ich runterkommen?«

»Diesmal nicht.«

»Warum nicht?«

»Es sind nicht, wie soll ich das sagen, sehr nette Leute.«

Mutter war voller »Wie soll ich das sagen«, besonders wenn sie das ganz genau wußte.

»Warum hast du diese Leute dann eingeladen?«

»Manchmal ist das nötig. Bitte tu, was ich dir sage.«

Etwa um zehn Uhr fuhren vor dem Haus zwei Autos vor. Ich hatte von meinem Zimmerfenster aus Ausschau nach ihnen gehalten. Das tat ich immer. Warum? Weil Mutter anders als alle anderen Mütter war. Sie hatte keine festen Gewohnheiten, fand keinen Gefallen an einem geregelten Leben. Sie pflegte mir Geschichten vorzulesen, und jedesmal grübelte ich mehr über sie selbst nach als über die Geschichten. Ich wußte nie, ob sie die Jungfrau in Not war oder die böse Hexe.

Die Autos waren schwarz. Coffin stieg aus und musterte die Straße in beiden Richtungen. Weitere Türen öffneten sich, Männer und Gesichter tauchten auf – und da war ein Mensch, der nicht dazupaßte. Seine Kleidungsstücke waren geborgt oder gestohlen, denn sie waren ihm viel zu groß. Er blickte zu Boden, und sie nahmen ihn in die Mitte, so wie Hütehunde ein Tier in die Herde treiben, das sich verlaufen hat.

Ich dachte mir: Wenn sie ihn losbinden, würde er vielleicht wegrennen.

Ja, das habe ich gesehen: Seine Hände waren hinter dem Rücken gefesselt, ob mit Handschellen oder einem Strick konnte ich allerdings nicht erkennen, denn die kleine Gruppe war schon durch die Gartentür und den schmalen Weg zum Hauseingang entlanggegangen. Die Stimmen in der Diele klangen gedämpft, es war eher ein Flüstern. Dann wurden die Türen geschlossen, und ich hörte zunächst nichts mehr.

Doch ich blieb weiter auf meinem Beobachtungsposten und sperrte die Ohren auf.

Eine Stunde ging vorbei, vielleicht zwei. Ich hätte schlafen gehen können. Müde genug war ich, und was ich von den Aktivitäten im Haus mitbekam, war kaum noch unterhaltsam. Jemand war zur Toilette gegangen, jemand hatte etwas gerufen. Der Kessel pfiff auf dem Gasherd. Meine Mutter begann einen Vortrag zu halten. Dies waren die üblichen Vorbereitungen, dies war das Spiel.

Ich wollte gerade mein Licht ausknipsen, als ich die Stimme hörte. Sie war tief und russisch und schnitt durch die dünnen Wände unseres Vorkriegshauses. Tränen zwischen den Worten. Auch die konnte ich hören, in dem aufsteigenden und fallenden Rhythmus eines Monologs, der eine Geschichte von Leiden und Angst erzählte. Auch wenn ich die einzelnen Worte nicht mitbekam – die Botschaft war unmißverständlich.

Und meine Gedanken kreisen um diesen Mann, der in mein Heim gebracht worden war, in der Küche, vermutlich festgebunden, saß und seine Geschichte für Mutter und all die anderen herausweinte. Ich wußte nichts über sein Leben, doch er hinterließ im Haus die Spuren seiner Qual. Selbst Tage danach hafteten sie immer noch an den Wänden.

Viel später an jenem Abend wurde die Stimme leiser, und schließlich verstummte sie ganz.

Mittlerweile saß ich zusammengekauert an meiner Zimmertür und hörte, wie sie sich in der Diele bewegten. Diesmal sprach niemand. Es gab keine Abschiedsworte. Ich ging wieder zum Fenster, doch in der Dunkelheit konnte ich sie kaum ausmachen. Ich sah nur dunkle Umrisse, die sich zudem zu schnell bewegten, um ihnen mit den Augen folgen zu können. Türen wurden zugeworfen, Scheinwerfer erhellten die Straße, und im Nu waren die Autos verschwunden. In diesem Augenblick fragte eine Stimme hinter mir auf russisch: »Hast du genug gesehen?«

Mutter kam ins Zimmer und hob mich fast aufs Bett. Sie hielt mich, nicht wie man ein Kind hält, sondern legte mir den Arm um die Schulter, fast freundschaftlich, von Frau zu Mann, und so saßen wir eine Weile schweigend da, sammelten unsere Gedanken über den vergangenen Tag.

Schließlich sagte sie gute Nacht und ging zur Tür.

»Du hast nichts gehört«, flüsterte sie.

»Ich habe nichts gehört«, antwortete ich.

In der ruhigen Abgeschiedenheit der Stanley Road pflanzten wir uns neu ein und wuchsen wie zwei Samenkörner in freier Wildnis. Doch wir hatten einen Pakt geschlossen, der uns beide miteinander verband.

Und nun war ich wieder im Begriff unterzutauchen – nur daß diesmal unser Leben davon abhing.

Die Straße führte uns zurück in das triste, von Verfall gezeichnete Ostberlin, vorbei an leeren Gebäuden, neuen bunten Reklametafeln, ausländischen Autos – Bruchstücke des Westens, die man an ein Volk montiert hatte, das die letzten fünfzig Jahre gekauft und verkauft worden war und dabei nie ein Mitspracherecht gehabt hatte.

Wir ließen unser Gepäck in Schließfächern beim Bahnhof Lichtenberg, kauften Fahrkarten und stellten das Auto in einer Seitenstraße neben dem Alexanderplatz ab.

Harry und die Jungs hatten Hunger und stürzten sich auf einen der neuen Kioske. Warum bin ich immer noch verwundert über das neue Nahrungsmittelangebot? Es erstaunt mich wirklich jedes Mal wieder. Schau dir das Obst an, die Auswahl, die Qualität. Vielleicht ist es beim Kalten Krieg um Zitronen und Bananen gegangen? Wir hatten sie, und sie nicht. Wir mußten sie schützen, denn »Gott weiß, was die andere Seite tun würde, wenn sie sie in ihre dreckigen Kommunisten-Hände bekäme«. Zitronen und Bananen. Das alte System hatte sie nicht zu bieten. Das neue System schon. Ist es das, was Europa all diese Jahre gespalten hat? Gnade uns Gott, wenn es wirklich so gewesen ist.

Das Problem ist, daß ich mich an die alten Tage erinnere. Die Zeiten, als ich versuchte, Geschäfte abzuwickeln, während sie draußen auf den Straßen Demonstrationen auflösten oder Kinder bedrohten und einschüchterten, weil sie Westfernsehen geschaut hatten.

Doch es ist vorbei – denk nicht darüber nach.

Denk nicht daran, wie sie die Ostseite der Mauer in grellem Weiß gestrichen hatten, um es ihren Schützen zu erleichtern, Flüchtlinge zu erkennen. Denk nicht darüber nach. Es ist vorbei.

Ich sitze an einem kunstlosen, eckigen Springbrunnen, der aus zahlreichen Öffnungen Wasserfontänen in den Himmel wirft. Passanten gehen vorbei, in fröhliche Farben gekleidet, mit Geld in der Tasche und der Erlaubnis, zu gehen, wohin sie wollen … Ein einsames Licht blinkt wie ein Warnzeichen in dem abgedunkelten Gebäude auf der anderen Seite des Platzes.

So schlug ich Zeit tot. Dunkelheit senkte sich auf Berlin, und Harry und die Jungs wurden langsam nervös.

Ich führte sie zur U-Bahn und erklärte ihnen, wie sie wieder nach Lichtenberg zurückkommen konnten. Unser Zug würde um einundzwanzig Uhr abfahren. »Kauft euch ein Bier und ein paar Sandwiches, wir treffen uns dann am Zug.«

»Moment mal«, sagte Harry, »du hast doch nicht vor, dich aus dem Staub zu machen und uns sitzen zu lassen, oder?«

»Natürlich nicht, Harry.« Als ob ich ihnen das sagen würde.

Sie bedachten mich mit einem unfreundlichen Blick, und ich ging schnell in Richtung Hotel Stadt Berlin, ohne mich umzublicken. Sobald sie mich nicht mehr sehen konnten, winkte ich ein Taxi heran und ließ mich zur Friedrichstraße fahren. Wir hielten neben dem ehemaligen Checkpoint Charlie, jetzt nur noch eine gerade Straße durch die Stadt, mit ein paar alten Grenzposten als Touristenattraktion.

Auf der westlichen Seite war eine bunte Schar von Straßenverkäufern – Türken und Russen, Rumänen, die die letzten Habseligkeiten des alten Sowjetimperiums verschleuderten: Soldatenkäppis und -uhren, Fahnen und Püppchen und Parteiausweise.

Ich entdeckte den Mann, den ich brauchte. Er hockte auf einem Klappstuhl neben seinem Stand mit einer riesigen Sammlung militärischer Souvenirs: dicke Ledergürtel mit dem roten Stern als Schnalle und Dokumente aller Art.

Er hatte den richtigen Haarschnitt, die richtige Haltung: vielleicht ein Feldwebel der Heeresversorgung oder irgendein höchst unzuverlässiger Gefreiter in einer großen russischen Armee, die nicht mal mehr einen Namen hatte. Er wirkte gehetzt, vielleicht war die Militärpolizei in dieser Nacht unterwegs, vielleicht war auch eine Operation gegen Korruption im Gange.

»Können wir uns einen Augenblick unterhalten?« fragte ich auf russisch, wobei ich absichtlich einen Fehler einflocht.

Er zuckte sichtbar zusammen. Dort, wo er herkam, verhieß die Aufforderung zur Unterhaltung nichts Gutes: Allzuoft folgen ihr eine Kugel oder ein paar Jahre im Exil. Trotzdem stand er auf und führte mich in den Schatten eines Hauses, das vormals das »Haus an der Mauer« gewesen war.

Er ließ die Hände in den Taschen und blickte sich ständig um.

Jeder von uns beiden wußte, worum es ihm ging, in jener Nacht in Berlin – und beide hatten wir ziemlich viel Angst.

18

»Ich kann das nicht beschaffen«, sagte er. »Unmöglich. Morgen, vielleicht.«

»Morgen ist zu spät.«

Er zuckte die Schultern in einer Art, wie sie überall in Rußland Türen schließt. Hab's dir gesagt, hab's nicht, verzieh dich.

Ich zog drei Hundertdollarscheine aus der Tasche und hielt sie ans Licht. Er sah von ihnen zu mir, und ich konnte sehen, wie er die Möglichkeit erwog, mich an Ort und Stelle bewußtlos zu schlagen, das Geld zu nehmen und davonzurennen. Aber vielleicht war ich ein kleines bißchen zu groß.

»Zwei Stunden«, sagte er.

»Eine halbe Stunde.«

Er nickte, und ich sah zu, wie die magere, gebeugte Gestalt loszog.

»*Oi*, Sasch«, rief er einem Partner zu, den ich nicht bemerkt hatte, und etwas Kleines, Garstiges namens Sascha trat aus der Lücke neben der Biertheke hervor und setzte sich auf den Klappstuhl, um auf den Stand aufzupassen.

In etwa zwanzig Minuten war er wieder da. Ich konnte nur Vermutungen über das Geschäft anstellen, das er getätigt hatte: Der Spurt zu einem geheimen Laden in Ostberlin, hier eine Bestechung, da ein Versprechen, Dollarscheine, die den Besitzer wechselten, Vertrauen und Mißtrauen. Und am Ende nun ein graues Papierpäckchen in seiner linken Hand.

Er winkte mich wieder in den Schatten, doch ich rührte mich nicht von der Stelle. Ich wollte Licht und Menschen um mich haben, für den Fall, daß seine angeborene Unehrlichkeit die Oberhand gewann.

»Sie haben es also.«

Er grinste – ein Aufblitzen von Stolz, Erregung. Dreihundert Dollar für ihn – oder zumindest ein ordentlicher Anteil davon. Er war sicher nicht älter als zwanzig, blasses Gesicht mit jeder Menge

Pickeln, einer von der glorreichen halben Million, die sie in Ostdeutschland einquartiert hatten, um uns in die Knie zu zwingen.

»Funktioniert sie?« fragte ich.

»Soll ich Sie erschießen?«

Warum finde ich das nicht lustig? Er grinste wieder und bot mir eine andere Variante des russischen Schulterzuckens: Geh jetzt, du wirst nicht reden, und ich werde nicht reden.

Deshalb zucken sie die Schultern.

Wieder im Osten, in der U-Bahn. Es ist immer noch früh am Abend. Der Waggonboden ist übersät mit Bierdosen, ein Schäferhund liegt in einer Lache, über seiner Schnauze ein Maulkorb, damit er nicht auf dumme Gedanken kommt. Schillingstraße, Strausberger Platz – wir sind jetzt wirklich auf der Schattenseite, die Bahnsteige noch schwach beleuchtet, ein paar Werbeplakate, doch sie haben es noch nicht abgeschüttelt. Zwei Passagiere sprechen darüber, die »ehemalige DDR« zu besuchen. Nicht ihr Land. Eigentlich niemandes Land. Es gefällt ihnen nicht, was sie waren, und sie wissen noch nicht, was sie geworden sind. Das gleiche Identitätsproblem, mit dem sie geboren worden waren, seit ein Mann eine Mauer um sie herum gebaut und das Ganze ein Land genannt hatte.

Und ich habe eine Waffe in der Tasche – zum ersten Mal, muß ich betonen –, weil diese Reise mich nach Osten führt, wo die alten Abmachungen nicht mehr gelten und sich die Regeln von Stunde zu Stunde ändern. Jane Card hatte mir gesagt, sie wüßte nicht, wer ein Freund und wer ein Feind ist; und ich wußte es auch nicht.

Als ich am Bahnhof Lichtenberg ankam, war eine lautstarke Auseinandersetzung im Gange. Harry schien tonangebend zu sein, er stand auf dem Bahnsteig und redete mit Gesten auf eine Gruppe von Schaffnern und Zugbegleitern ein.

»Zum Teufel noch mal.« Er drehte sich zu mir, und ich sah, wie die Adern auf seiner Stirn hervortraten. Harry legte sich immer voll ins Zeug. Vierzig Kilometer von hier entfernt lag ein Hund im Schlamm, der das hatte erfahren müssen.

»Hör zu«, sagte er und fuchtelte mit einer Fahrkarte vor meinem Gesicht herum, »Wagen Nummer 395, okay? Betten Nummer 44 bis 47, okay? Abgestempelt, bezahlt. Und was passiert? Es gibt keinen verdammten Wagen 395, er existiert nicht, wurde nicht gebaut, hat den Scheißtag freigenommen. Was weiß ich?« Er warf die Fahrkarte auf den Boden und marschierte zum anderen Ende des Bahnsteigs. So viel zu dem Vorhaben, unauffällig zu verschwinden, dachte ich. Trotzdem mußte ich mich zusammenreißen, um nicht laut herauszulachen.

Der polnische Schaffner kam verstohlen auf mich zu. Er deutete so etwas wie eine mitteleuropäische Verbeugung an. »Es ist außerordentlich bedauerlich«, sagte er. »Der Wagen war nicht einsatzbereit.«

»Ach, wirklich?« Wir Briten können sehr unzeremoniell sein, wenn wir wollen.

»Doch wenn Sie mir bitte folgen wollen«, fügte er hinzu, »wir haben Plätze in einem anderen Wagen. Er ist fast leer. Jeder der Herren kann ein Abteil für sich allein haben.«

Ich sagte zu ihm, daß ich bei Herren wie diesen lieber einen ganzen Zug für mich allein hätte. Und er lächelte verzeihend, als würde ich das nicht so meinen und als würden wir am Ende alle gut miteinander auskommen.

Mehr oder minder zum fahrplanmäßigen Zeitpunkt zockelte der Zug aus dem Bahnhof, und Harry stand in der Tür meines Abteils.

»Wird das ein Streit, Harry?«

»Sieht so aus«, antwortete er. »Ich muß dir sagen, ich bin mit der Reise bisher alles andere als glücklich. Vielleicht verrätst du mir mal, ob wir uns eigentlich um Geschäfte kümmern oder einfach von einem Scheißhaus zum nächsten fahren, wo man auf uns losgeht? Ich will dich ja nicht beleidigen, verstehst du, aber es lief ganz gut bei uns, bis du aufgetaucht bist.«

»Geschäfte, Harry. Von jetzt an geht es nur noch ums Geschäft.«

Er rieb sich die Augen mit beiden Händen und setzte sich auf den Fenstersitz.

»Was war das also für eine Geschichte mit Barsch?«

»Ich bin mir nicht sicher.«

»Ich brauch' schon ein bißchen mehr, Edward. Du bist immer ein guter Freund gewesen, da gibt's gar keine Frage. Aber jetzt werde ich von einem Geschäftspartner, den du uns vermittelt hast, mit der Waffe bedroht. Das ist vielleicht der gängige Stil in den Kreisen, in denen du dich bewegst, doch für mich und meine Freunde ...« Er hielt einen Moment inne, vermutlich, um die Vergangenheit in die Ecke zu schieben, in die sie gehörte. »Sagen wir einfach, wir haben diese Art von Geschichten hinter uns gelassen.«

»Hör zu, Harry. Möglicherweise hatte Barsch ein paar Freunde, die uns aus ihrem Revier raushaben wollten, vielleicht sind wir mitten in eine Transaktion gestolpert, von der wir keine Ahnung hatten. Vielleicht dachten sie, sie könnten uns unter Druck setzen. Ich werde ein paar Nachforschungen anstellen. Es tut mir leid, daß das passiert ist. Mehr kann ich nicht sagen.«

Und das konnte ich tatsächlich nicht.

Harry starrte aus dem Fenster. Sein bekümmerter Gesichtsausdruck spiegelte sich in der Scheibe, während die Lichter der Stadt spärlicher wurden und der Zug nach Osten, in Richtung Polen ratterte. Für Harry bedeutete Barsch sicher eine unerledigte Sache – und ob du nun im Eastend Schädel einschlägst oder auf den Feldern Deutschlands, der Grundsatz ist der gleiche: Man überläßt nichts dem Zufall. Man sorgt dafür, daß es kein Nachspiel gibt.

»Wir reden noch darüber«, sagte er und stand auf. »Wie lang dauert's bis zur Grenze?«

»Ungefähr eine Stunde.«

Ich ging in den Gang und lehnte mich ans Fenster, ohne hinauszusehen. Harry war zu Recht beunruhigt. Wenn er wüßte, wie sehr er Grund dazu hatte, würde er wahrscheinlich noch während der Fahrt aus dem Zug springen.

Oder nicht? Gut, er trug gestärkte Hemden und wohnte mit einer phantastischen Aussicht auf die Themse, aber er hatte eine Menge Zeit mit einer Aussicht zugebracht, die durch Gitterstäbe verstellt war, und mit einem Hof zum Füße vertreten, einem einzigen Besucher pro Monat, falls er nicht jemanden verärgert und damit seine Privilegien verloren hatte.

Ich hatte ihn nicht über diese Zeiten befragt, aber ich hatte mich umgehört. Harry, so hieß es, wollte Nägel mit Köpfen machen. Er mußte am Tagesende das Gefühl haben, etwas geschafft zu haben. Und wenn er nach Hause kam und nichts hatte, was er in sein Tagebuch schreiben konnte, war er sauer und reizbar und neigte dazu, dies an anderen auszulassen.

Wenn man gestohlene Autos in Hackney und Stratford an Hehler verkauft, gibt es wohl reichlich Anlässe, sauer zu werden. Einmal war Harry unvorsichtig gewesen und hatte ein wenig zu hart zugeschlagen – und statt zu einer »Überredung« kam es zu einer Gerichtsverhandlung, bei der die Jury entschied, daß man von »gefährlicher Körperverletzung« sprechen mußte; und die Computer der Kriminalpolizei vergaßen das nie.

Von diesem Zeitpunkt an hatte Harry sich geschworen, immer auf die Gesetze zu achten – sie nie zu brechen, sie höchstens zu beugen, und auch das nur, wenn niemand zusah. Costa und Arthur waren der Ansicht, er sei weich geworden. Er wußte das. »Aber ich sage ihnen, die Welt hat sich geändert«, sagte er eines Morgens beim Kaffee zu mir. »Du mußt heutzutage subtiler vorgehen. Wenn jemand deine Produkte nicht will, kannst du nicht hingehen und ihm einen Ziegelstein durchs Fenster schmeißen.« Er grinste mich an. »Jetzt nicht mehr.«

Der Zug hielt an und blieb einen Augenblick lang im dunklen Niemandsland stehen; er keuchte und zischte wie ein Tier, das sich müht, wieder zu Atem zu kommen.

Natürlich hatte Harry Anspruch auf eine Erklärung, aber wer kriegt schon das, worauf er eigentlich Anspruch hat – weder Jewgeni, der neben der Fähre von Dover gestorben war, noch George in Mutters Auto, auch nicht ich selbst, was das anbetrifft, der ich eine Kugel am Ufer der Themse abbekommen hatte. Man merkt schnell, wie alles außer Kontrolle gerät, sobald man beginnt, mit dem Wesentlichen herumzuspielen. Man findet dann nichts mehr daran, die Gefahr an alle anderen weiterzugeben – weil, na ja, es ist alles für eine große Sache. Es muß getan werden. Harry und die anderen werden einfach auf ihr Glück vertrauen müssen. Schön.

Ich hatte gewaltige Fortschritte gemacht, in nur ein paar Tagen. Ich hatte begonnen, Überflüssiges – wie zum Beispiel Skrupel – abzustoßen, weil ich keinen Platz dafür hatte. Unter solchen Bedingungen kann man in kurzer Zeit eine Menge über sich selbst lernen – und man sollte nicht erwarten, daß es einem gefällt.

Der Zug setzte sich wieder in Bewegung, fuhr jetzt aber nur noch langsam – der Beginn der alten »Haß-Strecke«: das lange quälende Durchdringen der Ostblockgrenze. Natürlich hatte es sich geändert, doch die Erinnerung ließ sich nicht abschütteln. Du, der kleine Westler, Tagesration für alle ostdeutschen und polnischen Zollbeamten – jemand, den sie demütigen, belästigen und womöglich auch berauben konnten, was immer ihnen gerade angebracht erschien.

Und du zeigtest feierlich deinen Paß, in dem Ihrer Majestät Außenminister hoheitsvoll um eine ungehinderte Durchreise ersuchte. Was für eine Farce – all diese Jahre im Ostblock.

Ich wollte gerade zu meinem Sitz zurückgehen, als mich Harry am Arm packte. Ich hatte gar nicht gehört, daß er aus seinem Abteil herausgekommen war. Seine rechte Hand hielt mich wie im Schraubstock fest und stieß mich gegen die Laufstange. Ich sah seine Wut, in Großaufnahme, im Schweiß auf seinem Gesicht und in den scharfen Augen, die kleinen schwarzen Löchern glichen.

In jenem Moment erkannte ich blitzartig, wie Harry gewesen sein mußte, als er in den ärmeren Teilen von East-London seine Runden gedreht und seinen kleinen Moralkodex durchgesetzt, seinen fünffingrigen Abdruck auf Gesichtern und Körpern hinterlassen hatte, hier ein Messerstich, dort ein Tritt in den Unterleib, als Zugabe für einen wunderbaren Tag, bevor er heim zu Muttern gegangen war. »Hattest du einen schönen Tag im Büro, Schatz?« – während er die Opfer zählte.

»Du Arschloch«, flüsterte er. »Ich bitte um eine Erklärung, und du ziehst los und kaufst dir ein Spielzeug wie das hier …« – seine linke Hand griff in meine Jackentasche, und plötzlich fuchtelte er mit dem grauen Päckchen vor meinem Gesicht herum. »Du Aas … ›Ich werde Nachforschungen anstellen‹ – damit? Das ist echt toll … ›Von jetzt an nur das Geschäft, Harry.‹ Ich hab' ein gutes Gedächtnis … Großer Gott!« Er ließ meinen Arm los und schob mir die Waffe wieder in die Tasche. »Du versteckst das Ding nicht mal richtig. Was denkst du dir, was die Zöllner machen werden – dich einfach durchwinken?«

Ich betrachtete ihn, sagte aber nichts.

»Herrgott noch mal, Edward – ich weiß, du wirst mir nicht sagen, was hier gespielt wird – aber triff wenigstens ein paar beschissene Vorsichtsmaßnahmen, dir zuliebe.« Harry wischte sich den Schweiß von der Stirn. »Und das sag ich dir: Sobald du in Warschau bist, wirst du auf dich gestellt sein. Ich und die Jungs, wir werden uns um Geschäfte kümmern. Wenn wir dir über den Weg laufen, werden wir die Straßenseite wechseln. Kapiert? Ich kündige hiermit unsere Vereinbarung.« Er betonte jede Silbe dieses letzten Satzes, und ich sah ihm nach, wie er in sein Abteil zurückging und die Tür einschnappen ließ.

Ich blieb einen Augenblick stehen und atmete tief durch, öffnete meine geballten Fäuste und entspannte die Muskeln. Doch wer mir hier Angst machte, war nicht Harry, sondern ich selbst. Einen Moment lang war ich durchaus bereit gewesen, ihn zu töten.

19

Der Zug fuhr in den Bahnhof von Frankfurt an der Oder ein – die neue Grenze an der alten Stelle. Hellgrüne Uniformen für die Deutschen, dunkelgrüne für die Polen – und einstudiertes Desinteresse an meinem Paß.

»Hier hat sich ganz schön was verändert«, bemerkte ich. Doch sie gaben keine Antwort. Es ist schön und gut für einen Westler, fett und fröhlich hier anzukommen und das Ende des Kommunismus zu feiern, doch es war immer noch ihr Land – das einzige, das sie hatten. Und jetzt gab es dieses Land nicht mehr. Es ist hart, sich einzugestehen, daß alles, was man konnte, ein Fehlschlag war.

Wir saßen regungslos unter den Neonlampen. Nichts ist so leblos wie ein leerer Bahnsteig mitten in der Nacht, wo das einzige, das sich bewegt, die ewig kreisenden Fliegen sind und die Welt um dich herum von der Dunkelheit verschluckt wird.

Polen lag direkt hinter dem Fluß, doch es hätte genausogut auf einem anderen Planeten sein können.

Ich hatte in meinem ganzen Leben nur einen einzigen Polen gekannt, doch die Umstände und jene Zeit meines Lebens sind mir noch immer deutlich im Gedächtnis.

Ich war zwanzig und im zweiten Jahr eines Russischkurses an der Londoner Universität – das Wahlfach für Faulpelze, so hatte man mir das jedenfalls erklärt.

»Sie können es bereits«, hatte der Tutor gesagt, der für die Zulassung zuständig war. »Was versprechen Sie sich davon?«

»Kultur«, antwortete ich. »Die Geschichte, die Literatur …«

»Herrje, kommen Sie mir doch nicht mit diesem Quatsch! Warum sagen Sie nicht einfach, Sie wollen drei Jahre lang eine ruhige Kugel schieben und rein gar nichts tun.«

»Ich will eine ruhige Kugel schieben und rein gar nichts tun.«

»Ausgezeichnet. Sie werden glänzend dazupassen.«

Meine Aktivitäten sollten sich natürlich genauso gestalten, wie er beschrieben hatte – bis zu einem bestimmten Abend im Frühling. Ich erinnere mich, daß ich sehr spät nach Hause kam und mich bemühte, nicht auf knarrende Dielenbretter zu treten. Ich hatte noch den Geschmack der vollen, feuchten Lippen einer neuen Erstsemester-Studentin auf der Zunge, den Geschmack des Gins, den wir erst nach Stunden ausgetrunken hatten; meine rechte Hand spürte noch ihre Brüste, die abwechselnd weich und hart waren.

Vor allen Dingen wollte ich nicht mit Mutter sprechen.

Doch sie kam ins Treppenhaus, die Augen halb geschlossen, das Gesicht wie eine trübe Glühbirne.

Wir setzten uns in die Küche, und sie sagte mir, ich solle mich darauf einstellen, daß am nächsten Morgen ein Besucher komme. Ein Pole namens Karol, ein alter Freund.

»Du klingst nicht sehr begeistert …«

»Karol kann schwierig sein«, sagte sie. »Ich bin mir nicht sicher, was er will.«

»Du hast doch gesagt, er wäre ein Freund …«

»Was ändert das schon? Die sind oft ein größeres Problem als jeder andere.«

Es hatte keinen Sinn zu widersprechen, sie hatte ihre Zugbrücke hochgezogen.

»Wo hast du ihn kennengelernt?«

»Ich weiß nicht … es ist sehr lang her – auf einer Konferenz vielleicht …«

»Warum hast du ihn nicht schon früher eingeladen?«

»Er reist sehr viel, ist immer unterwegs …«

Danach habe ich wahrscheinlich nicht weiter zugehört. Ich erkannte das typische Ausweichmanöver. Nicht Lügen, sondern einfach Nichtsherauslassen. Denn Information war ein Produkt, mit dem meine Mutter nicht wirklich umzugehen wußte. Sie bot es an, als müsse man es rationieren: ein Wirrwarr von Bruchstücken, die häufig wenig Sinn ergaben. Manchmal vergingen Jahre, bevor ich erkennen konnte, welche von diesen Bruchstücken zusammenpaßten und wie.

Also ließ ich das Puzzle ruhen und ging zu Bett, mit den Gedanken bei meiner Studentin. Und Mutter blieb in der Küche und wartete auf Karol.

Es zeichnete sich schnell ab, daß es mit ihm Probleme geben würde. Eine Wand slawischer Arroganz und Voreingenommenheit.

Er saß in der Küche, ein harter und unduldsamer Mann, die grauen Haare kurzgeschoren, das Gesicht faltig und gemustert wie ein alter Teppich. Nichts gefiel ihm, mit nichts war er zufrieden. Alles hatte er gemacht – und wir hatten nichts gemacht.

Er war wohl in den Fünfzigern, doch er sah gleichzeitig älter und jünger aus. Er war fit, bewegte sich gewandt. Es lag echte Kraft in der Hand, die meine ergriff, in der Faust von der Größe eines Sonntagsbratens. Und doch hatten die Augen mehr gesehen, als man gemeinhin bis zu diesem Alter sieht. Leiden lag in ihnen, erlebtes ebenso wie zugefügtes.

Im Lauf des Tages legte er seine Theorien über die weitere Entwicklung des Weltgeschehens dar, eine Kombination aus reiner Vermutung und Einblick, auf jeden Fall mittlerweile überholt und irrelevant. Seine vorherrschende Leidenschaft war Haß, und das Ziel dieses Hasses war Moskau. Wie man das Tier erlegt, war die Übungsaufgabe. Wie man ihm den Kopf abschneidet und es beerdigt.

Ich hatte all das schon oft gehört. Karol war ein weiterer Spinner aus dem Ostblock. Sie wurden entweder dort eingesperrt oder taten sich hier als Wirrköpfe hervor.

Als er gegangen war, sagte ich meiner Mutter, was ich dachte.

Sie wirkte unschlüssig. »Er ist jemand, mit dem man sich besser gut stellt«, sagte sie. »Ich kenne ihn seit langer Zeit. Er hat interessante Freunde.«

»Er tötet einem den letzten Nerv.«

»Das kannst du auch«, sagte sie und lächelte. »Doch deswegen breche ich noch lange nicht den Kontakt zu dir ab.«

Ein paar Tage später begegneten wir Karol noch einmal. Mutter bestand darauf, daß ich mit ihr zu einem Treffen irgendwo in Kensington ging. Es sollte einen Vortrag über Rußland geben. Essen und Getränke. Fragen. Was sie nicht erwähnte, war, daß Karol der Redner und seine Wohnung der Versammlungsort sein würde.

Ach, wie war er doch in sich verliebt an jenem Abend. Die provinzielle Rhetorik – die bedeutungsvollen, in meinen Augen bedeutungslosen Pausen. Das Hämmern auf den Tisch. Der Schwall von Beschimpfungen gegen die Russen und all ihre Werke. »Wir werden siegen«, sagte er der Zuhörerschaft – sechs einsame Frauen und ich –, »wir werden siegen, aber mit anderen Methoden. Cleveren Methoden. Die Sowjets sind korrupt, sie kämpfen ständig gegeneinander. Wir müssen dafür sorgen, daß sie so lange gegeneinander kämpfen, bis sie sich umgebracht haben.«

Er wartete auf Beifall oder auf irgendein Zeichen, daß wir noch atmeten, und dann setzte er sich.

Mutter und ich standen neben einer Kuchenplatte, und er kam sofort auf uns zu. »Wunderbarer Abend. Danke, daß ihr gekommen seid. Ganz großer Dank.«

»Es war sehr interessant«, sagte ich.

»Großartig«, fügte Mutter hinzu.

»Wir werden das wiederholen, wenn ich zurück bin.«

Zum ersten Mal an diesem Abend wirkte Mutter interessiert. »Wo gehst du hin?«

»Nur eine kleine Reise nach Osten«, antwortete er und grinste verschwörerisch. »Nur für eine Woche. Ich rufe euch an.«

Immerhin ein Lichtblick. Ich weiß noch, daß ich die Hoffnung hegte, wir könnten weiterleben wie bisher, ohne einen Gedanken an ihn verschwenden zu müssen.

Als ich am darauffolgenden Dienstag zur Universität aufbrach, kam meine Mutter herunter in die Diele, um mich zur Tür zu begleiten. Das war ungewöhnlich, denn normalerweise rief sie nur einen Abschiedsgruß aus ihrem Zimmer oder wachte erst gar nicht auf.

»Würdest du gern mein Auto nehmen?«

»Natürlich.«

»In Ordnung, du kannst es haben. Aber du mußt mich abends mitnehmen. Hol mich an der U-Bahn-Station Holland Park ab, um halb neun. Du denkst dran?« Ihre schwarzen Augen bemühten sich, die Uhrzeit meinem Gehirn einzuprägen.

»Ich werd' dran denken.«

Es stellte sich heraus, daß ich ausnahmsweise sogar zu früh dran war. Eine gute halbe Stunde. An diesem Tag hatte ich keine weitere Verabredung; und meine vollbusige Freundin arbeitete länger in der Bibliothek, »brav« wie sie war.

Ich fuhr also noch ein bißchen durch die Gegend, und dabei kam ich zufällig an dem Wohnblock vorbei, in dem Karol lebte. Die Erinnerung an diesen Mann war mir so unangenehm, daß ich schnell im Vorhof wendete und beschloß, die ein, zwei Kilometer zum Holland Park zurückzufahren und dort zu warten.

Der Lieferwagen neben der Einfahrt fiel mir nicht auf. Doch was ich dann sah, versetzte mir einen Schock, den ich heute noch spüren kann: Ein paar Meter vor mir kam meine Mutter aus dem Gebäude und stieg in den Lieferwagen. Sie trug einen Beutel und schien es sehr eilig zu haben.

Und irgendwie hatte ich den Eindruck, daß es nicht richtig wäre, auszusteigen und sie zu begrüßen. Sie war beschäftigt, in Gedanken. Ich konnte ihre Anspannung spüren. Also fuhr ich zur U-Bahn-Station zurück und wartete bis halb neun, unschlüssig, ob ich sie fragen sollte, wo sie gewesen war.

Natürlich war ich bei Mutter auf der Hut. Ich wollte keinen Streit mit ihr. Ein solcher Streit war so schwer zu stoppen wie eine Lawine, er wälzte sich manchmal stundenlang weiter, voller slawischer Leidenschaft.

Mit fünfzehn Minuten Verspätung tauchte sie aus der U-Bahn-Station auf. Ihr Gesicht war gerötet, als sie einstieg und die Tür hinter sich zuwarf.

»Was schaust du so, Edward?«

»Hallo, Mama. Dich schau ich an.«

»Ich hab mich fürchterlich verspätet, oder?«

»Macht nichts.«

»Okay, fahren wir los und essen wir irgendwo.«

Gleich auf dem Hügel entdeckten wir ein mexikanisches Restaurant. Das Essen war phantastisch. Mutter stocherte ohne Interesse darin herum.

»War's ein guter Tag?« fragte ich.

»So lala. Ich mußte für ein paar Anwälte dolmetschen. Noch so ein Joint Venture mit dem großen sozialistischen Heimatland.«

»Was? Hier in der Gegend?«

»Embassy Row, ganz in der Nähe.«

Der Kellner fragte, ob wir Nachtisch wünschten.

»Ja, bitte«, antwortete ich.

»Ich will nach Hause«, sagte Mutter. »Bringen Sie die Rechnung.«

Als wir wieder im Auto saßen, beschloß ich, noch einen letzten Versuch zu machen.

»Wann kommt Karol zurück?«

»Warum willst du das wissen? Ich dachte, du könntest ihn nicht ausstehen.«

»Ich habe mich bloß gefragt, wann wir dort wieder hin müssen, zu noch so einem fesselnden Abend.«

»Er kommt nächsten Sonntag.«

Ich fuhr absichtlich an seinem Wohnblock vorbei.

»Wohnt er nicht hier irgendwo?«

»Kann schon sein.« Ich erinnere mich genau an ihre Worte. »Ich weiß das wirklich nicht mehr.«

Nun … warum erinnere ich mich an diesen winzigen Vorfall mit solcher Klarheit – und warum habe ich so lange versucht, diese Erinnerung zu begraben?

Es gibt nur einen Grund dafür. Es war das erste Mal, daß ich meine Mutter lügen hörte.

Karol wurde zu einer mehr oder weniger ständigen Begleiterscheinung unseres Lebens – was ich nie wirklich verstand. Glücklicherweise gehörte er mehr zu Mutters Leben als zu meinem. Sie ging ein paarmal mit ihm essen, besuchte noch ein paar Treffen und Seminare.

Vielleicht war er an jenem Tag in seiner Wohnung gewesen, und sie hatte ihn besucht. Ich weiß es nicht, und sie hätte es mir auch nie gesagt.

Vielleicht war sie in seiner Wohnung, während er nicht da war. Und wer hatte im Lieferwagen neben dem Haupteingang auf sie gewartet?

Ich habe diese Fragen nie geklärt.

Karol kehrte vor fast drei Jahren nach Polen zurück, sobald Solidarność an die Macht gekommen war. Bevor er abreiste, gab er uns seine Adresse und Telefonnummer. Ich warf damals nur einen kurzen Blick darauf; doch es war die Art von Nummer, die man sich gut merken kann. Drei Einsen und vier Dreien.

Sie war immer noch in meinem Gedächtnis gespeichert, stellte ich jetzt fest, und mir war klar, daß ich ihn am Morgen anrufen würde. In Polen.

Manchmal glaube ich, daß ich mich zurückbewege – obwohl das nicht stimmt. Ich stolpere immer wieder über Teile meines Lebens, die ich beiseite geschoben und vergessen hatte. Und ich weiß schon warum.

Es ist keine Freude, sie jetzt unter die Lupe zu nehmen, nach so vielen Jahren.

Ich habe dieses deutliche Gefühl eines drohenden Unheils – und in solchen Zeiten hätte ich gern jemanden, dem ich trauen kann.

Mutter? Es ist, als wüßte ich nicht mehr, wer sie wirklich ist. Sie verschwand – nachdem sie einige wichtige Papiere gesehen hatte, wie es scheint. Alle glauben, daß sie nach Rußland zurückgekehrt ist; und deshalb bin auch ich dorthin unterwegs. Ich muß sie finden, bevor irgend jemand anders sie findet.

Ja, sie hat vielleicht etwas gesehen, was sie nicht hätte sehen sollen. Etwas Außergewöhnliches.

Und dann die Leute, die getötet wurden.

Darüber will ich lieber nicht allzuviel nachdenken. Da versuche ich also lieber, Mutter zu finden, und auf dem Weg zu ihr liegen Leichen.

Ich war nie an irgend etwas beteiligt, was Mutter tat. Erst jetzt erfahre ich langsam, was es war – irgendwelche Geschichten mit Coffin und vielleicht auch mit anderen.

Alles, was ich tat, tat ich aus guten Gründen. Ich hatte keine Wahl. Überhaupt keine. Sie haben mir nie eine gelassen; ich tat es für die Familie. Und wenn du das ganze Drumherum ablöst – ist sie das einzige, was dir bleibt.

Mutter hat immer alles für sich behalten. Ich wußte kaum, wo sie arbeitete, und hatte nicht die geringste Ahnung, mit wem sie in Verbindung stand. Sie hätte die Kommandeurin der ganzen verdammten Roten Armee sein können, ohne daß ich etwas davon mitbekommenhätte.

Sie war verschlossen. Sie ist Russin.

Ich dachte, ich käme der Sache näher, als ich mich an Karol erinnerte. Verdammt verdächtig, wie sie aus seinem Wohnblock kam und mir später sagte, sie erinnerte sich nicht mal daran, wo er wohnte. Worum ging es da bloß?

Es gibt etwas in ihrer Vergangenheit, das ich erforschen sollte.

Großer Gott – ich weiß nicht. Wenn man in der Sowjetunion aufgewachsen ist, kriegen sie einen, wohin auch immer man geht. Und wenn sie einen je rausließen, legten sie einen an eine lange Leine, wie einen Hund.

Wir waren nicht die einzigen. Das ist die Tragödie bei dem Ganzen. Es gab viele andere Familien, die im Netz des Kalten Kriegs gefangen waren. Sie spielten uns gegeneinander aus – sie erpreßten und manipulierten uns, bis wir nicht mehr wußten, für wen wir arbeiteten. Am Ende taten wir alles, was sie verlangten, einfach, um uns selbst und die Menschen, die wir liebten, zu retten.

Was auch immer es war. Wir werden tun, was ihr wollt – wenn ihr uns nur in Frieden laßt.

Nur daß sie das nie taten. Nicht einmal, als der Kalte Krieg zu Ende ging. Da schon gar nicht.

Am frühen Morgen befand ich mich am Stadtrand von Warschau. Ich bemerkte an mir die Symptome innerer Verstörung.

21

Ich stieg in einem der Vororte im Osten der Stadt aus, wo der Zug Pendler aufnahm, die in die Innenstadt wollten.

Eine alte Dame stieg zusammen mit mir aus, eingemummt in Grau und Schwarz. Körbe und Beutel hingen an ihr wie an einem Packpferd. Wir traten auf den Bahnsteig und erschauerten beide zur gleichen Zeit vor der frühmorgendlichen Kälte.

Ich hatte mich nicht von Harry verabschiedet. Er würde jetzt wohl, so nahm ich an, ein braver Junge sein, seine Geschäfte abwickeln und dann nach Hause fliegen. Eine seltsame Mischung aus Freund und Gangster, dieser Mann, der versuchte, die Brücke vom Bösen zum Guten zu überqueren – und es nicht ganz schaffte. Immer mal wieder kamen die bösen alten Tage bei ihm durch, und wenn ich dort in Deutschland mit dem Kopf genickt hätte, hätte er, da bin ich mir ziemlich sicher, Barsch erledigt – weil es sich so gehörte.

Doch man muß ihm zugestehen, daß er sich wirklich bemühte. Er betrieb jetzt ein mehr oder weniger legales Geschäft, mit Männern im Anzug, die Buch führten und selten, wenn überhaupt, jemanden zusammenschlugen.

Viel Glück, Harry. Es wäre interessant, sich in zwanzig Jahren wieder zu treffen, um zu sehen, ob er dann zu den Engeln gehörte oder der Teufel das Seine zurückverlangt hatte.

Ein Taxi brachte mich quer durch die Stadt zum Reich der Kamine, wo immer noch Trambahnen durch die Straßen pflügten und die Stromleitungen ein schwarzes Muster in den Himmel zeichneten.

Als die Sonne aufging, konnte ich die Folgen des Wandels auf den Straßen sehen. Die Orte, an denen der Kommunismus die Stadt verlassen hatte – bunte Kioske voller Lebensmittel, importiertem Käse, Wein und all den anderen Dingen, die man nie zuvor gehabt hatte.

Orangen und Zitronen, wohin das Auge blickt. Der Kalte

Krieg ist vorbei. Und wieder frage ich mich: War es das, worum es bei dem Ganzen ging?

Ich habe Warschau in den alten Tagen ziemlich gut gekannt; ich hatte gesehen, wie der politische Zirkus in den achtziger und frühen neunziger Jahren immer wieder Purzelbäume schlug. Sobald ein Haufen das Gefängnis verlassen hatte, ging er daran, die anderen hineinzubefördern oder es zumindest zu versuchen. So waren die Leute, die ich einst als Dissidenten gekannt hatte, jetzt an der Macht, und immer noch betranken sie sich – und erwiesen sich als genauso intolerant wie jene, deren Platz sie eingenommen hatten.

Dieselben Methoden, andere Etiketten. Nur daß diese Burschen Orangen mochten.

Auch ich hatte mich hier betrunken, hatte für die Dauer mehrerer Nächte mein Gedächtnis und meine Hosen verloren. Der Kommunismus war nicht ohne, das dürfen Sie mir glauben. Im Osten Geschäfte zu machen bedeutete, daß einem stets mehr Vergünstigungen angeboten wurden, als man wollte – und weniger Bargeld. Doch irgendwann mußte man sich darüber klarwerden, wann man nein zu sagen hatte – und sie mußten lernen, wann es einem damit ernst war.

Die Welt ließ sich nicht mehr einfach mit blonden Haaren und einer unvergeßlichen Nacht kaufen. Das war vorbei.

Als ich das letzte Mal in Warschau war, hatte ein vormaliger Regierungsberater mir eine ungewöhnliche Bleibe empfohlen. »Sie wollen Schutz«, sagte er. »Sie wollen ungestört sein – das ist für Sie das Richtige.« Jetzt brauchte ich es.

Ich bat den Taxifahrer, zum »Belvedere«, dem Präsidentenpalast, zu fahren, woraufhin er mich aufmerksam im Rückspiegel beäugte. Und als wir an dem Gebäude des Ministerrats vorbeikamen, setzte er ein vorwitziges Lächeln auf und fragte, ob ich mit dem Präsidenten verabredet sei.

Ich komme so halbwegs mit Polnisch zurecht, also sagte ich ihm, er solle langsam am Palast vorbeifahren, den Hügel hinunter und rechts anhalten. Und dann verschwinden.

»Sie sind ein komischer Mann«, antwortete er. »Das ist die russische Botschaft.« Er spuckte aus dem Fenster. »*Sie* sind derjenige, der bald verschwunden sein wird.«

Mit der Reisetasche in der Hand stieg ich aus und blieb am Straßenrand stehen, bis er weggefahren war.

Es war die Botschaft, da hatte er recht. Sie stand auf einem grasbewachsenen Hügel hinter hohen schmiedeeisernen Toren. Die Polen hatten sie schon seit Generationen gehaßt, und auf dem Höhepunkt der Unruhen waren sie vor dem Grundstück zusammengeströmt und hatten Parolen an die Mauern gepinselt. Doch die Botschaft war nicht mein Ziel.

Auf der gegenüberliegenden Straßenseite hielt ein einziger Soldat Wache, hinter einem Stahlzaun, der Einfahrt zu einer nicht öffentlichen Straße, die durch einen Park zu einem modernen Steingebäude führte. Als ich näherkam, trat der Mann aus seiner Baracke und forderte mich auf, mich auszuweisen.

»Ich hoffe, daß für mich reserviert wurde.«

Er prüfte meinen Paß und sprach meinen Namen in ein Telefon. »Es liegt keine Reservierung vor, doch man sagt mir, man kann Sie aufnehmen.«

Er lächelte, sperrte das Tor auf und bedachte mich mit dem alten polnischen Armeesalut mit ausgestrecktem Zeige- und Mittelfinger. Plötzlich fühlte ich mich sicherer als all die Tage zuvor. Denn dieses Haus war nichts weniger als geschütztes Regierungsterritorium, das frühere Gästehaus der Kommunistischen Partei, jetzt offen für die Allgemeinheit als Symbol der neuen Demokratie. Doch da alte Gewohnheiten im Osten *so* schwer sterben, hatte niemand daran gedacht, dies bekanntzugeben, und deshalb wußte fast niemand davon.

Fast niemand.

Ich war froh über den Luxus. Ich war froh über die Marmorböden und die prächtigen Holzmöbel in den Zimmern, das Satellitenfernsehen, die Leintücher – und die Empfangsdame, die mir den Eindruck vermittelte, sie sei entzückt, mich zu sehen, auch wenn sie das nicht war.

Sicher hatten sie die Mikrophone von den Wänden und aus dem Telefon entfernt. Sicher hatten sie die Monitore und Tonbandgeräte abgestellt und sich der winzigen Sender im Eßzimmer und der Armee von subalternen Sicherheitsbeamten entledigt, deren Aufgabe es gewesen war, sich all die Trivialitäten anzuhören, sie abzuschreiben und herauszufinden, wen sie zu überfallen oder wem sie zu folgen hatten.

Ich bin ganz sicher. Und falls sie das nicht gemacht haben – ist es wahrscheinlich der nächste Punkt auf ihrer Prioritätenliste.

Aber ich bin nun mal in kurzer Zeit sehr mißtrauisch geworden. Ich habe mich zur Lehre des Argwohns bekehrt.

Und als ich den Hügel hochging und in die Bagatela Straße einbog, an der wuchtigen Residenz des britischen Botschafters vorbei, war mir klar, daß ich es mir bei diesem Anruf nicht leisten konnte, ein Risiko einzugehen.

Dreimal die Eins und viermal die Drei.

Geh ans Telefon, Karol.

Langes, langsames Läuten.

Geh an das verdammte Telefon.

Es fing zu regnen an, und das würde, sofern sich die Dinge nicht doch grundlegend verändert hatten, das Telefonsystem für den größten Teil des Tages lahmlegen.

Ich wählte wieder. Doch jetzt bestand die Verbindung nur noch aus Knacken und rhythmischem Klopfen – es klang eher wie ein Kurzwellenradio als ein Ortsgespräch.

Weiter vorn an der Straße war ein Restaurant, das »Chinesische Küche« anpries. Also beschloß ich, dort auf das Ende des Regens zu warten. Ich wußte immer noch nicht, was ich Karol sagen sollte, weil ich mir immer noch nicht sicher war, wer er war.

Die Erinnerungen, die ich an ihn und seine Beziehung zu meiner Mutter hatte, verrieten mir nicht allzuviel. Sie hatte ihn als Freund bezeichnet und vor den meisten meiner Beleidigungen in Schutz genommen, doch es schien wenig echte Freundschaft zwischen ihnen zu bestehen. Sie gingen selten zusammen aus und blieben noch seltener zusammen zu Hause. Mutter versicherte, Karol sei nicht interessiert an »so was«. Also war er in meinen Augen entschieden sonderbar. Ich nehme an, der Antikommunismus war für sie beide eine gemeinsame Basis, obwohl er in Mutters Fall eine andere Form annahm.

Was auch immer sie war, eine Fanatikerin war sie nicht. Sie tat sich nie mit den Kämpfern für ein freies Rußland zusammen, weil sie sagte, so etwas gäbe es nicht. In Rußland sei es nie um Freiheit gegangen – es sei ein Dschungel, wo sich unterschiedlich gestreifte Tiere einen Kampf um die Alleinherrschaft lieferten. Immer derselbe Dschungel und dieselben Regeln. Manchmal wurden nur ein paar getötet, zu anderen Zeiten war die Zahl der Opfer hoch. In einem Dschungel würde immer getötet werden, weil die Bewohner keine andere Methode kannten, ihre Probleme zu meistern.

Und Karol? In welchem Baum versteckte er sich? Hatte er seine wahren Absichten offen gezeigt oder einfach ein Loch in den Boden gegraben und sie aufgegeben?

Ich konnte mich an die Zeit erinnern, als er nach Polen zurückkehrte. Er verkaufte seine Londoner Wohnung in großer Eile und für sehr wenig Geld, kaufte ein Ticket und flog in einem Schneesturm zurück.

Am Abend zuvor hatte es Getränke und eine Menge dieser schrecklichen unaufrichtigen Trinksprüche gegeben: auf die wunderbare Zukunft, die neue Morgendämmerung und das Ende der schwärzesten aller Nächte. Jemand sang sogar »*Come into the Garden, Maud*«, was Aufschluß darüber gibt, welche Art von Versammlung das war.

Wie wir später hörten, erwarb Karol eine wunderschöne Wohnung in der nach dem Krieg wiederaufgebauten Altstadt mit ihren gewundenen Straßen und Gaslampen. Irgendwie hatten genügend Handwerker überlebt und genügend Dokumente die Bomben überstanden, um das Werk zu vollenden. Und spätabends konnte man wieder den Klang von Violinen hören und die klappernden Hufe der Pferde, die Droschken mit in Decken eingewickelten Touristen die Stadtmauern entlang zogen.

Doch die Gespenster pflanzten alte Erinnerungen in die Köpfe der Menschen, deshalb fanden sie nie Ruhe, waren nie glücklich, lebten innerlich in Zeiten, an die sie sich kaum erinnerten, von der Vergangenheit und deren Tragödien festgehalten. Karol war zurückgegangen, um zu sehen, ob er etwas retten konnte. Mutters Freund Karol.

Es war dieser Gedanke, der von mir Besitz ergriff, wie eine scharfe Klinge auf mich losging und sich in meine Nervenstränge bohrte. Plötzlich schien jeder Ton im Café verstärkt, jede Bewegung beschleunigt. Die Leute an den Nachbartischen schienen zu schreien, der Geräuschpegel stieg unaufhörlich.

Und der Grund war nicht, daß ich Karol mochte oder mir etwas an ihm lag oder er wenigstens ein guter Bekannter gewesen wäre.

Ich spürte einfach, daß er in Gefahr war.

Mutters Freund. Das sollte man in diesen Tagen besser nicht sein, nicht wenn einem sein Leben lieb war – wo doch ein Gutteil der Gangster Europas auf der Suche nach ihr war. Würden sie über seine Verbindung zu Mutter Bescheid wissen? Würden sie wissen, wo sie ihn finden konnten?

Nicht noch einer mehr, bitte, lieber Gott.

Ich rannte die Straße zurück zur Telefonzelle. Die Verbindung war besser. Ich zählte die Freizeichen. Zehn, elf, zwölf. Du bist nicht da, mein Freund. Du bist ausgegangen, weggegangen – ich hoffe aus tiefster Seele, daß du das gemacht hast …

Doch ich mußte ihn finden.

Ich winkte einem Taxi und ließ mich zum Hauptpostamt bringen. Der Regen setzte wieder ein, stark und heftig, prasselte auf das Autodach und auf die Menschen, als wolle er die Sünden der Stadt reinwaschen.

Karol Adamski. Im Telefonbuch. Das ist der Fortschritt in einem Land, wo Nummern und Adressen immer geheim waren – immer das Geheimnis eines anderen, nie dein eigenes.

Auf der Straße gab es jetzt keine Taxis. Also rannte ich los, durch den Regen, vorbei an den schicken Regenschirmen und den schutzsuchenden Passanten. Nach fünfzig Metern klebten mir die Kleider am Leib, nach hundert zogen sie mich fast zu Boden, von meinen Haaren liefen Wasserbäche über mein regen- und schweißnasses Gesicht, und meine Augen sahen die Pfützen nicht mehr, meine Füße und Schuhe pflügten sich durch den Matsch auf dem Pflaster.

Die Hausnummern verschwammen, die Straßen verschwammen. Ich hörte, wie ich Leuten Fragen zurief und meine Stimme in den engen Straßen widerhallte.

Vorbei an dem alten König Sigismund mit dem Krummschwert in der einen Hand und dem Kreuz in der anderen.

Und eine Hand zeigte zu dem Hausflur und der Treppe, und plötzlich stand ich nicht mehr im Regen. Ich lehnte mich einen Augenblick lang an die Wand und spürte, wie die Kälte von der Straße mit mir hereingekommen war. Ein enger Flur, nackte Wände, eine Holztreppe. Das einzige Geräusch, das ich hörte, war mein eigener Atem.

Ich taumelte die Treppe hoch. Winzige Nummern an den Türen, kaum zu entziffern. Zweiter Stock, hatte jemand gesagt. Karol Adamski, der alte Pole aus London, der, wie ich mir idiotischerweise in den Kopf gesetzt hatte, in irgendeiner Gefahr schwebte … und er würde dort stehen und seine Augen über die halbertrunkene Ratte aus Großbritannien wandern lassen, die er jahrelang nicht gesehen hatte … und was sage ich dann zu ihm? … Was für eine angenehme Überraschung … hatte einfach Lust, mich von diesem herrlichen Regen aufweichen zu lassen … Sie haben nicht zufällig ein Handtuch, oder …?

Hier ist es. Sechsundzwanzig. Mach die Tür auf, Karol.

Ich läutete vielleicht dreimal, ich traute der Klingel nicht. Schlug laut und schnell hintereinander gegen die Tür.

Und es war das Gesicht von Edgar Coffin, das mich über die Schwelle hinweg anstarrte; Coffins Hand, die die Tür aufhielt; Coffins Worte, so kurz und so unmißverständlich.

»Karol ist tot.«

Er trat einen Schritt zurück und musterte mich. »Ich nehm' nicht an, daß du es warst – oder doch?«

22

Er lag ausgestreckt zwischen dem Sofa und einem gläsernen Couchtisch, als würde er schlafen. So wie seine Wange auf der linken Hand ruhte, wirkte er fast feminin. Eine seltsame Präsenz, bei der man sich nicht vorstellen konnte, daß sie jemals die geringste Verbindung mit den Lebenden gehabt hatte. Ich habe ja nicht viele Leichen aus der Nähe gesehen – mir ging plötzlich auf, daß man seine ganze Vergangenheit mit sich nimmt, wenn man geht. Das was von Karol Adamski übrig war, füllte eine alte Hose, einen roten Pullover und eine Tweedjacke – und wohl sonst nichts.

»Ich habe vor einer halben Stunde einen Anruf bekommen«, sagte Coffin.

»Was, ein Ferngespräch aus London?«

»Spar dir die Scherze, Edward. Wir haben es mit Müh und Not geschafft, dir durch den Kontinent zu folgen, wenn auch ein bißchen verspätet –, jedenfalls haben wir schließlich deine Spur gefunden.«

»Und die Leichen?«

»Die auch.«

»Danke für die Hilfe.« Ich beugte mich zu Karol hinunter und sah ihn mir genauer an. Kein klar erkennbares Zeichen von Gewaltanwendung, aber ich wußte ja nicht, wonach man dabei Ausschau halten mußte. Die Augen waren fest geschlossen. Ob Karol wohl im Gebet gestorben war?

»Du kennst dich mit Leichen aus«, sagte ich zu Coffin. »Was ist passiert?«

»Es ist Winter, Edward. Alte Menschen sterben.«

»Nicht Karol. Er war unverwüstlich.«

»Er hatte keinen Lebensinhalt mehr. Der Kalte Krieg ist vorbei …«

»Wenn er keinen Lebensinhalt mehr hatte – warum sollte man sich dann die Mühe machen, ihn umzubringen?«

»Wir wissen nicht, ob ihn überhaupt jemand umgebracht hat. Wie dem auch sei, ich habe ein paar Leute verständigt, die ihn sich ansehen werden.« Als wollte er nach ihnen Ausschau halten, ging Coffin zum Fenster und blickte über die Altstadt. Es wurde gerade dunkel, und die Straßenbeleuchtung ging an. »Wir werden erst später Bescheid wissen.«

»Wer ist hier ›wir‹, Coffin? Was zum Teufel machst du hier, und wer hat dich vor einer halben Stunde angerufen?«

Coffin ging mit mir zur Tür. Er war ein anderer Mensch als der, den ich kannte, aber schließlich war ja auch die ganze Welt eine andere geworden. Ich hatte bloß noch nie den professionellen Coffin kennengelernt – nur den Leichtfuß, den Liebhaber, den Spaß-und-Spiele-Typ. Nicht diesen Coffin – mit seinen Leuten, die er herzitieren konnte.

Er trug einen Regenmantel und schwenkte einen dieser putzigen Regenschirme, die man in der Aktentasche mitnehmen kann. Überstürzt war er nicht hierhergekommen.

Als wir die Treppe hinuntergingen, schlotterte ich in der nassen Kleidung.

»Sehen wir zu, daß du etwas Warmes zum Anziehen kriegst«, sagte Coffin.

»Ich denke, wir sollten uns zuerst unterhalten.«

Gut, daß es in Warschau ein paar neue Cafés gab – Orte, wo man in Ruhe sitzen und trocken werden konnte. Bis die Kellnerin den Kaffee brachte, hatte sich bereits eine Regenwasserlache neben meinem Stuhl ausgebreitet. Der Kaffee war, wie ich mich erinnere, sehr viel besser als früher; doch von meinem Begleiter ließ sich das nicht gerade sagen.

Coffin fing unaufgefordert zu sprechen an. »Du weißt, daß ich vor fünf Jahren in den Ruhestand gegangen bin. Ich meine, von der CIA. Londoner Büro. Aber sie ließen mich immer noch von Zeit zu Zeit kleine Sachen erledigen. Ost-West-Geschichten. Deine Mutter und ich ... wir gaben Empfehlungen ab über einige der Russen, die in den Westen kamen. Und davon gab es in den letzten Jahren jede Menge, die vor irgendwelchen Schwierigkeiten davonliefen, meistens ...«

»Und jetzt? Was machst du jetzt? Hier?«

»Nachdem ich mich im Krankenhaus von dir getrennt hatte, habe ich einen Anruf bekommen. ›Der letzte Job, bevor Sie in den Ruhestand gehen‹, sagten sie. ›Ich *bin* im Ruhestand‹, hab' ich ihnen gesagt. ›Nur noch eine einzige Sache, um der alten Zeiten willen. Finden Sie Ihre Ex-Freundin. Wir wollen sie sehen, uns ein bißchen unterhalten.‹« Coffin beugte sich über den Tisch und zuckte die Schultern. »Nichts Finsteres. Sie wollen wissen, was sie gesehen hat. Moskau hatte vielleicht eine ganze Menge *unserer* Geheimnisse in seinen Gewölben – zusammen mit seinen eigenen.«

»Das klingt so, als ginge es dabei nur um eine ganz unbedeutende kleine Anfrage. Warum schickst du die nicht einfach per Post? Du wirst schon mit ein bißchen mehr rausrücken müssen, Coffin. ›Klartext reden‹, wie du immer gesagt hast.«

»Ein Anruf erreichte die Botschaft ...«, sagte er und schaute auf die Uhr, »vor gut einer Stunde. Eine Frauenstimme. Anonym. Ein Anruf für mich übrigens, obwohl niemand wissen sollte, daß ich hier bin. Sagte schlicht und einfach, daß Karol tot ist.«

»Und du wußtest, wer Karol war?«

»Ich wußte über alle Freunde deiner Mutter Bescheid. So haben wir operiert.«

»Was meinst du mit ›so‹?«

»Herrgott noch mal, Edward! Deine Mutter und ich haben zusammengearbeitet. Das hab' ich dir doch schon gesagt. Einmal haben wir sogar einen sowjetischen Überläufer in euer Haus gebracht. Unser sicheres Haus war in jener Nacht besetzt. Wir konnten nirgendwo sonst hin.«

»Ich erinnere mich.«

»Hab' ich mir fast gedacht.« Er blickte sich schnell im Café um. »Ich wußte also über ihr Leben Bescheid. Das mußte ich. Karol war ein guter Freund von ihr, gab ihr eine Menge Informationen. Sie hat ihm vertraut.«

»Wirklich? Sie hat immer gesagt, er hätte ein großes Mundwerk. Typischer Slawe. Kleinstadtmentalität. Wenn sie etwas herausfinden, rennen sie gleich los und erzählen es dem ganzen Block ...«

»Sie hatten sich vor vielen Jahren kennengelernt«, fuhr Coffin fort. »Wir haben nie in Erfahrung gebracht, wo – und deine Mutter hat es nie verraten. Ich vermute, daß die Freundschaft in Rußland geschmiedet wurde – weiß Gott unter welchen Umständen. Sie war jedenfalls immer eisern loyal zu ihren Freunden.« Er lachte. »Es waren die Liebhaber, die sie nicht ausstehen konnte.«

Ich trank meinen Kaffee aus und schob die Tasse weg. »Ich gehe.«

»Wo hältst du dich auf?«

»Das ist meine Sache.«

»Ich kann es herausfinden.«

»Nur zu.«

Coffin verzog das Gesicht. »Wir kennen uns schon ziemlich lange, Edward. Eine Menge Spiele, eine Menge Spaß. Ich hab' dich aufwachsen sehen. Das weißt du – das Haus in der Stanley Road, all die Mahlzeiten, die wir zusammen gegessen haben, wie wir ins Kino gegangen sind ...«

»Was zählt das jetzt, Coffin?«

»Ich versuche zu helfen. Das mußt du mir glauben.«

Ich gab ihm keine Antwort. Ich weiß noch, daß ich dachte, daß die Jahre für sich genommen keine Rolle spielen für eine Beziehung. Was du mit ihnen machst, ist der entscheidende Punkt. Und Coffin und ich waren all die Jahre sehr unterschiedliche Wege gegangen.

Wir gingen hinaus auf die Kopfsteinpflasterstraße. Sie war für den Verkehr gesperrt, aber voller Fußgänger. Die Stadt hatte einen neuen Rhythmus. Es gab Orte, zu denen man hingehen konnte, Mahlzeiten, die zu verzehren, Gewinne, die auszugeben waren. Es gab kein zielloses Herumschlendern mehr.

»Taxis sind vorne bei der Sigismund-Statue.«

»Danke.«

»Edward, eins solltest du noch wissen. Meine Leute sind ziemlich fest entschlossen, mit deiner Mutter zu reden. Felsenfest entschlossen. Wir werden sie finden – in Rußland, wo sie meiner Ansicht nach ist, oder an jedem anderen Ort. Doch du könntest allen eine Menge Ärger ersparen, wenn du uns helfen würdest.«

»Schon recht, Coffin.«

Als ich weiterging, rief er mir nach: »Wir sehen uns bei der Beerdigung«, und mehrere Leute in der Menge drehten sich um und wunderten sich, mit gutem Grund.

Coffin hatte Einfluß. Und so wurde in dieser Nacht Karols Tod sofort zum öffentlichen Ereignis. Sie machten aus ihm einen Kriegshelden, schrieben ihm eine glanzvolle Biographie, plazierten ihn in Schlachten, die so weit voneinander entfernt waren wie El Alamein und die Invasion in der Normandie – und sie brachten das Ganze in den Abendnachrichten und den Zeitungen des folgenden Tages.

Ich wußte, daß es Unsinn war. Karol hatte im Krieg durchaus seinen Teil geleistet, doch er war dabei fast immer in Großbritannien gewesen, mit einem kurzen Einsatz als Jagdflieger bei der britischen Luftwaffe.

Jetzt jedoch schürte Coffin die Flammen, gab ein öffentliches Begräbnis bekannt, machte aus den Flammen ein Leuchtfeuer, in der Hoffnung, daß Mutter es sehen würde.

Er hatte sicher keine Skrupel, sich Karols Tod und Mutters Loyalität für einen alten Freund zunutze zu machen.

Natürlich war sie zu klug, um sich so leicht ködern zu lassen. Sie wußte sicher, daß das Begräbnis unter strengster Überwachung veranstaltet würde. Doch es gab etwas, das sie dazu bewegen würde, trotz ihrer Bedenken zu kommen: die Herausforderung, das Risiko, der Reiz, Coffin und seine Leute bei ihrem eigenen Spiel zu schlagen. Mutters eitle Ader – ihr Drang, die erste und beste zu sein. Und dann war da die Loyalität. Vielleicht hatte sie das in den Lagern gelernt, wo man sein Leben einem Freund anvertraut hat, wo ein Freund oft das einzige war, was zwischen einem selbst und dem Hungertod stand. Nicht jemand, den man einmal pro Woche anruft, nicht jemand, mit dem man zum Essen ausgeht. Sie hatte nichts von einer zwanglosen Verbindung an sich – diese Freundschaft, geboren am Saum des Lebens. Und wenn der Freund stirbt, geht man zu ihm, mit ausgebreiteten Armen, legt seine Gebete und Erinnerungen als Tribut an seinem Grab nieder. Man kann nicht einfach auf der anderen Straßenseite daran vorbeigehen. Man kann nicht einfach Blumen schicken. Man muß dort sein, wenn er seinen letzten Weg antritt.

Coffin kannte meine Mutter besser, als ich gedacht hatte.

Sie würde da sein.

Bei Tagesanbruch ließ der Sturm nach. Ich sah aus dem Fenster des Gästehauses, außerstande zu schlafen. Der Soldat neben dem Tor, mit Winterumhang und Helm, stampfte wie ein nervöses Pferd mit den Beinen auf, um sich warm zu halten. Drüben im Park hörte ich die Krähen krächzen. Ich öffnete das Fenster und lauschte den Regentropfen, die von den Bäumen auf die Erde fielen.

Im Radio hieß es, das Begräbnis würde auf dem Kommunalen Friedhof in der Nähe des alten Powąski-Friedhofs stattfinden – ein riesiger Friedhof in der Innenstadt, eine Gedenkstätte, die nicht nur an die Toten gemahnt, sondern auch an all die zerschlagenen Hoffnungen Polens im zwanzigsten Jahrhundert – die Massaker, die Morde, das Unrecht.

Wenn man durch das Warschauer Stadtzentrum geht, stößt man noch heute auf brennende Kerzen an Straßenecken, auf Tafeln und kleine Blumensträuße an den Stätten öffentlicher Hinrichtungen durch die Nazis.

Als die Kommunisten die Macht ergriffen, förderten sie die Erinnerung an die Tragödien des Krieges – doch sie fielen schwerer Amnesie anheim, wenn es um die Opfer des Stalinismus ging, die Tötung polnischer Offiziere durch die Rote Armee, die Zerstörung von Warschau, der die sowjetischen Streitkräfte auf der anderen Seite der Weichsel tatenlos zusahen.

Nichts ist so gefährlich wie die Vergangenheit in Polen – nichts ist, so pflegten sie zu sagen, so schwer vorauszusagen.

Um zwei Uhr – eine Stunde vor dem anberaumten Beginn der Zeremonie – kam ich beim Friedhof an. Und vielleicht war es schlichter Aberglaube, der mich in den Laden auf der gegenüberliegenden Straßenseite lenkte, um eine Kerze zu kaufen.

Der Himmel hatte sich seit dem Morgen merklich verdunkelt, und ein leichter Nebel hing jetzt in den Bäumen. Ich betrachtete die lange Kette von Menschen in schweren Mänteln, die an den Hunderterreihen von Grabsteinen entlangzogen, vorbei an den Bildern der Toten und den Symbolen ihres Lebens. Neben einem Grab lag der Propeller eines Flugzeugs. Das Gesicht des Piloten war zu jung, um schon viel vom Kampf mitbekommen zu haben.

Es war feucht und düster – und ich hatte plötzlich das Gefühl, daß die Toten eigentlich wir waren: die Trauernden, die durch den Friedhof stapften, während der Winter sich um uns zusammenzog und uns von der Außenwelt abschnitt.

Bist du hier, Mutter? Bist du wirklich hier?

Natürlich war sie es, nach der ich Ausschau hielt, als ich prüfend die Gesichter musterte, und ich spürte, wie mir auf der Stirn der Schweiß ausbrach.

Sag es mir, Mutter, hast du dort in London getötet? Wer bist du? Wie viele müssen noch sterben auf deinem Weg nach Rußland?

Man kam hier leicht auf solche Gedanken. Denn an diesem Ort ging es um den Tod – vermenschlicht, ritualisiert, simplifiziert.

Und wie stand es um mein eigenes Gewissen?

Gab es andere Wege, die ich hätte einschlagen können?

Ich kam an einer alten Frau vorbei, die am Grab ihres Vaters kniete. »Papa, Papa«, murmelte sie, »ich bin wieder in Warschau, ich bin gekommen, um die Familie zu besuchen, ich vermisse dich so sehr in diesen Tagen …«

Die monotone Stimme folgte mir, als ich weiterging, und es kam mir plötzlich merkwürdig und unnatürlich vor, daß eine Großmutter so zu ihrem Vater sprach, daß sie versuchte, eine Brücke zwischen der Welt des Lebens und der des Todes zu schlagen und die Trennung nicht als endgültig akzeptieren wollte. Vielleicht erforderte es Mut, das zu tun, und Stärke, an einem trüben, dunklen Tag im Morast zu knien – und durch die Zeiten zu rufen, ohne Antwort, ohne ein Zeichen, gehört zu werden.

Es tat mir nicht gut, auf einem eiskalten Friedhof zu stehen und darauf zu warten, daß ein ermordeter Mann ins Grab gesenkt wurde.

Wir hatten einen Halbkreis gebildet, sechzig oder siebzig Personen, und man merkte gleich, daß Coffins Sicherheitsleute da waren. Meistens kommen ja Freunde oder Familienmitglieder zu einer Beerdigung – Menschen, die den Verstorbenen und seine Welt kannten. Doch in der Menge hier schien keiner den anderen zu kennen. Ein paar hatten wahrscheinlich die Bekanntmachung gehört, die übrigen waren wohl Wachhunde und Killer und wen die amerikanische Botschaft sonst noch für den Anlaß ausgewählt hatte.

Coffin stand plötzlich neben mir.

»Es freut mich, daß du es einrichten konntest.«

»Ich lasse mir nur ungern eine kalte, nasse Beerdigung entgehen.«

Er hörte nicht zu. Profi Coffin beobachtete unausgesetzt die Trauergäste, und es hätte mich kaum gewundert, wenn er es geschafft hätte, zur gleichen Zeit in entgegengesetzte Richtungen zu blicken.

Ein Priester hatte sich durch die Versammelten geschoben und stand jetzt vor uns. Hinter ihm kamen vier Totengräber, die den Sarg trugen.

»Wer hat das alles organisiert?« fragte ich.

»Wir«, antwortete Coffin. »Es gab niemand anderen.«

Ich verschloß mein Inneres vor den Gebeten. Es gibt eine Grenze für Heuchelei, und ich fühlte mich außerstande, Karol ewiges Leben zu wünschen – wo ich doch so klar meine eigene Chance dazu verpaßt hatte.

Und welche Entschuldigungen hatte ich? Man stellt sich immer wieder auf die Gegebenheiten ein, man schließt Kompromisse, und eines nicht so schönen Tages wacht man auf und stellt fest, daß man zu viele geschlossen hat. Man ist wie ein Boot, das steuerlos auf einem See treibt. Man hat sich von seinen Prinzipien abgeschnitten, man ist weiter und weiter hinausgefahren – und man kann nicht mehr zurück. Es bedarf nur einer einzigen falschen Bewegung, und man ist verloren. Ein gutes Leben gegen ein schlechtes eingetauscht. Und im Rückblick ist das eigentlich Schlimme nicht diese Tatsache selbst, sondern das Wissen darüber. So wie ein Patient im Wartezimmer des Arztes nicht todgeweiht ist, bis man es ihm sagt.

Sie hatten einige Schwierigkeiten, den Sarg hinunterzulassen. Der Boden war so naß, daß die Sargträger dauernd ausrutschten, und man hörte einen kurzen Aufprall, als Karol seinen Weg nach unten im freien Flug beendete. Jetzt noch ein paar Schaufelvoll Erde auf den Sargdeckel und noch mehr Gebete, denen ich nicht folgen konnte.

Ich nehme an, es war in etwa dieselbe Zeremonie wie bei uns – bestimmt von dem Gedanken, daß wir nur für eine kurze Zeit im Elend leben und abgeschnitten werden wie eine Blume. Und wie richtig er doch ist.

Coffin und ich standen im Hintergrund, und ich drehte mich um, als eine andere Trauergemeinde im Morast vorbeiwatete. Mitten unter den Gesichtern wurden meine Augen plötzlich von der alten Frau angezogen, die am Grab ihres Vaters gekniet hatte. Sie ging mit gebeugtem Rücken ganz nahe an mir vorbei und murmelte vor sich hin.

Und dann, als ich fast meine Hand ausstrecken und sie berühren hätte können, wandte sie den Kopf – und die schwarzen Augen sahen mich direkt an, dieselben schwarzen Augen, die über mir gewacht hatten, in meinem kindlichen Tatendrang und Ungestüm, Augen, die so leidenschaftlich lieben und hassen konnten, Augen, die wahrhaft unvergeßlich waren.

Der plötzliche Schock brachte mich einen Augenblick lang aus dem Gleichgewicht, und ich taumelte wohl gegen Coffin, denn er drehte sich um und blickte mich scharf an.

»Ist dir kalt, Edward?«

»Mir geht's gut.«

Doch es ging mir keineswegs gut – denn in meinem Kopf ertönte plötzlich ein Alarmschrei. Mutter, du bist gekommen. Die Frau mit Erde an ihrem Mantel und gekrümmtem Rückgrat und einem Knoten grauer Haare, die du nie gehabt hattest. Was zum Teufel hattest du vor?

Als ich wieder aufsah, war die Prozession weitergezogen, und ich sah Mutter nicht mehr. Beruhige dich, Edward. Keine falsche Bewegung, sonst schafft sie es nie, hier rauszukommen.

Ich hustete laut. Meine Hände fingen zu zittern an, und ich steckte sie in die Manteltaschen. Langsam, Edward. Beweg dich nicht zuviel …

Die Gebete hatten aufgehört. Der Priester dankte uns für unser Kommen. Ich sah, wie Coffin mit einem Mann in der Menge einen Blick wechselte. Was nun? Die Gruppe löste sich langsam auf und ging zum Ausgang. Keiner sprach. Coffin schien niedergeschlagen, doch es war nicht meine Aufgabe, ihn aufzuheitern.

»Komm mit auf einen Drink«, sagte er.

Wir fuhren zu Karols Wohnung, und der Regen folgte uns langsam und beharrlich durch den frühen Abendverkehr. Doch ich bemerkte ihn kaum. Mutter lebte und agierte. Sie war auf dem Friedhof gewesen und hatte sie fast an ihren Nasen gezogen. Sie hatte Grenzen und Hindernisse überquert, um am Grab ihres Freundes zu stehen. Sie hatte getan, was zu tun war, als es darauf ankam. Sie lebte. Ich wiederholte dieses Wort immer wieder in meinem Inneren. Mutter war im Geschäft.

Als wir schließlich in der Wohnung waren, brauchte ich den

Drink wirklich – und den meisten anderen ging es offensichtlich genauso.

Ich hatte mich geirrt: Karol hatte eine Verwandte – eine Cousine, die ihm auffallend ähnlich sah. Sie hätte wohl immer gute Miene zum bösen Spiel gemacht – sie hatte nur diesen einen gütigen Gesichtsausdruck. Eine Frau mit kurzen grauen Haaren und dem kindlichen Lächeln einer alten Jungfer, die nie dem Schmerz einer engen Beziehung ausgesetzt gewesen war, mit leiser Stimme, geschäftig, immer anderen zu Diensten. Sie schien zu den Menschen zu gehören, die sich ein Leben der Selbstverleugnung und Aufopferung geloben und augenblicklich ihren Wunsch erfüllt bekommen. Sie beschnitt Blumen in der kleinen Küche, und als ich mich genauer umblickte, fiel mir auf, daß die ganze Wohnung jetzt anders aussah: Papiere ordentlich aufgestapelt, Bücher abgestaubt, Teppiche gesaugt, und der gläserne Couchtisch, unter dem Karol gelegen hatte, an eine Wand geschoben.

Wirklich nett, wie alle hinter einem aufräumen.

Ungefähr eine Stunde lang standen wir herum, ein Dutzend Personen, die sich nicht viel zu sagen hatten. Da war ein Veteran der Luftwaffe, mit dem Karol gedient hatte; eine Dame um die Fünfzig, die sagte, sie habe ihn gekannt, und vor unser aller Augen rot wurde; ein Mann aus der Kanzlei des Bürgermeisters, der wahrscheinlich eine Ausrede für einen freien Tag gesucht hatte; und eine Handvoll anderer, die so aussahen, als gehörten sie zu Coffin.

Als ich ging, aufgekratzt vom Alkohol und Mutters Anblick, kam Coffin die Treppe herunter und begleitete mich zur Tür.

»Sie ist also doch nicht aufgetaucht.« Er seufzte übertrieben, als würde er darüber nachdenken, wie er das in einem Telegramm nach Washington formulieren könnte.

Und ich weiß noch, wie ich diesen Augenblick in vollen Zügen genoß, wie ich in der Tür stand, mich ihm zuwandte, mit dem alten Stadtplatz und den abendlichen Lichtern im Rücken, und direkt in sein faltiges enttäuschtes Gesicht sah. Hör zu,

Coffin, mit all deinen »Leuten« und deiner ach so heiligen und lebenswichtigen Mission.

»Sie war sehr wohl da«, sagte ich ihm. »Du hast sie bloß nicht gesehen …«

23

Im Laufe meiner Kindheit war Mutter oft in ungewöhnlichen Augenblicken an ungewöhnlichen Orten aufgetaucht.

Nicht daß sie zu der Sorte Eltern gehört hätte, die viel Umstände machen – ganz im Gegenteil. Sie verabscheute zeremonielle Veranstaltungen wie Elternabende, haßte es, sich anzustellen, und neigte dazu, meinen Lehrern in einem Ton die Leviten zu lesen, der in Moskau als lediglich energisch gegolten hätte, in North-London jedoch als völlig hysterisch eingestuft wurde.

Von Anfang an hatte sie darauf bestanden, mich auf eine private Tagesschule zu schicken, aus der Erwägung heraus, daß etwas, für das man nicht bezahlt, auch nichts wert sein kann. Ich nehme an, daß sie das Schulsystem wollte, das sich am meisten von russischen Einrichtungen unterschied. Doch sie fand, daß es weit hinter ihren Erwartungen zurückblieb.

Eines Nachmittags besuchte sie unangemeldet die Klassenzimmer und erklärte, sie seien genauso schmutzig wie die Arbeitslager, die sie erlebt hatte – und »ich war in den besten«, sagte sie zu einem verwirrten Lehrer. »Scheiße überall, Insekten, alles, was man sich nur vorstellen kann ...«

Sein Blick, so erinnere ich mich, schien sie dorthin zurückzuwünschen. Und natürlich sollte ich, als ihr Sohn, am nächsten Tag dafür leiden.

»Offenherzige Dame, deine Mutter«, erklärte der Lehrer mitten in einer Englischstunde. »Ein wenig deftig in ihrer Ausdrucksweise, ohne Zweifel. Trotzdem, es ist nicht ja nicht ihre Muttersprache, nicht wahr?« Er nahm mein Schulheft und schwenkte es in meine Richtung. »Und wie ich aus deinem Aufsatz schließen muß, Bell, ist es wohl auch nicht die deine, hm? Schreib ihn noch einmal, Junge. Schreib ihn noch einmal.«

Ich nehme an, es war unvermeidlich, daß ich schikaniert wurde – was mich dazu brachte, an dem grotesken Boxunterricht der Schule teilzunehmen. Er wurde vom Turnlehrer abgehalten, der dann in Shorts und T-Shirt mit affektierter Macho-Pose vor uns stand und uns aufforderte, ihn »windelweich« zu schlagen. Wir trommelten also mit unseren kümmerlichen Schlägen auf seinen Brustkorb ein, und er konterte jedesmal mit einem fürchterlichen Treffer in die Magengrube, der uns einfach umhaute. Wir waren nicht mehr als Faustfutter – menschliche Rahmen, die, wie es der Lehrer formulierte, »zurechtgeklopft« werden mußten.

Doch richtig ernst wurde es erst, als ich an den Schläger der Klasse geriet. Er hieß Ellis und nahm großen Anstoß an meiner fremden Abstammung. Es begann mit einer häßlichen kleinen Auseinandersetzung auf dem Schulhof während der Mittagspause. »Die Fremden schulden uns was«, sagte er, »weil ihr einfach hier ankommt und uns unser verdammtes Essen wegnehmt.«

Ellis war ein unansehnlicher kleiner Bengel mit Haaren wie ein Stechginsterstrauch und spitzen abstehenden Ohren. Wenn er rannte, sackte sein Körper wie die Radaufhängung an einem alten Citroën nach unten, und seine Handflächen schienen das Gras zu durchkämmen. Durch ihn erfuhr ich zum ersten Mal, wie aggressiv kleine Menschen sein können: Er drückte mich gegen eine Wand und sagte, mein Beitrag sei überfällig – ein paar Münzen, Süßigkeiten, ein Federmäppchen – er war offensichtlich auf dem besten Weg ins Schutzgeldgeschäft; ein bißchen wie Harry in späteren Jahren.

Ich weiß noch, daß er sich mit Worten schwertat. Es war etwas wie »Her damit, kleiner Russki-Scheißer …«, woraufhin ich ihn voll auf die Nase boxte, die sehr viel weniger Widerstand bot, als ich erwartet hatte.

Er brüllte kurz auf, erhob sich und rannte davon, mit der Androhung nicht näher spezifizierter Vergeltung. »Dir werd' ich's zeigen, du Scheißkerl«, sagte er, glaube ich – die Art von Ausruf, die in britischen Klassenzimmern gang und gäbe ist. Tatsächlich ist dieser Satz eine Art von nationalem Motto, wie ich mittlerweile weiß. Damals jedoch maß ich ihm keine Bedeutung bei. Nicht bis zum Abend jenes Tages.

Ellis und drei seiner primitiveren Helfershelfer fielen über mich her, als ich an der Haltestelle auf meinen Bus nach Hause wartete. Es war natürlich ein ziemlich feiges Manöver: Zwei von ihnen hielten mir die Arme fest, der dritte hängte sich an meine Haare, und Ellis, der mich jetzt nicht mehr überwältigen mußte, konnte sich in Ruhe aussuchen, auf welchen meiner Körperteile er seine Faust plazieren wollte. Und er suchte sich einen Körperteil nach dem anderen aus.

Am meisten überraschte es mich, daß mir keiner der Passanten zu Hilfe kam. Ich weiß noch, daß ich einen oder zwei mit einem durchdringenden Blick ansah, der besagte: »Was ist mit euch los, könnt ihr nicht sehen, daß ich zusammengeschlagen werde?« Doch offensichtlich kamen sie zu dem Schluß, daß das Ganze eine Art Schülerspiel war, und folgten deshalb dem altehrwürdigen Brauch, sich nicht einzumischen.

Meine Mutter war abwechselnd wütend und deprimiert und machte sowohl mir als auch der Schule und der britischen Zivilisation insgesamt Vorwürfe. Es hätte mich auch gewundert, wenn sie gelassen reagiert hätte; das war nicht ihre Art, wie ich inzwischen wußte. Doch nachdem sie eine Stunde lang meine Blutergüsse gebadet und irgendein abscheuliches Kräuterheilmittel zusammengebraut hatte, hatte sie sich soweit gefaßt, daß sie sich in Ruhe anhörte, was passiert war.

»Ich werd' damit fertig«, sagte ich zu ihr und plante innerlich bereits eine Zeit des Bandenkriegs, mit Freunden an meiner Seite.

»Kommt nicht in Frage«, antwortete sie. »Ich gehe morgen zum Direktor.«

Vermutlich stellte sie sich vor, daß man Ellis aus dem Unterricht abführen und in ritueller Hinrichtung erschießen würde. Doch bis zum nächsten Morgen hatte sich ihre Wut gelegt, und meine Geschlechtsteile bekamen langsam wieder ihre normale Größe. Sie war in Eile, mußte früh bei der Arbeit sein. Als sie aus dem Haus stürmte, überredete ich sie, die Angelegenheit mir zu überlassen.

»Kein Besuch beim Direktor, okay?«

»In Ordnung. In Ordnung. Ich hab's eilig. Tschüs.«

Erst viel später kam mir der Gedanke, daß sie allzu schnell nachgegeben hatte.

Ellis tauchte am nächsten Tag nicht auf. Vielleicht taten ihm die Hände noch weh, dachte ich. Jedenfalls nutzte ich die Zeit, um mit ein paar Jungen einer höheren Klasse ein Bündnis zu schmieden. Wir hatten eine theatralische kleine Strategiebesprechung und beschlossen, daß Vergeltungsmaßnahmen eindeutig im öffentlichen Interesse lagen. Als er auch am Tag darauf nicht erschien, entschieden wir, einen der Schläger zu verhören, die ihm geholfen hatten. Er versuchte davonzulaufen, doch wir umstellten ihn in der hintersten Ecke des Tennisplatzes, außer Sichtweite des Schulgebäudes.

»Wo ist Ellis?« wollte ich wissen.

»Ich sag' dir überhaupt nichts.«

»Das glaubst *du*.« Ich stellte meinen rechten Fuß auf seinen Unterleib.

»Du Scheißkerl!«

»Das hast du neulich schon gesagt. Wo ist Ellis?«

»Frag deine Scheißmutter.«

Ich gab ihm dafür einen Tritt. Nicht so kräftig, wie ich das hätte können. Ich war jetzt nämlich wirklich neugierig.

»Red schon, du miese Type!«

Das tat er schließlich. Erzählte mir, was wirklich passiert war: wie Ellis am Morgen nach der Schlägerei von zu Hause weggegangen war, wie ihn eine »verrückte Frau« in eine Einfahrt gezogen und ihn geohrfeigt hatte, bis er nicht mehr wußte, wo hinten und vorn war, wie sie ihn davor gewarnt hatte, mich je wieder anzurühren, weil sie sonst seinen Kopf vom Rest des Körpers abtrennen würde, ganz, ganz langsam.

»Wo ist er jetzt?«

»Zu Hause. Krank. Ich weiß nicht.«

Ich ließ das Aas gehen und stürmte nach Hause, wütend wie nie zuvor in meinem Leben.

Mutter arbeitete an ihrem Schreibtisch.

»Untersteh dich, meine Scheißschlachten für mich zu schlagen!« schrie ich.

»Sag nicht Scheiße zu mir.«

»Du sagst das doch die ganze Zeit.«

»Das ist was anderes. Für mich ist es ein Wort einer fremden Sprache. Es hat für mich keine Bedeutung.«

»Ich kann meine eigenen Schlachten schlagen, Mutter ...«

»Es war keine Schlacht. Ich hab' ein kleines Gespräch geführt ...«

»Du hast ihn geschlagen.«

»Ich hab ihm ein paar Ohrfeigen gegeben ... Ich hätte ihm seinen Scheißkopf abreißen können. Weißt du, was wir mit solchen Leuten gemacht haben?«

»Ich will es gar nicht wissen. Wir sind in England ...«

»Und du bist mein Sohn, Gott sei mir gnädig. Aber von jetzt an ... kannst du meinetwegen in einem Zinnsarg nach Hause kommen.«

Das brachte mich zum Lachen, ob ich wollte oder nicht. Mutters schlimmster Alptraum handelte von Menschen, die in Zinnsärgen zu Hause abgeliefert wurden. Es war fast ein Standardwitz in unserer Familie.

Wir trennten uns mit Äußerungen gegenseitiger Abneigung. Doch das war nur vordergründig. Jede andere hätte ich ein anmaßendes Miststück genannt, ihr gesagt, sie solle sich zum Teufel scheren und es auch so gemeint.

Doch ich kannte langsam Mutters Marotten und ihre Verletzlichkeit. Das öffentliche und das private Gesicht. Nach und nach fand ich Gefallen an ihren unberechenbaren Stimmungen.

Wir hätten alles füreinander getan, außer, wie sich später herausstellte, uns die Wahrheit zu sagen.

24

Ich hatte mir Coffin zum Feind gemacht. Es stand ihm ins Gesicht geschrieben – und jetzt würde er gegen mich vorgehen, ohne auch nur eine Minute zu zögern. Lieber Coffin, lieber Freund aus Kindertagen, Freund der Familie, der nur helfen wollte.

Ich sollte besser heute noch herausfinden, was er vorhatte. Besser, ich weiß, womit ich rechnen muß. Komm mir lieber nicht in die Quere, Coffin, sonst werde ich dich töten.

Du wärst überrascht, würdest du meine Gedanken hören.

Nach längerer Überlegung war ich mir sicher, daß er versuchen würde, mich zu kassieren und meine Mutter mit mir zu erpressen. Das war allerdings riskant. Er konnte nicht sicher sein, ob sie zuerst auf die Suche nach mir gehen würde – oder zuerst der Welt erzählen würde, was sie gesehen hatte.

Auch ich konnte das nicht mit Sicherheit sagen.

Der Abend war alles andere als erholsam.

Zum ersten Mal seit ich in Warschau war, überprüfte ich die Waffe, eine Browning 9-Millimeter Automatik, und legte sie in meinen Schuh neben dem Bett. Ich schlafe immer wie ein Stein. Man könnte eine wilde Party neben meinem Bett veranstalten, ohne daß ich es hören würde. Im Schuh versteckt, konnte die Pistole vielleicht gerade noch von Nutzen sein.

Ohne Zweifel war man mir zum Hotel gefolgt. So wie die Dinge mittlerweile standen, hätte man Coffin mit einem rostigen Taschenmesser kastriert, wenn er das nicht hinkriegte.

Und Mutter? Höchstwahrscheinlich hatte sie schon wieder die Grenze überquert und war auf dem Weg nach Moskau. Und wenn dem so war, wer schützte sie – wer machte ihr den Weg frei?

Ich lag auf dem Rücken und rief mir die schwarzen Augen auf dem Friedhof ins Gedächtnis. Augen, die mich gerade eine Sekunde lang angeblickt, sich durch den Nebel gebohrt hatten, an den Trauergästen und den Grabsteinen vorbei – ein Blick voll Traurigkeit, aber auch voll Entschlossenheit. Nichts konnte diese Augen ablenken, wenn sie erst einmal ihr Ziel ausgemacht hatten.

Mit dieser Erinnerung bin ich wohl eingeschlafen, denn als ich die Augen wieder öffnete, war das Zimmer plötzlich dunkel. Ich tastete mit der Hand zu meinem Schuh. Er stand da, wo ich ihn gelassen hatte, und die Waffe steckte noch in ihm.

Ich probierte den Schalter der Lampe neben dem Bett. Nichts. Durch das Fenster konnte ich feststellen, daß in der ganzen Umgebung die Straßenbeleuchtung aus war. Sicher der Sturm. Strom und Telefon waren immer die ersten Opfer. Dabei kam einem unweigerlich der Gedanke, daß der liebe Gott mit nur einer Woche unablässigen heftigen Regens den Kommunismus viel früher in die Knie hätte zwingen können.

Und dann rührte sich etwas an der Tür. Nicht deutlich genug, um eine Form erkennen zu lassen – doch da war etwas Lebendiges, nur ein Anflug von Bewegung, der mich rasch nach der Pistole greifen ließ. Im Fallen begrub ich sie unter mir – und ich verrenkte mir die Schulter, wobei sich meine schon vergessene Verletzung schmerzhaft bemerkbar machte.

Es gibt Sekunden im Leben, wo man darauf wartet, daß das Fallbeil heruntersaust. Die Gebete sind ungehört verhallt. Der Kopf auf dem Richtblock. Ich hielt den Atem an, und eine Stimme sagte: »Ruhig, Edward«, und die Hand von Jane Card streckte sich nach mir aus und hielt die meine, bis mein Atem ruhiger geworden war und der Knoten in der Brust sich gelockert hatte.

»Ich hätte dich töten können.«

»So gut bist du nicht«, sagte sie. »Zieh dir was an. Du mußt hier raus. Der Strom ist noch zehn Minuten weg, maximal. Das bedeutet, kein Licht und keine Mikrophone.«

»Einen Augenblick, Jane ...«

»Wir haben keinen Augenblick.«

Ich nahm die ersten Kleidungsstücke, die mir in die Finger kamen – Jacke, Pullover, Hose –, holte die Pistole aus dem Schuh und steckte sie mir in den Hosenbund. Denn ich traute Jane Card nicht, kannte ihre Motive nicht – und ihre bisherige Tätigkeit war nicht gerade ein gutes Zeugnis für sie.

Als sich meine Augen an die Dunkelheit gewöhnt hatten, sah ich sie die Tür öffnen und die Umgebung inspizieren. Sie hatte einen neuen Stil – diese Jane, die die Zügel in der Hand hielt, Anweisungen gab und wußte, was zu tun war.

»Fertig?« Sie lief zurück ins Zimmer. »Du hast dir diesmal ein gutes Hotel ausgesucht.«

»Wie meinst du das?«

»Es hat Eingänge und Ausgänge, die du dir nicht träumen lassen würdest. Es ist für die Partei gebaut worden, und die sah immer ihre Sicherheit bedroht. Unter dem Gebäude gibt's ein ganzes Labyrinth – für den Fall, daß man schnell raus mußte. Doch dafür haben wir jetzt keine Zeit …«

Wir blieben einen Augenblick im Korridor stehen und horchten. Aus einem Nachbarzimmer kamen Schnarchtöne.

Jane winkte mich zur Treppe. Ich folgte mit den Augen ihren lautlosen, gewandten Bewegungen. Du hast dich verändert, Mrs. Card, dachte ich. Bist was geworden – hast einen Geheimauftrag bekommen.

In der Eingangshalle ging sie zu einer Tür neben dem Empfang und zog eine Taschenlampe aus der Tasche. Wir stiegen Holztreppen hinunter zu einer modernen Wäscherei. Der dünne Lichtstrahl glitt über eine Menge Waschmaschinen, einen Bedienungstisch, Körbe und die Wand – einen anderen Ausgang gab es nicht.

»Sehr schön, Jane. Ich werd' mir das Hemd waschen, während du dir überlegst, was wir jetzt machen.«

Ich glaube, ich hörte sie laut lachen. Im nächsten Augenblick war sie an der Wand und tastete mit der Hand an der Fußleiste. Nach ein paar Sekunden fiel ein Stück davon ab, und ich konnte sehen, daß zwei der Waschmaschinen Attrappen waren – keine

Rohre, kein Abfluß –, einfach eine primitive Tür in der Wand. Dahinter ein Gang.

»Wohin geht's hier?«

»Nach draußen«, antwortete sie. »Es ist ein Ausgang. Komm schon, beeil dich. In einer Minute werden die Lichter wieder angehen, und wir müssen bis dahin weg sein.«

Sie ging zuerst, und ich zog die Tür hinter uns wieder zu. Auf beiden Seiten bestand die Mauer aus nackten Ziegeln, der Durchgang war etwa einen Meter breit. Jane ging jetzt sehr schnell, während der Weg sich nach unten neigte und eine Kurve nach links beschrieb.

»Wo werden wir rauskommen?«

»Nirgendwo, wenn du nicht den Mund hältst«, antwortete sie.

Ich hatte mir noch nie Gedanken über Klaustrophobie gemacht, bis zu jener Nacht im Untergrund von Warschau. Jane schien zu wissen, was sie tat – aber wie konnte sie das? Wer hatte ihr die Route beschrieben und gesagt, wo sie zu finden war? Diese Frau war mir eine Menge Antworten schuldig – wenn wir hier rauskamen.

Und dann spürte ich kalte Luft – und roch Wasser. Das bedeutete, daß wir unter der Mauer hindurch in den Lazieki-Park gekommen waren, wahrscheinlich in Richtung See. Plötzlich hatte ich ein Bild vor mir, von Sommerspaziergängen in schattigen Alleen und Chopin-Konzerten im Freien, einer Kunstgalerie, einem Café – Stücke eines früheren Lebens, das ich vermutlich für immer hinter mir gelassen hatte.

Direkt vor mir hatte Jane angehalten. Der Weg war zu Ende. Im Licht ihrer Taschenlampe sah ich eine Holztür – eine simple Konstruktion, nur ein paar Bretter, die an einem Mittelbalken befestigt waren. Jane zog daran. Die Tür wehrte sich knarrend, doch schon beim zweiten Anlauf gab sie nach.

Ein Korridor jetzt. Wieder Stufen. Die kleine Reise des Lebens, halb im Licht, halb im Dunkeln, ohne Garantie, wohin sie dich führen wird.

Jane rannte jetzt, stürmte nach oben, und ich konnte ihre

Angst spüren, als ich ihr folgte; es war jedoch eine vertraute und kanalisierte Angst, eine Angst, die uns hier herausbringen konnte.

Wir gelangten schließlich zu einem großen Raum mit langen Fenstern und hohen Decken. Ein Speisesaal, mit Stühlen, die neben Tischen aufgestapelt waren, eine Bar, Regale mit Gläsern und Tellern – das Park-Café, großer Gott, und weiter draußen im Freien sah ich kurz den Mond, der sich im See spiegelte, die Schatten von Bäumen. Auf einem Baum schlug ein Vogel mit den Flügeln und flog dann flach über das Wasser, und für den Bruchteil einer Sekunde zeichnete sich seine Gestalt vor dem Nachthimmel ab.

Ich brach das Schloß am Ausgang auf, und wir standen an der Steinbalustrade.

»Haupttor«, sagte Jane.

Und ich wußte, wo das war – aus den alten Zeiten, als der Park ein Ort war, wo man sich entspannte und herumschlenderte; wo man sich keine Sorgen darüber machte, ob jemand vorhatte, einen zu töten. Warum kam mir das alles so weit weg vor?

Wir mußten über den Eisenzaun steigen, und schon bevor wir auf der anderen Seite waren, sah ich das Auto. Ein kleiner Fiat, fast unter Haufen von Herbstlaub begraben, ein merkwürdiges, fremdes Tier, steif und kalt in der Dunkelheit. Ich legte meine Hand auf die Kühlerhaube. Der Wagen mußte schon Stunden hier gestanden haben. Damit konnte Jane nicht gekommen sein.

Sie stieg ein und ließ den Motor an.

»Sollte nicht irgend jemand hier sein?« fragte ich.

»Sei froh, daß niemand da ist. Bei dieser Etappe sind wir auf uns gestellt, aber wir müssen nicht weit fahren.«

Das klang nicht gerade beruhigend. Jane legte den Gang ein, und wir ratterten den Hügel hinunter in Richtung Hauptstraße. Die Straßen waren noch feucht, doch menschenleer, die Straßenlampen ausgeschaltet, und das Auto klang wie eine wütende Nähmaschine, die die Stille der Stadt attackierte. Ich hielt die Pistole in meiner Jackentasche fest: Ich war mir sicher, daß ich sie brauchen würde.

Jetzt erst sah ich mir Jane Card genauer an. Sie trug einen schwarzen Overall und ein Haarband. Sie ließ den Rückspiegel nicht aus den Augen, und ihre Hände hielten das Lenkrad fest umklammert. Ihre Selbstsicherheit verließ sie zusehends.

Wir überquerten die Weichsel und warfen einen Blick zurück auf das Stadtzentrum und die Altstadt. Genau in diesem Augenblick ging die Straßenbeleuchtung wieder an, kein Lichtermeer, sondern nur ein orangefarbener Schimmer über der Stadt, so schwach und unzureichend wie zuvor.

Ein halbes Jahrhundert Trübheit läßt sich nicht so einfach abschütteln. Nicht hier. Es gibt zu viele unglückliche Geister in dieser Stadt. Zu viele, die eines nicht natürlichen Todes gestorben sind; und ich hatte nicht die geringste Sehnsucht, mich zu ihnen zu gesellen.

Ich wäre ohne Jane Card nicht aus dem Hotel gekommen. Doch jetzt war es an der Zeit, die Rollen zu tauschen.

»Halt an, Jane.«

»Was zum Teufel redest du da?« Sie ließ ihre Hände auf dem Lenkrad und warf mir einen wütenden Blick zu.

»Du hast mich schon gehört – bleib stehen. Oder ich dränge das Auto von der Fahrbahn.«

Sie verließ die Brücke und stoppte am Ende der Zufahrtsstraße.

»Steig aus«, sagte ich. »Ich werde fahren. Du vergißt, daß die letzte Reise, die du für mich arrangiert hast, einige bedauerliche Folgen hatte. Zwei. Russen. Sehr tot.«

Sie stieg aus, und ich rutschte auf die Fahrerseite. Sie ging vorn um das Auto herum und setzte sich auf den Beifahrersitz.

»Du bist verrückt, Edward. Mit diesem Mord hatte ich nichts zu tun. Ich hatte dir damals gesagt, daß das Ganze außer Kontrolle geraten war. Ich wußte nicht, wem ich trauen kann.« Sie drehte sich zu mir. »Ich weiß es immer noch nicht.«

»Deine Waffe, Jane.«

»Ich hab' keine.«

»Gib sie mir ...«, und ich zog meine Pistole aus der Jacke und legte sie mir auf den Oberschenkel, mit dem Lauf auf sie gerichtet. Sie griff in ihre Jacke und zog eine Automatik heraus, anscheinend aus einem Schulterhalfter. Ich legte die Pistole auf den Boden neben die Pedale.

»Wo hast du die her?«

»Aus der Botschaft«, sagte sie. »Da war ich vorher.« Sie sah sich schnell um. »Wir können hier nicht einfach dasitzen. Wir müssen los. Du wirst gesucht.«

»Von wem?«

»Deinem Freund Coffin zum Beispiel. Seit heute morgen haben wir den Funkverkehr von der US-Botschaft mitgehört. Es war eine Menge – durch Schnellauf verzerrt, neueste Technik, ständiger Frequenzwechsel. Doch unsere Computer haben es heute nachmittag geknackt, mit Glück – und der Hilfe eines alten Freunds in Langley. Weißt du, Coffin ging nicht über den üblichen Dienstweg. Er gehört zu irgendeiner eigenständigen Operation, über die anscheinend niemand etwas weiß. Entweder das oder etwas so Dringliches und Brisantes, daß sie es nicht wagen, uns darüber zu informieren. Wie dem auch sei, ungefähr um zehn heute morgen geriet er in höchste Aufregung, rief alle an, schickte Geheimtelegramme an zig Empfänger im Staat Virginia. Er wollte dich kassieren, dich schwitzen lassen und dann all seine Leute in Moskau alarmieren und sie damit beauftragen, diese Information deiner Mutter zukommen zu lassen.« Sie hielt inne.

»Und dann?«

»Vor ungefähr fünfundzwanzig Minuten bekam er seine Genehmigung.«

»Von wem?«

»Das wissen wir nicht – und wir hatten nicht die Zeit nachzufragen. Darum bin ich zu eben diesem Zeitpunkt aktiv geworden.«

»Und du warst in der Lage, den Strom in ganz Mokotów abstellen zu lassen und in das Hotel zu gelangen und wieder herauszufinden? Das kannst du deiner Großmutter erzählen.«

»Ich hatte eine Menge Gefälligkeiten gut. Was denkst du denn? Daß wir nie ordentliche Netzwerke in Polen hatten?« Sie lachte. »Sie waren immer die besten hier. Und kein Mangel an Freiwilligen. Wir hatten unsere Leute überall – Telefonvermittlung, Elektrizitätswerke, Polizei und Partei. Wäre je der Befehl ergangen, hätte Warschau innerhalb von zwölf Stunden in unserer Hand sein können. Diese Leute sind immer noch da. Bis wir wissen, wie es in Europa weitergeht.«

Ich weiß noch, daß ich sie ungläubig ansah. »Und du wußtest genau, wo du mich findest?«

»Natürlich. Die Polen können jeden in dieser Stadt ausfindig machen – das haben sie jahrzehntelang getan. Daß du im Parteihotel warst, war nur ein Extrabonus. Der erste, sollte ich vielleicht hinzufügen.«

»Und jetzt?«

»Ein sicheres Haus.«

»Wie sicher? Wer kennt es?«

»Ich und jemand in London. In dieser Angelegenheit haben wir die Botschaft umgangen. Es schien das Sicherste.«

»Da habe ich gewaltige Zweifel. Wo ist dieses Haus?«

»Saska Kepa. Das liegt …«

»Ich weiß, wo Saska Kepa liegt. Mein Problem ist, dorthin mit dir zu fahren. Du bringst Unglück, Jane. Vielleicht war das schon immer so bei dir.«

Wir fuhren noch fünf Minuten. Es war nicht weit. Die Häuser waren groß und modern und nie für das Proletariat bestimmt gewesen. Sie gehörten zu dem verhätschelten diplomatischen Viertel, auf das die Kommunisten immer ihren knapp bemessenen Charme konzentriert hatten. Geschenke für die guten Diplomaten, die sich die Hände nicht mit westlichen Verleumdungen schmutzig machten. Und Anreize und eine Menge Überredungskünste für jene, die es doch taten. In jedem Fall – kein guter Platz für ein sicheres Haus. Die Gegend würde bereits von Sicherheitsleuten wimmeln.

Als wir eine Hauptstraße kreuzten, sagte sie, ich solle zur Seite fahren. »Ungefähr dreißig Meter weiter vorn links – da ist eine Abzweigung. Siehst du sie? Das Haus ist das vierte rechts.«

»Du warst schon mal hier?«

»Natürlich.«

»Gibt es einen Hintereingang?«

»Einen Garten.«

»Du kommst mit mir.«

Wir nahmen die zweite Straße links, und ich zählte die Häuser. Meistens gab es Vorgärten und Tore und kleine Wege an der Rückseite. Im vierten Haus brannte Licht im ersten Stock. An der Seite konnte ich einen hohen Zaun und eine eisere Tür ausmachen. Wir würden hinüberklettern müssen.

Jane ging als erste. Ich sah, daß sie weitaus besser in Form war als ich. Sie stieg ohne Mühe hinüber und ließ sich auf der anderen Seite lautlos in den Schatten des Gartens fallen. Ich brauchte länger und verursachte mehr Geräusche. Wir knieten auf dem Boden und horchten, doch nichts bewegte sich.

Der zweite Zaun war niedriger, doch hier gab es weniger Deckung, und der Mond kam immer mal wieder hinter den Wolken hervor und warf schnell wechselnde Schatten auf die Rasenfläche. Dreißig Meter vor der Rückseite des sicheren Hauses hielten wir an und legten uns flach auf den eiskalten Boden. Wir sahen kein Licht, kein Zeichen eines menschlichen Wesens.

Wir warteten fünf Minuten, vielleicht mehr – und dann setzte sich Jane ohne Vorankündigung in Bewegung. Ich blieb noch ein paar Sekunden liegen, fühlte mich plötzlich sehr müde und schüttelte meinen Kopf, um nicht die Konzentration zu verlieren. Doch gerade als ich mich langsam erhob, sah ich etwas, das mich erstarren ließ – einen weißen Lichtblitz, die Bewegung einer zweiten Gestalt. Jane rief etwas, doch offenbar hielt ihr jemand den Mund zu, denn sie verstummte sogleich. Und dann war es still.

Die Rückseite des Hauses lag im Schatten. Trotzdem konnte ich eine niedrige Terrasse ausmachen, von der aus Verandatüren ins Haus führten. Wahrscheinlich war Jane gepackt worden, als sie dort eintrat. Ich hielt angestrengt nach einem Licht oder einer Bewegung Ausschau – nach einem Zeichen, das mir verriet, was vor sich ging.

Und dann schoß mir der Gedanke durch den Kopf, daß ich Jane Card nicht zu folgen brauchte. Ihr würde schon etwas einfallen. Sie kannte die Risiken. Sie hatte sie wahrscheinlich genau berechnet. Und wenn ich mich einfach umdrehte und wegkroch, schaffte ich es vielleicht bis zur Grenze – es gab noch einen Weg, der mir offenstand. Eine Möglichkeit. Eine Rettungsleine, die vielleicht immer noch dort war. Für Jane Card war nicht ich verantwortlich.

Im Rückblick denke ich, daß es der Schrei war, der mich meine Meinung ändern ließ. Die Tonlage, die Intensität, der Urschrei von Angst und Schmerz – ich konnte ihn einfach nicht ignorieren, was immer ich sonst getan hatte. Ich hätte nie mehr ruhig schlafen oder entschlossen handeln können, wenn ich davongerannt wäre und sie zurückgelassen hätte. Eine junge Frau, die ich einst gekannt und einst geliebt hatte, deren Schrei aus einem Haus in Warschau gellte.

Also rannte ich zur Veranda, leise, die Waffe in der Hand – und ich spürte die Art scharfer intensiver Konzentration, die man im normalen Leben selten, falls überhaupt erlebt: alle Gedanken, Energie und Instinkte auf ein einziges Ziel gerichtet. Und noch etwas – das Gefühl, aus seinen eigenen Schranken herauszutreten, jemand anders zu werden. Etwas Unerschütterliches, etwas, das kaum ins Wanken zu bringen war, wenn man es einmal erfahren hatte.

Der Schrei hatte aufgehört, doch in meinem Innern hallte er weiter. Ich ging durch die Verandatür und blieb einen Augenblick lang horchend stehen. Der Raum war dunkel und wirkte komfortabel, hatte einen weichen Teppich. Ein Durchgang zur Küche. Sie roch sauber und unbenutzt. Weiter hinten: das Eßzimmer, eine Diele und die Treppe – und vom Treppenabsatz aus sah ich Licht.

Ich habe mich noch nie so vorsichtig bewegt. Ich spürte jedem

Schritt nach, und bei den ein, zwei Malen, wo ich ins Wanken geriet, führte mich die Pistole weiter, die ich vor mir ausgestreckt hielt – als würde sie mir den Weg bahnen.

Auf der obersten Stufe kniete ich mich hin und kroch behutsam auf die Lichtquelle zu. Vom Gang aus konnte ich durch die Tür in ein Zimmer sehen. Jane Card saß völlig bewegungslos in einem Stuhl. Da sie mir den Rücken zuwandte, konnte ich ihren Gesichtsausdruck nicht sehen. Sie schien zum anderen Ende des Raums zu starren.

Es war keine Zeit, das alles in Ruhe zu durchdenken. Ich schob mich zur Tür, stieß sie auf und warf mich auf den Bauch, bereit zu schießen.

Was mich davon abhielt abzudrücken, war nicht, daß ich den Mann gekannt hätte. Auch nicht sein überraschter Gesichtsausdruck. Es war schlicht und einfach das Messer, das aus seinem weißen Hemd herausstand, etwa in Höhe der Brusttasche, und die Tatsache, daß er für alle Welt, und damit auch für mich, bereits tot war.

25

Wenn ich daran zurückdenke, wie ich sie dort in der Mitte des Raums sitzen sah, wird mir klar, daß sie das Messer aus einiger Entfernung geworfen haben mußte, denn weder auf ihrer Kleidung noch an ihren Händen war Blut zu sehen.

Ich schaute mich um und versuchte einzuordnen, was ich sah. Gedämpftes gelbes Licht von einer Lampe neben dem Bett, Vorhänge bis zum Boden, tadellose Laken und Bettdecken – und auf dem Stuhl ein dicklicher, nicht mehr junger Eindringling aus einer anderen Welt. Auf den ersten Blick paßte nichts zusammen. In diesem Raum gab es nur einzelne Bruchstücke von Leben und Tod – die nichts miteinander gemein hatten.

»Edward, ich habe gerade diesen Mann getötet. So was hab' ich noch nie getan. Um Himmels willen, sag doch was!«

Ich schüttelte den Kopf. Man kann versuchen, Sterbenden beizustehen, aber wie um alles in der Welt soll man einen Killer trösten?

Ich betrachtete die Gestalt im Stuhl genauer. Es war mehr Blut geflossen, als ich erwartet hätte. Wenn man jemanden so sieht, kommt es einem absurd vor, das Leben für eine schmutzige Angelegenheit zu halten – wenn du die Gewalt in seinem Sterben siehst, wie das Leben aus ihm herausgestochen wurde und sich über Stuhl und Teppich ergoß. Dieser Körper hatte keinen würdevollen Abgang geboten, keine Geheimnisse verborgen, hatte in aller Öffentlichkeit seine Funktionen eingestellt. Er war wohl Coffins Mann gewesen – in irgendeiner Form. Darauf wäre ich jede Wette eingegangen. Jemand, der den Auftrag erhalten hatte, uns zu schnappen und dann zu warten – und nicht zu wählerisch mit seinen Methoden zu sein. Mein Mitleid hielt sich in Grenzen.

»Jane!«

Sie war quer durchs Zimmer zur Wand gegangen und sackte dort in die Knie. Ich ging zu ihr hin und schüttelte sie.

»Alles in Ordnung«, sagte sie. »Wirklich.«

Ich führte sie aus dem Haus und zum Auto. Der Himmel war jetzt heller, und Feuchtigkeit lag in der Luft. Janes Gesicht war totenbleich geworden. Einen Augenblick lang hätte ich sie fast gefragt: Wie hast du das gemacht, Jane? Dafür war eine Ausbildung nötig. Übung. Man kann nicht einfach ein Tranchiermesser durch die Gegend werfen und hoffen, daß man jemanden damit tötet.

Wir fuhren über den Fluß, dieses Mal langsam. Dann die Nebenstraßen mit dem Kopfsteinpflaster entlang, den Hügel hoch, in Richtung Altstadt. Ruhig. Keine Menschenseele weit und breit. Mittlerweile plante ich bereits den Weg nach Osten, durch die grauen Vororte und die Schlafstädte, die armen Bauerndörfer, die kleinen Gemeinden, wo man noch mit Pferd und Wagen fuhr, und die Stelle, wo man die russische Grenze überqueren konnte. Falls ich anrief. Falls jemand da war, der meinen Anruf hörte.

Nur ein paar Lichter brannten im Hauptpostamt. Die Frauen der Nachtschicht hinter den gläsernen Trennwänden tauschten den neuesten Klatsch aus. Eine schnitt sich die Fingernägel mit einer riesigen Schere. Und ich bezahlte ein Telefongespräch nach London und hinterließ eine Botschaft auf russisch auf einem Anrufbeantworter, von dem ich nie geglaubt hatte, daß ich ihn in Anspruch nehmen würde.

Ich kam nach Rußland zurück. Ich brauchte eine Kontaktperson. Sie mußten mich hineinschleusen.

Als wir die Kabine verließen, sagte ich zu Jane: »Du hast es gewußt, oder?«

»Nein«, antwortete sie. »Aber das spielt jetzt wohl keine Rolle mehr, nicht wahr?«

Die Landschaft trat aus den Schatten hervor, während wir dahinfuhren, und die Sonne ließ sich kurz über Rußland sehen.

Jane schlief ein, eine Hand zwischen ihre Wange und die Scheibe geschoben. Sie hatte immer eine Hand unter den Kopf gelegt, wenn sie schlief. Mein Blick wanderte immer wieder zu ihr, denn selbst in Augenblicken des Chaos vergißt man nicht, daß man jemanden geliebt hat. Sie würde immer Jane aus den Tagen in Prag sein. Wir waren keine Fremden, nie. Allem, was wir taten, wohnte eine Bedeutung inne, die aus der Vergangenheit stammte. Ich konnte sie nicht in einer Gefahr zurücklassen. Nicht einmal die Jane, die getötet hat. Ich konnte sie nicht verlassen, so wie sie mich einst verlassen hatte. Nicht mehr, nachdem sie wußte, wer ich geworden war.

Für mich fühlte es sich langsam wie die Straße nach Rußland an. Nicht so sehr das Land, sondern das altvertraute Aufwallen von Furcht, die Anspannung in den Eingeweiden, die dunkle Ahnung, die wie ein schweres Gewicht auf meinem Leben lag. Rußland war nahe. Rußland kam auf mich zu.

Es ist eine Furcht vor dem Unbekannten und Unvorhersehbaren – sogar für die, die es kennen. Es sind die Extreme von Kälte und Hitze, von Leidenschaft und Grausamkeit. Es wird in Rußland immer Gefahr geben. Es wird immer brillante Männer und Frauen geben, die das Universum mit Ideen und Entdeckungen erhellen – und dann losziehen und ihre Nachbarn ermorden oder ihre Kinder mit der Axt erschlagen. Es gibt immer einen Punkt in Rußland, wo die Vernunft splittert, wo die Übersicht verlorengeht, wo die Lebenslinie abbricht. Das sind die Menschen, denen man hier begegnet.

Ich wollte diese Reise aus vielerlei Gründen. Denn sie konnte die Entscheidung in einem Konflikt bringen, der mein Leben so viele Jahre lang beherrscht hatte. Ein Konflikt zwischen der Pflicht gegenüber meiner Familie – und der Pflicht gegenüber dem Staat, in dem ich lebte.

Ich begrüßte die Möglichkeit, mich ihm zu stellen, all die Erinnerungen aus der Schublade zu holen und sie vor mir auszubreiten. Und so sehr ich auch darüber nachdachte – ich bereute keine Sekunde, was ich getan hatte. Es tat mir nur leid um das, was es gekostet hatte. Es tat mir leid, daß es nötig gewesen war.

Sie müssen wissen, daß ich eine Reihe von Jahren gezwungen

war zu kooperieren. Ja, ich hätte ablehnen können. Doch das tat ich nicht. Ein Leben hing von mir ab. Nicht ein Land, nicht ein System, auch nicht bestimmte Wertvorstellungen. Sondern ein einzelnes Menschenleben, das ich zu retten versuchen mußte. Ich hatte keine andere Möglichkeit.

Jetzt endlich, nach all den politischen Veränderungen, gab es eine Wahl. Die akzeptierten Regeln galten nicht mehr, Mauern waren eingestürzt, Systeme hatten sich verschoben, und die alten Kriegsherren würden jetzt Hals über Kopf in Deckung gehen, Kleider, Positionen und Verkleidungen abwerfen und sich an einem Ort eingraben, wo man sie, wie sie hofften, nie finden würde.

Bevor sie das taten, würde ich mich ein für allemal aus ihrem Griff befreien – oder bei dem Versuch sterben; auch darin würde für mich eine gewisse Gerechtigkeit liegen.

Zweiter Teil

26

Wahrscheinlich war es mein Tutor an der Universität, der alles ins Rollen brachte. Ein ausgesprochen liebenswürdiger Mensch, der uns nichts übermäßig Kompliziertes beibringen mußte – und der sich eine Art Phlegma zugelegt hatte, das gut zu seinen Studenten paßte, die diese Eigenschaft von Natur aus besaßen.

An einem Winterabend nach unserem allwöchentlichen Kolloquium waren wir ins Pub gegangen. Es war eines seiner Lieblingspubs – das *Ship and Shovel*, unter den Brückenbögen von Charing Cross. Das Lokal blieb mir allein schon deshalb lebhaft im Gedächtnis, weil alle paar Minuten über uns die Züge hinwegratterten und die Unterhaltung übertönten. Ein Großteil dessen, was mein Tutor sagte, ist mir deshalb wohl entgangen; doch das, was ich hörte, war immer noch genug.

»Du solltest nach Rußland gehen, irgendwann«, sagte er, trank sein Bier aus und bestellte noch ein weiteres für uns beide. Er hieß Michael Dillon und hatte eine Vorliebe für diese gräßlichen Hüfthosen, die wir damals bei Harry Fenton zu kaufen pflegten. Sie stellten sie nur in Rot und in Blau her, und er trug die roten.

Ich nahm das Bier und schüttelte den Kopf. »Geht nicht. Erstens würde meine Mutter einen Herzanfall bekommen oder zumindest einen vortäuschen – und zweitens ist es zu teuer.«

Dillon leerte sein Glas und wechselte das Thema.

Er war, wie ich mich erinnere, ein ziemlich guter Tutor. Jung genug und ledig genug, um einer von uns zu sein – aber in puncto Intellekt und Wissen übertraf er sogar seine Kollegen. Er hatte mit Hilfe eines Forschungsstipendiums ein Jahr in Rußland verbracht, die weibliche Bevölkerung studiert, wie er behauptete, und es sich oft einfach nur gemütlich gemacht und an Großbritannien gedacht.

»Ich meine, du bist zur Hälfte Russe«, sagte er zu mir. »Du solltest Bescheid wissen. Außerdem ist es nicht so günstig, immer nur mit Emigranten zu reden. Die Sprache ändert sich ständig, die Einstellung ändert sich. Die Dinge, über die sie reden. Weißt du, die Art Gespräche, die du in Moskau mitkriegst, hörst du nirgendwo sonst. Klar, ohne Umschweife. Die wesentlichen Dinge des Lebens werden ausgebreitet und zerpflückt. Sterben wir oder lassen wir uns zur Sau machen? Kämpfen wir oder geben wir nach ...?«

»Ganz schön philosophisch.«

Er nickte. »Besonders jetzt.«

Wir verließen das Pub und gingen langsam zur Bushaltestelle. »Falls du deine Mutter rumkriegen kannst – es gibt da jetzt ein Programm, das wenig kostet, eine Art Sprachkurs, in den wir dich hineinbringen könnten. Das heißt, wenn du willst. Du müßtest keinen langweiligen Unterricht über dich ergehen lassen, sondern bekommst vielleicht Gelegenheit, mit ein paar Leuten zu reden.«

Mein Bus kam als erster, und ich stieg hinauf zum Oberdeck und betrachtete ihn, wie er da in seinen Hüfthosen stand, Segeltuchtasche über der Schulter und dichte lockige Haare. Michael Dillon konnte mir helfen, nach Rußland zu kommen – aber er hatte keine Ahnung, warum ich dort hin wollte.

Ich hatte nämlich an der Universität nichts über meinen Vater verlauten lassen. Dad gehörte mir allein. Mein Verlust, mein Traum, Stück meiner Kindheit, das mich nie in Ruhe gelassen hatte.

In all den Jahren seit jenem Wochenende in Danzig hatte ich ihn immer wieder vor mir gesehen – Dad wie ein auf Bewährung entlassener Gefangener, an einer Kette. Ich sah, wie wir ihn in die Arme schlossen, weil er immer noch zu uns gehörte, wie wir versuchten, ihn zurückzuziehen, ihn festzuhalten während der kurzen Zeit, in der uns das möglich war. Der Mann, der unser Leben erfüllte und dann sein eigenes Leben irgendwo anders hinbrachte.

Diese Erinnerungen waren für mich oft ausgesprochen qualvoll. Jedesmal wenn sie vor meinem inneren Auge vorbeizogen, schlug mein Puls schneller, brach mir auf Gesicht und Händen der Schweiß aus.

Ich war außerstande, die Erinnerung ruhen zu lassen, konnte nie vergessen, wie ich ihn zum letztenmal gesehen hatte, als er aus jenem polnischen Hotelzimmer gegangen war, mit den zwei Aufpassern am hinteren Ende des Ganges, als Silhouetten vor den schmutzigen Fensterscheiben. Was für ein klägliches Land und was für ein klägliches und schäbiges System das doch gewesen war – und ich sah, wie er noch einmal über die Schulter zurückblickte, als sie ihn die Treppe hinunterführten. Was war da in seinem Gesichtsausdruck gelegen – eine dringende Bitte, ein Abschiedsgruß? Ich war zu weit entfernt, um es zu erkennen – und Mutter hielt mich fest, damit ich ihm nicht hinterherlief. Dad, Dad. Geh nicht fort!

Bist du noch am Leben?

Nichts von alledem erzählte ich Michael Dillon – oder sonst jemandem. Also würde niemand wissen, warum ich nach Rußland wollte. Weder Mutter. Noch meine Studienkollegen. Keine Menschenseele. Davon war ich in jenem weit zurückliegenden Wintersemester überzeugt – jung und dumm wie ich war.

Ich sagte zu Mutter, ich würde in die Schweiz fahren. »Zelten, mit ein paar Freunden.«

Sie hatte eine Augenbraue hochgezogen. »Zelten mit einem Mädchen, nehme ich an.«

Mein Lächeln war Antwort genug gewesen.

Und ich hatte mich zurückgezogen und meine Reisetaschen für Moskau gepackt, beflügelt von dem Bewußtsein, daß ich die Welt überlistet und die Welt es geschluckt hatte.

Ich erinnere mich gut an die Sommertage vor meiner Abreise. Das Semester schien kein Ende zu nehmen; es gab Prüfungen und Treffen und Partys – doch in meinem Inneren war ich bereits in Rußland.

Oft stellte ich mir auf dem Heimweg vor, in einer Straßenbahn zu sitzen, die auf dem Weg in die sowjetischen Vororte war.

Niemand würde etwas von meiner Mission erfahren. Ich würde ganz in meiner Tarnung aufgehen, mich ins Moskauer Leben wühlen und nach meinem Vater suchen. Erst wenn sie mir sein Grab zeigten, erst wenn ich seine persönlichen Habseligkeiten gesehen und mit Zeugen gesprochen hatte, würde ich glauben, daß Dad nicht mehr auf dieser Erde weilte.

Doch mich bewegte auch noch ein anderes Gefühl: die unwiderstehliche Anziehungskraft dieses Landes, das immer außer Reichweite gewesen war, ein weißer Fleck. Seit ich gehen konnte, hatte mir Mutter gesagt, daß ich nie russischen Boden betreten würde. Das Land sei Treibsand. Es sei Sodom und Gomorrha – des Teufels ureigenes Reich. Ich sollte immer mindestens hundert Meilen Abstand zu seinen Grenzen halten. Hatte ich das verstanden, hatte sie sich klar ausgedrückt?

Am Abend vor meiner Abreise war ich zum Kaffee in Michael Dillons Wohnung in Bayswater. Der Boden war mit Papieren übersät, Kaffeetassen standen ungespült herum. Ich weiß noch, daß mich dieses klischeehafte Chaos enttäuschte. Der Geruch von Marihuana hing in der Luft, zerknautschte Kissen lagen auf dem Boden, Aschenbecher liefen auf dem Teppich über – all die Spuren eines kleinen Treffens Gleichgesinnter, die hier ihr Gehirn auf die Reise geschickt hatten.

»Denk dran, Seife mitzunehmen«, sagte Dillon, »und Klopapier, und ein paar Kugelschreiber als Geschenke.«

»Hab' ich.«

Er schlürfte seinen Kaffee. Sein Gesicht sah fahl und erschöpft aus. »Ich habe kurz mit deinem Kursleiter in Moskau telefoniert.«

»Worüber?«

»Hab' ihm einfach gesagt, was für ein toller Bursche du bist – und daß er sich ranhalten und deine Zeit nicht mit dem Üben perfektiver Verbformen vergeuden sollte.«

»Wie hat er das aufgenommen?«

»Er hat es akzeptiert, sagte, du würdest auf deine Sprachkenntnisse getestet und dann dem passenden Kurs zugeteilt werden.«

»Und was heißt das?«

»Wahrscheinlich eine Biene mit großen Titten und ein Buch mit Lenin-Zitaten. Was weiß ich.«

»Na ja, du bist schließlich derjenige, der mich da hineingebracht hat ...«

»Und ich werd' dich auch wieder rausbringen. Keine Angst, Edward, du kannst ganz ruhig sein. Betrachte es einfach als Besuch in der dritten Welt. Erwarte nicht zu viel. Obervolta mit Raketen ...«

»Und Titten.«

»Gut«, sagte Dillon. »Nichts gegen deine Prioritäten.«

Und dann hieß es, auf zu Aeroflot – und die beförderte unsere Gruppe ohne viel Federlesens geradewegs zur Landebahn in Moskau.

Am Flugsteig sagten die Stewardessen auf Wiedersehen, als hofften sie, wir würden uns das zu Herzen nehmen – und in dem großen, von Deutschen gebauten Einreisebereich war niemand, der uns willkommen hieß. Es gab nur die Soldaten, blasse, abgerissene Gestalten aus dem europäischen Teil Rußlands, mit weit nach hinten geschobenen Käppis, und die kleinen, dunkelhäutigen Asiaten. Mir wurde bewußt, daß ich im Ausland war.

Wir waren eine Gruppe von acht Studenten und vier Studentinnen aus verschiedenen Teilen Großbritanniens. Wir alle waren zum ersten Mal hier.

Der älteste von uns war Eric, einundzwanzig, älter aussehend, wie das bei ernsten Menschen oft der Fall ist. Er arbeitete auf ein Einserexamen hin und sagte, er wolle die meiste Zeit in der Lenin-Bibliothek verbringen. Hoffentlich gäbe es keine endlosen Vorträge über Freundschaft und ständige abendliche Treffen zur Kontaktpflege mit den Werktätigen.

Janet und Sandra hatten hinter uns gesessen und fast während des ganzen Flugs gekichert. Jetzt durchstöberte Janet ihren Rucksack auf der Suche nach ihrem Paß.

Mit unseren Jeans und Turnschuhen sahen wir entsprechend

proletarisch aus, als wir uns durch die Paßkontrolle drängten: die Engagierten, die Leichtfertigen – und ich.

Unser Gepäck kam auf dem Laufband mit dem Schild »Ulan Bator« an – so lernten wir gleich von Anfang an, uns nicht auf das gedruckte russische Wort zu verlassen. Die Zollbeamten bestanden darauf, unser ganzes Geld zu zählen und ließen uns Hosen- und Jackentaschen ausleeren. Es kam mir so vor, als wäre die Einreise in die Sowjetunion etwas Ähnliches wie die Vorbreitung auf eine Operation.

Doch dann erspähte ich jenseits der Zollkontrolle hinter der gläsernen Trennwand eine kleine, wunderschöne Frau mit bunter Bluse, wallendem Sommerrock und langen braunen Haaren, die sie zurückgeworfen hatte. Als sie in meine Richtung blickte, wurde ich schlagartig rot. Wir gingen durch die Sperre, und sie löste sich aus der Menge erwartungsvoller Gesichter – es gab nicht den geringsten Zweifel daran, daß sie wegen uns gekommen war.

Inmitten all des Lärms und Geschreis rief sie uns zu sich herüber, fragte, ob wir eine gute Reise gehabt hätten und hieß uns in der UdSSR willkommen.

»Ich hoffe, Sie werden viele fröhliche Tage in unserer Heimat verbringen«, sagte sie und lachte. Es war, als sei plötzlich die Sonne hinter einer dunklen Wolke hervorgekommen, mit der Botschaft, daß Moskau voll Freundlichkeit und wunderbarer Wesen sein würde.

Mittlerweile denke ich, daß dies einfach die der Natur eigene Spielart von Täuschung war – und unser Wunschdenken.

Es gab genau festgelegte Essenszeiten, ähnlich wie im Zoo. An jenem ersten Abend transportierte uns ein Bus zu einem Restaurant in der Stadt, wo uns das erste einer Serie von schrecklichen Hähnchen Kiew serviert wurde. Doch ich nahm es kaum wahr. Wir saßen allein in einem Auditorium von der Größe eines Zirkuszelts und sahen auf die Menschenmenge, die an den von Stores verhangenen Fenstern vorbeistapfte, während die Sonne hinter den Häusern verschwand.

Und ich konnte die Augen nicht von unserer Führerin abwenden, ihrem weichen, gebräunten Gesicht und dem Lächeln und dem rosa Lippenstift. Sie war das genaue Gegenteil dieser heißen staubigen Stadt mit ihren Boulevards und Menschenmassen und den weiten Flächen von Dunkelheit – und doch auf irgendeine Weise der Schlüssel dazu.

Dann stiegen wir wieder in den Bus – und das Radio begleitete mit Balalaika- und Akkordeonmusik unsere Fahrt in die Vororte. Die Straßenbeleuchtung offenbarte nicht viel mehr als die Umrisse und Schatten der Welt um uns herum.

Ich teilte ein Zimmer mit Eric.

»Warum du?« fragte er. »Ich hab' auf Sandra gehofft.«

»Aber sicher. Du wüßtest doch nicht mal, wo du ihn hinstecken solltest.«

Er legte sich tief gekränkt schlafen. Ich jedoch konnte nicht schlafen. Das war der aufregendste Tag meines bisherigen Lebens gewesen. Ich war allein in einem feindlichen Land, weit über tausend Kilometer von befreundeten Staaten entfernt. Dads Stadt. Dunkel und undurchdringlich. Ungefähr um drei Uhr morgens stand ich auf und starrte aus dem Fenster. Drei oder vier Lichter schienen von einem heruntergekommenen Wohnblock zu mir herüber, über einen schwarzen Abgrund hinweg. Ohne zu wissen warum, sagte ich mir, daß Dad am Leben sei.

Am Morgen ratterten wir die breite Leningrader Chaussee entlang, zu einem romanisch wirkenden Gebäude mit Säulen und dunklen steinernen Fluren. Die Moskauer Hochschule für Fahrzeugtechnik, teilte man uns mit. Die Studenten seien in den Ferien, aber wir – das wurde ausdrücklich betont – seien nicht zum Ferienmachen hier.

Und dort gesellten wir uns zu ungefähr tausend jungen Leuten aus anderen europäischen Ländern, aus Japan, den USA und Kuba, und es fiel uns nicht weiter auf, daß wir die Instrumente einer eindrucksvollen Propagandainszenierung waren – bis wir uns, viel später, im Nachrichtenprogramm des nationalen Fernsehens sahen, das uns als die Jugend der Welt vorstellte, die hier zu Besuch sei und darauf brenne, ihre sozialistischen Freunde besser kennenzulernen.

Doch der erste Vormittag galt dem Vergnügen. Krapfen, Anmeldeformulare, Schreibzeug und Broschüren, Bücher und Aktenmappen – alles umsonst, umsonst, umsonst.

Leider ging mir der Gedanke nicht aus dem Kopf, daß das so ungefähr das einzige war, das hier umsonst war.

Das Personal bemühte sich allerdings nach Kräften, freundlich zu sein. Schauen Sie sich um, sehen Sie sich alles an, was Sie wollen, Sie können uns alles fragen, es ist für uns die allergrößte Freude, zu helfen und Ihr Gastgeber zu sein. Und dort im Lehrerstuhl saß die schöne Führerin vom Tag zuvor, half beim Ausfüllen der Formulare, teilte Papiere aus, erfüllte den Raum mit ihrem Lächeln.

»Ich heiße Irina Semjonowna«, verkündete sie. »Ich kenne Sie alle von Ihren Fotos her.«

Eric wandte sich mir zu. »Was starrst du so? Hast du noch nie eine Frau gesehen?«

»Wie viele Frauen wie diese hast du bisher gesehen?«

»Eine Menge. Tatsächlich gehe ich zur Zeit mit einer, die ihr ziemlich ähnlich sieht.«

»Wahrscheinlich sieht sie eher dem Stuhl ähnlich, auf dem diese Frau sitzt.«

Irina stand auf und unterbrach die Unterhaltungen im Raum mit einem Händeklatschen, doch das Lächeln war immer noch da.

»Ich denke, wir sollten anfangen, meine Damen und Herren. Vielleicht lesen wir alle mal eine halbe Seite aus dem russischen Buch, das ich Ihnen gegeben habe – dann kann ich mir ein besseres Bild von Ihren Russischkenntnissen machen.«

Einer nach dem anderen begann zu lesen. Das war nun allerdings etwas, mit dem ich nicht gerechnet hatte. Ich hatte angenommen, daß man mich inzwischen in eine andere Gruppe eingeteilt hätte – und ich war nicht scharf darauf, mit meinem fließenden Russisch hervorzustechen und das Eric und den anderen erklären zu müssen.

Ich las meine halbe Seite ohne aufzublicken. Dennoch spürte ich, daß die Augen der Kursteilnehmer auf mir ruhten.

»Der nächste«, sagte Irina, als ich fertig war.

»Mensch«, murmelte Eric. »Wo hast du *so* Russisch gelernt?«

Bis zum Ende des Nachmittags hatten wir zwanzig Seiten gelesen, hatten Grammatik durchgenommen, die ich seit dem fünften Lebensjahr beherrschte, und die Sorte gestelzter Konversation geführt, bei der meine Mutter sich vor Lachen gekrümmt hätte. Ich war gelangweilt und frustriert.

Als wir aufbrachen, sprach ich Irina leise und auf russisch an.

»Kann ich Sie sprechen?«

»Nichts lieber als das, Edward.« Sie lachte, und wir warteten, bis die anderen Studenten gegangen waren.

Draußen in der Sonne fuhren die Busse vor, um uns alle zum Hähnchen Kiew zu bringen. Aber hier drinnen war es kühl und ruhig. Moskau schien plötzlich irgendwo anders zu sein.

»Ihr Russisch ist ausgezeichnet.« Sie wandte sich vom Fenster ab und fixierte mich. »Wo haben Sie es denn gelernt?«

»Entschuldigen Sie«, sagte ich. »Anscheinend hat es da ein Versehen gegeben. Soviel ich weiß, sollte ich in eine andere Gruppe kommen. Sehen Sie ... ich habe mein ganzes Leben lang Russisch gesprochen.«

Irina ging zum Schreibtisch und blätterte ihre Papiere durch.

»Es ist kein Versehen, Edward. Sie sind in meinem Kurs aufgeführt. Ich habe keine weiteren Informationen ...«

»Das verstehe ich nicht.«

»Vielleicht liegt das einfach an der Bürokratie. Manchmal landen kleine Details an der falschen Stelle. Bis morgen wird sich sicher alles geklärt haben. Natürlich würde es mir leid tun, Sie gehen zu lassen ...« Sie sagte das in einem neckenden Ton, und ich spürte, wie mir das Blut in die Wangen schoß. »Vielleicht sollten wir jetzt zu den anderen gehen. Machen Sie sich bitte keine Sorgen, Edward. Es wird alles in Ordnung kommen.«

Doch ich machte mir Sorgen. Am nächsten Tag bat mich Irina, in der Mittagspause auf sie zu warten.

»Irgend etwas ist sehr merkwürdig, Edward. Ich habe heute morgen selbst mit dem Leiter des Kursprogramms gesprochen, und er hat nichts über Sie gehört. Er sagt, es gäbe überhaupt keine anderen Kurse, in die Sie gehen könnten. Niemand hatte auch nur die geringste Idee, daß Sie fließend Russisch sprechen. Ich weiß nicht, was ich vorschlagen soll ...«

»Aber mein Tutor in London hat mit dem Leiter telefoniert.«

»Davon weiß ich nichts.«

»Nun, dann muß ich in London anrufen ...«

»Das ist sehr schwierig.«

»Ich habe Geld ...«

»Edward – das ist keine Frage von Geld. Es kann manchmal dreißig Stunden dauern, bis die Telefonverbindung zustande kommt. Manchmal meldet man einen Anruf an – und es klappt überhaupt nicht. Es ist sehr kompliziert ...«

Sie verstummte ... und mir wurde wohl klar, daß ich vor einer Wand stand. Das gehörte zu Rußland – all die Wände, die sich plötzlich aus dem Nichts erhoben, wenn man nicht auf sie gefaßt war. Alles konnte gut und leicht und wunderbar sein, und dann ging man um eine Ecke und knallte gegen die Sperre. Der Weg war blockiert. Da war niemand, den man fragen konnte, überhaupt niemand. Ich spürte Wut in mir hochsteigen. Ich konnte die Wand sehen, doch nicht, was dahinter war. Es gab nichts, woran ich mich halten konnte, keinen Bezugspunkt. Ich hatte das Gefühl, daß sie mein Leben einfach anhalten konnten, wann immer sie das wollten. Eine Hand konnte sich ausstrecken – und mir den Weg versperren. Ich merkte, daß ich tief in meinem Inneren von Panik erfaßt wurde.

»Ich glaube, ich fliege wieder nach Hause.«

»Edward, Edward ...« Sie legte mir eine Hand auf die Schulter. »Lassen Sie uns in Ruhe darüber nachdenken. Hören Sie, ich habe eine Idee. Kommen Sie doch heute abend mit mir in meine Wohnung zum Abendessen. Da können wir alles bereden, und dann werden wir schon sehen, was der beste Weg ist. Außerdem …« – sie lachte wieder – »können Sie meine Tochter kennenlernen.«

Ich weiß noch, wie ich dachte, daß dieses Lächeln sogar Flüsse dazu bringen könnte, in eine andere Richtung zu fließen. Ich sah ihr in die Augen und atmete tief durch, und die Panik schien zu verschwinden.

»Sie sind zwanzig, nicht wahr, Edward?«

»Fast einundzwanzig.«

»Natürlich. Ich bin dreiunddreißig, aber eigentlich immer noch zweiunddreißig.«

Wir fuhren in ihrem glänzenden, blauen Lada – eine Ausnahmeerscheinung unter den rostenden Wracks, die die Straße mit uns teilten. Manche der Autos waren einfach schmutzig, andere demoliert, zusammengeflickt und zugepflastert wie Invaliden.

»Man muß sein Auto sauberhalten«, sagte Irina. »Sonst kann einem die Polizei einen Strafzettel verpassen. Gibt es das in England nicht?«

Wir hatten das Stadtzentrum hinter uns gelassen. Und hier in den Vororten sah ich zum erstenmal, wie man alles einfach zusammengewürfelt hatte: Menschen und Beton, Stromleitungen und Kamine – einfach hingebaut, wie's grad kommt, und scheiß auf die Qualität. Keine Orientierungspunkte. Keine Tankstellen oder Einkaufszentren, keine Kinos, nur Reihen um Reihen von Wohnblocks und Parolen in roter Schrift über den sechsundzwanzigsten Parteitag und daß die Sowjets die besten seien, aber trotzdem noch größere Fortschritte machen müßten.

An einer Kreuzung bogen wir von der Hauptstraße ab und fuhren holpernd ins Hinterland, über ungepflasterte Sträßchen, mit ein paar Bäumen und Sträuchern als menschlicher Note.

Bei einem reizlosen Wohnblock ohne Hausnummern hielten wir an, und ich stieg aus und folgte ihrem langen Sommerrock, gefesselt von der Fremdartigkeit und den neuen Eindrücken. Ich weiß noch, daß der Fahrstuhl sich nur mit Ach und Krach nach oben bewegte, daß es durchdringend roch, daß die Wände Risse hatten und die Farbe abblätterte; daß in den Fluren Abfallhaufen und zerbrochene Kacheln lagen und die Fenster und Türen verzogen waren. Und doch nahm ich in Irinas Gesellschaft all das kaum wahr. Ich sah nur sie.

Und so hatten sie es wohl auch geplant.

Tochter Anna war sieben. Die Großmutter – arthritisch, mit einem kleinen Schnurrbart, schwarz gekleidet – schätzte ich auf siebenundneunzig. Und es gab keinen Ehemann mehr: Er hatte sich aus dem Staub gemacht, was Irina beiläufig als eine unerfreuliche allgemeine Tendenz abtat. »Das passiert sehr oft in unserer Gesellschaft, Edward.« Nicht weiter der Rede wert.

Sie kochte *Pelmjeni*, ganze Töpfe voll: eine Art russischer Ravioli, die mit gewürztem Fleisch gefüllt und mit Käse überbacken werden. Es gab herben Weißwein aus Georgien, und als wir mit dem Essen fertig waren, erzählte die Großmutter Geschichten über den Krieg, und Anna versuchte, ein Porträt von mir zu zeichnen. Ich fühlte Irinas Augen auf mir ruhen – und als ich hochsah, lächelte sie wieder, doch es war noch etwas anderes in ihren Augen, eine Distanziertheit, die vorher nicht dagewesen war.

Die Großmutter brachte Anna ins Bett, und die beiden verschwanden im einzigen anderen Raum der Wohnung. Draußen konnte ich die Straßenlampen sehen, die sich in parallelen Linien zu den Rändern der Stadt dahinzogen.

Irina erzählte mir von ihrer Zeit als Studentin. Sie sprach von der Moskauer Universität in den siebziger Jahren – Jahren stillschweigender Übereinkunft zwischen den Herrschenden und den Beherrschten. Sie zahlten den Leuten nichts, und die Leute revanchierten sich mit Nichtstun. Irina zeigte auf die Fotografien von Freunden, Freundinnen und Kollegen, die die verblichene Blümchentapete zierten: erwartungsvolle junge Gesichter, die noch den sowjetischen Traum träumten.

Sie erzählte mir, wie die Studenten miteinander wetteiferten, erfolgreich zu sein. »Wir waren alle in Leistungsgruppen eingeteilt, Edward. Wenn wir auch nur irgendwelche Fähigkeiten hatten, fanden sie sie heraus und hegten und pflegten sie, versuchten, uns zu den Besten zu machen ...«

»Und wenn man keine solchen Fähigkeiten hatte ...«

»Dann mußtest du nichts weiter tun als glauben.« In ihrem Gesicht lag jetzt ein harter Ausdruck, und das Lächeln war verschwunden. »Und wenn du Zweifel hattest, solltest du sie für dich behalten, sie so tief vergraben, daß man sie weder sah noch hörte. Lächle und höre nicht auf zu lächeln, sag deinen Text auf, als hinge dein Leben davon ab.« Sie biß sich auf die Lippen. »Und manchmal tat es das auch.«

»Und jetzt?«

»Jetzt haben wir 1982, und die alten Männer sind immer noch an der Macht, und nichts wird sich je ändern.«

»Glauben Sie das wirklich?«

»Ich weiß nicht, wie ich irgend etwas anderes glauben könnte.«

Irina stand auf und goß Tee in Gläser. Die Teeblätter wirbelten am Boden der Gläser herum. »Großer Gott, Edward!« Sie blickte auf ihre Armbanduhr. »Wissen Sie, wie spät es ist? Wir haben stundenlang geredet!«

Wir lachten im gleichen Moment, denn es war etwa ein Uhr morgens, und wir hatten beide das Gefühl, eine kleine Grenze überschritten zu haben. »Sie bleiben besser hier«, flüsterte sie. »Ich habe zu viel Wein getrunken, um zu fahren, und ich kann es mir nicht leisten, meinen Führerschein zu verlieren.« Also richteten wir für sie auf dem Sofa ein Bett her, und ich legte mich mit einer Decke und einem Kissen auf den Boden. Und als ich das Licht ausknipste, beugte sie sich zu mir herunter und küßte mich auf die Wange.

Nur daß sie nicht aufhörte, mich zu küssen. Und nach einer Weile rollte sie sich vom Sofa, und ich fühlte, wie ihr Körper sich an meinem bewegte, schnell, drängend, als hätten wir nicht mehr viel Zeit.

Ich weiß noch, daß ich versuchte, in gleicher Weise aktiv zu werden – doch sie brauchte keine Unterstützung von mir. Es war kein Akt der Zärtlichkeit, weder von ihr noch von mir. Es war das Nutzen von Gelegenheit und passendem Zeitpunkt – und eine Erforschung des Unbekannten.

Und nach zehn Minuten ging sie zu ihrem provisorischen Bett zurück, als wäre kaum etwas geschehen.

Für mich allerdings war eine Menge geschehen.

Ich lag wach, bis es hell wurde. Mein Kopf war voll von ihr und von Moskau – den neuen Empfindungen, den Geschichten, dem Gefühl, in ein Leben und eine Kultur einzudringen, die ich bisher nur als Zuschauer gekannt hatte. Zum ersten Mal fühlte ich etwas von meiner russischen Herkunft. Zum ersten Mal hatte ich das Gefühl, angekommen zu sein.

Ich ging am nächsten Tag nicht zum Hotel zurück. Es war Sonntag, und wir fuhren in die Wälder der Umgebung, zu einer winzigen Holzhütte, die Irina ihre Datscha nannte, und wir machten es uns auf einer sonnenbeschienenen Lichtung bequem und dachten nicht mehr an Moskau.

Später rannten wir durch den Wald, jagten uns gegenseitig mit lauten Rufen und als wir zur Hütte zurückkehrten, hatte die Großmutter Pfannkuchen gebacken, die wir mit Käse, Sauerrahm und Gurken aßen.

Es gab ein altes Radio, und wir hörten uns ein Konzert aus Moskau an. Die Fenster standen offen, und eine warme Brise wehte von Osten her. Wir tranken noch mehr Wein und lachten über alte russische Witze über die Nahrungsmittelknappheit; und ich hatte das Gefühl, endlich an einem Ort der Schönheit zu sein.

Und die Musik? Dies war Dads Musik, denn während meiner Kindheit hatte er oft dagesessen und sich diese Melodien angehört – seine kleine Sammlung russischer Schallplatten: Tschaikowsky, Rachmaninoff –, und er hatte dabei die Augen geschlossen und war fort von der Londoner Wohnung in seine andere Welt gewandert. Die Musik kann dich nach Hause bringen, wenn du sie läßt, hatte er immer gesagt, sie kann mit dir spielen und dich trösten, sie kann dir Angst einjagen oder dich traurig machen. Doch du weißt nie im voraus, was sie mit dir anstellen wird – sondern immer erst danach. Das ist das Geheimnisvolle und Faszinierende an ihr.

Als ich in jener Nacht eben diese Melodien hörte, glaubte ich zu wissen, wohin Dad gegangen war.

Wir gingen schlafen – alle in diesem einzigen Raum. Die alte Großmutter in einem Stuhl – ich deckte sie mit einer Decke zu und hob ihre Füße auf einen Schemel –, Anna neben ihrer Mutter auf einem Sofa, und ich wieder auf dem Boden. Ich hörte Grillen zirpen und versuchte mir eine Landschaft vorzustellen, die sich über ganz Asien erstreckte, an China und Indien grenzte, sich bis weit in den Polarkreis ausdehnte.

Anfangs war es eine angenehme Vorstellung, doch je länger ich darüber nachdachte, desto mehr entmutigte sie mich. Auf all den Tausenden von Quadratkilometern, unter Millionen von Menschen wollte ich versuchen, einen einzigen kranken, alten Mann ausfindig zu machen – meinen Vater. Die Erfolgsaussichten konnten nur minimal sein.

Eine Hand rüttelte geraume Zeit an mir, bis ich schließlich aufwachte. Viel zu früh. Noch nicht einmal ganz hell. Der neue Tag am Ende eines Tunnels. Und Irina sagte, ich sollte aufstehen. Wir müßten zur Stadt zurück. Man erwartete mich im Kurs.

Ich wankte nach draußen zum Auto, und wir fuhren auf die triste Silhouette der Stadt zu.

»Edward, es ist so seltsam, mit dir zusammenzusein. Du sprichst perfekt Russisch, und doch hast du etwas Fremdes an dir. Ein Russe, ohne wirklich einer zu sein. Andere Reaktionen. Andere Augen.«

Ich spürte, wie ich immer angespannter wurde. »Du hast mich nie gefragt, wo ich die Sprache gelernt habe – oder?«

»Nicht?« Sie warf mir einen schnellen Blick zu. »Nein, ich glaube nicht.«

Am Rand der Vororte hielt sie neben einer Metrostation an. »Edward, von hier aus mußt du mit dem Zug weiterfahren. Ich habe eine Verabredung. Geh zum Hotel zurück, der Bus wird dich von dort mit den anderen zum Kurs bringen. Wirst du dich zurechtfinden?«

»Natürlich. Kein Problem.« Ich sah ihr nach, wie sie davonfuhr, ohne ein Winken oder Lächeln, und es schien, als wäre Irina nicht länger die schöne Frau, die sich zu mir herabgebeugt und an mich geschmiegt hatte. Auch sie hatte etwas Fremdes an sich, auch ihr Ziel war ein anderes – und gleich würde sich wieder die Wand erheben, die Rußland ist, und mir den Weg versperren.

Ich wußte nur nicht, wo und wie.

Als ich kurz nach sieben Uhr im Hotel ankam, war alles still. Ich wußte, daß Eric noch schlafen würde. Wir mußten erst in einer Stunde los.

Ich nahm den Fahrstuhl in die zwölfte Etage. Zimmer 126. Und schon im Korridor wußte ich, daß hier etwas nicht stimmte. Die alte Tante, die die Schlüssel in ihrer Obhut hatte, hatte ihren Platz verlassen, und das nicht nur vorübergehend, etwa um aufs Klo oder zum Zigarettenholen zu gehen: Ihre kleine Dienststelle war geschlossen, der Stuhl entfernt, ihre Nippsachen vom Tisch geräumt. Weit und breit kein Schlüssel. Statt dessen saß ein uniformierter Portier auf dem Sofa, um einiges sauberer als die anderen Portiers: frisch gebügelte Hosen, rasierte Wangen, ein Ausbund an Eleganz und Etikette.

»Ich hätte gern den Schlüssel für 126«, sagte ich zu ihm, und die Art seines Lachens ließ mich innerlich zusammenzucken und mit dem Schlimmsten rechnen.

»Sie gehören doch zu dieser Studentengruppe?«

»Richtig.«

»Nun, die sind weg, nicht wahr?«

»Wie meinen Sie das, weg?« Und ich spürte, wie in mir von tief unten Übelkeit hochstieg …

»Ausflug. Auf irgendeinem Ausflug. Wie soll ich das wissen?«

»Nun, wann kommen sie zurück?«

Er zuckte die Schultern und lachte wieder. »Wer weiß schon irgendwas in diesem Scheißland?«

Er wühlte in seiner Tasche und warf mir den Schlüssel zu, als hätte er auf mich gewartet. Im Zimmer dann sah ich auf einen Blick, daß Eric nicht mehr da war. Sein Koffer, seine Kleidung, Bücher, der kleine Berg von Steinen, die er gesammelt und neben seinem Bett aufbewahrt hatte – alles spurlos verschwunden.

Ich öffnete das Fenster, doch es regte sich kein Lüftchen. War letzte Woche von einer Fahrt aufs Land die Rede gewesen? Hatte ich das bloß vergessen? Die Broschüren hatte ich jedoch sicher nicht gelesen – weil ich glaubte, sie träfen auf mich nicht zu. Vielleicht war all dies seit langem geplant, und ich hatte es einfach nicht mitbekommen. Ich Idiot!

Geh zum Institut, sagte ich mir. Es gibt für alles eine Erklärung. Es muß eine geben. Du mußt nur die richtige Person fragen, die richtige Person finden. Das Ganze ist nur ein Mißverständnis.

Ich muß fast lachen, wenn ich daran denke, wie ich mich damals beschwichtigte, wie ich glaubte, ich würde Antworten finden in Moskau, glaubte, es gäbe »richtige« Leute, glaubte, man könne westliche Regeln und Logik anwenden.

Du gehst nicht nach Rußland, um Antworten zu finden. Du findest Fragen. Du findest Puzzles und Rätsel, die dich verwirren und herausfordern werden, jetzt und für immer.

Ich wußte damals rein gar nichts.

Nachdem ich geduscht und mich umgezogen hatte, fühlte ich mich wieder besser. Ich nahm den Fahrstuhl zum Foyer und ging in Richtung Metro.

Hier läuft alles nach bestimmten Regeln ab, sagte ich mir. Nach Regeln und Gesetzen. Alle Leute verhalten sich nach klar erkennbaren Mustern. Ich ließ den Blick über die billigen Karohemden und die dicken Strümpfe der Passagiere wandern, über die Gesichter, die alle besser darüber Bescheid wußten, als es mir je möglich sein würde. Da war ich nun, gerade erst zwanzig. Ich hätte ein freundliches Wort gebrauchen können.

Das letzte Wegstück zum Institut ging ich zu Fuß, und ich ließ mir dabei Zeit. Das Personal würde in frühestens einer Stunde eintreffen, und dann würde die Kantine aufmachen, und mit viel Glück bekam ich vielleicht sogar etwas Genießbares zum Frühstück. Auf der Straße kam ich an ein paar Pepsi-Kiosken vorbei, an einer Bäckerei, an Supermärkten mit all den Dingen, für die sich woanders niemand ein Bein ausreißen würde. Schaufenster, die »Schuhe«, »Uhrenreparatur« und »Blumen« anpriesen – aber kein Frühstück.

Die Einfahrt zum Institut war leer. Ich schob die Tür des Haupteingangs auf und ließ sie hinter mir zufallen. Das Geräusch hallte durch die Korridore und die breite Treppe hoch, auf der es von Menschen hätte wimmeln sollen.

Ich rannte die Treppe hoch, doch ich wußte schon, daß das Klassenzimmer geschlossen, die Tür abgesperrt sein würde. Und in diesem Augenblick konnte ich die Wand spüren, die sich aus dem Nichts erhob und mir den Weg verstellte. Rußland sperrte eine Straße und würde jetzt versuchen, mich auf eine andere zu lenken. Doch darauf wollte ich nicht warten. Ich erinnere mich, daß ich im Flur stand und dachte: Ich gehe zur britischen Botschaft. Mir bleibt nichts anderes übrig. Ich erzähle ihnen, was passiert ist. Sollen doch die das Ganze klären.

Und das hätte ich auch gemacht, wenn nicht sie neben dem Eingang gestanden hätte, als ich nach unten kam. Die Sonne schien ihr auf den Rücken, ihr Gesicht lag im Dunkeln, und einen Augenblick lang starrten wir uns wortlos an.

Sie hatte sich umgezogen und Make-up aufgelegt, doch sie lächelte nicht. So wie eine Blume sich am Ende des Tages schließt – so hatte sich Irina verschlossen, und von ihrer Schönheit war nichts mehr zu sehen. Ihre Anwesenheit hier war kein Zufall. Es war kein Zufall, daß alle anderen auf einem »Ausflug« verschwunden waren. In Rußland geschieht nichts zufällig. Nichts greift dich an, verletzt dich oder fügt dir Unrecht zu, ohne daß eine Absicht dahintersteckt. Es war Absicht, daß Irina hier war; das konnte ich klar erkennen, als ich jetzt dicht vor ihr stand.

»Du kommst besser mit mir, Edward.«

»Was geht hier vor, Irina?«

Sie hielt mir die Tür auf.

»Ich rühr' mich nicht von der Stelle, bis du mir sagst, was los ist.«

»Sei nicht albern – du begreifst rein gar nichts.«

Ich kehrte ihr den Rücken zu und setzte mich auf die Treppe, was ihr, wie ich hoffte, zu verstehen geben würde, daß ich nicht willens war, so ohne weiteres ihren Anordnungen Folge zu leisten.

Doch sie ging einfach zur Tür hinaus und auf die Straße, und als ich sie eingeholt hatte, stieg sie gerade ins Auto.

»Ich habe keine Zeit für diesen Blödsinn«, sagte sie zu mir. »Ich kann dich zu jemandem bringen – oder du kannst hier bleiben und zusehen, wie du zurechtkommst. Du hast die Wahl.«

»Tu nicht so gönnerhaft«, sagte ich – was auf russisch sehr merkwürdig klingt, weil sie sich hier alle danach sehnen, einen Gönner zu haben. »Ich werde mitkommen und diese Person sehen – danach habe ich meine eigenen Pläne.«

»Wie du willst.«

Ich stieg ins Auto, und Irina fädelte sich in den dichten Verkehr ein.

Sie schwieg während der ganzen Fahrt, doch von Zeit zu Zeit nickte sie philosophisch vor sich hin, als wäre das Ganze irgendwie eine bedeutsame Reise durchs Leben – und nicht Teil der niederträchtigen Operation, als die es sich herausstellen sollte.

Heute weiß ich, daß wir nach Norden fuhren, den Gartenring nahmen und dann nahe beim Kasaner Bahnhof plötzlich abbogen. Vielleicht spielt es keine Rolle, doch ich wollte die Einzelheiten klar im Kopf haben.

Wir hielten im Hof eines grauen sechsgeschossigen Blocks an, und ich erkannte sofort, daß es ein Krankenhaus war. Weiße

Kittel gingen durch den Haupteingang ein und aus. Doch als wir eintraten, empfing uns kein scharfer Geruch nach Desinfektionsmitteln, kein typischer Klinikbetrieb. Eine Menge Leute hasteten umher, Leute, die zwischen Leben und Tod standen – und bei manchen war deutlich erkennbar, welchem Zustand sie näher waren. Wenig Ordnung, wenig Methode. Verarztung mit Gurten und primitiven Prothesen, denn mehr hatte man nicht zur Verfügung.

Mit dem Fahrstuhl in den zweiten Stock. Dann ein Flur und ein kleines Wartezimmer, dessen eine Wand von Vorhängen verhängt ist.

Irina fordert mich auf, mich hinzusetzen. Ich ignoriere sie.

»Dies wird für dich vielleicht ein ziemlicher Schock sein«, sagt sie. »Ich würde mich setzen, wenn ich du wäre.«

Und mir ist plötzlich sehr kalt in diesem trockenen, heißen Raum. Ein Arzt kommt herein – vielleicht war er kein Arzt, jedenfalls trug er einen weißen Kittel. Und dann wird mir bewußt, daß er nicht gekommen ist, um mit mir zu sprechen; vielmehr mustert er mich mit professionellem Interesse: Er macht sich ein Bild von mir, wartet auf meine Reaktion auf das Kommende. Steht einfach neben der Tür, die Hände in den Taschen. Sagt nicht einmal guten Tag.

Er nickt Irina zu, sie nickt bestätigend, und er greift nach dem Vorhang und zieht ihn zurück.

Und nur weil mittlerweile viel Zeit vergangen ist, kann ich all dies sachlich betrachten.

Ich starre durch eine gläserne Trennwand auf einen weiteren Raum, aus dem orangefarbenes Licht kommt. Ich brauche ein paar Sekunden, bis meine Augen etwas erkennen können.

Ein Bett steht in dem Raum, und auf ihm, halb sitzend, halb liegend ist ein Mann mit winzigen Büscheln grauer Haare auf dem kahlen Kopf. Die Umrisse seines Gesichts, die Form des Kiefers. Meine Augen bleiben an diesem Gesicht hängen, denn es ist so abgezehrt, ohne Zweifel ist dieser Mann sehr krank …

Wenn nur dieses orangefarbene Licht nicht wäre … und ich

nicht vor Kälte schlottern würde … wüßte ich sicher … Doch jetzt, ohne jede Vorwarnung, geht irgend etwas schrecklich schief. Ich bekomme keine Luft mehr. Der Boden wird mir unter den Füßen weggerissen, und ich falle, schnell, und es ist nichts da, was mich bremst, nichts, was meinen Absturz verlangsamt, ich hab' mich nicht mehr in der Hand, bin außer mir, von Sinnen – denn dort, auf dem Bett, ist mein Vater – niemand sonst, niemand sonst auf der ganzen Welt, sondern der Mann, der tot war, als tot bestätigt, mit Papieren und Stempeln, irgendwo in Rußland, vor vielen, vielen Jahren … mein Vater, meiner, meiner.

Noch als ich halb bewußtlos auf dem Boden liege, sage ich dies wieder und wieder vor mich hin, und ich höre weit weg den Schrei meiner eigenen Stimme.

Und jetzt weiß ich, warum ein Arzt anwesend war.

Sie müssen mich auf ein Bett gehoben haben, denn ich war sicher nicht allein dort hinaufgekrochen.

Es war ein anderes Zimmer. Das erste, wonach ich Ausschau hielt, war die Glasscheibe mit dem Vorhang davor, doch die Wände waren kahl. Die beiden standen neben der Tür – und sie drehten sich schnell zu mir, als ich mich aufsetzte.

Ich war noch nie so wütend und verzweifelt gewesen – wie ein Kind schrie ich auf sie ein, trommelte mit den Fäusten auf das Bettgestell, brüllte Fragen und Anklagen, die ich mittlerweile längst vergessen habe. Ein schwarzer Augenblick in meinem Leben. Ein schwarzer Augenblick in einem kleinen weißen Raum.

Irina führte mich zu einem Tisch und sprach mit ruhiger Stimme, und nach ein paar Minuten begann ich, das Gesagte aufzunehmen: zuerst die Worte, dann deren Sinn und schließlich die Bedeutung von all dem. So überaus klar und einfach, wenn es einem langsam von denjenigen beigebracht wird, die die Macht und das Wissen besitzen – und man selbst keines von beidem hat.

Ihre Version war deshalb die einzige, die ich je besaß – voller Lücken, das wußte ich, es konnte gar nicht anders sein: eine

Flickendecke aus Lügen und Wahrheit, zusammengenäht, um mich zu wärmen, um mich gefügig zu halten – etwas, woran ich glauben und wovon ich mich in meinem Handeln leiten lassen konnte, in den Zeiten, in denen ich einen Glauben brauchte.

Falsch und unzureichend – doch es war alles, was ich hatte.

Sie sagte mir, es sei Dads Entscheidung gewesen, seinen »Tod« bekanntzugeben. Er wollte, daß wir unser eigenes Leben weiterlebten, nicht jahrelang nichts unternahmen, weil wir auf Briefe von ihm warteten und uns Hoffnungen hingaben, die sich nie erfüllen konnten.

»Er liebt euch sehr«, sagte Irina. »Es war ein großes Opfer. Lange Zeit war er außerstande, diese Entscheidung zu treffen. Viele rieten ihm davon ab – doch letzten Endes wollte er nicht auf sie hören.«

»Wenn er uns so sehr liebte, hätte er zurückkommen können – oder er hätte uns zu sich rufen können. Wir hätten mit ihm in Rußland gelebt …«

»Er wollte, daß dir Möglichkeiten und Mittel zur Verfügung stehen, die es hier bei uns nicht gab. Er wollte das Beste für dich. Ist das nicht ganz natürlich?«

»Und ihr habt seine Arbeit, sein Gehirn gebraucht. Ihr hattet niemanden mit dem Wissen, das er besaß.« Ich stand auf und ging im Zimmer auf und ab. Ich konnte auf Irinas Phrasen verzichten – schlimm genug, daß sie die einzige Informationsquelle war.

»Was macht er hier? Was fehlt ihm?«

»Er ist seit einiger Zeit krank. Prostatakrebs. Er muß ständig medizinisch behandelt werden …«

»Ich muß ihn sehen, mit ihm reden. Herrgott noch mal, ich muß mich um ihn kümmern …«

Der Arzt schaltete sich in das Gespräch ein.

»In der augenblicklichen Situation wäre das unklug. Er muß auf ein solches Treffen vorbereitet werden. Sonst wären die Folgen …«

»Seit wann interessieren Sie sich denn für Folgen?«

»Ich bin Arzt, ich versuche, für meinen Patienten zu sorgen. Das ist mein einziges Interesse …«

»Genauso wie die Psychiater für all eure Dissidenten sorgen.«

Er lächelte. »Es führt zu nichts, westliche Propaganda zu zitieren. Darum geht es hier nicht.«

»Sondern?«

»Es geht darum, wie deinem Vater geholfen werden kann«, sagte Irina. »Wie am ehesten sichergestellt wird, daß er die Behandlung bekommt, die er braucht.«

»Ich will ihn sehen, jetzt.«

»Das ist nicht möglich. Er wurde bereits in ein Sanatorium außerhalb Moskaus zurücktransportiert. Einmal wöchentlich wird er zur Bestrahlung hierhergebracht, doch ansonsten lebt er in einer weitaus angenehmeren Umgebung.«

»Wann kann ich ihn sehen?«

»Bald. Sehr bald.« Und sie sah den Arzt an, als erwartete sie von ihm eine Stellungnahme. Doch es war ein Blick, der besagte: »Wir haben ihn«, »er gehört uns«.

Ich schwor mir, daß ich ihnen beiden an einem nicht allzufernen Tag diese Arroganz heimzahlen würde.

Wir kehrten zu Irinas Wohnung zurück, doch die Tochter und Großmutter waren nicht mehr da.

»Von jetzt an solltest du hier bleiben«, sagte sie. »Ich gebe dir eine Telefonnummer, wo du mich erreichen kannst. Wenn ich nicht dort bin, wird jemand eine Nachricht entgegennehmen. Ich werde entweder um Mittag herum oder um sieben Uhr abends anrufen. Dazwischen kannst du die Wohnung verlassen und tun, was du willst …«

»Wozu? Wozu das alles?«

»Wenn ich von den Ärzten erfahre, daß du deinen Vater sehen kannst, werden wir dort hinfahren. Ich rufe sie zweimal täglich an, und dann melde ich mich bei dir. Das leuchtet doch ein, oder?«

Ich ließ den Blick durch die Wohnung wandern. »Bist du beim KGB?«

»Würdest du mich mehr hassen, wenn ich es wäre?«

»Nein. Du hast mich reingelegt. Es ist egal, für wen du arbeitest.«

»Gut.« Sie wandte sich zur Tür.

»Nur noch eine Frage …«

»Nein – nein, warte einen Moment.« Sie hob die Hand, und in ihrem Gesicht, das ich einst so schön gefunden hatte, breitete sich Zorn aus. »Nein, ich will dir jetzt nur noch eines sagen, Edward. Du magst dich betrogen und getäuscht fühlen, und das vielleicht zu Recht. Aber glaube nicht, daß du damit der einzige in diesem Land bist. Dein Vater ist immerhin am Leben. Es gibt Hoffung – wieviel, weiß ich nicht. Aber ein wenig. Die meisten Leute, die ich kenne, haben keinen Vater mehr, wegen all der schwachsinnigen Beschlüsse und all der Säuberungsaktionen und Morde und Kriege, die wir durchmachen mußten. Daran solltest du denken, wenn du im Bett liegst und uns alle verdammst. Denk einfach erstmal nach.«

Ich hörte zu, wie der Fahrstuhl nach unten ratterte. Dann ein dumpfes Geräusch, das Quietschen und Zuschlagen der Türen. Und Irina war fort, und mit ihr ihr Zorn.

Der Ausbruch hatte mich ziemlich kaltgelassen. Das Verwischen von Problemen in Rußland, die fürchterliche Sentimentalität, der sich selbst die Grausamsten verschrieben haben – die Kette der Lügen, bei der eine Lüge dazu dient, eine weitere hervorzubringen und zu rechtfertigen – ein endloser Kreislauf, in dem die Wahrheit nicht die geringste Rolle spielte.

Ihr Rußland – das Rußland, dem ich von nun an allein gegenübertrat.

Nur noch ein einziges Mal durfte ich meinen Vater damals sehen. Doch er erkannte mich nicht. Er saß in einem Rollstuhl im Garten des Sanatoriums und wurde mit einem Löffel gefüttert – etwas im Mund muß ihm allerdings wehgetan haben, denn er fuhr sich ständig mit der Zunge über das Zahnfleisch, und der Arzt sagte mir, daß er wunde Stellen von der Chemotherapie hatte.

»Das ist jetzt gerade eine schlechte Phase«, sagte er. »Es gibt auch gute Phasen. Manchmal ist er für Wochen oder Monate auf dem Weg der Besserung. Doch man weiß nie, was als nächstes kommt – es gibt kein festes Schema bei seiner Krankheit.«

Später, als Dad einschlief, saß ich bei ihm im Garten und nahm seine Hand und dachte zurück an das Leben, das wir miteinander geteilt hatten, vor so vielen Jahren. Seine Haare waren fast alle ausgefallen, seine Wangen fahl und fast durchsichtig, die Stirn gefurcht von den peinigenden Schmerzen – doch die Erinnerungen an ihn waren frisch wie am ersten Tag. Dad, wie er am Strand von Bournemouth auf mich böse wurde, als ich ihm auf den Fuß trat; Dad, wie er streng am Küchentisch saß und mich ermahnte, mich zu benehmen; Dad, der all den Bällen hinterhierlief, die ich in all den Parks herumschoß, an all den Sonntagnachmittagen, in all dem Regen und der Kälte, in all den besten Zeiten meiner Kindheit. Ich konnte sein Lächeln sehen und seine Rufe hören und seinen Arm wieder auf meiner Schulter spüren.

»Erinnerst du dich?« fragte ich ihn und betrachtete das schlafende Gesicht, in der Hoffnung, daß er keine Schmerzen hatte.

Was würde ein Sohn nicht alles dafür tun, seinen Vater wieder gesund zu machen?

Ich habe mir diese Frage gestellt, wieder und wieder, so viele Jahre lang.

Mein Koffer lag hinten in ihrem Auto, und sie fuhr mich zum Flughafen.

»Ich will noch nicht abreisen …«

»Du mußt.«

»Ich will für ihn sorgen.«

»Wir werden für ihn sorgen.«

Sie fuhr auf den Seitenstreifen. Es war eine sechsspurige

Schnellstraße außerhalb der Stadtgrenzen. Ein endloser Strom von Lastwagen brummte vorbei.

»Dieser Platz ist genausogut wie jeder andere, Edward.«

»Wofür?«

»Für das, was ich dir sagen muß – die Regeln, die Form der Zusammenarbeit von jetzt an.«

»Ich verstehe nicht ...«

»Es ist ganz einfach, Edward. Du willst deinem Vater helfen, also hilf uns, für ihn alles zu tun, was wir können. Wir werden ihm die beste medizinische Versorgung zukommen lassen, die wir haben, wir werden für harte Devisen die Medikamente kaufen, die er braucht – das Präparat heißt Flutamide –, wir werden sein Leben nach besten Kräften verlängern und menschlich gestalten.«

Sie hielt inne, und ich weiß noch, daß ich aus dem Fenster blickte und den Lastwagen und Bussen zusah, die sich in der Hitze und dem permanenten Staub aus der Stadt quälten. Das mochte der Flughafenzubringer sein, der Weg nach draußen, doch nicht für die Russen. Nicht für die Menschen, die die Freiheit hätten haben sollen, dorthin zu gehen, wohin sie wollten. Nicht für Dad.

Wie auch immer sie es zu beschönigen versuchte, dies würde zwangsläufig ein schäbiges Arrangement sein – ein sterbender Mann, dem man Erleichterung gewährte oder verweigerte, je nach politischer Opportunität. Was konnten sie für ihn bekommen, während sie sein Leben verlängerten? Was war er wert, wenn sie den Hahn zudrehten?

»Eines Tages wirst du einen Anruf bekommen, Edward, und jemand wird meinen Namen erwähnen, und du wirst tun, worum man dich bittet.«

Ich schaute weiter auf die Straße.

»Wir werden unser Wort halten, und du wirst von Zeit zu Zeit Berichte über den Krankheitsverlauf erhalten – einen weiteren Besuch, wenn es sich einrichten läßt. Ich würde davon abraten, irgend jemandem von unserer Vereinbarung zu erzählen – schon gar nicht deiner Mutter.«

Danach fuhr sie mich zum Flughafen. Dort nahm ich meinen Koffer vom Rücksitz und ging fort, ohne sie anzusehen.

Fünf Stunden später war ich in London. Ich erinnere mich, wie ich aus dem Taxi stieg, die Haustür öffnete und nach meiner Mutter rief – doch sie war nicht da.

Ich war froh darüber. Das Haus kam mir kühl und sauber vor, verglichen mit Moskau, und irgendwie kleiner als ich es in Erinnerung hatte.

Ich öffnete den Koffer und wich verblüfft zurück. Ganz zuoberst lag eine Schachtel Schweizer Pralinen und eine Handvoll Ansichtskarten von Genf.

Also wußten sie, daß ich meiner Mutter gesagt hatte, ich würde in die Schweiz gehen. Sie wußten, daß ich sie angelogen hatte. Sie wußten alles – und sie würden davon Gebrauch machen, wenn es ihren Interessen diente.

Es war beileibe nicht nötig, mich daran zu erinnern – doch das Schicksal übermittelt seine Botschaften manchmal mehrmals hintereinander, nur um sicherzugehen, daß man sie auch verstanden hat.

Als das Semester wieder anfing, ging ich auf die Suche nach meinem Tutor, Michael Dillon. In seinem Büro saß ein Mann, den ich noch nie gesehen hatte, frisch rasiert und im Anzug, das glatte Gegenteil von Dillon. Er habe, so sagte er, eine unbesetzte Stelle übernommen. Ich ging zum Dekan, doch er war zu beschäftigt, um mit mir zu sprechen. Schließlich warf ich einen Blick in den Gemeinschaftsraum der höheren Semester und entdeckte einen der anderen Tutoren für Russisch. Er kam zu mir in den Flur und stand traurig da, die Hände hinter dem Rücken, als ich fragte, ob Dillons Stelle wirklich neu besetzt worden sei.

»Ich fürchte ja«, antwortete er. »Michael ist vor etwa vier Wochen bei einer Bergtour tödlich verunglückt. Es war ein furchtbarer Schock für uns. Niemand wußte überhaupt, daß er ein Bergsteiger war. Wollen Sie sich einen Augenblick hinsetzen? Sie sind sicher …« Er wandte den Blick ab und rieb sich die Augen.

»Es tut mir so leid. Michael war für einen zweiwöchigen Urlaub in der Schweiz, ganz in der Nähe von Genf, hieß es; ich selbst war da noch nie. Es ist entsetzlich, ganz entsetzlich. Wir haben ihn eigentlich nie gekannt, wissen Sie. Ich meine, nicht richtig.«

Noch lange nachdem er gegangen war, stand ich im Flur, denn es schien keinen Ort zu geben, wohin ich hätte gehen können. Niemanden, mit dem ich hätte reden können – und selbst wenn es jemanden gegeben hätte, was um Himmels willen hätte ich sagen sollen?

27

»Also erzähl ich's jetzt dir.«

Jane Card beugte sich vor und drehte das Seitenfenster herunter. Wir befanden uns südöstlich von Warschau in einer weiten Ebene. Gelegentlich kamen wir an winzigen Dörfern vorbei und fuhren spritzend durch von Unkraut überwucherte Hundescheiße.

Niemand folgte uns. Weit und breit kein anderes Auto, nur eine Menge Pferdefuhrwerke. An den Straßenecken waren Kohlenhaufen aufgetürmt. Polen war offenbar dabei, ins neunzehnte Jahrhundert zurückzukehren.

»Ich glaube, ich blicke jetzt ein bißchen besser durch«, sagte sie leise.

»Freut mich, daß wenigstens einer von uns das tut«, antwortete ich. »Wie dem auch sei, mir ist schon viel geholfen, wenn du verstehst, daß ich das für meinen Vater tue. Ich will ihn finden und herausholen. Mutter ist in Sicherheit. Als ich sie auf dem Friedhof sah, ist mir klargeworden, daß sie für sich selbst sorgen kann. Dad kann das nicht. Hat es nie gekonnt. Ich muß ihn nach Hause bringen.«

Sie schwieg einen Augenblick und wählte mit Bedacht ihre Worte. »Diese Reise nach Rußland. Sie haben dir die Freude darüber, deinen Vater gefunden zu haben, gründlich verdorben, nicht wahr?« Sie legte mir eine Hand auf den Arm. »Ich kann es dir nicht verdenken, daß du dich auf einen Handel eingelassen hast.«

»Das ist nett von dir. Die Regierung Ihrer Majestät ist womöglich nicht so großmütig gestimmt.«

»Die Dinge ändern sich ...«

»Sag mir, wie ...«

»Nein, du wirst es *mir* sagen«, sagte sie sanft. »Du wirst es mir sagen.«

Am Rande von Lublin hielten wir bei einer Autobahnraststätte und tankten. Ich hatte ihnen unrecht getan, als ich dachte, sie würden sich zurückentwickeln. Es war alles ganz anders als in kommunistischen Zeiten. Das Bedienungspersonal bediente, das Essen wurde gekocht, nicht halb roh hingeknallt. Man war der Kunde und nicht der Störfaktor.

Wir setzten uns, bestellten und sahen den neuen Kapitalisten beim Geldverdienen zu.

Doch Jane hatte wenig Appetit. »Es gibt noch so viel, das ich dich fragen möchte …«

»Dann frag. Wir haben vielleicht später nicht mehr die Gelegenheit dazu.«

»Dein Vater – ist er noch am Leben?«

»Ich wünschte, ich wüßte es. Ich habe mit ihnen darüber verhandelt, ihn in den Westen zu bringen. Sie sagten, sie würden ihn nach London kommen lassen. Dann kam der Putschversuch – und seitdem habe ich nichts mehr gehört. Deshalb habe ich die Geschäftsreise nach Moskau organisiert, mit Harry und seiner Clique. Ich brauchte eine gute Ausrede …«

»Und deine Mutter wußte nie Bescheid?«

Ich schüttelte den Kopf.

»Das war sicher schwer.«

»Ja und nein. In vieler Hinsicht war es immer am schwersten, ihr gegenüber offen zu sein, denn *sie* war immer so verschlossen. Das war ihr Erbe: Nie zu wissen, ob sie ihren Mund zu weit aufmachte. Angst *vor* sich selbst und *um* sich selbst. Ein bißchen was davon hat auf mich abgefärbt.«

Wir bezahlten – westliche Preise – und gingen.

Jane übernahm jetzt das Steuer, und ich dachte darüber nach, wie sehr sich ihr Leben in so kurzer Zeit geändert hatte – vor ein paar Tagen noch war sie mit ihrem Ford Escort voller Kinderspielsachen herumgefahren, hatte für die Familie eingekauft, hatte gelebt wie ein Normalbürger.

Ich drehte mich zu ihr und sah sie scharf an. »Wie lauten jetzt eigentlich deine Anweisungen, Jane? Wir sind bisher nicht dazugekommen, darüber zu reden. Was wirst du denn an der Grenze tun? Falls wir so weit kommen.«

Sie überholte einen Lastwagen, und die Straße dehnte sich schnurgerade und flach vor uns aus. Nur wenige Bäume entlang der endlosen Felder. »Ich soll bei dir bleiben und unsere Interessen wahren.«

»Und das heißt?«

»Das weiß ich noch nicht, Edward. Der Boden hat sich bewegt. Unsere Interessen haben sich bewegt. London ist sich darüber im klaren.« Sie zuckte die Schultern. »Aber eines weiß ich: Du hättest mich dort in Warschau zurücklassen können, und ich hätte zusehen müssen, wie ich allein zurechtkomme ...«

»Was du ja ganz gut geschafft hast ...«

»Statt dessen bist du mir gefolgt, ins Haus. Es wäre für dich sehr viel sicherer gewesen, dich ins Auto zu setzen und davonzufahren ...«

»Du kennst mich nicht besonders gut ...«

»Ich kannte dich mal ziemlich gut«, sagte sie schlicht.

Es fing wieder zu regnen an, und sie schaltete die Scheibenwischer ein. Ich sah, wie die Wolken sich tief auf die Landschaft herabsenkten. »Um deine Frage zu beantworten: Ich habe freie Hand, dich bis zum Ende deiner Reise zu begleiten – nach Moskau oder wohin auch immer.« Sie lächelte. »Ich werde deine Freundin spielen oder jede andere Rolle, die dir zusagt. Schließlich hab ich das schon mal gemacht.« Sie machte eine Pause. »Halt mal das Steuer.« Und ich sah verblüfft zu, wie sie ihren Ehering vom Finger streifte und ihn in die Reisetasche steckte.

Je weiter man nach Osten kommt, desto mehr spürt man die Gegenwart Rußlands – oder war das nur für mich so?

Die Straßen waren jetzt schmaler, gelegentlich nur einspurig. Zweimal mußten wir an den Rand fahren, um russische Lastwagen und Schwerlaster vorbeizulassen. Es gab mehr Bewegungsfreiheit entlang dieser Grenze – doch genausoviel tiefsitzende Feindseligkeit. Und mir kam der Gedanke, daß man in der Nähe Rußlands nie ruhig leben kann. Man schläft nicht tief. Man sieht nach, wer hinter einem und vor einem ist – und dann sieht man zur Sicherheit gleich noch einmal nach.

In Lublin gingen wir in ein Hotel nahe der katholischen Universität. Ich fühlte mich schlagartig an die Vergangenheit erinnert, als wir ein Doppelzimmer für uns beide nahmen, so wie wir das früher immer getan hatten.

Oben im Zimmer leerte Jane ihre Tasche aus, Waschzeug, etwas Unterwäsche, ein frisches Hemd. »Ich gehe besser los und kaufe ein paar Sachen«, sagte sie. »Sonst wirst du nicht lange mit mir zusammensein wollen.«

Und obwohl das eine beiläufige Bemerkung war, war der Blick, den sie mir zuwarf, alles andere als beiläufig. Ein Blick und eine Frage. Wollte ich mit ihr zusammensein oder nicht?

»Ich komme mit«, sagte ich, und ich mußte daran denken, daß wir in den alten Zeiten inzwischen schon ins Bett gehüpft wären. Wir hatten nie Zeit vergeudet, obwohl sie uns irgendwie trotzdem davongelaufen war. Und jetzt lag mir sehr viel daran, ihr vertrauen zu können. Der neuen Jane, die töten und organisieren konnte und freie Hand hatte, mit mir »nach Moskau oder wohin auch immer« zu gehen. Denn wenn man auf Treibsand steht, sollte man besser jemanden bei sich haben. Und ich hatte nur sie.

Wir hielten uns so wenig wie möglich in diesem Zimmer auf. Wir aßen und tranken mehr, als wir beide wollten. Wir streiften durch die Kopfsteinpflasterstraßen von Lublin, bis die Menschenmenge sich aufgelöst hatte, die Lichter angingen und die Stadt zur Ruhe kam.

Erst nach Mitternacht kehrten wir zum Hotel zurück. Wir betraten den Aufzug und fuhren zu unserem Zimmer hoch.

Das Doppelbett war aufgeschlagen – sauber, weiß, und wir waren beide äußerst verlegen.

»Du nimmst das Bett«, sagte sie und wurde rot.

»Nein, nimm du es«, sagte ich zu ihr. »Ich bin an Fußböden gewöhnt.«

Sie ging zum Umziehen ins Badezimmer. Ich nahm eine Decke und ein Kissen und legte mich vors Fenster.

Mit einem T-Shirt bekleidet kam sie zurück und schlüpfte ohne ein Wort unter die Bettdecke. Ich betrachtete sie in der Dunkelheit. Sie lag auf dem Rücken und sah zur Zimmerdecke hoch.

»Wir sollten in ungefähr drei Stunden losfahren«, erinnerte ich sie.

»Das hast du schon gesagt.«

»Sicher ist sicher ...«

»Edward ...«

»Ja?«

»Es tut mir leid, was damals in Prag geschehen ist. Das wollte ich dir schon lange sagen. Ich war sehr jung. Ich wußte damals überhaupt nichts.«

»Ist schon gut ...«

»Nein, ist es nicht.«

»Es bringt doch nichts, das alles nocheinmal durchzukauen ...«

Sie setzte sich auf. »Ich will nur, daß es nicht mehr zwischen uns steht ...«

»Also wirklich!«

»Ich hatte immer das Gefühl, du wolltest, daß ich anders bin ...«

»Ich habe geglaubt, daß du anders warst.«

»Und jetzt?«

»Du bist nicht die gleiche Frau ...«

»Also hast du keine Gefühle für mich ...«

»Um Himmels willen, Jane. Du hast mich vor Jahren sitzenlassen, als wir über eine gemeinsame Zukunft redeten und Pläne dafür machten – und in meinen Gedanken waren wir bereits dort. All das ist vorbei. Wozu es wieder ausgraben? Wir haben jetzt wahrhaftig andere Sorgen, mehr als genug. Schlaf lieber.«

Sie schwieg eine Weile, dann rollte sie zum Bettrand, und im Licht der Straßenbeleuchtung konnte ich sehen, daß sie mich betrachtete.

»Ich wollte dir das bisher nicht sagen, aber ich habe mich vor zwei Jahren von meinem Mann getrennt. In jener Nacht, als du in mein Haus kamst – du dachtest, er wäre dort. War er nicht. Nur die Mädchen waren da.«

»Warum hast du das nicht früher gesagt?«

»Weil es nicht wichtig ist. War es nicht das, was du mir gerade mitgeteilt hast? Es ist nichts mehr zwischen uns.«

In jenem Augenblick schienen wir beide auf dem gleichen dünnen Seil zu tanzen. Und ich stand auf, kletterte neben ihr ins Bett, zog sie an mich, zog ihren Kopf an meine Brust – und spürte plötzlich einen zweiten Herzschlag.

Es war nicht so wie mit Irina, war nicht kalt und mechanisch. Trotzdem konnte ich eine Distanz zu Jane wahren. Diesmal würde es eine einzige kurze Nacht sein – ohne Zukunftspläne. Ich dachte: Ich kann den Platz in meinem Herz finden, den du einmal eingenommen hast, und ihn dir wieder zur Verfügung stellen. Und am Morgen werde ich dich küssen und ihn zurückfordern. Nichts Dauerhaftes für uns, Jane Card. Wir, die wir Geheimgänge entlangrennen, unter Parkanlagen und Seen, weg von Menschen, die es auf uns abgesehen haben. Wir werden die Vergangenheit heraufbeschwören – und für kurze Zeit werden wir sie Gegenwart nennen. Das ist alles, worauf wir hoffen können.

Wir zogen uns an, als es noch dunkel war, schweigend – ohne Verlegenheit.

»Als du in London gesagt hast, daß nur du meine Mutter herausbekommen könntest, wie hast du das gemeint?«

»Ich meinte – nur ich könnte sie beschützen.«

»Vor den Russen? Das ist doch lächerlich.«

»Nein, Edward. Vor unserer Seite. Vor den Briten.«

28

Die Kontaktaufnahme sollte in einer Kirche stattfinden. Immer eine Kirche, wenn es möglich ist, pflegten sie zu sagen. Kirchen sind perfekt. Komm allein oder misch dich unter die Kirchgänger, komm früh oder spät; du kannst anhaben, was du willst, weil es Gott egal ist – und uns auch.

Und was noch besser ist: Du kannst flüstern – und wir können deine Beichte hören.

Ich hatte die Sankt-Anna-Kirche ausgewählt, weil ich ihren Namen kannte – bei einer anderen Sorte von Reise vor vielen Jahren war ich daran vorbeigekommen. Sie lag etwa eineinhalb Kilometer vom Hotel entfernt, am Ende einer schmalen, von Häusern mit schiefen, rissigen Mauern flankierten und von Gaslaternen beleuchteten Gasse.

Als wir in die Straße einbogen, fühlte ich mich fast zuversichtlich. Doch nicht lange. Schon komisch, wie schnell sich eine Stimmung ändern kann.

Ich war ein paar Schritte vorausgegangen, doch plötzlich zupfte mich Jane am Arm und zog mich schnell zur Mauer. Einen Augenblick lang rührten wir uns nicht. Als ich mich umsah, stellte ich fest, daß der Mauervorsprung der Kirche möglichen Beobachtern auf der Straße teilweise die Sicht auf uns nahm. Jane spähte angestrengt in die Dunkelheit. Ich hatte nichts gesehen; ihre Sinne mußten sehr viel schärfer sein als meine.

»Was ist da?«

»Ich weiß nicht. Das vordere Ende der Gasse wird offenbar von einem Lieferwagen blockiert. Er sieht verdächtig aus.«

»Zerbrich dir darüber nicht den Kopf, Jane. Wir treffen uns im Kircheninnern – und sie kümmern sich um den Rest. Mehr können wir nicht tun.«

Ich rechnete damit, daß die Eingangstür knarren und wackeln würde, als ich gegen sie drückte, doch sie schwang glatt und geräuschlos auf – offenbar war sie frisch geölt worden. Wir kamen in einen engen Vorraum. Ein Vorhang bedeckte den Eingang zum Kirchenschiff. Ich blieb einen Moment stehen und horchte. Es war kein bestimmtes Geräusch zu hören, doch völlig still ist es in einer Kirche nie. Auch wenn die Stimmen und Gebete schon lange verstummt sind, kann man irgendwie noch ihr Echo vernehmen.

Wir betraten den Kirchenraum. Der Geruch von Weihrauch schwebte in der Dunkelheit – eine Erinnerung daran, daß dies der Ort ist, wo die Lebenden ihre Investitionen für die Zukunft tätigen, wo Hoffnung ermutigt wird, wo Männer und Frauen ihre Stimmen erheben und singen, und Gott schweigt – er schwieg auch an diesem frühen Morgen in Polen.

Ich fühle mich immer schuldig, wenn ich in eine Kirche komme – wegen Dingen, die zu tun ich versäumt hatte, und wegen Dingen, die ich getan hatte, aber nicht hätte tun sollen. Als ich hier stand und auf meine Kontaktperson wartete, stand mein beladenes Gewissen direkt neben mir.

Langsam gewöhnten sich meine Augen an die Dunkelheit, und ich konnte die Gestalt am anderen Ende der Kirche sehen, mehr eine Erscheinung als ein Mensch aus Fleisch und Blut – heller Mantel, bewegungslos. Eine Trauernde? Eine gequälte Seele? Vielleicht beides.

Als ich mich ihr näherte, gingen plötzlich alle Lichter an. Ich blieb erschrocken stehen und starrte auf die Reihen leerer Bänke, die Kronleuchter und Buntglasfenster – und auf die Frau dort vorn mit dem schlicht gemusterten Kopftuch, die die Hände im Schoß gefaltet hatte. Und obwohl sie still dasaß, war nichts Friedliches an ihr. Sie war nicht zum Beten gekommen, sie suchte keine Erleuchtung oder neue Kraft, sie hatte nichts zu beichten. Sie hätte genausogut in einem Café oder Bus sitzen können. Sie machte keine Zugeständnisse an ihre Umgebung. All dies zeigte sich sehr deutlich in ihrer Haltung, die Selbstsicherheit ausstrahlte, darin, wie sie das Kinn vorstreckte, den Kopf zur Seite neigte.

»Dachte ich mir doch, daß du am Ende zu Gott finden würdest«, sagte Irina auf englisch, und ihre Stimme schnitt durch die Stille und hallte in der leeren, reich verzierten kleinen Kirche wider. »Ich habe sogar«, fügte sie unwirsch hinzu, »für dich gebetet.«

Die Kirche schien plötzlich kalt. Irina mußte ihr die Wärme genommen haben.

»Du hast mich noch nicht deiner Freundin vorgestellt«, flötete sie.

»Ich dachte, das würde sich erübrigen.«

Irina wandte ihre Aufmerksamkeit Jane zu. »Wie nett von Ihnen, uns Gesellschaft zu leisten, Mrs. Card. Ich war ein bißchen überrascht, als ich erfuhr, daß Sie ebenfalls hier sein würden – aber mittlerweile überrascht mich eigentlich gar nichts mehr. In den alten Tagen wären Sie nicht gekommen; Ihre Herren hätten Sie nicht gelassen, aber jetzt« – sie warf die Hände hoch, »jetzt ist alles möglich in dieser unserer großartigen neuen Welt.« Sie stand auf. »Gehen wir.«

»Du hast deine Anwesenheit hier nicht gerade getarnt«, sagte ich.

»Helles Licht hält die Tiere fern.« Irina ging zur Tür, steif, mühevoll, als wären die letzten zehn Jahre ziemlich unsanft mit ihr umgesprungen. »Unglücklicherweise«, fügte sie hinzu, »sind gegenwärtig eine Menge Tiere in der Gegend – vor allem britische und amerikanische, und ein oder zwei andere. Aber wir haben ein paar alte Freunde hier. Wir können immer noch eine kleine Vorstellung geben, wenn wir das müssen.«

Noch bevor sie an der Tür war, wurde diese von einem Mann mittleren Alters in Windjacke und Turnschuhen geöffnet – anscheinend einer der alten Soldaten, schweigsam, mit gedrungenem Hals, wie sie in der UdSSR für Exportzwecke hergestellt wurden, wenn entsprechender Bedarf entstand. Zu Tausenden waren solche Leute vom Fließband gerollt.

Hinter ihm im Freien stand mit laufendem Motor der Lieferwagen, den ich vorher gesehen hatte; und entlang der Straße präsentierte sich die Art Vorstellung, von der Irina gesprochen hatte: Eine kleine Gruppe von Sicherheitsleuten in Zivil, die sich in gleichmäßigen Abständen postiert hatten und sich keine Mühe gaben, ihre Maschinenpistolen zu verstecken. Sie hatten wohl die Aufgabe, die Straßen um die Kirche herum abzuriegeln. Und nach einer Weile würden sie wieder im Unterholz verschwinden, aus dem sie gekommen waren.

Die Kommunisten hatten also immer noch ihre Leute. Sie hielten immer noch zusammen: Ein Trupp der Loyalen und der Verzweifelten, die immer noch bei speziellen Anlässen ausrückten, um zu tun, was getan werden mußte. Doch wer war jetzt der Leidtragende?

Wir stiegen ins hintere Ende des Lieferwagens und setzten uns auf den Boden. Das Auto fuhr sofort los und preschte über das holprige Kopfsteinpflaster, unter heftigem Protest des Motors, der nicht für hohe Geschwindigkeit gedacht war und auch nicht für Personentransporte.

Irina versuchte, eine weniger unbequeme Position auf dem Wagenboden zu finden. »Nun gut, Edward«, sagte sie. »Du wolltest ein Treffen. Du hast angerufen. Erzähl mir jetzt warum.«

Die beiden schwachen Scheinwerfer ließen gerade noch die Straße erkennen, und dann fiel einer von ihnen ganz aus. Vielleicht war ein Stein gegen ihn geschlagen, vielleicht auch die Birne ausgebrannt. Der Fahrer wollte nicht aussteigen und nachsehen. Um uns herum war nichts als Dunkelheit und eine leere Landschaft. Keine Lichter des Willkommens, keine Leuchtfeuer, kein freundlich gesonnener Hafen, falls wir Schiffbruch erlitten.

Es hat etwas Lächerliches an sich, in einem albernen kleinen Lieferwagen mit nur einem Schweinwerfer in der polnischen Landschaft herumzufahren. Nur daß die Gesellschaft nicht zum Lachen war – wenn ich eines über Irina wußte nach den zehn Jahren unserer Bekanntschaft, dann dies: Sie meinte es immer ernst.

Außerdem besaß sie den Schlüssel zu meinem Vater.

Über drei Stunden lang fuhren wir in Richtung Nordosten und überquerten schließlich den Fluß Bug. Dann gab es plötzlich keine Fahrspur mehr, und wir schlingerten mit Getöse querfeldein an Bäumen und Gräben vorbei. Ich blickte zu Jane. Falls sie beunruhigt war, ließ sie es sich jedenfalls nicht anmerken. Sie sah aufmerksam nach draußen, völlig beherrscht. Sie besaß eine Menge Stärke, diese Frau. Doch mir ging die Frage nicht aus dem Kopf, wo wohl ihre wahren Interessen lagen – und was geschehen würde, wenn sie von meinen abwichen.

Nach ein paar Minuten wurde die Straße besser: Wir befanden uns auf einem breiten Betonstreifen, der nur Teil einer Landebahn sein konnte. An einem Ende machte ich eine Reihe niedriger Gebäude aus – wie Bombenlager –, doch ansonsten war alles verödet und von Gestrüpp überwuchert.

Der Lieferwagen hielt an, und Irina und ich stiegen aus. Irina bedeutete Jane, im Wagen zu bleiben, und ging mit mir zum Rand der Piste. Auf dem Weg überlegte ich mir, was ich ihr sagen würde, was ich erwähnen und was ich, wichtiger noch, auslassen sollte.

Sie blieb stehen und wandte sich mir zu, und der Mond, der gerade hinter den Wolken hervorkam, erhellte ihr Gesicht – ein Gesicht, das sich sehr von dem aus meiner Erinnerung unterschied. Es schien merkwürdig verhärmt, die faltenlose Haut spannte sich straff über die Knochen. »Du weißt, wo wir hier sind?« fragte sie.

»Warum fragst du mich das? Natürlich nicht.«

»Wie du siehst, war das einmal ein Flugplatz, doch er ist seit langem nicht mehr benutzt worden. In jüngerer Zeit diente er als eine Art Treffpunkt. Direkt am Ende der Landebahn ist ein Zaun, der die Grenze zwischen diesen zwei großen Ländern markiert – oder, genauer gesagt, zwischen diesen zwei dummen Dinosauriern ... Im Lauf der letzten zehn Jahre wurden hier sehr oft Treffen arrangiert. Kleine Touren über die Grenze, von Männern und Frauen, die nicht erkannt werden wollten, die einen direkten

Kontakt an einem abgeschiedenen Ort brauchten, ohne Mikrophone oder Protokolle oder irgendwelche kleine Beamte. Einfach Leute, die etwas bereden mußten.«

Sie drehte sich um. Der Wind wurde stärker und zerrte an ihrem Kopftuch.

»Für uns hat sich demnach auch die Notwendigkeit ergeben, etwas zu bereden.«

Einen Augenblick lang überließ ich dem Wind das Wort. Dann sagte ich zu ihr: »Ich komme wegen meinem Vater.«

Sie sah mich nicht an, stand nur sehr ruhig da und starrte zum Mond. Wie ein Wolf in einer Art urzeitlicher Pose.

»Ich hätte gedacht, du würdest wegen deiner Mutter kommen.«

»Ich komme wegen beiden.«

»Warum solltest wir dir helfen? Wir sind nicht mehr an der Macht. Wir sind weg vom Fenster ...«

»Den Teufel seid ihr. Man braucht sich doch nur diese kleine Vorstellung vorhin in Lublin anzusehen.«

»Das war nicht mehr als eben das, Edward: eine kleine Vorstellung. Du hast die Nachrichtensendungen gesehen – der Partei wird der Prozeß gemacht. Wir sind alle Kriminelle auf der Flucht.«

»Ich will wissen, wo mein Vater ist, und ich will ihn rausholen ...«

»Du hörst nicht zu, Edward ...«

»Du wärst nicht hier, wenn du nicht etwas wolltest.«

Sie zögerte, und ich konnte nur mit Mühe verstehen, was sie sagte.

»Wir waren offenbar gute Lehrer für dich, mein Freund. Du bist vor so vielen Jahren zu uns gekommen – ein so zartbesaiteter kleiner Student, so aufgeregt und besorgt.« Sie drehte sich wieder zu mir um. »Doch du hattest schon immer einen harten Kern. Du hast dich gut behauptet in Moskau. Die anderen waren nicht dieser Ansicht. Ich schon. Ich spürte es gleich von Anfang an – ein zäher kleiner Russe, sagte ich, in britischer Garderobe. Man hatte den Eindruck, daß dauernd deine Gefühle mit dir durchgingen, doch der Anschein trog. Du hattest immer dein Ziel vor Augen.«

»Ich habe meinen Vater geliebt. Das tue ich immer noch. Ich habe nicht vor, Spielchen mit dir zu spielen, Irina ...«

»Bedauerlicherweise, Edward, ist spielen so ungefähr das einzige, was wir heutzutage noch tun können ...«

»Ich will wissen ...«

»Und deine Mutter ist eine große Spielerin, Edward, wenn wir diese Dinge realistisch betrachten wollen. Deine Mutter spielt das Spiel ganz hervorragend, oder sollte ich sagen: sehr gewagt?«

»Was hat das alles mit ihr zu tun?«

»Sei nicht so naiv, mein Freund.«

»Halt mir keine Vorlesungen, Irina. Dazu bist du nicht mehr berechtigt – oder hast *du* die Nachrichtensendungen nicht gesehen?«

Sie setzte sich in Richtung Lieferwagen in Bewegung, und ich holte sie ein.

»Finde deine Mutter, Edward, dann sprechen wir uns wieder. Finde sie, dann haben wir etwas, worüber wir sprechen können. Anderenfalls kannst du den alten Mann vergessen ...«

Ich muß sie am Arm gepackt haben, denn sie fuhr zornig herum – und zum ersten Mal schien sie die Fassung verloren zu haben.

»Wenn du ihn auch nur einmal anrührst, Irina, wenn du ihm die Medikamente wegnimmst, ihn leiden läßt, wenn du sein Leben auch nur im geringsten gefährdest, werde ich dich persönlich zur Strecke bringen, in welchem dreckigen Loch du dich auch versteckst.«

Sie stieg in den Lieferwagen, und der Fahrer ließ den Motor an.

»Hier verlasse ich dich, Edward – und Sie, meine liebe Mrs. Card ...« Sie forderte sie mit einer Handbewegung auf auszusteigen. »Dieser Grenzübergang wird jetzt geöffnet werden – und sich dann für immer schließen. Ich habe ein Auto bereitgestellt, und ihr werdet die letzten Passagiere sein, falls das das richtige Wort ist. Man hält diesen Übergang nicht mehr für sicher – jetzt, wo diese ›Demokraten‹ an die Macht gekommen sind – so viele von ihnen haben diese Route selbst benutzt. Alle bemühen sich nach Kräften, alte Lecks und Durchgänge zu verstopfen, die alten Pfade kreuz und quer durch Europa, für den geheimen Verkehr, in den wir alle verwickelt waren ... Wenn du deine Mutter gefunden hast, Edward, kannst du mit dem Anwalt Kontakt aufnehmen. Er hat die gleiche Nummer wie der arme Karol in Warschau – du wirst dich daran erinnern, nehme ich an ...«

»Und mein Vater?«

»Dein Vater hat nach dir gefragt. Laß ihn nicht warten.«

Jane und ich standen nebeneinander in der Dunkelheit und sahen zu, wie der einäugige Lieferwagen davonfuhr. Und erst als das Motorengeräusch nicht mehr zu hören war, gingen die zwei Scheinwerfer am anderen Ende der Landebahn an.

Wir brauchten vier oder fünf Minuten, bis wir bei dem Auto waren. Der Fahrer hatte sein Fenster heruntergekurbelt und streckte die Hand aus.

»Ich heiße Juri«, sagte er und schenkte uns ein Lächeln, das eine Reihe von Goldzähnen entblößte. Nach seinem Gesicht zu urteilen, war er Anfang Zwanzig. Er trug eine dunkle Matrosenmütze. »Bitte schnell. Ich habe Anweisungen, Sie zum Bahnhof in Kobrin zu bringen. Von dort aus werden Sie den Zug nach Moskau nehmen.«

»Aber Kobrin liegt in Rußland ...«

Juri lachte laut. »Ihr seid bereits in Rußland, meine Freunde. Die Landebahn ist die Grenze. Deshalb habe ich an diesem Ende gewartet. Dies« – und er deutete auf den Boden des verschmutzten kleinen Autos – »dies ist russische Erde.«

Wir stiegen ein, er ließ den Motor an und holte gleichzeitig ein braunes Päckchen unter seinem Sitz hervor. »Hier sind Papiere und Geld ..., nicht sehr viel, muß ich sagen, ich habe nämlich bereits nachgeschaut, aber es wird für eine Weile reichen ...«

»Wie lange brauchen wir zum Bahnhof?« fragte Jane.

»Ungefähr zwei Stunden, gnädige Frau. Es könnte schneller gehen, aber wir müssen einen großen Umweg machen, um einigen unserer neuen demokratischen Freunde aus dem Weg zu gehen …« Er lachte leise. »Rußland ist heutzutage ein großer Witz. Sind Sie bewaffnet?« fragte er plötzlich.

»Nein«, antwortete ich.

»Gut«, sagte Juri und klopfte mir lachend auf den Rücken. »Ihr werdet Waffen brauchen, besser eine zuviel als zuwenig. Ich selbst habe zwei Pistolen. Es ist wie – wir nennen es den Wilden Osten. Jeder ist heutzutage bewaffnet; aber Sie kennen ja das Problem: Niemand ist verantwortlich. In den alten Tagen war es der Staat, der den Abzug betätigte, jetzt sind es ganz gewöhnliche Leute, die überall herumschießen wie die Verrückten. Du willst etwas – du ziehst los und erschießt denjenigen, der es hat – dann gehört es dir. Ganz wie in Chicago. Nur ohne Pizza.« Er lachte wieder und zupfte an meiner Jacke. »Wieviel kostet so ein Mantel? Wollen Sie ihn verkaufen?«

Er rauchte eine Zigarette nach der anderen und redete fast die ganzen zwei Stunden lang in diesem Stil weiter. Wir hielten uns an die Nebenstraßen – vielleicht *gab es* ja auch nur Nebenstraßen. Ich blickte über die Schulter zu Jane, die auf dem Rücksitz schlief, dann wieder nach vorn durch die Windschutzscheibe, wo sich die ersten Spuren des Morgenrots an einem jetzt klaren Himmel zeigten.

Wir fuhren durch Dörfer und an Kleinstädten vorbei. Und jetzt waren Menschen auf der Straße: Bauern, Landarbeiter, die ihre Arbeitsgeräte trugen, schwarzgekleidete Frauen, die Haare mit bunten Kopftücher zurückgebunden.

Kobrin selbst war so häßlich, als wäre es im Dunkeln erbaut worden: schlammige Fahrspuren, die als Straßen dienten, kahle Gebäude und Wohnblocks, die planlos zwischen Schornsteinen standen – und, wohin man auch blickte, die Arbeitspferde, sprich die großen Laster, mit aufgeklappten Kühlerhauben, unter denen die Fahrer halb verschwanden, während sie mit der magischen russischen Kombination von Gewalt und Glauben versuchten, den Motor zum Laufen zu bringen.

Juri verabschiedete sich eilig und lachte vor sich hin, als er seine achtzigste Zigarette des Tages anzündete. »Viel Glück, liebe Freunde«, sagte er, »und willkommen im Irrenhaus. Bleiben Sie nicht zu lange!«

Der Bahnhof war völlig überlaufen. Es gab nur zwei Bahnsteige – und auf diesen war offenbar die ganze Menschheit samt unzähligen aufgestapelten Kisten versammelt. Wir froren und waren ziemlich desorientiert – aber der Tag fing ja erst an.

Ich entdeckte einen Mann, der immer noch so etwas wie eine Uniform trug, zumindest die Jacke, sowie eine Uhr mit Kette, die auf seinem vorgestreckten Bauch ruhte und ihn als einen Beamten der großen russischen Eisenbahnen auswies.

»Wann fährt der Zug nach Moskau?« schrie ich durch den Lärm hindurch.

»Was?«

»Moskau. Wann fährt der Zug?«

»Welcher Zug?«

»O Gott.«

»Wozu wollen Sie denn nach Moskau?« schrie er zurück.

»Ganz richtig«, rief eine Bäuerin. »Dort werden Sie doch nur ausgeraubt und umgebracht. Bleiben Sie lieber hier«. Sie öffnete einen Mund voller Gold, ähnlich wie der von Juri. »Hier gibt's alles«, schrie sie. »Besseres Essen als die Schweinekacke, die man Ihnen dort gibt.« Und alle schienen sich darüber schiefzulachen.

Ich weiß noch, daß ich mir wie öffentliches Eigentum vorkam, aber daran gewöhnt man sich in Rußland. Deine Angelegenheit ist die Angelegenheit aller – wie das in allen Ländern der Fall ist, in denen großer Wert auf Geheimhaltung gelegt wird. Die Regierung sagt nichts, und deshalb müssen die Bürger als Ausgleich ihren eigenen Klatsch pflegen.

Für Mutter war dies der Grund, daß es so viele Informanten gab: »Das muß ich gleich den anderen erzählen!«, war der Ruf, der jeden Abend im Land der Gemeinschaftswohnungen erschallte. Und das taten sie dann auch. Alle wußten alles über ihre Nachbarn – und nichts über alles andere.

Zwei Stunden später fuhr der Zug ein, und wir hätten dafür wohl dankbar sein sollen. Immerhin hatten wir bereits wie herrenlose Hunde eine Stunde an der matschigen Hauptstraße gesessen, bis die Bäckerei aufmachte, wo wir einen Laib Brot erstanden und daran herumkauten. Dazu hatten wir Milch vom Milchladen getrunken.

Und dann begaben wir uns also in den Waggon. Jane quetschte sich in einen Sitz und schlief eine Stunde lang. Später standen wir im Gang und unterhielten uns, während der Zug durch die winzigen Bahnhöfe sauste und die Sonne höher stieg.

»Natürlich«, sagte Jane, »wollen Irina und ihre Leute die Akten, vielleicht dringender, als alle anderen sie wollen. Darum hat sie dir aufgetragen, deine Mutter zu finden – die Dokumente im Besitz deiner Mutter sind das einzige, was deinen Vater freikaufen kann.«

»Und wenn Mutter sie nicht aushändigen will?«

Jane antwortete nicht, und plötzlich waren wir in einem Tunnel, und sie brauchte nicht zu antworten.

Als der Tunnel hinter uns lag, waren der Augenblick und die Frage vorüber. Zu beiden Seiten des Zugs ragten jetzt steile grasbewachsene Hänge auf, die den Blick auf die Landschaft versperrten. Es war ziemlich klar, daß wir die Möglichkeit, Mutter könnte die Dokumente nicht aushändigen, nicht in Betracht ziehen wollten. Natürlich würde sie es tun – wenn sie erst einmal wußte, daß ihr Mann noch am Leben war. Wenn sie wußte, daß die Dokumente der Preis für seine Freiheit waren.

Ein einfacher Handel war angeboten – ein direkter Tausch. Deshalb hatte Irina uns an der Grenze getroffen und uns nach Rußland bringen lassen.

Der Zug hielt in einem kleinen Bahnhof, und einige der Passagiere sprangen heraus und rannten zu einem kleinen Kiosk, um frischgebackenes Brot zu kaufen, und die Frauen schrien dem Zugführer zu, er solle ja nicht ohne sie losfahren.

Und Jane, stellte ich fest, mochte ja nicht viel reden, doch ihr entging nichts. Denn während sie aus dem Fenster sah, fragte sie: »Edward, erzähl mir doch von diesem Anwalt, mit dem wir Kontakt aufnehmen sollen.«

Es war eine ganz simple Frage, und sie wurde auch nicht auf unfreundliche oder fordernde Art gestellt, doch sie traf ins Zentrum meiner Erlebnisse der letzten zehn Jahre – wie Jane ohne Zweifel vermutet hatte.

29

Arkadi, der Anwalt. Ach ja – Arkadi, der Überlebende. Arkadi – der Ehrliche. Mit dieser großen Hakennase und den dunklen Augen, die sofort feucht wurden, wenn er einen begrüßte oder sich verabschiedete.

Arkadi, so sagte Irina einmal, ist ein Händler der Wahrheit. »Wir verwenden ihn, wenn wir die Wahrheit sagen. Wir verwenden andere, wenn wir lügen. Es gibt auch noch eine Gruppe von Personen, die beides können – doch Arkadi gehört nicht dazu. In einem Land wie dem unseren ist es wichtig, den Unterschied zu kennen.«

Zu all den Beschreibungen von ihm würde ich noch eine hinzufügen: seine allumfassende Sentimentalität, die er wie einen Streifen auf einer Uniform zur Schau trug, stolz und für alle sichtbar.

Er fand nichts dabei, sich die Tränen aus den Augen zu wischen und sich zu schneuzen, und wenn er durch die Gänge der sowjetischen Hierarchie schritt, hing ihm meist ein Taschentuch aus dem linken Ärmel, falls er es nicht gleich wie ein geblähtes Segel in der Hand trug. Wenn er einen Grund zum Weinen sah, weinte er. Und wenn er lachte, konnte man es, so hieß es immer, bis an die Grenzen der Sowjetunion hören.

Arkadi war der Bote, den Irina und ihre Freunde bei der Abwicklung unserer Vereinbarung einsetzten, und das war eine kluge Wahl. Ich ging davon aus, daß sie beim KGB waren, und oft vermutete ich, daß auch er dazugehörte. Doch offen ausgesprochen wurde das nie. Arkadi brachte mir einfach eine Botschaft und nahm im Gegenzug eine von mir entgegen – und wir redeten über die Welt und klagten darüber, wie schnell es mit ihr bergab ging.

Es gelang ihm, meinen Widerwillen zu überwinden und mich davon zu überzeugen, daß das Arrangement nicht sein Werk war und daß er alles, was in seiner Macht stand, tun würde, um es menschlich zu gestalten und abzukürzen und die Lebensumstände meines Vaters zu verbessern.

»Ich bin, was ich bin, Edward«, sagte er. »Ein Anwalt in einem Polizeistaat. Und es gibt nur eines, was mir ermöglicht, mir morgens beim Rasieren vor dem Spiegel noch in die Augen schauen zu können: die Wahrheit zu sagen. Und ich sage die Wahrheit, jedem und zugunsten eines jeden. Ich glaube, daß es mir innerhalb der Grenzen dieses Systems möglich war, einigen Leuten zu helfen und bei anderen den Schaden zu begrenzen. Wenn das Kooperation ist, dann sind dies die Bedingungen, unter denen ich kooperiere.«

Ich nehme an, ich glaubte Arkadi, denn ich wollte ihm glauben. Bei jedem anderen – einem sowjetischen Diplomaten oder einem knallharten KGB-Mann – hätte ich sicher nie meine Rolle weiterspielen können – nicht einmal für meinen Vater. Doch Arkadi ebnete mir den Weg und nahm ihm einiges der damit verbundenen Bitterkeit – deshalb war es klug, daß sie ihn gewählt hatten.

Ich fragte ihn einmal, wie er wissen konnte, daß er die Wahrheit übermittelte; und er lächelte und klopfte sich auf die Nase und sagte mir, wenn man genügend Lügen erlebt habe, würde die Wahrheit von ganz allein deutlich hervortreten. »Die Leute wollen die Wahrheit einwickeln und verpacken – sie ausschmücken und erklären. Aber nur die Lügen haben so etwas nötig.«

»Und noch etwas bedinge ich mir aus«, sagte er. »Bei mir geht die Wahrheit auf eine einzige Reise. Nur in eine Richtung. Nicht zurück. Sie wird einer Person übergeben und dann vergessen. Ich gehe mit Wahrheiten nicht bei verschiedenen Personengruppen hausieren. Ich erzähle sie nicht herum. Ein einziger Mund spricht zu einem einzigen Augenpaar – durch mich. Das ist alles.«

Wie bescheiden er doch war – mein Freund Arkadi, der Bote.

Ungefähr einen Monat nach meiner Studentenfahrt nach Moskau hatte er mich von einer Telefonzelle in London aus angerufen und sich vorgestellt.

»Irina bat mich, Sie grüßen zu lassen«, sagte die Stimme – tief und präzise wie bei einer juristischen Angelegenheit; und mich überkam an jenem kalten Herbsttag das gleiche ungute Gefühl, das ich in Moskau gespürt hatte. Doch der nächste Satz war: »Würden Sie gern mit mir zu Mittag essen? Sollen wir sagen, bei Langan's um halb zwei?«

Ein sowjetischer Anwalt, der einen Studenten zum Mittagessen im vornehmen Westend ausführte – bei Arkadi gab es keine zwielichtigen kleinen Treffen, keine klägliche, heimliche Begegnung, bei der man sich jede Gefühlsregung verkneift. Er spielte vor Publikum – dieser Händler der Wahrheit.

Ich entdeckte ihn im Erdgeschoß und war so entschlossen, ihn nicht zu mögen, wie er es war, mir zu gefallen. Arkadi im grauen Sportjackett und mit einer Krawatte mit Eigelbflecken, redselig, witzig und so überaus scharfsinnig. In einem anderen Zeitalter wäre er der Hofnarr gewesen, herbeizitiert, um den König zu unterhalten, Geschichten zu erzählen, die Einflußreichen aufzuklären. Jetzt war er ein russischer Anwalt, irgendwo da draußen zwischen Gut und Böse – in der Schattenwelt, wo Gerechtigkeit über eine abhörsichere Telefonverbindung oder während eines Treffens auf einem Parkplatz weitergegeben wurde – in Gesprächen, die nie stattfanden, an Orten, die nicht existierten.

»In unserem System«, sagte er, »gibt es kein *richtiges* Urteil für einen Kriminellen, aber mit Sicherheit falsche Urteile. Immer bekamen wir die falschen – manchmal weil der Richter sich bei den Anweisungen verhört hatte, manchmal weil er zu dumm war, sie zu begreifen, und gelegentlich verlor er die Unterlagen und entließ Leute, die lebenslang eingesperrt werden sollten.« Er blickte mich scharf an, und das Lächeln verschwand. »Doch Sie sind nicht hierhergekommen, um sich darüber zu unterhalten. Nun, ich kann Ihnen sagen, daß es Ihrem Vater gutgeht. Ich habe vielversprechende Berichte von den Ärzten erhalten. Das Medikament Flutamide erweist sich als höchst wirksam. Sie sind zuversichtlich, daß die Krankheit in ein neues und ... hm, günstiges Stadium übergeht.«

»Wie zuversichtlich?«

»Das kann ich nicht beantworten. Ich bin mir nicht sicher, wie weit ich ihnen trauen soll.«

»Es gibt also gute Nachrichten und schlechte Nachrichten.«

Er lächelte freudlos. »Ist das nicht überhaupt das Wesen des Lebens?«

Ich vermute, andere hätten vielleicht bis zum Ende des Essens gewartet, um das unangenehmste Thema anzuschneiden – nicht jedoch Arkadi. Er hatte es immer eilig, das Geschäftliche hinter sich zu bringen – das Hindernis, das man aus dem Weg räumen mußte, bevor man sich wieder den Freuden des Lebens widmen konnte.

»Edward, wenn ich Sie Edward nennen darf, das Folgende wurde mir beschrieben als ein erstes Ersuchen Ihrer Verhandlungspartner in Moskau. Das bedeutet nicht, daß andere folgen werden – ich weiß das schlicht und einfach nicht.«

»Ich schon«, antwortete ich. »Ich weiß es ganz genau.«

Er schloß die Augen und schien den Text aus der Erinnerung zu rezitieren. Kein langer Text, nur zwei oder drei Minuten – präzise, leicht zu befolgende Anweisungen, die so lächerlich und trivial klangen, daß ich, wie ich mich erinnere, dachte, das Ganze wäre eine Art Witz. Leute liefen nicht in der Gegend herum und taten solche Dinge, und falls sie es doch taten, dann entbehrte das jeder Vernunft.

Ich sollte ein Päckchen in einem Buchladen in Knightsbridge abholen. Ich würde ein Rückflugticket darin finden. Am darauffolgenden Vormittag sollte ich nach Paris reisen, ein Taxi zur Innenstadt nehmen, das Buch dem Eigentümer eines Cafés in Montparnasse aushändigen und noch am selben Tag nach London zurückfliegen. Es würde Geld für meine Fahrtkosten und für einen leichten Imbiß unterwegs geben. »Russen«, sagte Arkadi, »haben durchaus Verständnis für die Ansprüche des Magens«, und er stopfte sich noch ein Stück Brot in den Mund.

»Weiß mein Vater irgend etwas über diese Pläne – oder über irgendwelche anderen?« fragte ich.

»Nein.«

»Er würde nie zustimmen, wenn er es wüßte.«

»Das ist gut möglich.«

»Das«, erwiderte ich, »ist sicher.«

Arkadi rückte näher an den Tisch heran. »Wie ich das verstanden habe, glaubt Ihr Vater einfach, daß er deswegen Nachrichten von Ihnen erhalten kann, weil wir einen Verbindungsweg eingerichtet haben – um ihn bei Laune zu halten, damit er seine Arbeit fortsetzen kann und so weiter. Er ist natürlich von großem Wert als Wissenschaftler …«

»Von großem Wert«, unterbrach ich.

»Diesen Wert zu quantifizieren, ist mir nicht möglich, Edward.«

»Ich will zu ihm.«

»Einmal alle zwei Jahre, Edward. So lautet die Empfehlung.«

»Ich will mehr.«

»Ich werde Ihr Ersuchen weiterleiten, aber ich bezweifle, daß Sie es öfter einrichten können, ohne die Vertraulichkeit unserer Abmachung aufs Spiel zu setzen.«

Damit hatte Arkadi wahrscheinlich recht.

Ich verließ das Restaurant, während er die Rechnung bezahlte, und wir sahen uns in jenem Jahr nicht mehr. Natürlich ging ich nach Paris und lieferte das Buch ab. Es gab keine Probleme, keine Durchsuchungen, niemanden, der mich fragte, wohin ich ging und was ich tat. Nur mein Gewissen.

Und dann wartete ich. Die Monate vergingen schnell, und bald war es Dezember. In London fiel der erste Schnee seit drei Jahren, und ich weiß noch, wie ich aus dem Hinterfenster des Hauses in der Stanley Road schaute und daran dachte, wie sehr Dad den Schnee geliebt hatte; wie bitter er sich darüber beklagt hatte, daß es in England so wenig Schnee gab; wo er doch zuvor so fest daran geglaubt hatte, im Westen würde es an nichts mangeln.

Er konnte es damals immer kaum erwarten, bis es Weihnachten wurde, fast als wäre dieses Fest ganz persönlich für ihn da. Vielleicht stand es für die Kindheit, die er nie gehabt hatte. Schon

Wochen vorher durchkämmte er die Straßen nach Weihnachtsschmuck und Geschenken, nach Girlanden und Stechpalmzweigen. Er kaufte nicht einen, sondern gleich zwei Bäume, stellte den größeren in den Garten und den anderen für uns ins Wohnzimmer. Die elektrischen Christbaumkerzen brannten in unserem sonst so sparsamen Haushalt Tag und Nacht. Sie abzuschalten wäre Sünde gewesen – und Dad starrte stundenlang auf den Garten, für den Fall, daß eine Katze oder ein streunender Hund sich an seinem Baum zu schaffen machen würde.

»Ein Baum der Hoffnung, Edward«, sagte er immer. »Ein Baum der Hoffnung. Das ist es, was wir in Rußland nie hatten. Keinen Baum. Keine Hoffnung.«

Doch an jenem Weihnachtsfest, drei Monate nach Arkadis Mission gab es wieder einmal keinen Baum und keine weitere Nachricht von Dad.

Obwohl ich mich auf das geheime Leben eingestellt hatte, wurde es allmählich zu einer schweren Belastung für mich. Ich lebte in ständiger Angst vor einer Kontaktaufnahme – und doch wollte ich nichts mehr als das. Denn jeder Kontakt bedeutete Neuigkeiten von meinem Vater.

Auf diese Weise, das glaube ich heute, haben die Russen uns beide überlistet: Mich machten sie glauben, daß ich meinem Vater half, und mein Vater sollte den Eindruck gewinnen, daß sie es gut mit ihm meinten, was in Wirklichkeit nur begrenzt zutraf. Sie wollten, daß er von meinen Briefen und späteren Besuchen abhängig wurde. Ich war die Waffe, mit der sie ihm drohen konnten.

Und mich hatten sie ebenso in der Hand. Sie konnten bei mir auf den Knopf drücken, wann immer ihnen danach war. Meine Dienste konnten nicht wirklich von Bedeutung für sie gewesen sein; das ist mir sehr wohl bewußt. Schließlich hatte ich keine Erfahrung. Doch sie würden auf mich zurückgreifen können, wenn sie mich irgendwann einmal brauchten. Man kann ja nie wissen. Man muß für Notfälle Vorsorge treffen. Und in puncto Planung waren sie schließlich Weltmeister.

Ende Januar kam ein Brief von Arkadi. Er war an meine Universitätsadresse geschickt worden und enthielt eine weitere Einladung zum Mittagessen.

Wir trafen uns in einem überlaufenen türkischen Restaurant an der Marylebone High Street – er im gleichen grauen Tweedjackett, ich in Jeans und in ausgesprochen mieser Laune.

»Warum haben Sie nicht schon längst Kontakt mit mir aufgenommen? Ich will wissen, wie es um meinen Vater steht.«

»Wie geht es Ihnen, Edward?«

»Miserabel, wie Sie wahrscheinlich sehen können. Mein Vater ...«

Ein Kellner näherte sich unserem Tisch, doch als er meinen Gesichtsausdruck sah, trippelte er schnell in die andere Richtung. Arkadi holte ein paar Papiere aus seiner Aktentasche und schob einen Umschlag über den Tisch. In ihm steckte ein Foto von Dad, wie er auf einer Parkbank saß, lächelte, eine Zeitung hielt ...

»Sie können an dem Bild auf der Titelseite erkennen, wann die Zeitung erschienen ist«, sagte Arkadi. »Genau vor einer Woche. Das Gesicht, finde ich, spricht für sich selbst, oder?«

Ich schaute mir das Foto genauer an. Dad hatte ohne Zweifel zugenommen. Der Bauch wölbte sich wieder ein wenig wie früher, die Wangen waren erkennbar voller geworden.

»Gibt es eine Botschaft von meinem Vater?«

»Ich habe sonst nichts bekommen, Edward.«

»Es wird Zeit, daß ich ihn treffe.«

»Dieser Punkt wurde in meinen Anweisungen angesprochen.«

»Was zum Teufel soll das jetzt wieder heißen, Arkadi?«

Der Russe rümpfte die Nase, als hätte ich sein Zartgefühl verletzt.

»Bitte, Edward, es ist nicht nötig, laut zu werden. Ich bin hier, um Sie zu bitten, sich bereitzuhalten, nur für den Fall, daß Ihre Dienste vonnöten sind. Es ist denkbar, daß Sie im Laufe der nächsten Tage ein Ersuchen um Hilfe erhalten. Ein Mann, ich kann nichts Näheres zu ihm sagen, wird an Sie herantreten – vielleicht auf der Straße, vielleicht in der Universität oder in einer Bar – wer weiß? Er wird es vielleicht eilig haben, er wird vielleicht nervös sein. Er wird Sie bitten, ein kleines Päckchen zu übernehmen, und er wird Ihnen sagen, wo sie es hinterlegen sollen ...«

»Und dann?«

»Und dann«, sagte Arkadi, »könnnen Sie Ihren Vater besuchen.«

30

Der Zug donnerte jetzt in die dunklen Vororte des westlichen Moskau. Es wunderte mich fast, daß er seinen Weg gefunden hatte, die unbeleuchteten Gleise entlang, zwischen Steilhängen hindurch, über Brücken und die lautlosen Wasserstraßen Rußlands. Unbeirrt vorwärts fuhr dieser Zug – und wir mit ihm.

Während die anderen Passagiere sich mit ihren Kisten abmühten und mit lauter Stimme ihre Kinder aufweckten, hielt ich mich an der Laufstange im Gang fest und berichtete Jane, was sich damals weiter zugetragen hatte.

Arkadi hatte recht gehabt: Ich wurde kurz darauf gebraucht. Und zumindest eine Zeitlang überstürzten sich die Ereignisse.

Es ging fünf Tage nach seinem Besuch los. Ein Montag im März – in der Fakultät herrschte Lethargie: die Flure überhitzt, die Studenten unterbeschäftigt, keine wichtige Prüfung in den nächsten Monaten.

Er muß mich beobachtet haben.

Aus irgendeinem Grund kam ich an jenem Nachmittag nicht zusammen mit den anderen Studenten heraus. Sie gingen zu einem Treffen der Studentenvertretung, und mir lag nicht viel an Universitätspolitik. Wenn man den ganzen Tag in Vorlesungen von Leuten saß, die etwas wußten, warum sollte man dann zu verrauchten kleinen Treffen gehen, wo die Leute nichts wußten?

Als ich schließlich ins Freie kam, war der Nachmittag fast zu Ende; es dunkelte bereits, und die Autos hatten die Scheinwerfer angeschaltet. Beißende Kälte schlug mir entgegen, und ich zog meinen Schal fest zusammen.

Mein Ziel war Dillon's, die Universitätsbuchhandlung an der Straßenecke, die ich regelmäßig besuchte, um die neuen Bücher über Rußland durchzublättern, berühmte wie unbekannte. Ich wußte nie, worauf ich aus war. Irgendeine Erkenntnis vielleicht, irgendwelche Hinweise darauf, was passieren könnte – ein Ende meines persönlichen Dilemmas.

Der Laden war voll wie immer, und ich bahnte mir den Weg die Treppe hoch zur russischen Abteilung. Mein Auge fiel auf ein paar neue Moskauführer im untersten Regalfach, und ich kniete mich auf den Boden, um sie mir anzusehen.

Er muß sich unmittelbar an meine Fersen geheftet haben. Schnell, behende. Er wußte, worauf *er* aus war.

Als ich nach ein paar Minuten mit steifen Knien aufstand und mir den Staub von der Hose wischte, stand der Mann direkt vor mir, in einem blauen Anorak – meine Größe und Figur, jedoch älter; ein spitz zulaufendes Gesicht mit einem rötlichen Haarschopf. Ich hatte einmal einen Lehrer gehabt, dem er ähnlich sah – deshalb fiel mir der Name »Fuchsi« ein. Nur daß dem hier ein Rinnsal von Schweiß die linke Wange herunterlief und ein Augenlid unkontrolliert zuckte.

Du bist gerannt, dachte ich, so schnell du konntest.

Ich erinnere mich, daß ich mit hängenden Armen dastand wie ein Idiot, bis er mir ein kleines Päckchen hinschob, in der Größe eines Gebetbuchs.

»Stecken Sie es in die Tasche«, sagte er, und die Stimme war nicht mehr als ein Flüstern. »Nehmen Sie es mit, wenn Sie morgen zur Universität gehen, und lassen Sie es nach der letzten Vorlesung auf Ihrem Sitz liegen.« Er wandte sich zum Gehen, dann blickte er nochmal zurück. »Für Irina«, sagte er verlegen. Und im gleichen Augenblick rempelte mich jemand von der Seite an – eine junge Frau mit einem Kind an der Hand.

»Entschuldigung«, sagte sie schnell und dann: »Sag ›Entschuldigung‹, Kirsty. Du hast den Herrn angerempelt. Komm schon, sag es. Entschuldigung«, wiederholte sie. »Kirsty entschuldigt sich nie. Ich hab's versucht, wissen Sie …«

Ich drängte mich an ihr vorbei. Fuchsi war nirgendwo zu sehen. Auf der Treppe überkam mich plötzlich eine Woge von Hitze und Übelkeit, und ich rannte auf die Straße und atmete tief ein. Die Luft war kalt und feucht. Auf beiden Straßenseiten bewegten sich Passanten von mir fort, und es war zu dunkel, um unterscheiden zu können, welcher Rücken seiner war. Ich glaubte ihn in Richtung Bloomsbury gehen zu sehen, doch das war wahrscheinlich jemand anders ... Was wußte ich schon von ihm? Eine schwitzende kleine Gestalt, mit Augen, die dem Blick eines anderen nicht lange standhielten, seine Nerven am Zerreißen, schon als er vor mir stand. Ein Mann, der allmählich zugrunde ging. Wer bist du, Fuchsi? Und wo rennst du hin?

Während ich stehenblieb und darauf wartete, daß mein Atem wieder ruhiger ging, spürte ich das Buch in meiner Hosentasche, in die ich es gesteckt hatte. Natürlich nahm ich es nach Hause mit, und nachdem ich mit Mutter zu Abend gegessen hatte, öffnete ich es in meinem Zimmer, bei zugezogenen Vorhängen, als wäre die Stanley Road voller Schnüffler und Spione. Es war ein kleines Deutsch-Englisch-Wörterbuch, und obwohl ich es nach unten hielt und jede Seite eingehend musterte, konnte ich nichts Ungewöhnliches entdecken. Keine Mikrobilder, keine zusätzlichen Seiten, keine rätselhaften Ziffern und Symbole. Ein Wörterbuch. Ein verdammtes Wörterbuch.

Das war es also, was Spione und Agenten mit sich herumtrugen? Und war Fuchsi ein britischer Verräter auf der Flucht? Es schien kaum eine andere Erklärung zu geben. Als Arkadi sich mit mir getroffen hatte, mußte er gewußt haben, daß der Mann kurz vor einem solchen Schritt stand. Sie planten die Fluchtroute, und mich planten sie als Teil davon ein. Und irgendwo in diesem Buch steckte die Erklärung.

Am nächsten Tag ließ ich es auf meinem Sitz im Vorlesungssaal liegen, und ich warf keinen Blick zurück, um zu beobachten, wer es an sich nahm. Ich wollte nicht noch ein nervöses, schwitzendes Gesicht sehen, mit Rinnsalen der Angst, die die Wangen herunterliefen. Es reichte mir vollauf, die Angst in meinem eigenen Gesicht zu sehen.

»Danach bist du also nach Moskau gegangen?« fragte Jane. Der Zug stand gerade, er wartete auf das entscheidende grüne Signal.

»Ich ging nach Moskau. Sie flogen mich für ein Wochenende dorthin. Dad ging es viel besser, er führte ein fast normales Leben – mit den Medikamenten. Man hatte ihm eine kleine Wohnung in der Nähe des Arbat gegeben – eine gute, zentrale Lage –, und er arbeitete und ... wie soll ich es sagen? Es war wunderbar, ihn zu sehen. Es entschädigte mich für alles. Er wurde wieder mein Vater. Wir unterhielten uns, wir hatten eine Beziehung, wir waren stundenlang unterwegs, zogen durch die Straßen, sprachen über Politik ... Dad war überzeugt, daß sich die Dinge bald ändern würden, er sagte, die alte Angst sei verschwunden. Gorbatschow habe das erreicht. Und wenn die Angst einmal nicht mehr da sei, könne man sie nicht zurückholen. Die Partei würde zunehmend an Kontrolle verlieren, und das wisse sie auch.«

»Hat er dich nach deiner Mutter gefragt?«

»Natürlich. Doch es war uns beiden klar, daß wir ihr nichts sagen durften. Sie hätte die Abmachung nicht akzeptiert. Und zu dieser Zeit war sie sowieso mit anderen Dingen beschäftigt. Sie lebte ihr Leben. Es gab Coffin, es gab andere. Das war es, was Dad wollte. Ich mußte ihm versprechen, ihr nichts zu verraten.«

»Und später – bist du noch öfter dort gewesen?«

»Ja, ungefähr so oft, wie Arkadi gesagt hatte. Alle zwei Jahre. Gelegentlich hatte ich eine Botschaft für sie dabei. Ich übergab ein Päckchen. Kleine Sachen, sehr sporadisch. Doch zumindest ließ man mich wissen, wie es ihm ging. Und dann kam der Putschversuch – die Partei war weg vom Fenster –, und ich hörte nichts mehr. Ich wußte nicht mehr ein noch aus. Deshalb habe ich mir diese Geschäftsreise nach Osteuropa mit Harry und seinen Kumpanen einfallen lassen. Wir wollten am nächsten Tag losfahren, als Mutter verschwand – und die Leiche in ihrem Auto gefunden wurde. Und an diesem Punkt bist du ins Spiel gekommen.«

Jane schüttelte den Kopf, als versuchte sie, ihre Gedanken zu ordnen.

»Ich kann immer noch nicht glauben, daß du all diese Jahre deiner Mutter nichts gesagt hast.«

»Dann verstehst du nicht viel von den Russen. Wir waren wie Millionen anderer Familien, die vom System benutzt und verbogen wurden, die ihr Leben in winzigen Schubfächern lebten und hofften, ihre Grenzen nicht überschritten zu haben. Wir wollten die Geheimnisse der anderen nicht wissen – wir hatten schon genügend Angst davor, unsere eigenen preiszugeben. Als Mutter damals von ihrem Vater im Lager besucht worden war, fragte er sie nicht einmal nach ihrem Prozeß oder den Verhören oder ob sie gelitten hatte oder gefoltert worden war. Er hatte zuviel Angst, um seine eigene Tochter zu fragen, wie es ihr ging. Kannst du dir vorstellen, wie das ist? Und da fragst du mich, wie ich die Existenz meines Vaters vor ihr geheimhalten konnte. Es war zu gefährlich, es ihr zu sagen, gefährlich für ihn und für sie, für uns alle. Das hatten wir vom Kalten Krieg gelernt.«

»Und was passiert jetzt?«

»Jetzt müssen wir den Berg hinuntersteigen – wir alle. Alle werden sich hinsetzen und eine Lösung aushandeln müssen. Wenn eine Person nicht mitspielt, sind wir erledigt. Mutter muß die Dokumente aushändigen, und wir alle tun dann so, als hätte es diese Dokumente nie gegeben. Die alten Sowjets, die neuen Russen, die Amerikaner – der ganze Haufen.«

Jane wandte sich einen Augenblick lang ab und betrachtete die spärlichen Lichter der Stadt. »Glaubst du wirklich, daß sich danach keiner von ihnen für die Dokumente interessieren wird?«

»Ich würde nicht darauf wetten. Die Liste der Toten scheint ständig länger zu werden.«

Während ich nach draußen sah, ruckte der Zug ein letztes Mal und schien dann auf dem Gleis zusammenzubrechen, völlig erschöpft von der Reise.

»Dies ist unsere wunderbare Hauptstadt, Kinder«, sagte eine Stimme im Gang. »Wir sind jetzt in einer der größten Städte der Welt. Seht nur, wie schön sie ist.«

Sie muß Lehrerin gewesen sein. Eine stämmige Blondine in einer weitgeschnittenen Bluse, von der Art, wie sie Moskau oft hervorbringt, mit einer Herde von Kindern unter ihren weiten Flügeln, mit einer Stimme in jenem tränseligen Ton, in den alle Russen verfallen, wenn sie über ihr Land sprechen.

Wir ließen sie als erste aussteigen und schlossen uns dann den Massen an, die auf den Ausgang losstürmten, einander mit ihren Taschen anrempelten und sich mit den Ellbogen einen Weg bahnten.

Jane wich zur Seite aus, und wir betraten die Bahnhofshalle. An einer Seite war eine Reihe von Fahrkartenschaltern, ihnen gegenüber eine Imbißstube, beleuchtet von einer der unvermeidlichen blauen Neonröhren, die überall in Osteuropa anzutreffen sind.

Wir bestellten zwei Gläser Tee und setzten uns an einen Tisch.

»Ich muß mit Arkadi Kontakt aufnehmen«, sagte ich zu ihr.

»Das ist sehr gefährlich.«

»Natürlich ist es das. Aber wenn wir nicht alle Seiten zusammenbekommen, werden sie mich und meine Mutter zur Strecke bringen – und Dad wird nie rauskommen.«

»Vielleicht bringen sie euch trotzdem zur Strecke.«

»Der Gedanke ist mir auch schon gekommen.«

Sie bewegte die Teeblätter am Boden des Glases. »Ich glaube, ich sollte mich um Unterstützung bemühen.«

»Dann laß mich dabei heraus.«

»Warum?«

»Es könnte sicherer für uns sein, uns zu trennen. Geh irgendwohin, wo ich dich anrufen kann, falls das nötig wird ...«

»Falls du noch Zeit zum Anrufen hast ...«

Sie ging hinüber zu der gefliesten Wand, an der die Telefone schief wie gebrochene Arme hingen. Sie sprach mit abgewandtem Gesicht und legte nach kurzer Zeit auf.

»Ich hoffe, das war nicht die Botschaft«, sagte ich.

»Natürlich nicht. Ich würde dort nicht mal der Bürohilfe trauen.«

»Wer dann?«

»Ein Journalist ...«

»O Gott.«

»Er ist im Lauf der Jahre sehr nützlich gewesen.«

»Ich dachte, wir würden sie nicht mehr benutzen.«

»Da hast du falsch gedacht. Wir benutzen jeden.«

»Ich hoffe, ihr werdet sehr glücklich zusammen.«

Sie lachte und schrieb eine Nummer auf ein winziges Stück Serviette.

»Er wird in zwanzig Minuten hier sein. Ich habe ihm gesagt, du würdest nicht mitkommen.«

»Hat ihn das gefreut?«

»Er hat mir ein gutes Essen und ein Bad versprochen ...«

»Hat er angeboten, dir den Rücken zu waschen und dich zu füttern?«

Sie lachte zum zweiten Mal. »Wer weiß, was die Nacht bringen mag?«

Wir gingen langsam in Richtung Straße, und obwohl es draußen dunkel war, traf mich der Anblick wie ein Schock.

Denn ich erkannte die Innenstadt nicht wieder. Vor mir flimmerte Reklame für Mars Schokoriegel, für ein »Pizza Hut«-Lokal; und General Motors, großer Gott, machte Werbung für eine Niederlassung. Wer zum Teufel kauft hier amerikanische Autos? Die Menschen stehen für Brot an. Sie stehen zu zehnt hintereinander auf der Straße und verkaufen ihre Unterhosen. Wir haben alle die Bilder gesehen. Was ist hier los?

Ich schaue genauer hin. Überall sehe ich bunte Plakatwände, Leuchtreklame und trotzdem immer noch die gleichen hoffnungslosen Gesichter.

Wie Strömungen, die vor einer Küste aufeinandertreffen, mischen sich Menschenmengen auf den Gehsteigen, kommen und gehen, Szenen des völligen Chaos.

Ein alter Mann stupst mich mit einem Spazierstock an. »Du strahlst gewaltige Energie aus«, schreit er wie verrückt. »Gewaltig. Ich habe sie gespürt, als du an mir vorbeigegangen bist. Ein riesiges Magnetfeld«, und er mischt sich wieder in die Menge und schwenkt den Stock wie ein Wünschelrutengänger.

Überall sind Bäuerinnen, mit Bäuchen wie Fässern und Beinen wie Baumstümpfen; sie plappern, nicken mit den Köpfen und beurteilen die Welt, die sich vor ihnen tummelt. Rußland ist an diesem Abend in ständiger Bewegung. Kein gemeinsames Ziel, keine gemeinsame Absicht, sondern Tausende davon, die, einmal entfesselt, die Menschen in alle Richtungen treiben. Was auch immer diesen Basar zusammengehalten hat, den sie einst ein Land nannten, es ist nicht mehr vorhanden. Man kann es fühlen in den Schritten auf dem aufgerissenen Beton. Sie sind in Bewegung – nach Jahrzehnten, in denen sie sich nicht gerührt haben.

Jane erspähte das Auto. Blau, wahrscheinlich ein Ford.

»Bleib stehen«, sagte sie, und ich dachte, sie würde mich küssen, aber statt dessen erhob sie ihren Finger und streifte meine Lippen, so leicht, daß ich es kaum spürte. Derselbe sanfte Druck wie damals in London. Dieselbe Geste des Versprechens.

Jane, du überraschst mich immer wieder.

Und dann stieg sie ins Auto. Ich bückte mich, konnte aber trotzdem nicht das Gesicht des Fahrers sehen. Doch als sie von der Bordsteinkante wegfuhren, drehte er sich um, und das blaue Licht einer Straßenlampe muß auf ihn gefallen sein, denn ich erkannte ihn – und es überlief mich kalt. Es passierte alles in einer Sekunde. Eine blitzartige Reise in die Vergangenheit. Eine schreckliche Erkenntnis, die mich aufschreien und hinter dem Auto herrennen ließ, als es mit wachsender Geschwindigkeit auf den Boulevard-Ring zuraste.

Jane, Jane, steig aus, um Gottes willen. Jane. Und als das Auto etwa dreißig Meter entfernt war, drehte sie sich um und schaute zurück, doch die Gestalt lehnte sich bereits zu ihr hinüber und versperrte die Sicht; ich stürzte mich ohnmächtig in den dreispurigen Verkehr, die Autos hupten, und Fahrer lehnten sich aus den Fenstern und schrien mich an, während der Ford sich im Moskauer Verkehr verlor.

Ich habe guten Grund, mich an diesen Augenblick zu erinnern, an das unerträgliche Ohnmachtsgefühl als ich sah, wie der Mann mit ihr in die dunkle Hauptstadt aller Russen davonfuhr.

Denn das Gesicht jenes getreuen Journalisten, den sie angerufen hatte, war ein Gesicht, das einst Fuchsi gehört hatte, meinem kurzzeitigen Kontaktmann in dem Buchladen vor vielen Jahren. Diese Art der Begegnung vergißt man nicht. Man vergißt nicht ein von Angstschweiß bedecktes Gesicht. Wenn Fuchsi damals ein Verräter gewesen war, war er auch jetzt ein Verräter – und Jane hatte nicht die geringste Chance.

An jenem Abend befanden sich Vergangenheit und Gegenwart voll auf Kollisionskurs.

31

Arkadi saß am Fenster seiner Wohnung im sechsten Stock und blickte hinunter auf die ruhige Twerskaja Straße.

»Still dort draußen.« Er schnitt eine Grimasse zur Fensterscheibe hin. »Man sieht sie nicht mehr. Keine Wolgas mit getönten Scheiben, keine Männer mit Hüten und Regenmänteln – doch sie sind da.«

Er war in Morgenmantel und Hausschuhen nach unten gekommen, um mich hereinzulassen. Ein langer, gebeugter Schatten, das Gesicht im Halbdunkel der einzigen Glühbirne in der Eingangshalle des Wohnblocks.

»Wir nehmen die Treppe«, sagte er schlicht. »Der Aufzug macht zuviel Lärm.«

Ein paar Minuten lang saßen wir schweigend im Wohnzimmer, bis wir wieder zu Atem gekommen waren, und dann begann ich, ihm meine Geschichte zu erzählen. Er hörte mit geschlossenen Augen zu, und sein Gesicht wurde langsam weiß wie die Wand. Und ich dachte: Sogar für diesen Mann, der alle Ängste kennt, die es in Rußland je gab, ist etwas in diesen Raum getreten, das ihn von neuem in Angst und Schrecken versetzt hat. Und dieses Etwas bin ich.

Als ich mit meinem Bericht fertig war, sagte er nichts, sondern schlurfte langsam in die Küche und kochte Tee. Er kam mit einem Tablett zurück – und mir wurde bewußt, daß der temperamentvolle, lebenslustige Arkadi, den ich in London gekannt hatte, nicht mehr existierte. Ein trauriger und um einiges älterer Mann hatte seinen Platz eingenommen – der Kämpfe müde, müde der ständigen Anstrengung.

»Wir segeln in unerforschten Gewässern, mein Freund«, bemerkte er und ließ sich in den Sessel sinken. »Es gab einmal Regeln für das, was wir taten. Regeln, die verletzt wurden, ja, das ist wahr – doch klare Verfahren und Schemata. Jetzt gibt es keine mehr. Dies ist ein Dschungel, in dem keine Gruppe allein das

Sagen hat – Armeen innerhalb von Armeen, Machtgruppen, die in einigen Gegenden herrschen, nicht jedoch in anderen, Polizei- und Staatssicherheitsorgane, die unterschiedlichen Leuten gegenüber loyal sind, und, häufiger noch, niemandem gegenüber loyal. Das ist das Rußland, in das Sie gekommen sind.«

Arkadi hielt inne. »Möchten Sie Tee?«

Ich nickte.

»Vor allem«, fuhr er fort, »vor allem stört mich die Entführung Ihrer Freundin am Bahnhof. Ich sehe darin ein Zeichen von Ungeduld …«

»Von wem?«

»Von den alten Genossen – den ehemaligen Führern unseres Landes – Irina und andere. Sie haben fast alles verloren, mit Ausnahme der Aufzeichnungen ihrer Verbrechen – und die wollen sie jetzt vernichten. Es sind sehr verzweifelte Menschen …«

»Was werden sie mit Jane machen?«

»Ich weiß es nicht. Im Augenblick – vielleicht nichts. Es hängt von den größeren Zusammenhängen ab.«

»Arkadi – was gibt es Neues von meinem Vater?«

Er knipste eine kleine Lampe neben dem Sessel an, als sollte sie Licht in seine Gedanken bringen.

»Ihr Vater hat einen Rückfall erlitten, Edward. Das habe ich gehört. Aber keine Einzelheiten. Ich weiß nicht, ob er noch die Medikamente erhält. Er hat seine Wohnung verlassen und wurde wieder ins Sanatorium eingeliefert. Ich glaube, es liegt in der Moskauer Gegend, aber auch das kann ich nicht mit Bestimmtheit sagen.«

»Wie meinen Sie das … Sie können es nicht mit Bestimmtheit sagen? Das sind Ihre Leute. Sie hatten lange genug mit ihnen zu tun. Was für eine Art Rückfall? Welches Sanatorium?«

»Ich habe keine Information …«

»Dann beschaffen Sie welche!«

Er sah mich ruhig an und nahm meinen Ärger in sich auf. »Edward, Edward – ich kann nur als Sprachrohr dienen. Wenn niemand zu mir spricht, habe ich keine Funktion.«

»Zum Teufel mit Ihrer Funktion, Arkadi. Welche Kontakte haben Sie noch? Was funktioniert noch in dieser Stadt? Legen wir alle Karten auf den Tisch. Sie sind kein Bote mehr, mein Freund, Sie sind ein Spieler. Das sind wir alle. Wie beenden wir diese Dummheit?«

Er blickte zur Seite, und ich sah, wie seine Augen über die Bücherregale an den Wänden wanderten. Arkadi und seine Schätze. Vierzig Jahre empfangener und überbrachter Botschaften, und das einzige, was es ihm eingebracht hatte, war ein Zimmer voller Bücher, zwei verschlissene Teppiche auf den nackten Bodendielen, ein Tablett mit Porzellangeschirr. Viel war das nicht.

»In Ordnung, Edward.« Er stand auf und lehnte sich steif ans Fensterbrett. »Reden wir darüber, nur ein einziges Mal – und dann werden wir die Straße bis zum Ende gehen, wo auch immer sie uns hinführt. Doch zunächst will ich mich vergewissern, daß Sie den Preis dieser Reise kennen. Sie kann vielleicht Folgen haben, die nicht mehr rückgängig zu machen sind.«

»Es ist an der Zeit, Arkadi. Genaugenommen ist es schon fast zu spät.«

»Nun gut.« Er rieb sich mit beiden Händen die Augen. »Sie sagen, ich solle alle Karten auf den Tisch legen, Edward. Und wenn es das ist, was Sie wollen, werde ich es tun. Aber welche Karten?« Er hielt die Handflächen nach oben, und ich hörte ihn plötzlich so, als wäre er in einem Gerichtssaal und belehrte die Geschworenen mit einer Stimme, die wie eine Klinge durch Verwirrung und Chaos schnitt. »Sie wollen nicht, daß alles offen auf dem Tisch liegt. Sie wollen, daß es begraben und vergessen wird. Sind Sie nicht in Wirklichkeit deswegen gekommen?«

»Ich kann Ihnen nicht folgen.«

»Ich glaube doch. Was auch immer Ihre Mutter gesehen hat, welche Dokumente auch nach London gebracht wurden – Sie stellen sich vor, sie kann sie einfach zurückgeben und Ihr Vater wird wieder nach England geschickt – und dann leben wir alle glücklich und zufrieden bis an unser seliges Ende? Ist es das, was Ihnen vorschwebt?«

»So ähnlich.«

»Aber was enthalten diese Dokumente, Edward? Ein Potpourri von sowjetischen Skandalen, einige Jugendsünden der Führer, ein paar Ehemänner in den falschen Betten mit den falschen Ehefrauen? Sagen Sie es mir, Edward, ist es das, was Sie glauben?«

»Mehr als das. Wie soll ich das wissen? Regierungsgeheimnisse. Lügen. Geschäfte und Übereinkünfte. Genug, um Regierungen in der ganzen Welt hochgehen zu lassen. Ja, Arkadi – das alles und mehr …«

»Und es ist gut, all diese Papiere zusammenzupacken und sie zurückzugeben – und zu den wackeren Ehemaligen zu sagen: Hier, bitte sehr, am besten verbrennt ihr sie, dann habt ihr eine reine Weste und könnt in Ruhe euren Geschäften nachgehen – oh ja, und ich fliege jetzt wieder zu meiner netten kleinen Wohnung in London, und Dad kommt mit mir?«

»Was würden *Sie* tun, Arkadi? Sagen Sie mir das.«

»Ich würde die Wahrheit aufdecken. Rußland verdient sie – die Welt verdient sie.« Seine Stimme war jetzt sehr leise geworden. Die Stadt draußen war ebenfalls still. Es war, als hörte ganz Moskau zu. »Siebzig Jahre«, fuhr er fort, »siebzig Jahre erbärmlicher, widerwärtiger Lügen in einem so ungeheuerlichen Ausmaß, daß es die Vorstellungskraft der meisten von uns übersteigt. Wir müssen unsere Geschichte zurückbekommen. Wenn man einem Mann seine Geschichte nimmt, wird er zum Sklaven. Er weiß nicht mehr, woher er kommt und wohin er geht. Wir wollen sie zurück, Edward. Millionen verlorener Seelen, gefoltert und ermordet in unserem Land – sie fordern nichts weniger als das.«

»Sie waren glücklich, ein Teil dieses Systems zu sein.«

»Ich war nie glücklich, Edward. Wie Millionen von Menschen hatte ich keine Wahl. Gut, ich hätte ein Dissident sein und fünfzehn Jahre in einem Arbeitslager zubringen können. Wem wäre damit gedient gewesen? Oder ich hätte den Mund halten und das System unterstützen können. Ich tat keines von beidem. Ich habe innerhalb des Systems gearbeitet, um denen zu helfen, denen ich helfen konnte. Wollen Sie mich dafür verurteilen?«

»Das ist alles Vergangenheit, Arkadi. Wir müssen an die Zukunft denken …«

»Gerade aus diesem Grund muß die Wahrheit ausgesprochen werden. Wenn nicht, wird es keine Zukunft geben. Wir werden nie dort ankommen.«

»Wahrheit!« Ich schüttelte heftig den Kopf. »Sie reden, als wäre sie ein Zahlungsmittel, für das man etwas bekommt. Man kann sich nichts damit kaufen. Sie wird Ihre Lebenssituation nicht verbessern …«

»Nein, doch es ist unsere Wahrheit, und sie gehört zu uns.«

»Was werden Sie also tun? Der Welt erzählen, daß alle Regierungen genauso korrupt wie die Ihre waren, daß Demokratie nichts als Lug und Trug war, daß es nie eine ehrliche, anständige Regierung gegeben hat und daß alles, wofür wir gekämpft haben, nur Zeitverschwendung war … Dazu haben Sie kein Recht.«

Er lächelte mich zum ersten Mal an. »Die Leute sprechen immer dann von Rechten, wenn sie keine besitzen. Eigentlich sollte ich das wissen. In der Sowjetunion haben sie uns immer über unsere Rechte belehrt.«

Arkadi setzte sich wieder in seinen Sessel und knipste die Lampe aus. In der Ferne hörte ich einen Zug in Richtung Vororte rattern. Und danach schien sich die Stadt umzudrehen und wieder einzuschlafen. Im gegenüberliegenden Block flackerte eine Kerze in einem dunklen Zimmer.

»Mein Freund«, sagte er leise, »nennen Sie mir einen Grund, warum ich Ihnen helfen sollte?«

So machte er mich zum Anwalt. Dabei hatte ich nie diese Gedanken gedacht, nie diese Schlüsse gezogen, nie die Folgerichtigkeit geprüft – geschweige denn, sie zur Diskussion gestellt.

Ich sagte zu ihm, er habe recht mit der Wahrheit, und ich könnte das nicht bestreiten. Doch die Wahrheit würde nie verschwinden – die Wahrheit war ewig –, und eines Tages würde jemand anders sie finden und ans Licht bringen.

Ich könnte nichts für die Millionen tun, die gestorben waren – und könnte das Elend der Millionen, die beraubt worden waren und denen man Unrecht getan hatte, nicht ändern. Doch ich fragte mich, ob es nicht letztendlich einen Weg geben könnte, den Kreislauf zu durchbrechen.

Menschen sterben immer um eines Prinzips willen – könnte nicht, nur dieses eine Mal, vielleicht ein Prinzip um eines Menschen willen sterben?

Könnte ich nicht das Leben meines Vaters mit der Wahrheit kaufen – mit den Dokumenten, die meine Mutter hatte, mit dem Beweismaterial über Verbrechen und Verbrecher, das in ihnen enthalten war?

»Wenn ich nicht bald zu meinem Vater komme, wenn Irina und ihre Freunde mich daran hindern, ihm die Pflege und Medikamente zu geben, die er braucht – wird er sterben. Sie wissen das, nicht wahr?«

»Ich weiß es«, sagte er. »Ich weiß es seit einer Weile. Natürlich habe ich Ihren Anruf erwartet. Seit der Entmachtung der Partei habe ich damit gerechnet, daß Sie in Moskau auftauchen und mich um Hilfe bitten werden. Wie Sie wissen, mein Freund, hat alles seinen Preis – doch ich habe den Eindruck, daß Sie ihn bereits bezahlt haben. Sie und Ihr Vater – durch die Wahl, die man Sie zu treffen zwang und die Trennung, die Sie erleiden mußten.« Er stand auf. »Lange vor Ihrem Kommen hatte ich mich entschieden, Ihnen zu helfen – doch ich hielt es für notwendig, Sie nach Ihren Beweggründen zu fragen und Sie die meinen wissen zu lassen. Schließlich sind dies wichtige Angelegenheiten. Doch ich sollte Ihnen auch eine Warnung mit auf den Weg geben, die auf langjährigen Beobachtungen beruht. Was Sie tun wollen, wurde nie zuvor versucht – und ich habe keinen Zweifel, daß im Lauf dieser Unternehmung irgend jemand Sie anlächeln und Ihnen wohlklingende Zusicherungen geben wird und dann versuchen wird, Sie zu betrügen. Das ist es, was in meinem Land geschieht. Das ist es, was immer geschieht.« Er ging zur Tür. »Und nun, wenn Sie mich für einen Augenblick entschuldigen – werde ich mich ankleiden, und dann müssen wir eine kleine Reise machen.« Er nickte. »Es ist an der Zeit, daß Sie sich mit Ihrer Mutter treffen.«

32

»Woher wissen Sie, wo sie ist?«

»Ich weiß es nicht.«

»Aber wohin gehen wir dann?«

»Einfach geradeaus.« Arkadi trat in den Hausflur und sperrte seine Wohnungstür ab. »Sie denken wohl, nur weil die Partei ihre Macht verloren hat, wäre auch der Untergrund verschwunden? Diese Gesellschaft hat mehr Schichten als ein ungarischer Auflauf.« Er lächelte. »Den ich jetzt liebend gerne essen würde .«

Unser Transportmittel war Arkadis grauer Wolga, ein uraltes Vehikel mit zerkratzter Windschutzscheibe und löchriger und rostzerfressener Karosserie. »Niemand käme auf die Idee, dieses Auto zu stehlen«, sagte er, als wir einstiegen. »Sehen Sie nur – diese Qualität, dieses Stilgefühl; mit Liebe zusammengebaut von unserer glorreichen sozialistischen Arbeiterschaft – und katastrophal unzuverlässig. Ich nenne es Stalin.«

Dann war auf einen Schlag die Witzelei vorbei – und ich saß neben einem Arkadi, den ich ebenfalls noch nicht kannte. Einem Mann, dessen viele Seiten und Verkleidungen mich immer wieder vor ein Rätsel stellten. Ein Mann in London – ein anderer in seiner Wohnung. Wer würde er als nächstes sein?

Stalin ächzte und rüttelte mich durch, was bei mir, wie ich jetzt glaube, einen dauerhaften Bandscheibenschaden zur Folge hatte. Doch immerhin kamen wir voran. Über die Moskwa, die Uferstraße entlang, bis zu dem ruhigen Oktjabr-Viertel.

Wir fuhren an einer noch unversehrten Lenin-Statue vorbei, und ich fragte mich, nach welchen Kriterien man wohl darüber entschied, welche man stehen lassen und welche man entfernen sollte. Ein Lenin hier und da war offensichtlich akzeptabel. Arkadi deutete auf den kleinen Mann. »Zu guter Letzt ist Wladimir Iljitsch für uns doch noch von Nutzen«, bemerkte er.

»Inwiefern?«

»Als Mahnung, wie tief wir sinken konnten. Das sollte uns

Angst machen. Die meisten Menschen haben Angst vor Fremden. Wir Russen sollten mehr vor uns selbst Angst haben.«

Er bog in eine enge Straße ein und hielt. Auf einer Seite befand sich ein langgestreckter Wohnblock mit einer Reihe von Eingängen und Treppen, auf der anderen lag ein kleiner Park mit ein paar Schaukeln, einer Holzhütte, unbeschnittenen Bäumen. Eine Handvoll Lichter brannten hinter hauchdünnen Vorhängen. Auf der Straße Matsch und Abfälle und eine Reihe verbeulter Autos. Und ich erinnerte mich wieder daran, wie es ist, die russische Vorstadt zu besuchen: Man kommt in ein Niemandsland, wo die Häuser, um deren Erhalt und Pflege sich niemand kümmert, langsam zerbröckeln, wo Generationen ohne den kleinsten Hoffnungsschimmer aufwachsen. »Wir haben ein Dach über dem Kopf«, pflegten sie nach dem Krieg voller Stolz zu sagen. Und jetzt, ein Jahrzehnt vor der Jahrtausendwende, war das immer noch alles, was sie hatten. Ein Dach und ein Niemandsland.

Ich streckte die Hand aus, um die Tür zu öffnen, doch Arkadi hielt mich zurück. »Warten Sie, mein Freund. Wir bleiben noch eine Minute hier sitzen und halten die Ohren offen.«

»Warum?«

»Ich möchte sichergehen, daß man uns gefolgt ist.«

Ein paar Augenblicke danach sah ich, wie sich von der Straßenecke her Scheinwerfer näherten und dann abrupt ausgeschaltet wurden. Das dazugehörige Auto ließ sich nicht blicken. Arkadi stieg aus und atmete tief durch.

»Das wär's. Sie wissen, wohin wir gehen. Sie brauchen nicht näher heranzukommen.«

Er erklärte es mir, als wir im Aufzug waren; sagte, es sei wichtig, daß sie wußten, daß wir Fortschritte machten. Nur aus diesem Grund seien wir noch am Leben. Wir dienten einem Zweck, führten sie zu meiner Mutter, und solange wir noch damit beschäftigt waren, würden sie uns in Ruhe lassen.

»Sie?« fragte ich.

»Spielt es eine Rolle?« antwortete er.

Der Aufzug ratterte nach oben.

»Wenn Sie in die Wohnung kommen«, sagte er, »dann wundern Sie sich über nichts. Es werden Bleistifte und Papier bereitliegen. Alles, was möglicherweise vertraulich ist, müssen Sie aufschreiben – auf keinen Fall dürfen Sie laut sprechen. Verstehen Sie?«

Wir stiegen im zehnten Stock aus dem Fahrstuhl und standen vor einer Stahltür mit frisch einzementiertem Stahlrahmen.

Arkadi klingelt.

Ich schaue schnell nach, wie spät es ist: nach Mitternacht. Ich tippe Arkadi an und deute auf meine Uhr, doch er zeigt kein Interesse. Und schon höre ich, wie die Riegel zurückgeschoben werden, und vor uns steht eine alte Dame in Steppjacke und dicken Wollsocken und mit einer so gewaltigen Ausstrahlung, daß ich einen Schritt zurückweiche. Sie ist sehr klein, hat graue Haare, doch ihre Haut ist makellos weiß. Ein kleines Bündel Kraft, das Ergebnis von Not und Durchhaltevermögen – nur Rußland weiß, wie man sich diese Stärke erwirbt. Offensichtlich hat sich im Lauf der Zeit ihr Gesicht allmählich nach vorn geneigt, so daß Nase und Kinn schon fast auf den Boden zu deuten scheinen. Sie trägt eine Brille, doch die Augen sind kühl und klar und sehen alles. Arkadi verbeugt sich: »Maria Valentinovna, ich bitte tausendmal um Entschuldigung …«

Sie unterbricht ihn mit einer Handbewegung. »Danke, Arkadi. Ich bin gerade erst aufgestanden.« Sie sieht mich an. »Und dank dir, daß du unseren Gast hergebracht hast. Du solltest jetzt besser wieder nach Hause fahren. Es ist sehr spät.«

»Ich … ich, natürlich, Maria Valentinovna. Ich habe vollstes Verständnis. Wenn Sie das möchten, natürlich.«

»Gute Nacht, Arkadi.«

»Warten Sie«, sage ich, und dann halte ich inne, denn ich kann mir keinen Reim auf den Ausdruck in seinen Augen machen. Ganz offensichtlich verabschiedet er sich – doch warum sind seine Augen nicht feucht, wie das sonst immer bei diesem

Anlaß der Fall ist? Ein Glanz, ein Leuchten liegt in ihnen, als hätte er gerade ein Licht in der Ferne gesehen und würde sich aufmachen, ihm zu folgen. Warum die Eile? Warum der plötzliche Aufbruch? Wir müssen reden und planen …

»Arkadi …« Ich packe ihn am Arm.

»Adieu, mein Freund.«

»Ich verstehe nicht.«

»Das brauchen Sie auch nicht. Ich habe für Sie alles getan, was ich tun konnte. Ich wünsche Ihnen Glück.«

Er tritt in den Aufzug, und meine Augen folgen ihm, während er sich abwendet, als wolle er seine Gedanken und Gefühle abschirmen, um mir ihren Anblick zu ersparen.

»Arkadi«, sage ich, »Arkadi, ich lasse von mir hören. Heute, morgen …«, doch noch während ich diese Worte ausspreche, ist mir klar, daß wir uns zum letzten Mal gesehen haben.

Maria Valentinovna schloß die Stahltür hinter mir, und ihre Hand packte meinen Arm mit unglaublicher Kraft.

»Drei Minuten warten wir – keine Sekunde länger. Zählen Sie«, befahl sie und unterbrach damit meine Gedanken.

Dieser Frau widersprach man nicht. Sie führte mich in ein Wohnzimmer und ließ mich unter einem trüben Kerzenleuchter Platz nehmen. Die Hälfte der Glühbirnen war zerbrochen, und der Rest schien nur mit wenig Begeisterung seiner Aufgabe nachzukommen. Ich hörte eine Uhr ticken, im Takt mit meinen Gedanken.

Drei Minuten! Sie steht auf und führt mich zu einem Einbauschrank, nur daß es kein Schrank ist – es ist der Eingang zu einer anderen Wohnung. Ein Korridor, mehrere Personen, ein Kind, ein lauter Fernseher, ein flimmernder Bildschirm, noch ein Korridor, und jemand reicht der kleinen Gestalt, die mir vorangeht, einen Mantel; und sie nimmt alle Türen und Durchgänge mit einer Geschwindigkeit, die man alten Damen nicht zutraut; sie hält keinen Augenblick an, auf diesem leisen, wortlosen Marsch durch Moskau.

Jetzt begreife ich. Alle Wohnungen sind miteinander verbunden. Wir bewegen uns quer durch das Gebäude, von außen unbemerkt. Wohnung um Wohnung gehen wir voran, außer Sicht und Reichweite jedweden Beobachters. Der Untergrund hat für diese Frau einen Fluchtweg eingerichtet.

Ich merke, daß ich seltsamerweise beim Gehen immer noch zähle. Und dann verengt sich der Korridor und macht eine Biegung. Zu unserer Linken eine Treppe, und ein junger Mann übernimmt die Führung – ich sehe den Rücken einer Lederjacke und kurze braune Haare. Doch er schweigt, sie schweigt – es ist wie ein Ritual, das sie tausendmal geprobt und choreographiert haben – nur ich kenne die Schritte nicht.

Ein Keller jetzt – Licht an. Ein schwarzer Wolga steht unscheinbar in der Mitte des Raums. Lederjacke steigt ein, die alte Dame setzt sich neben ihn ... »Schnell«, flüstert sie.

Aber ich habe in zu vielen Autos in Nächten wie dieser gesessen – und ich habe eine Frage, auf die ich die Antwort wissen muß, bevor ich auch nur irgendwohin fahre.

»Warum ist Arkadi einfach so gegangen?«

»Er ging, um Ihnen etwas Zeit zu erkaufen. Wenn sie sehen, wie sich sein Wagen in Bewegung setzt, werden sie ihm natürlich folgen. Nach einem oder auch drei Kilometern werden sie feststellen, daß nur eine Person im Wagen sitzt. Doch zu diesem Zeitpunkt wird es zu spät sein. Sie und ich sind dann schon weg.«

»Und Arkadi?«

»Sie haben ihn höchstwahrscheinlich von der Fahrbahn gedrängt. Sie werden ihn befragen, und er wird nicht antworten ...«

»Diese Leute verstehen es, einen zu überreden.«

Sie hält einen kurzen Augenblick inne. »Arkadi ist tot.«

»Was! Das glaube ich nicht ...«

»Er wollte sterben. Ich habe diesen Mann viele Jahre lang gekannt. Ich kenne seine guten und seine schlechten Seiten. Ich weiß, wann er seine Seele verkaufte, und er wußte das auch. Und seitdem lebte er nur noch für eine Gelegenheit, sie zurückzukaufen. Sie haben ihm diese Gelegenheit gegeben – und jetzt hat er sie genutzt.«

»Also wußte er, daß er sterben würde?«

»Er wollte Ihnen helfen. Er glaubte an Sie. Er fand, daß man Ihnen Unrecht getan hatte und daß er daran beteiligt gewesen war.«

»Es tut mir leid. Ich weiß nicht, was ich sagen soll.«

Maria schüttelt den Kopf. »Es braucht Ihnen nicht leid zu tun. Nicht wegen Arkadi. In dieser Nacht hat er zum erstenmal seit fünfzig Jahren inneren Frieden. Es gibt keinen Grund zur Trauer.«

Sie wendet sich ab, doch ich habe bereits gesehen, daß ihre Augen feucht sind.

Wir sind wieder unterwegs. Es schien keine Zeit dafür zu sein, Grabinschriften zu schreiben für all die tapferen Menschen, für all das sinnlose Sterben, das sie auf sich genommen hatten.

Rußland hatte einen mehr verloren. Und auch ich.

33

»Wohin fahren wir, Maria Valentinovna?«

»Zu Ihrer Mutter natürlich.«

»Mitten in der Nacht?«

»Was spielt das schon für eine Rolle, ob es Nacht oder Tag ist? Entweder ist sie da oder nicht.«

»Bitte halten Sie.«

Wir waren auf den Lenin-Bergen.

Man wird sie zweifellos bald umbenennen. Doch als wir dort waren, hießen sie noch so – in jener feuchten Oktobernacht, um fast zwei Uhr morgens.

Auf der einen Seite von uns stand die Lomonossow-Universität in all ihrer schmucklosen Häßlichkeit, auf der anderen die breite Balustrade mit den zwei Sprungschanzen, und unter uns breitete sich die Moskauer Innenstadt aus, von feinem Nebel bedeckt.

»Sie sollten mir alles erzählen, bevor ich sie sehe.«

Wir standen neben der niedrigen Mauer und sahen uns um.

»Wir haben keine Zeit. Warum wollen Sie, daß *ich* Ihnen das erzähle?«

»Weil Sie sicher eine Menge über meine Mutter wissen, wenn Sie wissen, wo sie ist. Ich würde das Ganze lieber zuerst von jemand anderem hören, bevor ich meine Mutter frage. Ich kenne sie – sie würde mir ein paar Einzelheiten mitteilen und alles Wichtige auslassen. Selbst wenn sie mir die ganze Geschichte erzählen wollte, könnte sie das nicht. Sie hat da eine geistige Blockade.«

Ich schlotterte plötzlich im kalten Wind, doch die alte Dame konnte nichts aus der Ruhe bringen.

»Es begann lange bevor sie Rußland verließ«, sagte sie, und ihre Stimme war fest und klar. Ihre Erinnerung würde sie nicht trügen, das wußte ich. »Ihre Mutter ging auf die Universität in

Leningrad. Sie studierte Medizin, sie wollte Ärztin werden. In jenen Tagen schien das ein sicherer Beruf, nicht politisch – bis zu diesem Zeitpunkt hatte Stalin sehr viele Ärzte umgebracht.« Sie seufzte. Die Brille schien ihr ein Stück weiter die Nase heruntergerutscht zu sein.

»Sie war intelligent und clever und sehr fleißig. Die Lehrer, die Professoren, sie waren *w wostorge*, entzückt von ihr, begeistert von ihrer Begabung und ihren Möglichkeiten. Doch, wissen Sie, für sie – für Jekaterina war das nicht genug.«

»Wie meinen Sie das?«

»Sie tat Dinge, vor denen man sie nachdrücklich gewarnt hatte, sie fing an, Fragen zu stellen, erwartete Antworten, drängte auf Antworten ...«

»Was für Dinge, erklären Sie das ...« – und einen Moment lang hatte ich das schreckliche Gefühl, daß die Zeit drängte, weil ich nicht wußte, wer lange genug am Leben bleiben würde, um mit mir zu reden.

»Politik, mein junger Freund. Diskussionen. Ein paar Leute hörten zufällig, wie sie sich über die Regierung lustig machte. Hörten es zufällig! Sie wissen, was das bedeutete. Manche waren fünfzehn Jahre lang im Arbeitslager, nachdem jemand etwas *zufällig gehört* hatte. Sie wurde in das politische Büro gerufen ...«

»In einer medizinischen Fakultät?«

»Überall. Hören Sie zu«, fuhr sie mich an, »unterbrechen Sie mich nicht dauernd. Ich weiß schon, was Sie wissen müssen. Wie dem auch sei, sie wurde gewarnt, man sagte ihr, sie könne alles verlieren, Arbeit, Freiheit, auch die Familie.« Die alte Frau lächelte. »Doch Jekaterina ließ sich nie etwas sagen. Das wissen Sie ja auch. Sie tat immer genau das Gegenteil. Der Eigensinn war Teil ihres Wesens. Sie steckte überall die Nase hinein. Wissen Sie, manchmal habe ich mich gefragt, ob sie erwischt werden wollte – nur damit sie ihnen ins Gesicht spucken konnte, ganz aus der Nähe, wo sie es fühlen würden.«

Ein Auto fuhr hinter uns her, doch wir sahen uns nicht um. Als es verschwunden war, redete die alte Frau weiter. »Sie schloß sich einer Gruppe an. Dissidenten – so nannte man sie später –, sie begannen, ein Informationsblatt zu produzieren. Ein Arztkollege half ihr, ein Mann namens Sergej, bärtig und gutaussehend. Und wissen Sie was? Sie verliebten sich, waren völlig ineinander vernarrt. Sogar Jekaterina, bei der man immer den Eindruck gehabt hatte, sie hätte kein Herz, um Gefühle zu empfinden, geschweige denn, sie jemand anderem zu schenken – sie folgte ihm überall hin. Sie hätte ihr Leben für diesen Mann gegeben – da bin ich mir ganz sicher.«

»Wie lange hat das gedauert?«

»Sechs Monate.«

»Und warum haben sie nicht geheiratet?«

»Sie hatten es vor. Er hatte ihr bereits einen Ring geschenkt – sie hatten freilich keine richtigen Ringe, es war eher so etwas wie ein Schlüsselring, aus Silber, doch mit zwei Hälften, die man auseinandernehmen konnte. Sie wollte, daß er eine Hälfte für sich behielt, doch er bestand darauf, daß sie das ganze Ding nahm, denn so wüßte sie, daß er immer bei ihr war. Die Ringhälften hatten einen silbernen Verschluß – er sagte, das würde sie daran erinnern, daß sein Arm sie hielt.«

»Sprechen Sie weiter ...«

»Eines Nachts machte die Polizei eine Razzia in ihrer Druckerei. Nahmen die Druckerpresse mit, nahmen Sergej mit, folterten ihn – verlangten die Namen aller Beteiligten. Er wußte nicht, daß Jekatarina in derselben Nacht festgenommen worden war. Keiner von beiden nannte den anderen. Beide gestanden das Verbrechen und übernahmen die alleinige Verantwortung ...«

»Und dann?«

»Sie waren sechs Monate lang in Lagern, bevor es zu einem Prozeß kam. Es stellte sich heraus, daß der Ankläger einmal von Sergej behandelt worden war, was ihm das Leben gerettet hatte. Er sagte, er schulde Sergej einen Gefallen. Er bräuchte nur einen Täter, also könne Jekaterina entlassen werden, wenn Sergej es so haben wollte. Und Sergej wollte. Sie wurde entlassen, und sie sah ihn nur noch einmal. Sie trafen sich in einem verlassenen

Haus – sie war auf dem Weg in die Freiheit, er mußte zurück ins Lager, um acht Jahre abzusitzen. Um den Schock zu mildern, sagte er zu ihr, er liebe sie nicht mehr, hätte sie nie geliebt. Sie sei eine Hure und ein Blutsauger, und sie solle zur Hölle gehen und ihn vergessen. Lügen – alles Lügen. Doch sie ging. Sie hatte keine Wahl.«

In der Ferne sah ich ein blaues Blinklicht, doch ich hörte keine Sirene, nichts, was auf Alarm oder einen Notfall hätte schließen lassen. Die alte Dame hatte es auch gesehen.

»Kommen Sie – wir müssen los.«

»Warten Sie.« Ich legte ihr die Hand auf die Schulter. »Erzählen Sie mir den Rest. Ich muß auch den Rest wissen.«

»Ihre Mutter kam hierher zurück, weil man ihr einige Papiere gezeigt hatte ...«

»Nicht bloß Papiere. Geheimnisse, für die offenbar die Hälfte aller Geheimdienste der Welt zu töten bereit ist ...«

»Mag sein, daß es da Geheimnisse gibt. Ich weiß nichts von ihnen, und Ihre Mutter hätte es mir auch nicht gesagt.« Sie seufzte. »Ich weiß nur von einem einzigen Dokument, das sich auf Sergej bezog und aus dem eindeutig hervorging, daß er noch am Leben war. Als Jekaterina das sah, hatte sie keine andere Wahl, als zurückzukommen.«

»Sergej? Hier in Moskau?«

»Edward, wenn ich Sie so nennen darf, Ihre Mutter kam nach Moskau zurück und fand Sergej. Er lebte in einer Wohnung, die Sie bald selbst sehen werden. Immer noch Arzt. Überraschend wohlauf, wenn man bedenkt, welche Leiden er erduldet hat. Ein ruhiger Mann, der ein einfaches, ruhiges Leben führt.«

»Kommen Sie.« Jetzt war ich es, der zur Eile drängte. »Wir müssen dorthin und sie finden.«

Ich rannte zum Auto, und Maria Valentinovna ging zügig hinter mir her. Ich hielt ihr die Tür auf, und als sie einstieg, sah ich zum erstenmal Müdigkeit in diesem zarten hellen Gesicht und den klaren blauen Augen.

Ich hätte nicht nervöser sein können – jetzt, wo das Wiedersehen mit meiner Mutter unmittelbar bevorstand – das Ende meiner eigenartigen Reise.

Doch es war nicht das Ende – nicht in jener Nacht.

Beim Kiewer Bahnhof bog der Fahrer unter der Brücke links ab und fuhr in nördlicher Richtung auf das Außenministerium zu. Hinter dem Gebäude ist ein Labyrinth alter Gassen und Seitenstraßen des Arbat, wo viele wundervolle Häuser erhalten und restauriert worden sind, für die wenigen, die Einfluß und Geld genug haben, um sie zu retten.

Die Straßen sind natürlich eine andere Sache: wie eine Mondlandschaft, seit undenklichen Zeiten unverändert und vernachlässigt.

Wir hielten vor einer wunderschönen altmodischen Villa an. Im Licht der Straßenlampen sah sie gelb aus, mit kunstvollen weißen Simsen und Stuckwänden. Hinter einer Mauer und einem Zaun stand ein niedriges Haus. Zwei Säulen stützten die Veranda. Das Haus war schlicht und elegant, und in allen Fenstern brannte Licht, als sei eine Party im Gang, als hätten die Eigentümer etwas zu feiern. »Ich dachte, sie müßte sich verstecken …«, flüsterte ich.

»Haben Sie noch einen Moment Geduld, Edward«, sagte die alte Dame. »Bevor wir hineingehen – es gibt da noch eines, was Sie wissen sollten. Gestern haben Ihre Mutter und Sergej geheiratet.«

Ich sah sie an, hörte ihre Worte. Doch ich konnte mich nicht bewegen, konnte den Mund nicht aufbekommen. Einen Augenblick lang schien die Erde stillzustehen.

34

»Wer sind Sie?«

»Später«, sagt sie. »Bleiben Sie einen Augenblick sitzen. Sammeln Sie Ihre Gedanken.«

Davon gibt es zu viele. Ich muß die Geschehnisse erst noch in mir aufnehmen, die ganze Wahrheit, die Tragödie. Und danach muß ich meine Mutter begrüßen.

Keiner von ihnen weiß es.

Keiner von ihnen weiß, daß mein Vater noch am Leben ist.

Sie glauben alle, er sei vor Jahren gestorben, so wie es die Sowjets gesagt hatten.

Ich fühle mich so alt wie diese alte Dame. Wir helfen uns gegenseitig aus dem Auto.

»Wir müssen schnell sein«, sagt sie. »Niemand darf lange am gleichen Platz stehenbleiben. Zu viele Beobachter.«

Sie klopft einmal an der Tür, und diese wird sofort geöffnet.

Es ist Sergej. Ich erkenne ihn an dem Lächeln, mit dem er uns willkommen heißt, dem Bart, der inneren Ruhe, die er ausstrahlt.

Er führt uns in einen mit Holz getäfelten Flur, dann in ein Wohnzimmer voll dunkler Vitrinen, Glaskaraffen und Sepia-Fotografien von Personen, die nie lächeln. Warum sie wohl so steif und ablehnend dastanden? Wollten sie so in Erinnerung bleiben? Auch der obligatorische Kronleuchter fehlt nicht, wenn er auch so tief über einem runden Tisch hängt, daß er seine Funktion nur halb erfüllt.

»Sie wird jeden Augenblick hier sein«, sagt Sergej leise.

»Wo ist sie?«

»Sie wollte sich schön machen …«

»Ist mir doch egal, wie sie aussieht! Sie ist meine Mutter, Herrgott noch mal …«

Er steht still da und weiß nicht, wie er auf meine Grobheit reagieren soll.

»Tut mir leid«, sage ich. »Es war alles zuviel.«
»Ich verstehe«, sagt er leise.

Doch das tut er nicht. Wie könnte er? Er hat keine Ahnung von der Katastrophe, auf die er sich eingelassen hat …

Die alte Dame deutet auf das Sofa. »Wir warten hier, Sergej. Aber wir haben nicht viel Zeit. Jekaterina auch nicht – sie muß heute nacht fort, wie geplant. Du weißt das.«

»Kommt mal kurz mit«, sagt er und führt uns über eine Hintertreppe in einen Raum im ersten Stock. Er ist dunkel und vollgestopft, doch ich kann zwei Männer ausmachen, mit Kopfhörern und vor sich Kisten voll elektronischer Utensilien. Sie sitzen auf umgestülpten Eimern, was ziemlich komisch aussieht, doch sie beachten uns nicht. Ein durchdringender Schweißgeruch schlägt mir entgegen, Apparaturen summen leise – eine Aura von Improvisation und vollem Einsatz. Rußland.

Wir bewegen uns vorsichtig rückwärts aus dem Raum.

»Wer ist das?«

»Eine private Sicherheitsfirma«, sagt Sergej. »Ein großes Geschäft hier heutzutage. Die zwei, die Sie gesehen haben, haben früher *w lesu*, im Wald, gearbeitet.«

»Was heißt das?«

»Umgangssprache für den KGB. Abteilung 20 – innere Überwachung. Jetzt machen sie es für entsprechende Bezahlung. Sie überprüfen die Frequenzen der Sicherheitsdienste, außerdem die britische und die amerikanische Botschaft, um sicherzugehen, daß wir keine ungebetenen Gäste bekommen. Sie wissen, wonach sie zu suchen haben – daran hat sich nichts geändert.«

»Sie haben offensichtlich an alles gedacht«, sage ich.

Schweigen.

»Oder an nichts«, antwortet eine Stimme hinter mir. »Das weiß man erst am Schluß.«

Sie steht im Flur, in einem einfachen dunkelblauen Rock und einer weißen Bluse – sie sieht aus, als wäre sie von einem Tag im Büro heimgekommen. Eine raffinierte, achtunggebietende Frau – weit über vierzig, schon über fünfzig, aber nicht zu alt dafür, sich auf das Abenteuer des Lebens einzulassen. Eine Frau mit Substanz – eine Frau, die reist, eine Frau, die in und mit einem ganzen Kessel von Leidenschaft und Gefühlen gelebt hat – und sie streckt ihre Arme zu mir aus, genauso wie sie das getan hat, als ich noch ein Kind war.

»Gibst du deiner Mutter keinen Kuß?« fragt sie.

Wir stehen uns einen Augenblick lang bewegungslos gegenüber und sehen uns an.

Ich versuche, mich nicht wieder wie der fünfjährige Junge zu fühlen, als sie mich an der Hand nimmt, die Treppen hinunter ins Wohnzimmer führt, wo sie mich umarmt, viel länger, als es mir recht ist.

»Laß mich los, Mutter. Du weißt nicht, wo ich gewesen bin.«

»Ich weiß es«, sagt sie. »Jedenfalls das meiste davon.«

Sergej und die alte Dame sind nicht mit hereingekommen. Wir sind also unter uns, sitzen beide auf dem Sofa und beäugen uns – wie Pferdehändler, die das Angebot auf einer Auktion begutachten. Sie sieht nicht wie ein Flüchtling aus. Sie muß beim Friseur und im Kosmetiksalon gewesen sein: Die roten Haare sind frisch geschnitten und gelegt, die geraden schwarzen Linien ihres Augen-Make-ups professionell aufgetragen. Doch die kräftige Farbe auf ihren Wangen stammt nicht aus einer Tube. Sie ist entspannt; sie ist, wie soll ich sagen? … fast jünger …, und wir sitzen da, versuchen beide, die Gedanken des anderen zu zerpflücken, wie das Slawen tun, wir gehen auf die Gefühle los.

»Du bist verheiratet«, sage ich matt.

»Er bedeutet mir nichts.« Sie lacht. »Er bedeutet mir alles. Es ist wohl unser Schicksal. Sich nach dreißig Jahren wiederzufinden! Maria hat es dir erzählt, nicht wahr? Ist es sehr schlimm für dich?«

»Ich … schlimm ist nicht das richtige Wort, Mutter. Es freut mich – was soll ich sagen. Natürlich freut es mich, aber …«

»Es gibt andere Dinge, über die wir reden müssen.«

»Genau.«

»Gut. Ich muß hier weg. Sergej ist dabei, das zu organisieren. Sie haben ein sicheres Haus für mich, ein kleines Stück außerhalb von Moskau. Auch du solltest verschwinden. Maria wird es arrangieren. Ich weiß nicht, was ich ohne sie täte. Du kannst über sie mit mir in Verbindung treten. Aber es wird vielleicht etwas dauern …«

»Mutter, ich muß wissen, was hier vor sich geht.« Ich spüre, wie sie sich in ihr Schneckenhaus zurückzieht. »Man schießt auf mich, amerikanische und britische Agenten sind hinter mir her. Ein russischer Geschäftsmann – tot in London, und es gibt schon eine regelrechte Spur von Leichen, die hierher führt. Alle sagen, du hättest einige unglaublich geheime Dokumente aus den Parteiarchiven – sag mir doch erst mal, was los ist, bevor du wieder weggehst.«

Sie schüttelt den Kopf. »Wir haben keine Zeit dafür.«

»Dann bleibe ich hier.«

»Edward«, sagt sie, während sie aufsteht und zur Tür geht, »später werde ich dir alles erzählen …«

»Es wird kein Später geben, Mutter. Menschen, die mit dir und mir zu tun haben, sterben in diesen Tagen verblüffend schnell. Du kannst weggehen, wenn du willst – aber ich will mit dem Ganzen nichts mehr zu tun haben.«

»Du …« – im letzten Moment schluckt sie das Schimpfwort hinunter, das ihr auf der Zunge lag, was immer es war. Sie kommt zum Sofa zurück und setzt sich wieder. Doch von Nachgeben kann keine Rede sein. Mutter hat nie auf etwas verzichtet, und schon gar nicht darauf, sich durchzusetzen.

»Zwei Minuten.« Sie blickt auf ihre Uhr. »Danach gehe ich.«

Ich nicke.

»In London, am Tag vor deinem Geburtstag, bekomme ich einen eigenartigen Anruf. Ein Mann, der russisch spricht, sehr nervös, er sagt mir, er müsse mich sofort treffen. Irgendwo in der Stadt. Wir treffen uns. Er ist in einem fürchterlichen Zustand. War in eine Schlägerei um irgendein Mädchen verwickelt. Aber wirklich schlimm zugerichtet. Unregelmäßige Atmung. Hätte nicht auf der Straße sein sollen. Und doch habe ich diesen Typ Mann schon öfter gesehen. Er ist ein Bürokrat – ein Nichts. Korrupt und nicht im geringsten vertrauenswürdig. Die Art Russe, die man für ein Butterbrot kauft. Wie dem auch sei, diesmal hat er etwas von Wert. ›Ich bin ein Archivar‹, sagt er. ›Ich habe im Zentralkomitee gearbeitet. Ich habe alles gesehen‹ – und er hält seine Tasche hoch. ›Hier drinnen‹, sagt er, ›ist die Sorte von Material, für das die Welt töten wird …‹«

»Er hatte recht.«

»Natürlich hatte er recht. Doch ich habe zu ihm gesagt: ›Mir liegt nichts an Ihrem Material. Ich will in Ruhe gelassen werden. Ich will nichts mit Rußland zu tun haben.‹ Und dann kommt er mir ganz verschwörerisch und fängt zu grinsen an. ›Da ist auch etwas über Sie‹, sagt er. ›Ein Dokument, das Sie sicher sehr gern sehen würden. Erinnern Sie sich an Sergej? Was geben Sie mir für dieses Stück Papier, gnädige Frau?‹ Edward, da werde ich wahnsinnig. Ich drehe völlig durch. Seit dreißig Jahren hatte ich Sergej nicht mehr gesehen. Er war der Mann, den ich vielleicht mehr als alle anderen geliebt hatte. Ich fange an, auf ihn einzuschlagen, heftig. Er sitzt in meinem Auto – er hat überhaupt keine Kraft, und ich schmettere seinen Kopf gegen das Armaturenbrett, und plötzlich«, ich sehe jetzt einen Schatten in ihren Augen, »plötzlich, Edward, ist er nicht mehr da. Kein Widerstand. Kein Geist. Nichts.« Sie streicht sich über das Gesicht. Die Haut glänzt. Ihr Atem geht schneller. »Edward – er ist gestorben. Tot in meinen Händen. Ich … Bis heute weiß ich nicht … bei dir habe ich manchmal härter zugeschlagen.«

»Und dann?«

»Ich nehme die Tasche, und ich renne wie verrückt … die Leute müssen sich Gott weiß was gedacht haben … eine alte Hexe, die durch die Straßen saust … und ich weiß nicht mehr, wo ich mich befinde, irgendwo neben dem Fluß … ich sehe irgend so ein großes Hotel, und ich gehe hinein und setze mich hin. Zwei Wodka, drei – ich weiß nicht mehr. Doch ich mache die Tasche auf. Mein Gott, und ich fange zu lesen an. Nach einer halben Stunde nehme ich mir ein Zimmer im Hotel, und ich lese, lese. Höchste Ebene – man glaubt es nicht. Briefwechsel zwischen dem Kreml und dem amerikanischen Präsidenten, dem Premierminister, dem deutschen Kanzler – zynische, unglaubliche Briefe, sie versuchten, den Kalten Krieg am Leben zu halten, sie alle ... die Haare stehen mir zu Berge, Edward. Um neun Uhr abends weiß ich, daß ich nach Moskau muß. Sergej lebt. Das ist die eine Sache. Doch es geht auch um die anderen Dokumente. Das ist zu wichtig ...« Sie schaut auf die Uhr. »Wir müssen los. Du mußt los.«

»Erzähl die Geschichte zu Ende. Was kam dann?«

»Ich rufe diesen Widerling an, den ich kenne – russischer Journalist. War früher beim KGB, doch sie haben ihn rausgeworfen, trank zuviel. Ich brauche sofort ein Visum, sage ich zu ihm. ›Wieviel?‹ sagt er. Ich biete hundert. ›Dreihundert‹, antwortet er. Also gehe ich hin und wir fahren zu einer schmuddeligen kleinen Wohnung in Bayswater. Er stürmt hinein, als gehöre sie ihm, und da sitzt dieses dumme kleine Geschöpf, Sekretärin in der sowjetischen Botschaft, jede Menge Rüschchen und Make-up, komme mir wie in einem Bordell vor. Er gibt ihr hundert Pfund, und dann fahren wir zur Botschaft.

Sie nimmt meinen Paß und kommt zehn Minuten später mit dem Visum wieder heraus – alles maschinegeschrieben. ›Es kostet nochmal hundert‹, kichert sie, ›ich mußte dem Wachmann was geben.‹ Ich denke, sie gibt es jedem. Ich verabschiede mich von dem Widerling, und am nächsten Morgen sitze ich im Flugzeug der British Airways nach Moskau.«

»Und du hast die Papiere bei dir gehabt?«

»Natürlich.«

»Du hast sie nicht mal versteckt?«

»Edward, es ist ihnen völlig egal, was du hereinbringst – was du aus Rußland mitnimmst, das wollen sie wissen.«

Sergej ist plötzlich wieder im Zimmer. »Wir fahren«, sagt er. »Jetzt gleich. Es gibt ungewöhnliche Aktivitäten bei der amerikanischen Botschaft. Offenbar haben sie einige Einheiten in

Richtung Kiewer Brücke losgeschickt ...«

»Was für Einheiten?«

»Zivilfahrzeuge, eine Menge Männer in Anzügen. Laßt uns jetzt aufbrechen.«

Und plötzlich sind mehr Leute in diesem Haus, als ich gedacht habe, und es geht drunter und drüber. Papiere werden in Taschen gerafft, Schritte trampeln die Treppe hinunter. Mutter und ich sehen uns an.

»Ich muß diese Dokumente sehen.«

»Nicht jetzt, Edward. Du hast es gehört – wir müssen los.« Sie eilt quer durchs Wohnzimmer und den Flur entlang.

»Was denkst du denn, wie lange du noch so weitermachen kannst?« schreie ich.

»Lange genug. Wir werden der Welt diese Papiere zeigen – und dann wird es endlich ein wenig Frieden geben.«

Wir sind jetzt draußen. Sie ist in einem Auto, und ich werde ziemlich unsanft in ein anderes geschoben. Die alte Dame sitzt neben mir, Lederjacke sitzt am Steuer, wir fahren schnell durch die Straßen – und Mutters Auto ist bereits nicht mehr zu sehen, irgendwo abgebogen, verschwunden. Wir kommen jetzt in eine winzige Gasse, das Auto hat kaum Platz, seltsame Betonstrebepfeiler, ein verwitterter offener Tunnel ...

»Was ist das hier ...?«

»Ein Teil des U-Bahn-Netzes, der nie fertiggestellt wurde«, sagt Maria. »Löcher wie dieses gibt es überall in der Stadt – man braucht nur zu wissen, wo.«

Der Fahrer stellt den Motor ab, und wir gleiten ungefähr fünfzig Meter in den Tunnel hinein und kommen dann zum Stehen. Ich höre tropfendes Wasser und Kratzgeräusche undefinierbaren Getiers, das nach Eßbarem stöbert. Wahrscheinlich ist das ganze Gemäuer baufällig und wird in Kürze einstürzen. Wer weiß, und außerdem – was spielt das schon für eine Rolle?

Für mich ist es der sicherste Ort in Moskau.

35

»Sie wollten mir sagen, wer Sie sind.«

»Wollte ich das?« fragt sie. »Sie wissen es wirklich nicht, oder?«

Wir sind in diesem Tunnel, irgendwo unter Moskau, halb Bauwerk, halb Ruine – wie so vieles in diesem Land.

»Sie erinnern sich wohl nicht mehr an eine Dame, die Sie vor vielen Jahren besucht hat. Die von sehr weit her kam. Sie waren noch so furchtbar jung, und ich muß Ihnen so furchtbar alt vorgekommen sein ... Ich ging mit Ihnen immer zum Süßwarenladen an der Ecke. Sie waren ein so eigensinniger kleiner Junge, hatten zu allem etwas zu sagen, eine feste Meinung, Sie wären mir ziemlich auf die Nerven gegangen, wenn Sie mir nicht so nahe gestanden hätten ...«

Ich starre sie verblüfft an.

»Ich blieb vier Wochen. Wir redeten viel miteinander. In jenen Tagen haben Sie nie Fragen gestellt. Jekaterina hatte Sie gut erzogen. Aber Sie wollten alles lesen, Sie haben in meinen Koffer geschaut, haben sogar die Zeitungen gelesen, in die ich meine Schuhe eingewickelt hatte, Sie waren ganz versessen auf alles Russische ...«

»Und dann sind Sie plötzlich fortgegangen, ohne sich zu verabschieden.«

»Sie erinnern sich also doch.« Sie lächelt. »Sie sind mir immer mehr ans Herz gewachsen. Ich begann wie eine alte Närrin zu denken – vielleicht könnte ich in London bleiben, vielleicht könnte ich ein neues Leben beginnen ... ja, vielleicht könnte das sogar eine dumme Kreatur wie ich, die dumme alte Maria aus Moskau. Vielleicht könnte ich in Süßwarenläden gehen und in Restaurants essen und in einem Land leben, wo man sich keine Sorgen über die Polizei und die Banditen und den ganzen Propaganda-Unsinn zu machen braucht. Deshalb war es Zeit zurückzugehen. Mehr und mehr schien mir England das Normale zu sein. Es war eindeutig Zeit, nach Rußland zurückzukehren.«

»Aber wir haben nie wieder von Ihnen gehört.«

»Von Zeit zu Zeit habe ich mit Ihrer Mutter gesprochen.« Sie tätschelt mir die Hand. Ihre Finger sind eiskalt. »In Rußland hört eine Freundschaft nie auf.«

Ein oder zwei Stunden vor Tagesanbruch setzten sie mich in einem Hotel in der Nähe des Smolenskaja-Platzes ab. Der Fahrer ging mit mir hinein, denn er kannte jemanden, der dort arbeitete, der wiederum jemanden kannte, der den Papierkram erledigen konnte – und sie wollten mich nicht in ihrem sicheren Haus haben. Auch ich wollte das nicht.

»Morgen«, sagte er. »Um sechs. Ecke Petrowka-Straße und Mali Karetni. Wenn nicht morgen, dann am Tag darauf. Jemand wird jeden Abend dort sein, immer um dieselbe Zeit. Kein Warten.«

Er ist wie Jewgeni – dieser Mann. Barsch und selbstsicher und nervös, alles zur gleichen Zeit. Was hat er früher gemacht? Was haben sie alle früher gemacht?

Ich hatte nicht vor zu schlafen. Ich setzte mich aufs Bett, nur um wieder ins Gleichgewicht zu kommen.

Lange würde ich mich wohl nicht ausruhen können. Sie würden sehr bald kommen. Irina und ihre Freunde, Arkadis Blut noch an den Händen.

Ich habe nur noch sehr wenig Zeit.

Es ist schon schrecklich genug, was ich letzte Nacht erfahren habe. Mutter wieder verheiratet – ohne zu ahnen, daß Dad noch am Leben ist. Eine so niederschmetternde Ungerechtigkeit hätte sich kein Mensch ausdenken können. Wie bringe ich es ihr bei? Wie bringe ich ihr bei, daß ich die Akten brauche? Unser aller Leben und alles, was für uns wichtig ist, steht auf dem Spiel.

Wo immer er ist – ich muß Dad erreichen. Das zählt für mich mehr als alles andere. Seit so vielen Jahren ist er das Wichtigste in meinem Leben. Ich muß ihn finden und aus dem Land bringen, wie immer ich das bewerkstelligen muß.

Deshalb warte ich nicht in einem Zimmer auf sie. Ich verlasse das Hotel, denn ich will Ort und Zeitpunkt des Treffens selbst bestimmen.

Es ist kalt an diesem frühen Morgen in Moskau. Innerhalb von Minuten bin ich an der neuen Betonpiste des Kalinin-Prospekts, gehe an Hochhäusern vorbei und an den Läden, die als Supermärkte gedacht waren und das nie waren – ein langgezogener Klumpen urbaner Häßlichkeit, der sich aus der Dunkelheit in den bewölkten Morgenhimmel erhebt.

Ich reihe mich in den Strom der Fußgänger ein, die in Richtung Lenin-Bibliothek trotten. Die Straße ist jetzt von vier Spuren auf zwei verengt, ich komme am Haus der Freundschaft vorbei, sehe die Türme des Kreml in der Ferne. Irina wird hierherkommen und mir gegenübertreten. Irina weiß, wo ich bin.

Schließlich bin ich in all den Jahren oft genug hier gewesen, um zu lernen, wie das Spiel gespielt wird, um ihre Art der Sprache zu lernen, zu lernen, was sie einem sagen, wenn sie gar nichts sagen.

Nimm dir ein Zimmer im Hotel – der Fahrer hatte das nicht gesagt, und ich habe nicht nachgefragt. Aber indem ich mich dort anmeldete, habe ich automatisch meine Anwesenheit und meinen Standort bekanntgegeben. Ich habe eine Karte ausgefüllt, die mit Sicherheit innerhalb einer Stunde direkt an die ehemalige KGB-Zentrale weitergeleitet wurde. Man folgte mir, als ich aus dem Hotel ging, man folgte mir den Kalinin-Prospekt entlang. Sie sind bei mir, während ich auf den Roten Platz gehe, doch ich weiß nicht, wer sie sind.

Ich werde an der Basilius-Kathedrale vorbei zum Kreml-Kai gehen, ich werde über die Moskwa blicken. Ich werde die rauchenden Schlote sehen und das Kraftwerk, das einst mit der idiotischsten Parole in Moskau prahlte: »Kommunismus bedeutet Räteherrschaft und die Elektrifizierung des ganzen Landes.« Ein so überaus eingängiger Spruch.

Dies ist die richtige Stelle zum Warten. Ich kehre dem Fluß den Rücken zu und mustere nacheinander alle Gesichter – besonders die Paare. Diejenigen, die ein bißchen zu verliebt scheinen, in Anbetracht der frühen Stunde. Die sind es, die Theater spielen.

Links von mir, zwanzig Meter entfernt steht eine ziemlich junge Frau in Jeans, beigem Anorak und Turnschuhen, um den Kopf ein Haarband. Sie sprudelt vor Lebendigkeit, blickt dabei unverwandt auf ihren Mann und redet mit kurzen Pausen auf ihn ein. Doch es ist deutlich erkennbar, daß die beiden kein Liebespaar sind. Sie passen auch nicht zusammen. Er wirkt viel zu dumm für sie. Rechteckige Stirn, der Haaransatz knapp über der Nase, steife Körperhaltung, mit Schultern wie Türrahmen. Er trägt Anzug, Regenmantel und Aktentasche wie ein Büroangestellter, doch er spielt seine Rolle ziemlich schlecht. Die Aktentasche ist ganz offensichtlich leer: Als er sie für eine Sekunde absetzt, wird sie von einem Windstoß umgeblasen. Nein, ich kann mir nicht vorstellen, daß er in einem Büro arbeitet – er könnte eher Büros bauen.

Sie gibt ihm jetzt einen Abschiedskuß – auf die Wange, o je; sie werden eben viel zu schlecht bezahlt, um sich auf den Mund zu küssen. Und dann geht sie einfach fort, um meinen Standort zu melden, während er unschlüssig stehenbleibt.

Keine guten Leute, diese beiden.

Es beginnt zu regnen – also werde ich es Irina leicht machen. Ich gehe zum Roten Platz zurück, wo die Touristen mittlerweile in Richtung Kaufhaus GUM hasten. Von mehreren Gesichtern tropft Make-up herunter, jemand rutscht auf dem Kopfsteinpflaster aus. Die Polizisten in langen grauen Umhängen suchen Zuflucht unter den Bäumen.

Jetzt rechts einbiegen. Ich werde im Hotel Metropol frühstücken, dem Hotel, das die Finnen hergerichtet haben, mit Geld, das nicht *sie* wieder erwirtschaften werden und das die Russen nie hatten.

Vor dem Hotel stellen sich zwei Photographen unter, mit ausgeschnitten Pappfiguren von Gorbatschow und Jelzin. Wir sind doch ein gutes Stück vorwärtsgekommen, oder etwa nicht? Einer von ihnen stülpt einen Plastiksack über Jelzins Kopf und tätschelt ihn. »Ich muß schließlich auf dich aufpassen, Boris Nikolajewitsch«, sagt er. »Nicht, daß du mir noch naß wirst bei dem Regen.«

Jetzt die Treppe hoch, zur Linken die Bar, ein Eßzimmer wie ein Museum – keine Schickeria.

Ich esse Rühreier auf einem weißen Porzellanteller mit Goldrand. Ich zahle einen haarsträubenden Preis. Und dann sitze ich mit einer Dose Bier da und warte auf Irina. Wenn der Regen aufhört und auf den Straßen wieder Ordnung herrscht und wenn sie festgestellt hat, daß ich allein bin – dann wird sie kommen.

Es war schon fast dunkel, als sie eintraf, und ich hatte einen ganzen Tag vergeudet, hatte zuviel nachgedacht, zuviel getrunken.

»Warum hast du Arkadi umgebracht – du und deine Scheißkerle?«

»Die Regeln werden nicht von mir festgelegt«, sagt sie.

»Du legst die Bedingungen fest. Es gibt keine Regeln. Du mordest, du lügst, und du setzt die Daumenschrauben an. Und das nennst du dann ›Regeln‹.«

»Willst du, daß ich wieder gehe?«

Sie breitet ihren Regenmantel über der Stuhllehne aus. Unter ihrem enganliegenden weißen Rollkragenpullover zeichnen sich ihre Brüste ab, und ich muß daran denken, wie sie mir damals fast meinen zwanzigjährigen Kopf verdreht hätte. Die Erinnerung ist alles andere als angenehm – angesichts dessen, was sie mir seither angetan hat.

Sie bestellt sich ein Bier und deutet auf meines.

»Du solltest nicht so viel trinken, Edward. Sonst wirst du noch mal zum Alkoholiker ...«

»Sehr freundlich von dir, daß du dir um mich Sorgen machst ...«

»Das tun wir wirklich, Edward, wir machen uns wirklich Sorgen.« Sie trinkt hastig einen Schluck Bier. »Wie geht's deiner Mutter?«

»Wie geht's deiner?«

Sie setzt das Glas ab.

»Also gut – rekapitulieren wir, wo wir mittlerweile stehen. Du hast sie getroffen, nehme ich an. Du hast den Vorschlag diskutiert. Und jetzt möchten wir die Übergabe unseres rechtmäßigen Eigentums festmachen. Das ist das Thema unseres Gesprächs. Sonst nichts. Wenn alles vorbei ist, kannst du dann so viele Moralpredigten halten, wie du willst.«

»Es gibt noch ein Thema – meinen Vater. Ich will wissen, wie es ihm geht.«

»Den Umständen entsprechend ganz gut.«

»Ich muß das selbst sehen.«

»Sobald wir die Dokumente bekommen ...«

»Jetzt.«

Ein Paar setzt sich an einen Nachbartisch, näher als nötig. Ich erkenne sie wieder: das Paar von heute morgen. Doch sie sehen müde aus. Mann mit Aktentasche – Mädchen mit Haarband. Nur, daß sie sich nicht mehr küssen oder Händchen halten, sondern nur mißmutig dasitzen und auf Anweisungen warten.

»Wann bekommen wir die Akten, Edward?«

»Innerhalb von achtundvierzig Stunden.«

»Es kann bei dieser Sache keinen Rückzieher geben, das ist dir klar, oder?«

»Völlig.«

»Gut.« Sie gießt sich den Rest Bier in ihr Glas, und ich frage mich, warum um alles in der Welt ich das gesagt habe. Das kommt dabei heraus, wenn man den ganzen Tag herumsitzt und trinkt. Ich habe ihr gerade die Papiere versprochen, die ich nicht habe, und ich habe einen Übergabetermin festgelegt. Ich hätte mir ebensogut mein Grab schaufeln und mich hineinlegen können.

Sie steht auf.

»Noch eines«, sage ich.

»Ich höre.«

»Jane Card. Ihr habt keinen Grund, sie festzuhalten. Laßt sie gehen.«

»Du hast völlig recht, Edward. Wir haben keinen Grund, sie festzuhalten, und deshalb tun wir das auch nicht.«

»Was soll das heißen?«

»Genau das, was ich gesagt habe. Wie haben Mrs. Card nicht in Gewahrsam, und ich habe keine Information über ihren Aufenthaltsort.«

»Du lügst doch ...«

»Ich denke, dieses Stadium haben wir hinter uns, Edward. Niemand von uns hat es wohl noch nötig zu lügen, oder siehst du das anders?«

Ich gehe mit ihr auf die Straße. Die Stadt ist eine Maske, hinter der sich unzählige verschiedene Gesichter verstecken. Ich kann sie nicht erkennen, kann sie nicht auseinanderhalten. Hinter welchem ist Jane Card versteckt?

Am Bolschoitheater auf der gegenüberliegenden Straßenseite hat man ein Baugerüst hochgezogen. Taxifahrer stehen herum und preisen sich potentiellen Kunden an. Während wir vorbeigehen, hält sich einer von ihnen ein Nasenloch zu und schneuzt den Inhalt des anderen aufs Pflaster.

Du weißt, daß du hier im Ausland bist – jede Minute eines jeden Tages. Ein gutes Stück außerhalb Europas. Außerhalb von allem.

»Wo steht das Auto?« frage ich.

»Wir gehen zu Fuß«, antwortet sie.

Ich werfe einen Blick zurück, doch das unerschrockene Paar ist nirgends zu sehen.

Und so gehen wir also den Hügel hoch in Richtung Lubjanka, halten uns rechts, machen einen großen Bogen um die Straßenverkäufer, die vor dem Kinderwarenhaus postiert sind und jeden Passanten ansprechen.

Vor uns: der Sockel, von dem sie die Statue von Dscherschinski heruntergeholt haben, des bärtigen Psychopathen, der die erste Staatssicherheitsmaschinerie gegründet hatte. Er mochte fort sein – doch Irina ist eine würdige Nachfolgerin.

Nach einer halben Stunde sind wir bei dem Wohnblock angelangt. Er steht fast auf der Straße, eingekesselt zwischen den sechs Spuren des Boulevard-Rings – ein einsamer Überlebender auf einer kleinen Insel, die zu versinken droht. Der Weg dorthin ist wie ein Gang durch die Hölle: Die Autos und Lastwagen bespritzen uns mit feuchtem Dreck, und die gelben Scheinwerfer scheinen Jagd auf uns zu machen. Der Lärm ist unerträglich.

Doch jetzt beeile ich mich. Ich sehe eine Lücke zwischen zwei Bussen und presche vorwärts, lasse die kleine Mörderin im Regenmantel hinter mir zurück. Als ich das Gebäude betrete, steckt sie immer noch mitten im Moskauer Verkehr.

Nur ein einziger Eingang. Lose Holzstufen. Wo bin ich hier? Ich muß Dad sehen, muß wissen, was sie mit ihm gemacht haben.

Zweite Etage, und keine Wachen – anders als in den alten Tagen. Dad wurde immer von einem ganzen Trupp bewacht, und ich hatte an jedem Finger einen dieser Kerle hängen. Jetzt stoße ich eine Tür auf, und dort ist nur eine ungepflegte alte Portiersfrau, die eine Teekanne schwingt.

»Er ist da hinten«, bellt sie und deutet auf einen Flur. Ich folge der Richtung ihres Fingers und spüre, wie mir vor Aufregung das Herz bis zum Hals schlägt.

Ich habe fast vergessen, wie das ist, wenn man hofft, diese Hochstimmung, wie man Gott dankt für eine solche Überraschung, wie sie mich jetzt erwartet.

»Den Umständen entsprechend«, hat Irina gesagt, und ich habe damit gerechnet, einen Mann im Koma vorzufinden. Dad liegt zwar im Bett, doch offenbar ist er hier zu Hause, und in jedem Zimmer brennt Licht. Neben ihm auf der Bettdecke liegt ein Buch, in der Hand hält er eine Tasse Tee. Sein Kinn ist hart und gefurcht wie ein Pfirsichkern. »Ich bin noch nicht am Ende«, scheint er zu sagen.

Nein, das ist er nicht, genausowenig wie ich selbst.

36

Ich erkenne meinen Dad. Obwohl wir uns in all diesen Jahren nur selten sehen durften, ist er mir vertraut.

Sein Geist ist wach und nimmt alles wahr, doch seine Hände sind kalt und kraftlos. Es ist, als hätte er sich zu einem anderen Ort aufgemacht, einen langen Abhang hinunter.

Ich drücke ihn fest an mich. Bleib stehen, Dad, komm zurück. Du schaffst es. Ich kann dich hier herausbekommen. Wir können nach Hause gehen.

Doch als ich ihn ansehe, wird mir klar, daß er zu Hause ist. Ein Russe in Rußland – nicht wie ich, der ich in Großbritannien geboren, von Großbritannien geprägt bin. Er ist auf eigenartige Weise mit sich selbst im Frieden in diesem schmutzigen kleinen Zimmer, wo der Verkehr um ihn herum braust. Keine Kinkerlitzchen, hat er früher immer gesagt. Keinen überflüssigen Luxus. Das wahre Leben, von allem Beiwerk entblößt.

Ich frage ihn, wie sie ihn behandelt haben.

»Sie sind Russen«, sagt er. »Sie erwarten, daß ich leide. Die Ärzte teilen Medizin aus, die Patienten leiden. Jeder von uns hat seine Rolle, jeder muß sie spielen.«

Einen Augenblick erfüllt das Heulen einer Sirene das Zimmer. Die Glühbirne schwingt in kleinen Kreisen am Ende ihres Kabels.

»Mutter geht es gut«, sage ich und hoffe, daß er nicht genauer nachfragt.

Er nickt und lächelt. »Weißt du, es gab da in meinem Kopf immer ein bestimmtes Bild von deiner Mutter. Nicht aus dem wirklichen Leben. Eine Phantasievorstellung. Da ist ein Atomkrieg. Völlige Zerstörung. Kleine und große Städte, nur noch Trümmerhaufen. Und dort …«, er lächelt wieder, »dort sehe ich deine Mutter, wie sie durch diese ganze Verwüstung marschiert. Stark und zielstrebig. Die einzige Person, die es schafft durchzukommen. Die einzige Überlebende. Nachdem alles zur Hölle gejagt wurde – würde deine Mutter da sein. Sie … würde diejenige sein, die tut, was getan werden muß. Stark, so stark, diese Frau …« Er scheint für einen Augenblick den Faden zu verlieren und wischt sich mit der Hand über die Stirn. »Ich gäbe so viel dafür, sie wiederzusehen … Ich denke oft … Edward, sag es mir, ich habe so viel darüber nachgedacht … Es war unrecht von mir, euch zu verlassen und hierher zurückzugehen. Ich weiß das schon seit langem. Sag mir die Wahrheit. Bitte.«

Einen Augenblick lang fühle ich mich außerstande zu antworten. Was ist denn, in diesem Fall, die Wahrheit für einen alten Mann, der krank auf einem Bett in Moskau liegt – ein alter Mann, der mein Vater ist? Welchen Preis hat diese Wahrheit?

»Nein, Dad«, sage ich zu ihm, »du mußtest gehen …«

»Doch ich habe dich verlassen, als du noch ein kleines Kind warst …«

»Du hast mich nie verlassen. Ich habe immer gewußt, daß es dich gibt. Sogar als sie sagten, du wärst gestorben …«

»Es war eine falsche Entscheidung.«

»Warum sagst du das?«

»Weil ein Mann nicht von einer Welt zur anderen springen kann. Ich bin nach England gesprungen – ich hätte dort bleiben sollen …«

»Du konntest dort nicht du selbst sein …«

»Das wäre dann eben Pech gewesen. Ich hätte mich anpassen können. Ich hatte eine Frau und einen Sohn – mehr kann man vom Leben wirklich nicht verlangen – und ich habe nur an mich selbst gedacht. Edward, ich kann dir gar nicht sagen, wie bitter ich bereue, daß ich euch so viel Schmerz bereitet habe. Ich wußte damals einfach nicht, was ich sonst tun sollte. Ich war blind … ich betrachtete mein Leben, und ich konnte dich nicht sehen. Erst als ich schon fort war, habe ich das begriffen. Du mußt mir glauben …«

Tränen laufen ihm die Wangen hinunter und tropfen auf das Kissen.

»Es ist in Ordnung«, sage ich und halte wieder seine Hand.

»Ich verstehe es. Du warst in einer fremden Welt gefangen. So hat Mutter das formuliert. Kein Bezugspunkt. Nichts, was dir vertraut war. Die Welt außerhalb des Hauses war wie ein Dschungel für dich. Ich habe dir nie Vorwürfe gemacht. Und Mutter auch nicht. Wir haben es verstanden. Du konntest in dieser Welt nicht leben.«

»Da war die Arbeit ...« Er hustet und räuspert sich. »Edward, ich war ein Wissenschaftler, Physik, eine wichtige Arbeit. Das Projekt meines Lebens. In England war das einfach nicht möglich. Ich hatte immer das Gefühl, für Fremde zu arbeiten, gegen mein Volk, gegen das Land, in dem ich aufgewachsen war. Auch aus diesem Grund mußte ich gehen. Obwohl ich von der Grausamkeit und den dummen, dummen Entscheidungen wußte, der ständigen Lügerei – das waren meine Leute. Schau doch, schau ... geh ans Fenster.«

Ich stehe auf, ohne zu verstehen, was er meint.

»Schau hinaus«, befiehlt er, »was siehst du?«

Der Himmel ist fast schwarz, doch hinten im Westen sind Pinselstriche von Purpur. Vor dem Horizont zeichnen sich Kräne und die gezackten Dächer zusammengewürfelter Häuser ab.

»Ein russischer Sonnenuntergang«, sagt er schlicht. »Selbst wenn es dunkel ist, läßt die Sonne ihr Zeichen am Himmel zurück. Ein Zeichen der Hoffnung. Es ist nicht alles Dunkelheit hier. Selbst wenn du aus dem Fenster in die Nacht blickst. Verstehst du, was ich damit sagen will, mein Sohn?«

Er legt sich ins Kissen zurück und schließt die Augen. So hatten wir in der Vergangenheit nie gesprochen. Wir hatten über Ereignisse geredet, nicht über Gefühle. Über seine Kindheit, meine Kindheit – die Dinge und die Menschen, die uns zum Lachen brachten. Wie die Welt sich verändert hatte, wo sie hinsteuerte.

Jetzt durchforstet er sein Inneres nach etwas anderem – dem Frieden, den er nie hatte.

»Was macht dir zu schaffen, Dad? Was ist es?«

»Diese Frage stelle ich mir auch. Es ist nicht das Ende, das mir zu schaffen macht, und auch nicht der Anfang. Es ist die Mitte. Die Mitte meines Lebens. Da liegt der Fehler. Über den Anfang und das Ende hast du keine Macht – jemand anders bringt dich in die Welt, jemand anders trägt dich hinaus, wie ein altes Möbelstück. Die Mitte ist es, wo ich mehr hätte tun sollen. Du bist die Mitte, Edward. Ich wünschte mir, ich hätte mehr für dich getan. Du bist mein schlechtes Gewissen. Mehr als ich sagen kann.«

Irina steht im Zimmer. Zum ersten Mal spüre ich ihre Gegenwart. Ich stehe auf und küsse Dad auf seine feuchte Wange, halte seinen Kopf in meinen Armen. »Ich werde bald wiederkommen. In ein paar Tagen. Von jetzt an werden wir zusammen bleiben.«

Und in seinen Augen liegt eine Antwort – ein Schimmer von Wärme, das Aufkeimen einer fernen Hoffnung.

Wir bleiben an der Haustür stehen.

»Es geht ihm so, wie ich dir gesagt habe«, sagt sie.

»Wann war der Arzt zuletzt bei ihm?«

»Heute morgen. Und morgen früh wird er wiederkommen.« Sie schüttelt warnend den Kopf. »Und falls du irgendwelche albernen Pläne hast – dein Vater wird im Lauf der nächsten Stunde verlegt werden. Wir sind alle dazu übergegangen, unseren Standort in der Stadt öfter zu wechseln, statt an einem bestimmten Platz zu bleiben.« Sie beißt sich auf die Lippe. »So ist es sicherer.«

Ich gehe durch die Tür und warte am Bordstein auf eine Gelegenheit, die Straße zu überqueren.

»Achtundvierzig Stunden«, ruft sie mir nach. »Vergiß es nicht ...«

»Ich werde mich bei dir melden ...«

»Nein, wir werden uns bei dir melden.«

Ich winke ein Taxi herbei, und es überfährt mich fast. Ich bin noch ganz erschüttert von Dads Anblick. Doch die Zeit drängt, und ich kann nicht einfach abwarten oder mich in Gefühlen verlieren. Das ist es, was einen in Rußland immer wieder blockiert:

Meere von verletzten Gefühlen, von beschädigten Seelen, und Leiden pur, wie purer Alkohol, der in Riesenmengen an alle ausgeschenkt wird.

Ich weiß, was ich zu tun habe – und was ich nicht tun kann. Ich kann Dad nicht sagen, daß Mutter wieder geheiratet hat. Nicht hier in Moskau, nicht ein paar Kilometer von seinem Krankenbett entfernt. Ich weiß, er wollte, daß sie ihr eigenes Leben lebt und sich ein bißchen Glück verschafft. Trotzdem werde ich nicht der Überbringer dieser Nachricht sein.

Und auf der anderen Seite kann ich auch Mutter nicht sagen, daß der Ehemann, den sie für tot gehalten hatte, wieder im Sterben liegt. Ich kann sie nicht ein zweites Mal den Schmerz und den Verlust erleiden lassen, kann ihr nicht noch mehr Qual aufbürden, als sie ohnehin schon zu tragen hat. Wenn all dies vorbei ist, muß sie etwas haben, an dem sie sich festhalten kann.

Ich bitte den Taxifahrer, zum Hotel Aerostar zu fahren – und das ist auch so ein Glücksspiel. In diesem Hotel hätte ich mich gemeinsam mit Harry und seinen Kollegen aufgehalten. Ein Betonkasten von modernem kanadischen Luxus am Leningrader Prospekt, der Straße zum Flughafen. Es liegt etwas nach hinten versetzt. Gegenüber ist eine Militärkaserne und ein weiterer Park mit hochgeschossenen Bäumen, von den Oktoberwinden gebeugt und der Blätter beraubt. Genauso wie ich mich fühle.

Ich weiß nicht, ob Harry noch dort ist.

Doch ich brauche seine Hilfe.

37

Harry ist nicht allein. Harry ist betrunken. Harry ist alles andere als entzückt, mich zu sehen.

Er rutscht vom Barhocker und schlendert auf mich zu.

»Siehst du die, Edward?« Er deutet auf das Mädchen, in dessen Gesellschaft er eben noch war. »Das ist mein Vergnügen für heute nacht. Kapiert? Nicht du, nicht die Jungs, nicht das Scheißgeschäft – sondern diese kleine Ninotschka, die mein eigenes Geburtstagsgeschenk für mich ist.«

»Alles Gute zum Geburtstag, Harry.«

»Danke, Edward. Und jetzt verpiß dich, und laß mich in Ruhe.«

Ich muß zugeben, daß Harry bei der Wahl zwischen mir und seiner Verabredung die richtige Entscheidung getroffen hat. Das Mädchen ist wirklich reizend. Blond, schmale Hüften, große Brüste und mit jener Ausstrahlung von Überlegenheit, die jede finanzielle Transaktion auszuschließen scheint. Sie würde den Eindruck erwecken, von ihrem Gefährten hingerissen zu sein, sie würde Liebe vortäuschen, sie würde unzählige und nicht enden wollende Orgasmen vortäuschen. Sie würde das Geld nur im Vorbeigehen einstecken, da es nun mal zufällig dalag. Eine Nacht lang gehört sie Harry und er ihr. Ich hätte keinen schlechteren Zeitpunkt wählen können.

Ich gehe zur Bar und bestelle einen Wodka mit Zitrone. Harrys Hände ruhen auf den Oberschenkeln des Mädchens, doch seine Augen wenden sich von ihr ab und folgen mir.

Einen Moment lang scheint Neugier die Begierde zu verdrängen.

Er kommt zu mir zurück, nimmt mich beim Arm und führt mich zu einem Tisch.

»Ich war wirklich stocksauer auf dich, Edward, das weißt du, oder?«

»Ja, Harry.«

»Also was machst du hier?«

»Ich brauche deine Hilfe.«

»Ich bin betrunken, und ich werde jetzt mit Ninotschka nach oben gehen und mich von ihr ins Bett bringen lassen.«

»Klingt vergnüglich.«

»Vergnügen ist das, was ich brauche, Edward, wonach ich mich sehne. Ich sag's dir ganz ehrlich – du bist nicht sehr vergnüglich gewesen auf dieser Reise. Frühes Aufstehen und Leute, die mich mit der Pistole bedrohen – das ist kein Vergnügen, oder?«

»Also ...«

»Also will ich wissen, womit du beschäftigt bist, bevor ich dich rauswerfe.«

Und dann sehe ich es in seinem Gesichtsausdruck: nicht nur, daß er betrunken ist – sondern daß er es wirklich wissen will. Harry hat diese Vorliebe für das Ausgefallene, das Verdorbene und das Gewalttätige. Es geht ihm ab. Er denkt über die guten alten Zeiten nach, als ein dumpfer Schlag auf den Kopf eines Gegners weitaus befriedigender war als hundert unterzeichnete und erfüllte Verträge.

Ich betrachte die Schweißflecken auf seinem Hemdenkragen. Lieber alter Harry, sturzbesoffen, Reißverschluß weit offen, sehnt sich nach einer Verfolgungsjagd und einer Schlägerei. Die Anstrengung, ein gesetzestreuer Bürger zu sein, ist einfach zu viel für ihn.

Ich will gerade anfangen, doch er ist jetzt wieder an der Bar und redet mit ernstem Gesicht mit dem Mädchen, gibt ihr etwas, das er in der Hand hält. Geld? Einen Schlüssel?

»Sie wird warten«, sagt er, als er zurückkommt. »Ich hab' ihr gesagt, sie sollte vorgehen und sich schon mal bereit machen.«

Ich blicke hoch und sehe, wie sie zum Lift geht, besser gesagt gleitet, in einem dieser mittellangen schwarzen Kleider, die Tages- oder Abendgarderobe sein können oder Garderobe für alles und nichts: lose, leicht, mit Öffnungsmöglichkeiten an jeder denkbaren Stelle. Einen Augenblick lang bin ich zutiefst neidisch auf Harry. Dann läßt er sich neben mir auf das Ledersofa fallen. Und ich höre nur noch seine schweren ungleichmäßigen Atemzüge, während ich ihm erzähle, was ich von ihm will.

Ich habe die Nacht auf Harrys Fußboden verbracht. Ninotschka hatte ihn etwa um Mitternacht verlassen, mit der Bekundung unsterblicher Liebe und zweihundert Dollar, nur für Auslagen: »Du verstehst, Liebster – nicht als Bezahlung. Was ich getan habe, war aus Liebe.«

Ich hatte im Flur gewartet, deshalb bekam ich das Ganze mit.

Er schlief bis acht – und jetzt gehen wir hinunter, um den Tag zu planen.

Auch Costa und Arthur sind aus dem Unterholz der Lust aufgetaucht. Sie haben beide gewaltigen Durst und schütten zig Gläser Orangensaft in sich hinein. Augenscheinlich hat Moskau während der Stunden der Dunkelheit die Erwartungen übertroffen.

Gestern abend hatte ich Harry fast die ganze Geschichte erzählt, doch wahrscheinlich erinnert er sich nicht mehr. Auf alle Fälle scheint sich keiner von ihnen an meinem Vorhaben groß zu stoßen.

Sie haben alle genug von Papierkram und Zahlen. »Außerdem«, sagt Costa, »habe ich Lust auf ein bißchen Action.«

Um neun holen wir ihren Mietwagen ab. Die Kälte ist ein willkommener Schock – wie ein Faustschlag ins Gesicht. Ein Ostwind fegt quer durch die Stadt. Mit seinem Mantel und den ausgebeulten Hosen sieht Harry wie eine rotgesichtige Vogelscheuche aus, die heftig im Wind flattert.

Wir sind wohl mehr oder weniger bereit. Wir haben einen Stadtplan und eine Pistole – und zumindest mit einem von beiden kann ich umgehen. Aber darauf kommt es eigentlich nicht an. Wir werden ein paar Einladungen aussprechen, wir werden ein paar Happen größtenteils unerwünschter Einschüchterung servieren. Als Nachspeise werden wir lügen und falsche Fährten legen und dann ein paar gestohlene Güter bei einer Bande von Dieben abstoßen. Für Harry ist all das vertrautes Terrain.

Wir halten ein Stück hinter der amerikanischen Botschaft, dem alten ockergelben Gebäude, wo sie immer noch mit wehender Fahne die Stellung halten und nach Wanzen jagen, über deren Standorte die Russen schon vor Jahren einen Plan gezeichnet hatten. In den alten Tagen hatte das Sternenbanner eine Bedeutung, wenn es sich über dem Boulevard-Ring blähte und alle daran erinnerte, daß es Gras auf der anderen Seite gibt – und ja, es ist grüner –, aber, nein, tut uns leid, sie können nichts davon bekommen.

Heutzutage ist diese Fahne nur ein Symbol eines anderen absurden Systems, das keinen ebenbürtigen Spielgefährten mehr hat.

Ich kann mir die Art von Spielen vorstellen, die sie sich ausdenken müssen, um weiter eine Beschäftigung zu haben.

Harry will wissen, was wir jetzt tun sollen.

»Du und die Jungs – ihr bleibt im Auto«, sage ich zu ihm. »Wenn ihr den Eindruck habt, daß ich zahlenmäßig ins Hintertreffen gerate, könntet ihr vielleicht aussteigen und ein paar Leute wütend anstarren.«

»In Ordnung.« Harry muß nicht allzu tief in seiner Erinnerung graben, um zu wissen, wie man jemanden wütend anstarrt.

Vor der Botschaft sind niedrige Betonabsperrungen, und ein paar russische Polizisten stehen Wache. Doch sie zeigen kein Interesse an mir. Es ist ihnen egal, wer hineingeht. Die Tage, in denen sie ihre eigenen Leute schon bei dem kleinsten Anzeichen, daß diese vielleicht hineinwollten, halbtot zu prügeln pflegten, sind lange vorbei. Jetzt sind es die Amerikaner, die nicht wollen, daß man eintritt.

Hinter der Tür im Gebäudeinneren ist ein Glaskäfig, zweifellos bombensicher, mit Sicherheit »dissidentensicher«, in dem ein uniformierter *Marine* sitzt, das Käppi weit nach hinten geschoben, mit einem Colt-Revolver, der fett und glänzend auf seinem Schenkel ruht.

Ich habe keine Ahnung, ob das funktionieren wird.

»Sir.« Aus der Nähe betrachtet ist der Offizier voller Pickel und unbehaart, seine Nase wie ein Miniatur-Zeppelin. Ich sehe Reste von Sonnenbräune. Heute gibt es allerdings kein Lächeln. Amerika zeigt sich nicht von seiner freundlichen Seite.

»Ich möchte gern Edgar Coffin sprechen.«

Der Wachposten blättert eine Aktenmappe durch.

»Wir haben hier niemanden mit diesem Namen.«

»Ich denke doch.«

»Einen Augenblick, Sir.«

Jede Botschaft hat bestimmte Verfahren für Unruhestifter. Grobheit, Ignorieren, besänftigende, bedeutungslose Phrasen, mit denen sie einen abspeisen wollen. Welches Verfahren sie wohl wählen werden? Der Wachposten hebt seinen Hörer ab. »Hier ist ein Herr, der nach einem Mr. Edgar Coffin fragt. Ich habe keinen Coffin verzeichnet.«

Er legt auf. »Jemand wird zu Ihnen herunterkommen. Gehen Sie hier entlang.« Er drückt einen Summer, der eine Glastür öffnet. Und falls ich ein noch größerer Idiot wäre, als ich schon bin, würde ich mich jetzt in die weichen bequemen Arme der Botschaft begeben, mich in einem breiten Sessel niederlassen, eine Tasse Kaffee trinken und in einer zwei Monate alten Ausgabe des *New Yorker* blättern. Und das alles würde ihnen Zeit geben, Coffin zu holen, seine Handlanger zu holen – und einen Raum ausfindig zu machen, in dem es möglich ist, mir einen Fingernagel nach dem anderen auszureißen und Stromstöße durch meine Genitalien zu jagen.

»Richten Sie ihm aus, daß ich draußen warte«, sage ich dem Wachposten.

Hinter ihm sehe ich eine winzige Kamera, die jede meiner Bewegungen aufzeichnet.

Wie viele großgewachsene Exemplare der menschlichen Spezies hat Coffin mittlerweile einen krummen Rücken. Oder beruht dieser Eindruck nur auf dem Schnitt des braunen Tweedmantels, der Haltung der Schultern, der Art des Auftretens?

Die zwei jungen Männer in seiner Begleitung kommen wie aus

dem Ei gepellt daher, weitaus modischer, in wadenlangen blauen Mänteln, einer blond, der andere dunkelhaarig, wobei diese Haare, die sie jetzt zurückwerfen, sicher nur Minuten zuvor mit unendlicher Sorgfalt geduscht und mit dem Fön getrocknet worden sind. Neben ihnen wirkt Coffin wie ein Straßenköter. Sie sind berufsmäßig unfreundlich. Sie verdienen damit ihren Lebensunterhalt.

Sie kommen langsam und lässig auf mich zu – keine ruckartigen Bewegungen; nichts, was die Passanten oder die Polizei beunruhigen könnte. Jeder ist sehr vorsichtig. Geht wie auf Glas. An der Straßenecke treffen wir uns.

»Edward«, sagt Coffin und versucht sich an einem Lächeln. »Würde es dir was ausmachen, einen Augenblick mit uns hereinzukommen? Meine Freunde hier werden dir helfen, wenn du dich schwach fühlst …«

Er bricht ab, und ich merke, wie ihre Augen von mir zu einer Stelle hinter meinem Rücken schwenken …

»Er fühlt sich überhaupt nicht schwach«, sagt Harry direkt neben mir. Guter Junge, Harry – all die alten Instinkte auf Draht. »Es ist ihm noch nie so blendend gegangen, nicht wahr, Edward? Außerdem wär's doch wirklich ein Jammer, an so einem schönen Tag in der Stube zu hocken.«

Coffin hat seinen Versuch zu lächeln aufgegeben. Costa und Arthur haben sich unserer fröhlichen kleinen Gruppe angeschlossen. Wir stehen alle einen Augenblick herum und ergehen uns in der Betrachtung unserer Bauchnabel. Ich genieße den Anblick von Coffins Verlegenheit.

»Machen wir beide doch einen kleinen Spaziergang«, sagt er zu mir. »Nur du und ich.« Er wirft seinen Blaumänteln einen scharfen Blick zu.

Wir setzen uns in Richtung Kalinin-Prospekt in Bewegung. Coffin streift ein Paar Wollhandschuhe über, als hätte er vor, eine Operation an mir vorzunehmen.

»Du wächst dich zu einer ziemlichen Überraschung aus, mein Freund«, sagt er.

»Du auch. Zu einer unangenehmen.«

Er zuckt lässig die Schultern, als wäre das eben der Lauf der Welt. Doch jetzt, wo ich ihn wiedersehe, interessiert es mich plötzlich brennend, was diesen Mann so verändert hat. Als Kind habe ich mit ihm gespielt, zeitweilig hat er fast in meinem Haus gelebt. Er zog durch die Landschaft und erforschte jeden Zentimeter meiner Mutter. Jetzt wäre er bereit, mich zu töten ...

»Was ist geschehen, Coffin? Warum ist das Ganze so schiefgelaufen? Du hast mich im Krankenhaus besucht, da warst du noch ein Freund. Du wolltest mir und Mutter helfen. War das alles nur Theater?«

Ich bleibe stehen und schaue ihn an. Jedesmal, wenn ich ihn treffe, sieht er älter aus. Es ist, als ob sich sein Alterungsprozeß dramatisch beschleunigt hätte. Und mir kommt der Gedanke, daß dies hier – diese Begegnung auf einer kalten Moskauer Straße – vielleicht die letzten Augenblicke der Aufrichtigkeit zwischen uns sein werden.

»Ich wünschte, es wäre nicht so, Edward.« Er atmet tief durch. »Aber hier geht's um etwas Großes. Etwas sehr Großes. Ich bin einer Art von Druck ausgesetzt, den ich nie für möglich gehalten hätte. Drohungen gegen mich. Drohungen sogar gegen meine Familie. Du hast keine Ahnung, was du losgetreten hast. Ich hatte keine Wahl ...«

»Ich komm' da nicht mit. Ich dachte, genau das sei die Sorte von System, das wir all diese Jahre *bekämpft* haben. Worum zum Teufel ist es eigentlich beim Kalten Krieg gegangen? Wir haben versucht, eine Regierung zu zerstören, die ihren Leuten solche Dinge antat, sie bedrohte, sie benutzte, sie wegwarf. Coffin – das muß endlich aufhören ...«

»Nicht hier, Edward. Nicht jetzt.« Er wendet sich ab. »Sie sind alle gleich – die Regierungen – du weißt das. Gut, die Schmerzschwelle ist unterschiedlich, manche dulden ihre Spinner und Außenseiter, andere nicht. Doch wenn du diese Schwelle überschreitest – werden sie mit allen ihnen zur Verfügung stehenden Mitteln zuschlagen ...«

»Kannst du nicht einfach weggehen?«

»Wenn mir nichts an meiner Familie läge, wenn mir nichts daran läge, ein Heim zu haben, zu dem ich zurückkehren kann – vielleicht würde ich das tun.« Er verzieht das Gesicht. »Oder vielleicht bin ich auch nicht stark genug. Du würdest es wahrscheinlich Rückgrat nennen. Sagen wir einfach, ich hab' nicht den Mumm, wegzugehen. Ich werde alt, und ich will nicht gejagt und in irgendeiner Gosse erschossen werden ...«

»Wer, Coffin?«

»Ich kann dir das nicht mal andeutungsweise mitteilen. In diesen Tagen ist unser Leben kaum einen Pfifferling wert. Würde ich es dir sagen, könnten wir uns ebensogut unter diesen Scheißbus legen« – er deutet auf ein verschmutztes rotweißes Vehikel, das auf der anderen Straßenseite Passagiere entlädt.

»Kannst du es nicht aufhalten?«

»Nur du kannst es aufhalten«, sagt er. »Du und deine Mutter. Gebt ihnen die Dokumente, die sie wollen – die Originale. Gebt ihnen den Dreck und laßt sie ihn begraben – das ist der einzige Weg.«

»Und wenn wir es nicht tun?«

»Wirst du als erster sterben, und ich werde ein paar Stunden danach sterben. Sie machen keine Gefangenen. Sie wollen keine Spuren hinterlassen. Sie werden uns in Gräber legen, wo uns nicht einmal die Würmer finden ...«

»Aber ...«

»Wiedersehen, Edward. Ich habe lange genug geredet. Du hast diese beiden Knaben neben mir gesehen. Vor dreihundert Jahren hätten sie Masken getragen und ein Hackbeil geschwungen. Und du hättest ihnen ein Trinkgeld geben müssen, damit sie deinen Kopf sauber abtrennen. Der gleiche Job. Die gleichen Henker. Sag mir, was du zu sagen hast – und verschwinde von hier.«

38

Harry und ich lassen die Jungs im Auto zurück und setzen uns auf eine Parkbank. Ich schulde ihm ein kurzes Gespräch. Ich schulde ihm eine letzte Chance, aufzustehen und zu gehen.

Er sitzt ziemlich entspannt da, lehnt sich gegen die Banklatten, Beine gespreizt, Augen geschlossen. Doch ich weiß nicht, was er denkt.

»Du solltest gehen, Harry. Nimm die Jungs, steigt in ein Flugzeug, verschwindet von hier. Es wird ziemlich übel werden.«

»Das hast du schon gestern nacht gesagt.«

»Ich denke, es wurde uns heute morgen nochmal bestätigt.«

»Was, Coffin und diese zwei Zuhälter? Die kannst du vergessen, mein Junge. Aber wirklich.«

Ein Stück von uns entfernt stehen nebeneinander ein paar Anschlagtafeln, auf denen Zettel und Karten befestigt sind, kleine Kontaktanzeigen oder Angebote für Klavierunterricht. Und Frau Obrigkeit, in Gestalt einer Putzfrau, reißt sie alle herunter und klebt ein riesiges Plakat an. Man sieht also, wie verdammt schwierig es ist, hier etwas zuwege zu bringen, einen Eindruck zu machen, und sei es auch nur oberflächlich.

Auch Harry schaut zu.

»Verdammt mieser Ort«, sagt er. Dann sieht er wieder mich an. »Aber wir reisen noch nicht ab.«

»Warum nicht?«

Er schnieft. »Weil es nicht richtig ist.«

»Das verstehe ich nicht.«

»Betrachte es mal so: Hier ist dieser Bursche aus dem Eastend. Hat was aus sich gemacht, hat eine schöne Wohnung am Fluß und ein gut laufendes Geschäft. Na gut – ein bißchen Ärger zwischendurch. Na gut – eine Menge Ärger. Du hast das ja mitbekommen. Doch ich hab' ein paar Dinge gelernt. Und ich weiß, was ich richtig gemacht habe und was nicht.«

Harry richtet sich auf.

»Weißt du, seit ich aus dem Gefängnis raus bin, wollte ich etwas wirklich Gutes tun. Und weißt du warum?«

Ich schüttle den Kopf.

»Erinnerst du dich an meine Tante Doris?«

»Wie könnte ich sie vergessen?«

»Sie hat mich großgezogen. Meine Eltern sind bei einem Luftangriff getötet worden. Dad hatte Fronturlaub und war zu Hause. Ging mit Mom abends aus, und sie standen am falschen Platz, als eine Bombe runterkam.«

»Sie hat es mir gesagt.«

»Natürlich hat sie das. Nun, Doris war Moms kleinere Schwester – viel sanfter als Mom und einem aufsässigen kleinen Rabauken wie mir nicht im geringsten gewachsen. Also hat sie mir meinen Willen gelassen – doch sie war immer für mich da, hat mich zusammengeflickt, wenn ich nach Hause gekommen bin, hat meine Klamotten gewaschen und mich geliebt ...« Harry schwieg einen Augenblick. »Ich denke, sie hat mich geliebt, weil sie nie jemanden hatte, der zu ihr gehörte. Wie dem auch sei, als man mich eingelocht hat, war sie am Boden zerstört, es hat sie härter als jeden anderen getroffen. Aber sie hat das niemandem gesagt, nicht einmal dir. Sie war zu stolz. Sie kam immer zu mir zu Besuch und weinte während der ganzen Zeit, und ich konnte nur dasitzen, auf der anderen Seite der Glasscheibe – und ihr sagen, es würde alles gut werden, ich würde es an ihr wiedergutmachen, irgend so einen verdammten Blödsinn.« Harry zieht ein Taschentuch heraus und putzt sich die Nase. »Jedenfalls, als ich wieder rauskam – das zweite Mal – war sie schon tot. Starb an einem Herzanfall, nachdem sie bei Sainsbury's eingekauft hatte – es waren sicher die Preise ...« Er lächelt kurz, doch ich kann sehen, daß seine Trauer echt ist. »Also gab ich ihr ein Versprechen. Weißt du, ich stand am Grab und sagte, ich würde etwas tun, was sie richtig findet. Ich würde alles wiedergutmachen. Ich würde nie wieder krumme Sachen machen und statt dessen Dinge tun, die anderen nützen ...« Er schürzt die Lippen. »Das ist verdammt anstrengend, Edward, ich sag's dir ...«

Jetzt bin ich es, der lächelt.

»Deshalb ist es mir nach unserem kleinen Mißverständnis im Zug nicht aus dem Kopf gegangen, daß das Ganze wirklich ein Jammer war, denn du hättest Hilfe brauchen können, und ich hätte gleichzeitig etwas für meine Tante tun können. Ich habe nie vergessen, wie du mir damals ausgeholfen hast, mich nach Bow gefahren, dich um die alte Doris gekümmert hast.«

»Es ist jetzt alles ein bißchen gefährlicher, Harry.«

»Ich weiß. Auch darüber habe ich nachgedacht.« Er kramt seine Brieftasche heraus und holt eine kleine Fotografie in einer Plastikhülle heraus. »Das ist sie, aufgenommen etwa ein Jahr, bevor sie verschieden ist.« Das Bild zeigt eine Frau in einem langen braunen Mantel und Handschuhen; sie lächelt nervös, als wäre dieser Tag ein ganz besonderer für sie. Das ist die Tante Doris, die ich kannte. Auf ihrem Kopf sitzt ein Hut mit einer Filzkrempe, die schlaff herunterhängt wie das Ohr eines Spaniels. »Sie wird auf mich aufpassen«, verkündet er stolz. »Hat sie immer.«

Um sechs bin ich allein. So kommt es mir jedenfalls vor, als ich an der Ecke Petrowka-Straße und Mali Karetni stehe und auf Mutters Kontaktperson warte.

Sechs Uhr jeden Abend hatte er gesagt, der Typ in der schwarzen Lederjacke. Kein Warten.

Und niemand hat je an dieser Ecke gewartet. In den Jahren des Stalinismus war hier die berüchtigtste Verhörzentrale. Ein Gefängnis, obwohl nichts nur ein Gefängnis war – eine Hinrichtungsstätte. Ein Ort, wo sie Menschen zerbrachen und wegwarfen. Eine unterirdische Leichenhalle, weit außerhalb der Grenzen jedweder Zivilisation. Ein Land von aberwitzigen Prozessen und Anklagen, wo der Tod nach Kontingenten ausgeteilt wurde im Namen der höheren Ziele.

Warum lassen sie mich ausgerechnet hier warten?

Aus einem offenen Fenster irgendwo in der Nachbarschaft höre ich eine Glocke, das Sendezeichen des Moskauer Rundfunks – und ein weißer Lada ist aus dem Labyrinth der Straßen hinter dem Gefängnis hervorgekommen und hält neben mir an. Es ist nicht der gleiche Mann. Dieser ist älter, nervöser, sagt mir, ich solle schnell einsteigen, beugt sich herüber und verriegelt meine Tür. Er hat es eilig, doch auf den Verkehr trifft das nicht zu. Wir kriechen die Dimitrowa-Straße entlang, und er biegt murrend und gestikulierend in Seitenstraßen ab, nur um ein Stück weiter wieder im Stau zu stecken.

In dieser Stadt herrscht eine Epidemie von ausländischen Autos. Wo zum Teufel haben sie das Geld her? Sie können nicht alle ehemalige Parteimitglieder sein, die Geld auf Schweizer Banken gebunkert hatten. Was hält dieses Land über Wasser?

Der Fahrer hat die gewünschte Route gefunden: ein unbebautes Gelände hinter einem Stadium und einem Rangiergleis. Wir biegen jetzt ab, fahren den Betongehsteig hoch, eine Rampe entlang und dann weiter zu einer Überführung, die nicht fertiggestellt und an manchen Stellen kaum angefangen worden ist. Die Karosserie jault schmerzhaft auf, doch das hindert uns nicht, auf der falschen Straßenseite entlangzupreschen, im Zickzack, um den Schlaglöchern und den abbröckelnden Straßenrändern auszuweichen. Ich blicke auf den Fahrer: Er hat ein Lächeln aufgesetzt, so breit wie der Winterpalast, denn falls uns vorher jemand gefolgt ist – wäre er jetzt sicher nicht mehr hinter uns. Das ist die Logik.

Wir verlassen das Baugelände, holpern auf dem Pflaster herum und fahren gemächlich zur Innenstadt zurück. Ich versuche, nicht in den Rückspiegel zu schauen, mir nicht das Schlimmste auszumalen.

Als wir anhalten, befinden wir uns in einem Hof, etwa einen halben Kilometer vom Ausgangspunkt der Fahrt entfernt. Auf der anderen Seite des Boulevard-Rings. Eine hohe Häuserreihe aus der Zarenzeit, heruntergekommen und mit abblätterndem Putz wie alles andere. Aber einst hatte sie Stil. Über dem Haupteingang sitzt ein wasserspeiendes Paar auf steinernen Bällen, mit denen sie anscheinend fest verbunden sind. In den Fenstern im Obergeschoß hängen Spitzenvorhänge. Spitzen!

»Man hat mir gesagt, sie würde die Stadt verlassen«, sage ich zum Fahrer.

Er grinst immer noch. »Die sagen eine Menge. Danach kann man nicht gehen. Wollen Sie sie nun sehen oder nicht?«

Während ich aussteige, kommen zwei Männer die Eingangsstufen hinunter, um mich zu eskortieren. Ich kenne sie aus Sergejs Haus. Die Männer von der neuen Sicherheitsfirma – jetzt tragen sie allerdings Jackett und Krawatte. Und es kommt mir so vor, als sei dies plötzlich eine Stadt von Privatarmeen, die für die Hersteller schwarzer Anzüge wohl ein Geschenk des Himmels sind. Schneider, die rund um die Uhr arbeiten. Vielleicht könnte Harry ein paar Einkäufe tätigen …

Ich blicke zum Auto zurück, als hätte ich etwas vergessen, doch ich muß mich vergewissern …

Aus dem Augenwinkel sehe ich einen schwarzen Mercedes auf die andere Straßenseite wechseln und aus dem Blickfeld verschwinden. Und ich denke bei mir, du bist sehr gut, Harry Willets. Ich wette, du warst zu deiner Zeit der Beste im Eastend – mit all deinen Sicherheitsartikeln, deinen Funkmikrophonen und dem Peilsender, den du vor ein paar Stunden an mir befestigt hast.

Während ich die Treppen hochsteige, danke ich Gott für die Erinnerung an Tante Doris mit dem schrecklichen Hut.

39

»Wie lange kannst du noch durchhalten?«

Sie ist müder als bei unserer letzten Begegnung. Sie sitzt weit nach hinten gelehnt auf einer Matratze in einem Raum im Untergeschoß. Statt der sorgfältig gebügelten Bluse trägt sie jetzt einen schwarzen Pullover. Die Haare sind strähnig und ungekämmt. Hinter ihr tritt ein Kakerlak seinen langen Marsch zur Decke an.

»Ich weiß nicht, Edward. Ein paar Tage vielleicht. Und dann wird jemand reden. Wem kann man schon trauen? Rußland ändert sich mit den Gezeiten – es gibt keine Ordnung. Jeden Tag geht die Sonne wieder auf, und die Welt ist umgekrempelt. Heute warst du oben – wer weiß, wo du morgen sein wirst.«

»Wieviel Zeit brauchst du?«

»Eine Woche, zwei Wochen? Das Material ... ich meine, es ist einfach unvorstellbar. Namen, die überall auf der Welt bekannt sind – und an ihren Händen klebt Blut, das Blut anderer Menschen, es tropft von jeder Seite. Ich habe nie etwas so Schreckliches gelesen, mein Sohn. Ich hätte nie gedacht, daß ich einmal mit solchen Dingen konfrontiert werde.«

Sie deutet zu der schwarzen Schultertasche neben der Matratze. »Ich habe alles aufbewahrt – genauso, wie ich es bekommen habe.«

»Sie werden nicht zulassen, daß du es an die Öffentlichkeit bringst.«

»Sie werden mich nicht daran hindern können.« Sie setzt sich abrupt auf, ist heftig erregt. »Das sind Dokumente, die die Schlagzeilen von jetzt an für ewige Zeiten beherrschen werden, Jahre um Jahre ...«

»Irgendwie werden sie es aufhalten, werden dich aufhalten. Schau dir bloß mal die letzten paar Tage an. Denk an die Menschen, die sterben mußten. Die haben ihre Verbindungen, ihre Leute. Glaub mir ...«

»Was soll ich glauben ...?« Ihre Augen glänzen schwarz vor Zorn. »Ich glaube, daß es jedes Opfer wert ist, der Welt die Wahrheit zu bringen ...«

»Eine Menge Leute haben dieses Opfer bereits gebracht ...«

»Und es werden noch mehr werden.«

»Warum, Mutter? Warum, um Himmels willen? Warum beharrst du darauf, daß Menschen weiter für etwas sterben, das vorbei ist? Nur weil du es ihnen sagst? Nur weil du entscheidest, daß die Welt Bescheid wissen sollte?«

»Du bist ein Narr, und du verstehst nichts ... Du denkst, ich vergesse die Menschen, die gestorben sind. Gerade wegen ihnen mache ich das doch. Für diejenigen, die ich gekannt habe, und die Millionen, die ich nicht gekannt habe. Damit sie nicht umsonst gestorben sind. Warum, glaubst du, bin ich zu Karols Beerdigung in Warschau gekommen – ein großes Risiko für mich – warum? Weil er mein Freund war. Wir hatten uns in den Lagern kennengelernt. Und dort lernst du Leute nicht einfach nur so im Vorübergehen kennen. Du lebst auf ihnen, mit ihnen, manchmal in ihnen. Sie halten dich warm und geben dir zu essen, und wenn du im Schlaf schreist, weichen sie einen schmutzigen Lappen in Wasser ein und legen ihn dir auf die Stirn. So wie ich das bei dir als Kind gemacht habe.«

»Auch ich habe einen Freund verloren. Eine Frau, die mir geholfen hat – Jane Card. Du hast sie vielleicht gekannt.«

»Nein.«

»Mehr hast du dazu nicht zu sagen?«

»Was willst du denn, Edward? Soll ich ein Kirchenlied singen? Es tut mir leid für dich, für sie, für sie alle.«

Ich klatsche theatralisch Beifall.

»Wenn dir das nicht genügt«, sagt sie, »dann geh nach Hause.«

»Toll, Mutter. Gut gemacht ... Weißt du was ... du wirst nicht zufrieden sein, bis wir alle tot sind. Und was dann? Wirst du aus dem Erdboden emporklettern und all den Leichen verkünden, daß du die Siegerin bist?«

Ich habe sie ausholen sehen, doch ich habe nicht geglaubt, daß sie mich wirklich schlagen würde – bis es passiert ist: ein harter Schlag des Zorns mit der flachen Hand; und sie dreht sich um und geht schnurstracks aus dem Raum.

Es ist nötig gewesen, sie wütend zu machen – um einen Ausbruch zu provozieren, sie zu vertreiben.

Und eines habe ich vermutlich mit ihr gemeinsam: Auch ich glaube, im Recht zu sein. Ganz und gar. Ich zögere keine Sekunde, greife nach der Schultertasche, werfe einen kurzen Blick auf die Akten in ihr, sammle ein paar andere ein, die meine Mutter auf der Matratze gelassen hat …

Ich bin jetzt auf der Treppe nach oben. Halte einen Moment an. Ihre Stimme kommt aus einem anderen Raum, laut, unter Tränen … sie sagt zu jemand anderem, was für ein Dreckstück ihr Sohn ist, daß man ihm nicht trauen kann … und sie hat recht.

Ich komme in die Diele. Nackter Holzboden, glattgetreten. Mehrere Stiefel in einer Reihe. Ein verfärbter Spiegel mit Sprüngen.

Drei Schritte zur Tür.

Laß den Motor an, Harry.

Hauen wir ab.

Und ich drehe mich noch einmal um und sehe Sergej auf der Treppe stehen. Wir betrachten uns schweigend im Halbdunkel. Licht dringt durch eine schmutzige Scheibe über der Tür. Ich registriere jeden einzelnen Laut – Stimmen, den Verkehr, das Leben, das vor diesem Gebäude vorüberzieht.

Natürlich weiß er es. Er weiß vieles, was gewöhnliche Menschen nie wissen können. Acht Jahre im Lager, wie ein Tier gelebt und als Mensch zurückgekehrt. Er war Leiden ausgesetzt, die ich nie aushalten könnte – und er hat sie bewältigt.

Ich würde gern mit diesem Mann zusammensitzen. Ich würde gern in seine Augen sehen – und seine Vergangenheit hervorholen. Denn er besitzt Mut und Wissen, wie ich es nie erreichen kann.

»Was würdest du mir sagen, Sergej?«

»Nichts, was deine Meinung ändern würde.«

»Warum hältst du mich nicht auf?«

»Manchmal gibt es eine bestimmte Unvermeidlichkeit im Leben. Man soll da nicht eingreifen.«

»Wie weiß man, wann?«

»Man weiß es nicht. Es ist eine Sache des Vertrauens.«

»Alles in Ordnung?« fragt Harry.

Er war da, natürlich, als er gebraucht wurde, bereit, uns mit Gewalt einen Pfad durch den Verkehr zu bahnen, Schädel einzuschlagen … Ich glaube, er war enttäuscht, mich allein zu sehen.

Wir fahren stadtauswärts den Kutusowski-Prospekt entlang, vorbei an den alten Regierungswohnungen, dem Triumphbogen, direkt auf die Rubljowskoje-Chaussee zu.

»Bist du sicher, daß du weißt, was du tust?«

Harry stellt eine Reihe von Fragen, auf die die Antwort »nein« lautet. Doch er erwartet nicht, daß ich antworte. Er füllt nur das Schweigen.

Zwanzig Minuten später stoßen wir auf eine Lichtung neben der Moskwa. Jemand fischt in der Ferne. In Rußland fischt immer irgend jemand.

»Du willst, daß ich alles fotografiere?« fragt Harry.

»Ohne Ausnahme.«

»Hast du irgendwas davon gelesen?«

»Später.«

»Sieht gar nicht so interessant aus.«

»Das tut es nie, Harry.«

Achtzehn Filmrollen, und dann reibt sich Harry den Finger, mit dem er den Auslöser betätigt hat. Wir steigen aus und gehen zum Flußufer. Die Ebbe hat eine weite Fläche Schlamm und Kieselsteine freigelegt, die bis zu den fernen Wäldern reicht. Es ist ein böser, unglücklicher Himmel, die Wolken hängen tief, bewegen sich schnell, der Wind kräuselt das Wasser, es wird bald regnen.

»Und jetzt?«

»Du setzt dich in Bewegung, Harry. Du holst die Jungs ab. Du fährst zum Flughafen. Du nimmst das erste Flugzeug Richtung Westen. Finnland, Schweden, was auch immer. Halt dich nicht lange im Warteraum auf. Versuch, spät dran zu sein und es eilig zu haben. Auf diese Weise werden dich die Mädchen von der Fluggesellschaft schnell durch den Zoll schleusen – und niemand wird dich genauer überprüfen wollen. Schließlich möchte man einen guten Eindruck auf die Mädchen machen, wann immer es geht.«

»Was passiert, wenn wir dort sind?«

»Harry, hör mir zu. Wenn ihr in London seid, schickst du die Jungs nach Hause, aber du reist weiter. Nimm die Fähre über den Kanal, tauch auf dem Festland unter. Einen Monat, zwei Monate. Geh jedenfalls nicht zu deiner Wohnung zurück, was immer du auch tust. Nicht jetzt. Wenn du soweit bist, ruf mich von einer Telefonzelle aus an. Nirgendwo, wo man den Anruf zurückverfolgen kann. Verstehst du mich?«

»So langsam.« Harry ist bleich geworden. Er schweigt und denkt lange und gründlich nach.

»Was, wenn niemand antwortet, wenn ich dich anrufe?«

»Komm nicht zurück. Die Jungs werden das Geschäft am Laufen halten. Bleib außer Reichweite, und verhalte dich ruhig. Falls du mich innerhalb von sechs Monaten nicht erreichst, mach Abzüge von dem Film und schick Kopien davon an die wichtigsten Zeitungen der Welt – an alle, *New York Times*, *Washington Post*, *Daily Telegraph* und so weiter. Wenn sie mit der Veröffentlichung anfangen, kehr nach Hause zurück, und lösch die ganze Geschichte aus deinem Gedächtnis.«

Harry steigt ins Auto und fährt schweigend los. Wir kommen in die Innenstadt, und mir fällt auf, daß er sich hier bereits auskennt. Er hat einen ausgeprägten Orientierungssinn, einen eingebauten Kompaß. Ich habe gesehen, wie er mit einem Stadtplan zurechtkommt, obwohl er die Straßenschilder nicht lesen kann. Eine Gabe, die ihm in den folgenden Wochen zugute kommen wird.

»Du kannst mich hier rauslassen, Harry.«

»Warte eine Minute, Edward.« Er fährt an die Seite. Sein Gesicht hat wieder etwas Farbe. Doch Harry hat nicht vor, gefühlvoll zu werden. Er ist nicht der Typ. Er wird nicht seine Arme um mich schlingen – oder feuchte Augen bekommen wie Arkadi. Er will nur eine offenstehende Frage klären.

»Edward, was ist, wenn sie es nicht veröffentlichen? Was, wenn ich alle Abzüge abschicke und nichts passiert?«

»Dann wird die Gefahr weiterbestehen. Dann tauchst du für immer unter. Du wirst auf der schwarzen Liste stehen, Harry. Versteh das. Sie werden wissen, wer du bist.«

»Mist.« Er stößt einen tiefen Seufzer aus und klopft mir auf die Schulter. Und dann fährt er davon. Ich sehe dem Auto nach, bis es vom Moskauer Verkehr verschluckt wird. Ich hoffe, daß Tante Doris mit ihm fährt.

40

Ich gebe ihm drei Stunden, Moskau zu verlassen.

Harry wird einen günstigen Wind brauchen, Harry wird Glück brauchen; und das Leben, falls er es nicht verliert, wird für Harry nie mehr so sein wie vorher.

Also habe ich drei Stunden Zeit, um zu lesen.

Ich entscheide mich für eine kultivierte Unternehmung – Dinner in einem privaten Restaurant hinter dem Puschkin-Platz. Sie sind sehr devot und sehr freundlich, weil ich der einzige Gast bin, und so ist dafür gesorgt, daß mich niemand stören wird. Für meinen Wein werden mir vier Sorten Gläser zur Auswahl angeboten, und es gibt eine gestärkte Serviette in der Größe einer Fahne. Falls ich das von mir Gewünschte nicht auf der Speisekarte sehe – macht nichts, sie werden es mir bringen.

Ein junger Kellner gesteht, daß sie nicht wüßten, wie lange sie sich halten können.

Ich weiß das auch nicht.

Nach dem Essen öffne ich den Koffer und lese.

Fünf Minuten, zehn. Die Wirkung tritt mit Verzögerung ein. Es ist wie ein langsam wirkendes Gift, das nach und nach in den Blutkreislauf eindringt und auf seiner Reise still und routiniert tötet.

Es ist eine Welt, in der Verrat und Betrug normal scheinen, bar jeder Dramatik. Kein Wort über die hohen Ziele – keine Schlagzeilen oder Wegweiser. Ein Wort nach dem anderen … wer das wohl getippt hat: eine einfache Sekretärin in Nylonstrümpfen und billigem Kleid, auf dem Boden eine Einkaufstasche, Mantel und Schal an einem Haken aufgehängt? Und was machte sie außerdem – ging sie zwischendurch zum Mittagessen, am Feierabend nach Hause; nahm sie einen Bus, sah sie fern, ging sie in ein Konzert? Wie tippt man solche Dinge und geht dann weg und führt ein ganz normales Leben? Das allermindeste, was zu erwarten wäre, ist, daß man sein Fenster öffnet und hinausspringt, nach Hause geht und den Kopf in den Gasherd steckt. Daß man sich unter einen Bus wirft oder mit einer Wäscheleine erdrosselt. Wie kann man denn mit solchen Worten im Gedächtnis durch von Menschen bevölkerte Straßen gehen – als wäre nichts geschehen?

Das ist wirklich das Land des Aberwitzes. Briefe an die Führer der Welt, Briefe von ihnen – Papiere, von einem bestimmten Narren in einer bestimmten Sprache geschrieben, damit sie ein anderer Narr in einer anderen Sprache liest.

Und ich fange an, die Wahrheit in den Worten meiner Mutter zu begreifen.

Später bringen sie eine Kerze an den Tisch und fragen, ob ich gern einen Cognac hätte – französischen oder georgischen. Sie hätten beides. Ich nehme den aus Georgien. Er bringt mir Wärme und Gesellschaft für meine Reise.

Ich sollte von dem, was ich lese, nicht überrascht sein. Man stelle sich einen Alptraum vor, in dem alles, was man befürchtet und vermutet hat, wahr wurde – und da ist es nun, im Zweizeilenabstand, ohne Korrektur oder Auslassung, mustergültig geordnet und numeriert.

Da sind die Ermordungen, die Eliminierungen, die Bestechungen und die Fälschungen – da sind die Politiker, gekauft, verkauft und fallengelassen, überall auf der Welt. Namen, reale Namen – Adressen. Große Lügen und kleine Lügen und kleine Furchen der Wahrheit, wie Flüsse, die in eine Wüste fließen und bald gänzlich versiegen.

Ich mußte diese Papiere von meiner Mutter stehlen. Ich hätte es wissen müssen.

Sie legten eine Akte über sie an, als sie achtzehn war. Da ist ein Foto, geschrumpft auf Briefmarkengröße – und selbst in dieser winzigen Abbildung ist sie anders. Sie hält das Kinn hoch, die Augen sind voller Leben, die Haare dicht und ungebändigt. Sie lacht sie aus, selbst aus den Seiten ihrer eigenen Akte heraus.

Der allererste Bericht kam von ihrer Lehrerin:

– Ein intelligentes, aufgewecktes Mädchen, aus einer Arbeiterfamilie, hat gute Referenzen, könnte es weit bringen.

Ihre Nachbarin lieferte einen Bericht ab:

– Anführerin für die anderen Kinder im Block, macht nachts Lärm, verschüttete Milch im Flur, weigerte sich, sie aufzuwischen.

Ein Mann vom Wohnkomitee:

– Ich mag dieses Mädchen nicht: gesellschaftlich rückschrittlich, stellt Fragen, äußert Zweifel an Autorität.

Und nach und nach zogen sich die Wolken über ihr zusammen, wurden mit jedem Tag dichter.

Eine Cousine schwärzte sie an:

– Sie nimmt an Spielen teil, aber sie interessiert sich nicht für die gleichen Dinge wie normale Jugendliche. Sie machte einen Witz über Breschnew. Wir sagten ihr, sie solle das nicht wieder tun.

Ihr Freund erstattete Meldung:

– Sie sagte, sie hätte vom Westen geträumt und möchte gern New York sehen. Auf dem Rückweg vom Kino machte sie körperliche Annäherungsversuche in einer Nebenstraße. Ich sagte ihr, das würde nur innerhalb der Schranken einer sicheren Liebesbeziehung geduldet werden. Sie beleidigte mich und benutzte dabei eine gesellschaftlich unakzeptable Sprache.

Und dann schien die Akte von selbst weiterzuwandern.

KGB, Abteilung 4. Timirjasew-Distrikt.

Eine Unterschrift, die ich nicht lesen kann, und ein Kommentar, den ich sehr wohl lesen kann:

– Negative Tendenzen. Überwachung fortsetzen.

Mutter ist zwanzig Jahre alt und eine Sünderin, weil es in diesem Papier steht.

Ich bitte um Mineralwasser. Doch es ist niemand mehr da, der es bringen kann.

Die Lichter im Restaurant sind aus, die Kellner sind nach

Hause gegangen, und der Manager sitzt verlassen an seinem kleinen Schreibtisch. Er hat den Kopf auf die Hände gestützt und schnarcht leise vor sich hin.

Gibt es über alle von ihnen Akten wie diese hier?

Ein Professor von der medizinischen Fakultät gab einen Bericht über sie ab:

– Sehr gute Studentin. Der Zulassung würdig, trotz der Risiken. Ich habe sie vor gesellschaftsschädigendem Verhalten gewarnt.

Ein Freund denunzierte sie:

– Sie hat einen Mann namens Sergej Kausow getroffen, einen Forscher mit Hochschulabschluß, ich bin mit ihnen im Park spazierengegangen. Sie verstehen sich ganz instinktiv. Er ist ruhig, sie ist laut. Trotzdem wendet sie sich an ihn um Rat. Im Lauf des Gesprächs machten wir einmal Witze über Spitzel, und sie sagte zu mir: »Du wirst uns doch nicht verraten, oder?« Und wir lachten alle laut. Deshalb bin ich sicher, daß sie nichts weiß. Ich werde das Verhalten der beiden weiter beobachten.

Einen Monat später lieferte der Freund einen weiteren Bericht:

– Sie hat eine Affäre mit Kausow begonnen. Wenn seine Mutter zur Arbeit geht, schleichen sie sich in die Wohnung. Gestern waren sie zwei Stunden lang dort! Nachdem sie herausgekommen waren, ging ich auf sie zu, als würden wir uns zufällig auf der Straße treffen. Wir nahmen die Metro zur Universität und unterhielten uns. Sie wollen eine Druckerpresse beschaffen. Sie sagen, es gäbe keine Redefreiheit in der Sowjetunion – ich habe das energisch bestritten. Sie bewerteten die Beschlüsse des letzten Parteitags sehr negativ. Ich glaube, sie waren betrunken.

Tage vergingen, und der Freund kam noch näher an die beiden heran.

– Sie haben sich mit einem Ausländer getroffen – möglicherweise Brite oder Amerikaner. Ich weiß nicht, wie oder wo. Sergej hat es nebenbei erwähnt. Die Pläne haben sich jetzt soweit konkretisiert, daß eine Druckereiausrüstung geliefert werden soll, getarnt als Fracht aus Polen – Elektrogeräte, glaube ich. Die beiden unterhielten sich gestern im Gemeinschaftsraum der Studenten, doch sie hörten abrupt auf, als ich kam. »Was ist los?« fragte ich. »Nichts«, sagte Sergej. »Alles«, antwortete sie, und dann lachte sie. »Du wirst es bald genug herausfinden.«

Neue Seite … und es ist alles da. Kleine Schritte zum Verrat. Und der Kreis der Adressaten hat sich jetzt erweitert: KGB, Kriminalpolizei. Ministerium für Innere Angelegenheiten. Parteiexekutivkomitee, Timirjasew-Distrikt. Staatspolizei. Sie schalten sich alle ein, riechen die Beute.

Letzter Eintrag vom Freund:

– Sie sagen mir, ich solle sie heute abend um zehn in der Tschisti-Straße hinter dem Newski-Prospekt treffen. Irgend etwas an ihrem Verhalten gegenüber mir ist anders als sonst. Ich glaube nicht, daß sie etwas wissen – ich glaube, sie sind bloß nervös wegen der Druckerpresse. Heute nacht finde ich wahrscheinlich Einzelheiten heraus. Heute nacht sollten wir handeln.

Ich blättere um und lasse den Blick durch das verlassene Restaurant wandern. Es kommt mir plötzlich kalt vor.

Er ist nur eine halbe Seite lang, dieser Bericht. Nur die Fakten, die nackten Details. Doch vor meinem inneren Auge kann ich den letzten Akt des Verrats sehen.

Klein-Judas auf seinem Weg in der Dunkelheit zur Tschisti-Straße – wie schlau er sich doch vorgekommen sein muß, er hatte seine Sache wirklich gut gemacht, welche Belohnung würde er bekommen? Vielleicht würden sie den Sack Juwelen öffnen und ihn einen heraussuchen lassen – ein Parteiprivileg, ein Auto, eine Wohnung – wer weiß!

Laut Akte traf ihn Sergej an jenem Abend wie geplant, nahm ihn mit zu der Wohnung am anderen Ende der Innenstadt. Morskoj-Prospekt, eine schmutzige heruntergekommene Gegend, in der Nähe des Kirow-Stadions. Voll von Frauenwohnheimen, Arbeiterinnen der »Rotes Dreieck«-Fabrik. Sie zeigten ihm die Druckerpresse, lachten und schüttelten ihm die Hand und sagten zu ihm, daß sich durch ihn vieles ändern würde.

Eine Woche später wurden Sergej und Mutter wegen antisowjetischer Agitation verhaftet. Mutter nach sechs Monaten entlassen, Londoner Adresse, zweimal aktualisiert. Sergej Kausow: acht Jahre Zwangsarbeit.

Es gibt einen Entlassungsbefehl für ihn von 1969/Wohngenehmigung für Moskau 1980/neue Wohnung 1990. Angestellt als Übersetzer. Adresse und Telefonnummer.

Letzte Seite.

Ich trinke den Weinbrand aus, und jetzt muß ich die Worte zweimal lesen. Dieses Dokument ist anders. Andere Farbe, andere Schrift. Der gleiche Name oben: Jekaterina Bell. Und das ist die Mutter, von deren Existenz ich nie wußte.

Warte, warte, warte.

Ich lese es ein drittes Mal. Und dann noch einmal.

Jetzt Wort für Wort.

Mutters Name und dann eine Spalte daneben:

Aufgabenbereich:	Langzeitagentin zur Infiltration, London
Tätigkeit:	nicht im Einsatz
Akte der Ergebnisse:	leer
Ausgesetzt:	Juli 1991
Unterlagen vernichten	

Es ist plötzlich so still hier drinnen. Der Verkehr draußen ist verschwunden, all jene Lastwagen und Züge und Leute …

Ich kann über sie kein Urteil fällen.

Ich will es nicht.

Das Wissen darum ist genug – warum sie nach Moskau verschwand – warum George in London starb.

Niemand hatte je eine Wahl.

Ich muß das glauben.

Mutter war eine sowjetische Langzeitagentin, in Großbritannien eingesetzt, wo sie auf einen Anruf warten sollte – der nie kam. Sie hat nie für Moskau spioniert. Sie wurde nie dazu aufgefordert. Doch falls sie es befohlen hätten – hätte sie dann gehorcht? Hätte sie? Und was waren ihre Gründe?

Spielt es eine Rolle?

Haben wir nicht alle unsere Arrangements getroffen?

Und doch – was merkwürdig klingen mag – wünschte ich, ich hätte es nie ganz sicher gewußt.

Ich stehe auf und gehe zur Bar. Die Weinbrandflasche steht dort und wartet auf mich. Ich schenke mir noch ein Glas ein und kehre zum Tisch zurück. Und ich nehme dieses letzte Blatt Papier und halte es in die Kerzenflamme, bis es Feuer fängt.

41

Zwei Telefonate in die Nacht hinaus.

Irina hört mir zu, doch sie sagt nichts. Es ist, als würde ich in einen leeren Raum sprechen, in dem sie sich einmal aufgehalten hatte.

Dann Coffin. Er klingt müde und niedergeschlagen.

»Die Reise endet heute nacht«, sage ich ihm.

»Keine Minute zu früh.«

»Bring dein Gewissen mit.«

»Sieht aus, als hätte ich es gerade nicht griffbereit«, antwortet er, und ich habe ein Bild vor Augen, wie er den Hörer auflegt und eine Pistole in die Hand nimmt. Er überprüft, ob sie geladen ist. Es ist eine geübte Geste. Er kann gut mit Pistolen umgehen. Er wird nicht groß nachdenken, bevor er schießt, und wohl auch nicht, nachdem er geschossen hat.

Ich stehe mit der Schultertasche eine Straße von dem nie benutzten Metrotunnel entfernt und betrachte die spätabendliche Menschenmenge. Leute, die in Bewegung sind, und Leute, die warten. Direkt an den Hausmauern sieht man nur die angezündeten Zigaretten, die kleine Löcher in die Dunkelheit brennen.

Vor mir verlangsamt ein schwarzer BMW seine Fahrt, als suche er die richtige Straße. Moskauer Nummernschilder, getönte Scheiben. Schick und teuer. Komm nach Rußland zur großen Luxuskarossenschau!

Irina ist die erste.

Der Wagen biegt von der Hauptstraße ab, und ich verliere ihn zwischen den schmalen Betonpfeilern aus den Augen.

Immer mit der Ruhe. Gib ihnen Zeit. Du bist nur geschützt, wenn sie beide hier sind.

Drei Minuten. Vier.

Wo bleibst du denn, Coffin?

Neben mir flimmern auf einem gigantischen Monitor Bilder

vom russischen Parlament. Eine Zeile Teletext, die verkündet, daß das Wetter morgen miserabel sein wird. Was denn sonst?

Beobachte die Straße. Bleib konzentriert.

Die Stadt der neuen Autos, dieses Moskau. Sie tragen sie anstelle von Mänteln. Zeichen der sich wandelnden Welt ...

Dann sehe ich es – ein amerikanisches Auto, das wendet und schnell quer über die Straße fährt – irgendwas mit einer monströsen Kühlerhaube und jeder Menge Chrom. Nette, unauffällige kleine Kiste. Einen kurzen Augenblick lang kann ich ins Wageninnere sehen: nur ein einziger Kopf. Coffin ist allein.

Eine Minute geht vorbei, doch es folgt kein anderer Wagen. Coffin konnte in dieser Sache niemandem trauen. Wenn man so tief in der Klemme sitzt, daß man anfängt, seine Firma aufs Spiel zu setzen – ist man auf sich gestellt. Man weißt nicht, wer gekauft und wer verkauft worden ist, und man kann es sich nicht leisten, es ausgerechnet jetzt herausfinden zu wollen. Keine Zeugen. Man macht das Geschäft auf seine Weise – weil es das eigene Leben ist, das zum Verkauf steht.

Warte noch ein paar Sekunden. Zähl laut. Denk an Dad. Nichts sonst spielt eine Rolle.

Die zwei Wagen stehen jetzt in der Tunnelöffnung, mit eingeschalteten Scheinwerfern.

Das einzige andere Licht kommt von den Fenstern an der Rückseite eines Gebäudes: winzige gelbe Vierecke auf dem Kies.

Es ist für dich, Dad. Dies ist für dich.

Sie stehen neben den Autos. Nur die zwei. Coffin und Irina, das dunkelste kleine Treffen auf der Welt.

»Wie eine Beerdigung«, sagt sie, als ich auf sie zugehe. »Die Eltern sind tot, beerdigt. Jetzt müssen die Kinder die Verteilung des Nachlasses regeln. Kinder des Kalten Krieges. Gefällt dir das, Edward?«

»Ich bin nicht hergekommen, um zu verhandeln«, unterbricht Coffin.

Sie lacht. »Dann sind Sie umsonst gekommen. Denn das ist

alles, was uns bleibt. Die Hauptvorstellung ist vorbei, Mr. Coffin – es gibt nur noch ein paar wenige armselige Geschäfte abzuwickeln, hier in den Nebenstraßen.«

Coffin entfernt sich ein paar Schritte vom Auto. »Diese Dokumente betreffen meine Regierung genauso wie Ihre. Und Ihre Regierung besteht nicht mehr. Brustkorb offen, blutend. Wissen Sie, was das für mich heißt?«

»Es ist mir egal, was es für Sie heißt«, sagt Irina. »Wir nehmen die Akten zurück, und sie werden so sicher sein wie zuvor. Alle Vorkehrungen wurden getroffen.«

Diesmal kichert Coffin. »Sie verstehen es nicht – oder? Die Welt hat sich weiterbewegt, Irina. Ihre Versicherungen sind nicht mehr wert als Taubenpisse. In den alten Tagen hatten Sie alles – Macht, Geld, Kontrolle, wie niemand sonst, manche von uns haben Sie sogar beneidet – aber Ihre Leute haben es vermasselt. Und wir haben nicht vor, den gleichen Weg zu gehen – nur weil Sie nicht auf die Schlüssel zu einem Scheißarchiv aufpassen können.«

Coffin atmet schwer. Offensichtlich ist das eine Rede, die er schon lange halten wollte.

»Und was ist mit all den anderen Dokumenten?« fragt Irina.

»Welche anderen Dokumente?«

»Schauen Sie sich die Tasche an. Edward hat nicht mehr als dreihundert Seiten, vielleicht weniger. Ist Ihnen klar, daß allein das Zentralkomitee über siebzig Millionen Akten hatte? Millionen! Wissen Sie, wie viele Ihrer Geheimnisse dort aufbewahrt werden?«

Er sieht sie ausdruckslos an.

»Selbst wenn Sie diese Papiere an sich nähmen, könnten wir der Öffentlichkeit andere zuspielen, ganz gezielt, um Ihre Regierung in Verlegenheit zu bringen. Aber verstehen Sie denn nicht, daß niemand von uns ein Interesse daran haben kann, daß die Informationen nach außen dringen? Ich nicht und Sie auch nicht. Wir sind alle darin verwickelt. Das war die Schönheit des

Systems – alle waren beteiligt. Ihre Regierungen wollten das alte System am Laufen halten – genauso wie unsere. Es paßte ihnen in den Kram. Gut für die Rüstungsbetriebe. Gut für die Wissenschaft. Schauen Sie sich all die Entdeckungen an, die aus dem Militärhaushalt hervorgingen. Ohne eine Bedrohung gab es keinen Anreiz, keinen Fortschritt, mein lieber Coffin. So hat es funktioniert. Die Dynamik in Ihrer Gesellschaft war die Bedrohung durch unsere. Als Ihnen das bewußt wurde – haben Sie begonnen, die Führung bei dem Ganzen zu übernehmen. Jetzt wollen alle, daß diese Tatsache vertuscht wird. Wir leben in einer neuen Welt. Wir alle.«

Coffin nimmt die Brille ab und reibt sich die Augen. In einem Fenster im ersten Stock verlischt ein kleines gelbes Viereck.

»Und welche Ordnung repräsentieren Sie jetzt?« fragt er.

»*Jede* Ordnung, welche Form auch immer sie annimmt. Russen brauchen Disziplin. Sie sind ohne sie nicht funktionsfähig. Ihnen Demokratie zu geben ist, als gäbe man das falsche Medikament dem falschen Patienten. Man hat es versucht, doch es ist noch jedesmal gescheitert. Aber zuerst kümmern wir uns um die Vergangenheit. Die ist schon immer gefährlich gewesen. Wenn wir die Kommunisten begraben, müssen wir ihre Besitztümer mit ihnen begraben. Wie die alten Ägypter – dann gehen wir vorwärts. Versuchen etwas anderes«, sie hebt eine Augenbraue. »Oder vielleicht versuchen wir es einfach mit einem alten Trick. Wir machen dasselbe wie vorher und nennen es nur anders.«

Einen Augenblick lang herrscht Schweigen, und mir kommt es so vor, als sei diese verstohlene kleine Zusammenkunft das letzte Gipfeltreffen der Supermächte. Danach werden wir alle unserer Wege gehen und so tun, als hätte es nicht stattgefunden.

»Zweifellos können Sie uns beide erschießen«, sagt sie zu Coffin. »Sie könnten es jetzt tun, die Tasche nehmen und hoffen, daß Sie es bis zu Ihrer Botschaft schaffen. Doch Sie kämen dort nie an, das versichere ich Ihnen.«

»Ich kann nicht ohne die Dokumente zurückgehen«, sagt er.

»Dann gehen Sie doch nicht zurück.«

»Und was tue ich statt dessen?«

»Machen Sie sich davon, Coffin. Mit der Zeit wird man Sie in Ruhe lassen. Wenn Ihre Leute sich sicher sind, daß die Papiere nicht ans Tageslicht kommen werden. Verschwinden Sie einfach. Wir können dabei helfen ...«

»Die könnten meine Familie benutzen ...«

»Das bezweifle ich. Nicht, wenn Sie nicht mit ihnen in Verbindung treten. Treffen Sie Ihre Wahl, Coffin. Jetzt! Wir sollten hier nicht länger bleiben. Lassen Sie das Auto stehen. Kommen Sie mit mir.«

Es ist kein Leben mehr in ihm – diesem alten Mann. Er ist in sich zusammengefallen, hat nicht mehr die Kraft, sich gegen seinen endgültigen Abstieg zu wehren. Doch als ich ihn betrachte, spüre ich weder Mitleid noch Haß. Coffin war einmal ein Freund und ein Bestandteil meines Lebens. Und jetzt ist er das nicht mehr. Er hätte mich getötet, wenn es ihm möglich gewesen wäre. Am Ende muß er jetzt um sein eigenes Leben rennen. Vielleicht ist das alles in allem eine Art ausgleichender Gerechtigkeit.

»Es tut mir leid, Edward.«

»Coffin.«

»Vielleicht grüßt du deine Mutter von mir, irgendwann mal.«

»Vielleicht auch nicht. Ich glaube nicht, daß sie sich an dich erinnern will.«

Während er ins Auto steigt, nimmt Irina die Tasche und gibt mir einen Umschlag.

»Das ist die Adresse eines Sanatoriums am Stadtrand von Moskau. Du kannst einen Taxifahrer danach fragen. Dein Vater ist sehr schwach. Ich muß jetzt gehen.«

»Und Jane Card? Was ist mit ihr passiert?« Einen Augenblick lang ist es auf dem Platz völlig still. Ein alter Mann in einem Netzhemd kommt an ein Fenster im ersten Stock und späht hinaus.

»Im Krieg gehen Menschen oft verloren. Manchmal tauchen sie nie wieder auf. Wer kann das schon sagen?«

»Du kannst es *mir* sagen.«

Sie öffnet die Fahrertür und hält inne, als wäre ihr der Gedanke plötzlich gekommen.

»Du hast diese Akten kopiert, nicht wahr, Edward?«

»Was für eine Frage.«

Sie lächelt und nickt, und ich folge mit den Augen den Heckscheinwerfern ihres Autos, das sich an den Betonpfeilern vorbeischlängelt und davonfährt.

Es ist Mitternacht im Oktober, einen Monat vor dem Winter, und ich kann jetzt zum ersten Mal die grimmige, durch nichts aufzuhaltende Kälte fühlen, die sich über die Gebäude legt und die Stadt einfriert.

Dritter Teil

42

Noch in derselben Nacht fuhr ich zum Sanatorium. Es war ein schiefer alter Palast, der einst dem russischen Adel gehört hatte – und, so schien es, im Verein mit ihm gestorben war. Sogar im schwachen Licht der Morgendämmerung konnte man deutlich die zerbrochenen Kamine und Giebel sehen und den Verfall riechen.

Ich schlug an die Tür, bis ein ungehobelter junger Kerl im Unterhemd herauskam. Er sagte zu mir, ich würde die Patienten stören, und versuchte, mich in ein Wartezimmer abzudrängen.

»Mein Vater ist sehr krank.«

»Sie sind alle krank. Dafür ist diese Einrichtung da. Es ist ein Krankenhaus.«

»Ich will ihn jetzt gleich sehen.«

»Unmöglich.«

Ich trat dicht an ihn heran und sagte leise: »Dann komme ich eines Tages zurück und bringe Sie um.«

Meine Wut schüchterte ihn ein, und er murmelte Entschuldigungen, während er umständlich seine Jacke anzog: Er täte nur seinen Job; wenn Besucher zu jeder Tages- und Nachtzeit kämen, gäbe es hier ein Riesentohuwabohu … er habe nicht gewußt, nicht verstanden, hätte nicht gesagt …

Die Flure nahmen kein Ende, wie bei so vielen letzten Reisen, es gab es nur wenig Licht, die Wände waren kahl, die Luft eiskalt.

Wir gingen an Stationen und Zimmern vorbei, manche leer, manche besetzt, ohne Grund und Erklärung. Stufen und nochmals Stufen. Zwei alte Männer lagen mit den Füßen zueinander auf Bahren im Flur und starrten zur Decke.

Schließlich blieben wir vor einem Zimmer ohne Nummer stehen. Mein Begleiter öffnete leise die Tür, lächelte und winkte mich hinein.

Wir müssen am Ende eines langgestreckten Gebäudeflügels gewesen sein, denn als ich aus dem Fenster sah, hatte ich einen unverstellten Blick auf weite Wälder, die aus der Morgendämmerung hervortraten, und auf die Lichter der Stadt in der Ferne. Über einem See zogen Krähen ihre Kreise und krächzten.

Zum ersten Mal seit meiner Ankunft in Rußland hatte ich den Eindruck ungestörten Friedens.

Dad lag auf einem schmalen Bett und schlief, sein Atem ging regelmäßig, und auf dem Boden neben seinem Bett stand ein kleines Nachtlicht. Das Zimmer war warm und roch sauber.

Ich wandte mich an den Pfleger. »Wie lange ist er schon hier?«

»Zwei Tage. Eine Frau brachte ihn, in einem großen ausländischen Wagen. Sagte, sein Sohn würde kommen und sich um alles kümmern. Ich weiß das, weil ich in jener Nacht Dienst hatte. Sie müssen der Sohn sein.«

Er ging, und ich saß neben Dad, während hinter den Wolken der Tag heraufzog, grau und trüb. Ich knipste die Lampe aus, und er wachte auf und und starrte mich einen Augenblick lang eindringlich an, als sei er sich nicht sicher, wer ich bin.

»Ich dachte, du würdest nicht kommen.«

»Ich habe es doch versprochen.«

»Ich weiß, aber sehr oft sorgt dieses Land dafür, daß man Versprechen nicht halten kann.«

Später suchte ich die Ärztin auf, eine Frau Ende Vierzig, so müde und bleich, daß man den Eindruck gewann, sie bedürfte selbst medizinischer Behandlung. Ich wartete eine Weile in ihrem Zimmer, während sie konzentriert etwas in eine Akte schrieb und keine Notiz von mir nahm. Ihr weißer Kittel war an den Schultern aus Stoffteilen zusammengeflickt.

»Ich will den Transport meines Vaters nach England in die Wege leiten.«

Sie legte ihren Füller ab und sah mich erstaunt an.

»Davon kann keine Rede sein, Herr Bell. Er ist nicht in der Verfassung, in der Welt herumzureisen.«

Ich stand auf. »Bitte, bereiten Sie seine Entlassung vor. Es ist sein Wunsch, nicht nur meiner.«

»Er kann nicht entlassen werden …«

»Ich glaube, Sie verstehen mich nicht. Sie haben schlicht und einfach nicht die Medikamente oder die Ausstattung, die für seine Behandlung nötig sind. Lassen Sie ihn an einen Ort gehen, wo all dies vorhanden ist. Falls Sie mir nicht helfen, werde ich ihn eigenhändig hinaustragen.«

Sie war kurz davor, mich anzuschreien. Aber etwas hielt sie davon ab. Inzwischen standen wir beide und starrten uns über den Schreibtisch hinweg zornig an. Und dann schien ihr Gesicht sanft zu werden.

»Trinken Sie Tee, Herr Bell?«

»Ich … ja. Ja, danke.«

Sie deutete auf den Stuhl, und wir setzten uns wieder. Ich spürte, wie meine Wut verrauchte.

In der Zimmerecke erhitzte sie Wasser auf einem kleinen Gasbrenner. Dann brachte sie den Tee – schwarz, mit oben schwimmenden Teeblättern.

»Tut mir leid, daß ich so gesprochen habe«, sagte sie.

»Mir tut es auch leid.«

»Es war eine lange Nacht, das werden Sie verstehen, es ist der Beginn des Winters, und viele alte Leute werden hierhergebracht, weil ihre Wohnungen zu kalt sind. Dieses Jahr wurde zum ersten Mal ein großer Teil der städtischen Heizung abgeschaltet. Es ist eine Krise nach der anderen. Sie hatten recht, sich um Ihren Vater Sorgen zu machen – und ich hatte unrecht.«

»Ich will ihn *wirklich* nach Hause bringen.«

Sie blickte eine Weile auf die Teeblätter, und dann griff sie nach einer Akte auf ihrem Tisch.

»Dies sind die medizinischen Unterlagen über Ihren Vater, Herr Bell. Wie Sie vielleicht wissen, hat sich seine Krankheit in Phasen entwickelt. Es gab Perioden der Besserung, unterstützt, wie ich sagen muß, von einem seltenen westlichen Medikament …« Sie hob eine Augenbraue. »Dies ist nicht eine dieser

Perioden. Wenn Sie darauf bestehen, ihn fortzubringen, kann ich Sie nicht daran hindern. Doch wenn ich Ihnen einen Rat geben darf … ich würde noch eine Woche warten … die Reise ist dann vielleicht …«

Sie hörte mitten im Satz auf und senkte den Blick auf den Schreibtisch.

»Es tut mir sehr leid, Herr Bell.«

Da wußte ich, was sie mir tatsächlich gesagt hatte.

Ich blieb diese letzten Tage bei ihm. Sie gaben mir eine Matratze, und ich schlief am Fußende seines Bettes. Wir nahmen die Mahlzeiten gemeinsam ein, und einmal bestach ich den Pfleger, eine kleine Flasche Wodka und ein Glas Kaviar zu bringen.

Doch manchmal erkannte er mich nicht. Und wenn er nicht sprechen konnte, sprach ich zu ihm. Über Bücher, die ich gelesen hatte, und Filme und Theaterstücke. Oft erfand ich sie, nur um ihm etwas erzählen zu können.

Häufig jedoch folgte auf eine schlimme Nacht ein Tag der Ruhe, ein Tag ohne Schmerzen. Und dann riefen wir uns immer die Dinge ins Gedächtnis zurück, die wir gemeinsam unternommen hatten, die Londoner Sehenswürdigkeiten, die kleinen Schokoladetafeln, die in ihrem Zellophanpapier zerbröckelten. Es gab keine Tränen. Ich lachte, und er lachte auch. Auch wenn das für Außenstehende vielleicht nicht leicht zu verstehen ist: Es war eine glückliche Zeit.

Es war ungefähr sechs Uhr abends, als er starb. Ich hatte den Vögeln über dem See zugesehen, und ich merkte plötzlich, daß ich allein war. Mein Vater hatte still das Zimmer verlassen und war seines Wegs gegangen, und ich starrte weiter aus dem Fenster, in der Hoffnung, ich würde ein Zeichen von ihm sehen oder irgendein letztes Wort hören.

Die Ärztin kam auf Zehenspitzen herein und deckte ihn zu – was ich allerdings erst bemerkte, als sie damit fertig war. Sie kam herüber und blieb schweigend neben mir stehen.

»Ich wollte ihn nach Hause bringen«, sagte ich zu ihr.

Einen Augenblick lang antwortete sie nicht. Als ich mich zu ihr umdrehte, weinte sie leise in ein zerfleddertes altes Taschentuch. »Ich weiß, daß Sie das wollten«, sagte sie. »Aber vielleicht war er schon zu Hause.«

Dad wurde am Rand dieser Wälder begraben, auf einem kleinen Friedhof, wo der erste Schnee des Winters auf sein Grab fiel.

Ein Geistlicher kam auf einem winzigen Motorrad aus dreißig Kilometern Entfernung, und der Lärm seines Gefährts hätte genügt, die ganze Welt aufzuwecken, mit Ausnahme der Toten. Er legte mir eine Hand auf die Schulter und verbeugte sich vor der Ärztin, als sei sie Gott – und hier war sie das vielleicht auch.

Als es vorbei war, nahm er mich zur Seite, und ich war verblüfft, wie jung er hinter dem langen, vom Schnee gesprenkelten Bart war.

»Der Steinmetz sagt, Sie hätten ihm verboten, das Todesdatum einzumeißeln«, stellte er fest. »Das ist hier nicht üblich.«

»Ich weiß. Manchmal müssen wir uns über das Übliche hinwegsetzen.«

»Aber …«

»Es war ein sehr würdiger Gottesdienst, und ich möchte Ihnen dafür danken.«

Er stand mit verwirrtem Gesicht zwischen den Grabsteinen, und dann trat er auf mich zu, als ich mich zum Gehen anschickte. Der Schnee fiel jetzt in dicken Flocken, und das Grab meines Vaters war bereits eingeschneit.

»Was soll ich den Leuten sagen, wenn sie kommen und fragen, wann er gestorben ist?«

»Niemand wird kommen.« Ich schüttelte seine kalten, schlotternden Hände. »Machen Sie sich keine Sorgen. Ich glaube nicht, daß je irgend jemand kommen wird.«

43

»Hat meine Mutter mir verziehen, daß ich die Papiere an mich genommen habe?«

Sergej schüttelte den Kopf. »Aber sie hat auch mir nicht verziehen. Sie sagt, wir seien beide mit dem Teufel verwandt – und auf dem besten Weg dazu, von ihm mit großzügigen Aufmerksamkeiten bedacht zu werden.«

»Ich glaube, die hab' ich schon bekommen.«

Er nahm meinen Mantel und hing ihn in der Diele auf.

»Bleibst du hier, Edward? Bitte ... so lange du willst ...«

»Danke, aber ich muß nach England zurück ...«

»Deine Mutter wird bald hier sein ...«

»Ich habe sie weggehen sehen. Ich habe gewartet.«

Er nickte und winkte mich ins Wohnzimmer. Genaugenommen hatte ich zwei Tage gewartet, bevor ich zu diesem Haus am Arbat ging, war durch winterliche Straßen gestapft, die ich zum ersten Mal als freier Mann sah, jetzt, wo dieser Ort keine Gewalt mehr über mich hatte. Nie wieder würde er an meinen Eingeweiden zerren, weder hier noch aus weiter Ferne. Es war wieder eine Stadt – kein Alptraum.

»Hab' ich das Richtige getan?« fragte ich ihn, als wir uns setzten.

»Du meinst – daß du die Akten zurückgegeben hast?« Er seufzte. »Nein, du hast nicht das Richtige getan. Aber du hast das einzige getan, was du tun konntest. Du hast den Teufelskreis durchbrochen.«

»Ich habe die Beziehung mit meiner Mutter zerbrochen.«

»Das glaube ich nicht. Du bist im Moment vielleicht nicht ihr Lieblingssohn, doch du bist der einzige Sohn, den sie hat. Das weiß sie.«

Gegen abend hörten wir ihren Schlüssel in der Tür.

»Die Märkte waren voller Lebensmittel«, verkündete sie von

der Diele her. »Aber die Preise waren haarsträubend. Einfach lachhaft.«

Sie kam zur Tür und blieb abrupt sehen.

»Ich hab' dich schon vor Tagen erwartet«, sagte sie. »Ich habe befürchtet, du würdest in einem Zinnsarg ankommen, und dann hätte ich den ganzen Ärger am Hals gehabt, dich nach Hause befördern zu lassen.«

»Es tut mir leid, Mutter.«

»Du bist ein kleiner Mistkerl.«

»Dein kleiner Mistkerl, immerhin.«

»Das ist kein Trost.«

Sie setzte sich in den Sessel, den ich gerade freigemacht hatte.

»Du weißt, warum ich ihnen die Akten gab, nicht wahr, Mutter?«

»Sergej hat gesagt, wir würden nie in Frieden leben können, wenn du das nicht tust.«

»Mehr als das. Es war an der Zeit, die Vergangenheit zu begraben, statt auch unsere Namen auf die Verlustliste zu setzen.«

»Wenn du das glaubst, bist du mit Dummheit geschlagen. Man kann Diktatoren nicht beschwichtigen, und man kann ihre Verbrechen nicht vergessen.« Sergej beugte sich zu ihr und nahm ihre Hand. »Aber wie dem auch sei«, schloß sie, »ich bin es müde, mich zu streiten.«

»Du wirst abgeklärter, Mutter. Könnte dies der Beginn von Altersweisheit sein?«

Sie formte mit ihren Lippen einen obszönen Ausdruck – doch ich war wenig beeindruckt: Es amüsierte mich eher, daß sie das Wort vor Sergej nicht laut aussprechen wollte. Mutter war keine Mutter in dem Sinn, daß sie mich mit Liebe und Zuwendung überschüttete. Auf ihre Weise hatte sie das freilich getan, doch vor allem war sie eine feste Einrichtung in meinem Leben – hart, dauerhaft, unbezwingbar. Sie war wie der Himmel. Man konnte weggehen, doch sie war immer noch da.

Und, wie Dad, war auch sie nach Hause gekommen. Ach, sie würde diesen Ort hassen, würde das Klagen zu einer neuen

Kunstform erheben, würde für den Rest ihres Lebens giften und nörgeln – doch sie würde nirgendwo anders hingehen. Die Tage in der Stanley Road waren vorbei.

»Ich werde das Haus verkaufen …«, sagte ich.

»Willst du nicht dort wohnen?«

»Zu viele Erinnerungen. Ich werde von Zeit zu Zeit daran vorbeigehen und einen Blick darauf werfen. Das reicht.«

»Paß auf, daß die Makler dich nicht übers Ohr hauen. Es gibt immer Leute, weißt du, die einen betrügen – und du kannst nicht besonders gut mit Geld umgehen. Hör mal, kauf dir einen neuen Anzug, Edward, du siehst schrecklich aus.« Das war wieder die Mutter, die ich kannte, grob, besserwisserisch, so wie sie immer gewesen war.

Ich sah plötzlich vor meinem inneren Auge, wie wir beide in einem Kleiderladen standen, vor zwanzig Jahren. Ich probierte einen Anzug an, der mir drei Nummern zu groß war, in einem gräßlichen Braunton. Mutter fand ihn wunderbar.

»Dann zieh doch du ihn an«, sagte ich. »Wir kaufen ihn für dich.«

»Werd nicht frech, Edward.«

»Ich bin nicht frech. Schau ihn dir doch an. Er paßt nicht, und die Farbe ist widerwärtig. Schon beim bloßen Hinschauen wird mir davon schlecht.«

Mutter hatte sich dem Verkäufer zugewandt. »Packen Sie ihn bitte ein. Wir nehmen ihn. Kinder sind so undankbar, finden Sie nicht auch …?«

Soweit ich mich erinnere, lag der Anzug Jahr um Jahr eingepackt im ersten Stock, ein Symbol unserer beider Hartnäckigkeit. Wahrscheinlich lag er immer noch da, falls nicht Jane und ihre Leute ihn im Interesse der nationalen Sicherheit in Stücke gerissen hatten …

Jetzt, all die Jahre später, schaute ich meine Mutter an und lächelte. »Ich schicke dir einen Scheck, falls irgendwas übrigbleibt.«

Ich stand auf und schickte mich an zu gehen. »Weißt du, ich

habe immer noch nichts über Jane Card gehört. Sie ist dir nicht zufällig über den Weg gelaufen, oder?«

»Ich hab mich umgehört«, sagte Mutter. »Nichts. Nicht einmal Gerüchte.« Sie zuckte die Schultern. »Doch das ist nicht ungewöhnlich. Menschen sind wie alte Süßigkeiten. Oft fallen sie einem neben dem Sessel hinunter, und dann findet man sie Monate später wieder. Sie kann immer noch auftauchen, mein Sohn.«

Wir gingen in die Diele, und sie legte mir einen Schal um den Hals und zog ihn fest.

»Edward – sag mir ...«

»Ja, Mutter ...«

»Hast du die Akten gelesen, die du mir weggenommen hast?«

»Dafür war keine Zeit«, sagte ich. »Doch ich hoffe, du wirst mich eines Tages wissen lassen, was drinstand.«

Sie küßte mich auf beide Wangen und trat einen Schritt zurück. »Das muß ich tun«, antwortete sie. »Beim nächsten Mal.«

Einen Augenblick lang war Schweigen zwischen uns – und legte Zeugnis von all den Dingen ab, die wir uns nie würden sagen können.

44

Also … zurück zum normalen Leben?

London kam mir jetzt zahmer und zivilisierter vor. Gott sei Dank war die Putzfrau in meiner Wohnung gewesen. Sie hatte eine Nachricht hinterlassen, in der sie mich darauf hinwies, daß ich vergessen hatte, ihr Geld dazulassen. Wieder einmal. Es hat sich also nichts verändert.

Meine Lieblingspflanze hielt sich mit einem einzigen Stiel am Leben fest, und an der Fensterwand war ein neuer feuchter Fleck. In einem Brief von einer Firma aus Wigan wurde ich gefragt, ob ich dabei behilflich sein könne, neue Märkte in Osteuropa zu erschließen. Die Gesamtsumme meiner Kontakte mit dem Planeten Erde.

Am ersten Morgen nach meiner Rückkehr wachte ich auf und sah die Sonne und das geschäftige Treiben auf dem Fluß. Es war die Art Tag, die mich immer motiviert, etwas zu unternehmen. Also machte ich mich daran, Mutters Haus loszuwerden, rief Makler an und gab Anzeigen auf. Ich beschloß, schnell und billig zu verkaufen, in dem Wissen, daß ich tun konnte, was ich wollte – es würde sowieso das Falsche sein.

Vermutlich wollte ich ein Happy-End, und das war ein Fehler.

Nach ein paar Tagen versuchte ich, etwas über Jane Card in Erfahrung zu bringen. Vielleicht war sie heimlich hierher zurückgekehrt. Vielleicht gab es ein Ministerium, das ihren Namen kannte. Vielleicht. Doch niemand wollte es zugeben.

Ich fuhr sogar nach South-London und fand das Haus, in dem sie wohnte. Es war verlassen, die Vorhänge waren zugezogen. Die Nachbarn wußten von nichts. Großbritannien kann Rußland sehr ähnlich sein, wenn es das will.

Trotzdem fühlte ich mich, als seien zwei stählerne Krallen von meinem Hals entfernt worden. Nach all diesen Jahren war ich frei, ein einziges Leben zu leben, brauchte nicht auf geheime

Kontakte oder Anrufe warten und keine schwitzenden angstvollen Gesichter sehen. Es war Zeit, die Zukunft in Angriff zu nehmen.

Ich schrieb an die Firma in Wigan und sagte, ich würde den Job annehmen.

Eine Woche danach war Mutters Haus verkauft. Selbst ich wußte, daß der Preis miserabel war, sie würde ohne Zweifel ihren üblichen Herzanfall bekommen – deshalb tröstete es mich ein wenig, daß ich nicht zu ihrer Nummer in Moskau durchkam, um ihr die Neuigkeit mitzuteilen. Nicht an jenem Tag. Auch nicht am nächsten.

Und dann, wie sie in kommunistischen Ländern zu sagen pflegen, hörte ich ein Klopfen an der Tür.

»Hast du geglaubt, ich sei schon im Himmel?«

Jane Card, sehr lebendig, ohne Make-up, in neuer Kleidung, stand auf meiner Türschwelle und kam lächelnd herein.

»Großer Gott, Jane ... ich glaub' es einfach nicht ...«

»Ich weiß«, sagte sie. »Ich glaub' es selbst auch nicht so richtig. Hör mal, Edward, es ist ein herrlicher Tag. Gehen wir irgendwo spazieren. Ich hab' die Mädchen draußen im Auto. Komm schon – sei kein Spielverderber ... wir können uns dann ganz ausführlich unterhalten ...«

»Was, jetzt? Ich dachte, du wärst tot. Ich hab' überall versucht, etwas über dich herauszufinden ... ich kann einfach nicht ...« Ich streckte die Arme aus, doch sie trat nicht näher, umarmte mich nicht. Man könnte eigentlich erwarten ...

»Komm schon«, sagte sie und lachte. »Ich werde dir alles erzählen.«

Ich zog eine Jacke an und folgte ihr nach draußen und murmelte dabei Dinge wie: »Das ist ja unglaublich«, »Seit wann bist du wieder hier?«

Als wir den Flur entlanggingen, hörte ich das Telefon läuten, und einen Moment lang zögerte ich. Ich wollte keinen Anruf verpassen. Ich hatte noch nichts von Harry gehört.

»Warte«, sagte ich. »Das Telefon …«

»Man wird wieder anrufen …«

Und dann, während ich noch horchte, hörte das Läuten auf.

»Siehst du, ich hab's dir gesagt.«

Ihre zwei Mädchen saßen draußen im Auto, in gestreiften Kleidern und weißen Socken – typisches Mittelschichts-England: Haarbänder, Sommersprossen, eine Menge »bitte« und »danke«, die Zähne von der üblichen Zahnspange eingeklemmt, als wolle man sie daran hindern, Fremde zu beißen.

»Ich hab' mir gedacht, wir fahren zum Primrose Hill«, sagte Jane. »Da haben die Mädchen einen hübschen Blick auf die Stadt. Vorausgesetzt, ein alter Mann wie du schafft es da hinauf.«

»Ich hab' immer noch einiges drauf.«

»Ich weiß.« Sie sah mich verstohlen an und wurde rot.

Wir parkten, und die Mädchen schossen los und feuerten sich gegenseitig an, schneller zu laufen. Rings um uns fielen die Herbstblätter von den Bäumen, und das Gras war feucht. Auf dem Hügel sah ich bunte Drachen, die vor einem blauen Himmel auf und ab hüpften.

Es war, als hätte es die Moskaureise nie gegeben.

»Du fängst an«, sagte ich zu ihr. »Als ich gesehen habe, wie du zu diesem Typ ins Auto gestiegen bist, hab' ich gedacht, das wäre dein Ende … ich hatte ihn zuvor schon mal gesehen.«

»Ich weiß. Jetzt kann ich dir das vermutlich sagen: Er war einer von uns – aus den alten Tagen. Einer, den wir vor vielen Jahren hier bei uns von den Russen anwerben ließen. Wir haben es dann so aussehen lassen, als sei er verraten worden und müßte schnell zu seinen sowjetischen Herren fliehen. Das war der Zeitpunkt, als du mit ihm zu tun hattest.«

»Und was ist dann passiert, als er dich in Moskau abgeholt hat?«

»Das war das Ende meiner Rolle, Edward. Ich konnte dir nichts davon sagen, doch meine Aufgabe war es, dich sicher nach Moskau zu bringen – danach sollten die Amerikaner und die Russen sich um die Dokumente kümmern.«

»Ich sollte also selbst sehen, wie ich mit der Geschichte zurechtkam. War es das?«

»Ich fürchte ja. Ich konnte nichts mehr für dich tun.«

Es war anstrengend, den Hügel hochzusteigen, doch es lohnte sich. Die Luft war kalt und klar, und man konnte über ganz London bis zu den südlichen Grafschaften sehen, wo die Wolken am Horizont tanzten. Wir waren beide außer Atem. Ich konnte nicht umhin, daran zu denken, daß es nicht das erste Mal war.

Eine Weile warfen wir den Mädchen Tennisbälle zu, lachten, wenn sie sie nicht fangen konnten, und jagten ihnen hinterher. Ich sah immer wieder zu Jane und dachte, wie seltsam es doch war, daß sie ohne Vorwarnung an meiner Türschwelle aufgetaucht war – ohne irgendeine Art plausibler Erklärung. Und doch genoß ich den Nachmittag, wollte nicht, daß er zu Ende ging. Wenn sich mir die Möglichkeit geboten hätte, hätte auch ich gern ein Stück von jenem »normalen Leben« gehabt.

»Ich glaube, wir sollten uns auf den Weg machen«, sagte sie schließlich.

»Komm mit zu mir zum Essen«, schlug ich vor. »Der Speiseschrank ist leer, aber wir können auf dem Weg etwas besorgen. Du bist doch nicht in Eile, oder …?«

Und plötzlich merkte ich, daß sie nicht mehr nahe hinter mir war. Als ich zurückblickte, stand sie auf dem Weg und hielt die Mädchen eng an sich gedrückt.

»Jane …«, und etwas in ihren Augen sagte mir, daß es vorbei war, sagte mir, daß sie von mir Abschied nahm.

Ich warf einen Blick zum unteren Ende des Hügels – und dort stand ein Wagen, und vier oder fünf Männer standen um ihn herum. Ein schwarzes Dienstfahrzeug, wie ein Leichenwagen.

»Warum, Jane?« schrie ich ihr zu. »Warum? Ihr habt die Dokumente. Es ist vorbei, oder? Ist das die Welt, in der du deine Kinder aufwachsen lassen willst?«

»Sie leben bereits darin«, sagte sie. »Es ist zu spät. Wir müssen weitermachen, Edward. Die Welt will nichts über die Vergangenheit wissen. Sie will auch nicht, daß du etwas darüber weißt.«

»Warum haben sie dann bis jetzt gewartet?«

»Um zu sehen, ob jemand mit dir Kontakt aufnimmt. Ob du der letzte bist.«

»Und Mutter? Ich konnte am Telefon nicht zu ihr durchkommen.«

»Es tut mir leid, Edward. Ich kann es dir nicht sagen …«

Sie drückte die Mädchen noch fester an sich, preßte ihre Köpfe an ihre Jacke, damit sie mich nicht ansahen …

»Und was ist mit den Morden? Warst du mit all dem einverstanden?«

»Ich hatte nicht gedacht, daß irgend jemand getötet werden würde. Im Ernst. Aber dann fingen die Russen in Dover zu schießen an … Coffins Bande in Warschau. Ich weiß nicht warum, Edward, es wurde zu groß, alles schien eine Eigendynamik zu bekommen. Und dann, als du und ich in Polen zusammen waren, wurde auf höchster Ebene ein Handel abgeschlossen … über meinen Kopf hinweg. Irgendwie hatten alle es sich eingeredet … waren sich einig, daß die undichten Stellen zugestopft werden müssen.«

Ich wandte mich von ihr ab, und ich brauchte nicht lange nachzudenken. Ich lief los und rannte schneller als je zuvor in meinem Leben, rannte quer durch den Park, unter den Bäumen hindurch, über das feuchte Gras, nach Süden in Richtung Zoo und Regent's Park, während die Sonne rasch zu meiner Rechten unterging und Leute hinter mir herschrien …

Und mein einziger Gedanke war, daß Harry die Kopien hatte und daß Harry es schaffen würde.

Eines Tages, wenn all unsere prächtigen Regierungen friedlich schlummerten und sich dem Glauben hingaben, sie wären gerade noch davongekommen – dann würde der liebe Harry auftauchen. Harry, der Ex-Sträfling, Harry, über den die sanfte Tante Doris wachte.

Harry würde die Geschichte erzählen.